*Von Daniel Holbe sind im Knaur Taschenbuch bisher
folgende Sabine-Kaufmann-Krimis erschienen:*
Giftspur
Schwarzer Mann

Über den Autor:
Daniel Holbe, Jahrgang 1976, lebt mit seiner Familie in der Wetterau unweit von Frankfurt. Insbesondere Krimis rund um Frankfurt und Hessen faszinieren den lesebegeisterten Daniel Holbe schon seit geraumer Zeit. So wurde er Andreas-Franz-Fan – und schließlich selbst Autor. Als er einen Krimi bei Droemer Knaur anbot, war Daniel Holbe überrascht von der Reaktion des Verlags: Ob er sich auch vorstellen könne, ein Projekt von Andreas Franz zu übernehmen? Daraus entstand die »Todesmelodie«, die zu einem Bestseller wurde, dem viele weitere folgten.
Nach den Bestsellern »Giftspur« und »Schwarzer Mann« ist »Sühnekreuz« Daniel Holbes dritter eigenständiger Kriminalroman.
Mehr Informationen zum Autor unter: www.daniel-holbe.de

DANIEL HOLBE
BEN TOMASSON

Sühnekreuz

Kriminalroman

Besuchen Sie uns im Internet:
www.knaur.de

Originalausgabe März 2019
Knaur Taschenbuch
© 2018 Knaur Verlag
Ein Imprint der Verlagsgruppe
Droemer Knaur GmbH & Co. KG, München
Alle Rechte vorbehalten. Das Werk darf – auch teilweise –
nur mit Genehmigung des Verlags wiedergegeben werden.
Redaktion: Regine Weisbrod
Covergestaltung: ZERO Werbeagentur, München
Coverabbildung: © FinePic / shutterstock
Satz: Adobe InDesign im Verlag
Druck und Bindung: CPI books GmbH, Leck
ISBN 978-3-426-52203-5

5 4 3 2 1

PROLOG

Er saß einfach da. Fühlte, wie seine Hände über den warmen Hals glitten. Wie seine Fingerkuppe dem Pochen der Schlagader folgte.

Außer ihnen beiden war niemand zu sehen, um sie lagen nur die Felder und dahinter die Baumkronen, die spitz, fast bedrohlich in den Himmel ragten. Die wenigen Autos, die auf der Straße vorbeifuhren, störten ihn nicht. Er saß hinter einem wild ausgetriebenen Brombeerbusch, vor neugierigen Blicken geschützt, so wie er es immer wieder tat. Im weichen Gras, den Kopf in seinen Schoß gebettet.

Keiner von ihnen gab einen Laut von sich. Ein Dröhnen näherte sich, dann schoss ein roter Sportwagen vorbei. Sofort spannten sie die Muskeln an. Ein natürlicher Fluchtreflex ergriff sie beide, doch er gewann zuerst die Kontrolle.

»Alles in Ordnung«, raunte er und kraulte das lockige Haar. Es fühlte sich so weich an, so warm, so sinnlich. Sein Atem wurde schwerer. Mit beiden Händen begann er, den Körper zu betasten. Immer wieder den Hals, den Nacken, auch den Rücken. Nur zaghaft näherte er sich der Brust, einen Zentimeter vor, zwei zurück, dann ein Stück weiter. Er konnte spüren, dass nicht nur sein Herz einem schnelleren Rhythmus folgte. Auch wenn er nicht wissen konnte, wie sich eine Erregtheit außerhalb des eigenen Körpers anfühlen mochte: Er war überzeugt, dass seine Berührungen die gewünschte Wirkung zeigten. Der Augenaufschlag. Der heiße Atem. Das Pochen. Wieder fuhr er mit dem Finger über die ausgeprägte Halsschlagader. Da war es. Es strömte schnell, er stöhnte auf.

Mit vorsichtigem Druck testete er, ob er das Rauschen spüren konnte. Sofort durchzuckte ein Krampf den Körper, der Kopf wollte nach oben schnellen, doch er drückte mit der anderen Hand dagegen.

»Schsch!«, mahnte er. »Vertrau mir.«

Er drückte fester. Und wie zufällig schob er seine Hand über die Lippen, aus denen heiße Feuchtigkeit hervorstieß. Sie schnappten, verzweifelt, doch seine Finger legten sich wie Schraubzwingen darüber. Seine Hände waren zu groß für das Gesicht, sie deckten alle Atemöffnungen zu. Mit dem anderen Arm hielt er bald die Brust umschlungen, er musste sich ziemlich verbiegen, um den Daumen in den Hals zu bohren. Tief hinein, dorthin, wo es rauschte und strömte.

Bald schon quollen die Augen aus den Höhlen, und der ganze Körper wurde von Krämpfen durchzuckt. Er summte eine Melodie, einen alten Kinderreigen, an dessen Text er sich nicht mehr erinnern konnte. Wartete auf den Augenblick – auf diesen einen Augenblick, in dem das Leben aus den Pupillen schwand. Er wusste, dass er noch ein paar Takte zu summen hatte. Sein Opfer kämpfte heute besonders heftig, nicht so wie die Hühner oder Hasen, mit denen er es sonst zu tun hatte. Ein Bein traf ihn schmerzhaft am Oberschenkel, und um ein Haar hätte er aufgeschrien. Stattdessen drückte er fester, verstummte in seiner Melodie und versenkte seinen Blick in die panikerfüllten Pupillen.

Es musste jede Sekunde so weit sein. Soeben schienen die Gliedmaßen mit dem Erschlaffen zu beginnen. Als Nächstes würde ein heftiger Krampf durch die Wirbelsäule gehen. Und dann …

Mit einer blitzschnellen Bewegung zog er den Daumen zurück. Ließ es noch einmal strömen und rauschen, als würde das hämmernde Herz nun alles angestaute Blut auf einmal durch die Arterie pumpen wollen. Und während er die Lippen und den Kiefer weiterhin in eiserner Umklammerung hielt, fuhr seine Rechte durch die Luft. Die Sonne spiegelte sich auf der blank polierten Klinge, ein greller Lichtreflex traf seine Augen, und nur verschwommen nahm er wahr, wie sich das tödliche Metall durch die Kehle schnitt. Wieder traf ihn ein Tritt, doch diesmal spürte er ihn kaum. Viel zu fasziniert war er von der rubinroten Fontäne, die aus der Halsschlagader spritzte. Ein-, zwei-, dreimal pulsierte es, dann ebbte es allmählich ab. Das Blut traf den verwitterten Basaltstein, der in ihrer Nähe stand. Ein Sühnekreuz aus einem vergangenen Jahrhundert, wie es sie in der Gegend häufiger gab.

Ein Mahnmal für eine verlorene Seele, eine Aufforderung, für sie zu beten.

Ein Ort, an dem der Tod allgegenwärtig war.

Das frische Blut tropfte von dem Kreuz, dessen Kanten sich im Lauf der Zeit immer mehr gerundet hatten. Rote Spritzer, die sich über braune Flecken legten, die vor nicht allzu langer Zeit ebenfalls rot gewesen waren. Denn an diesem Kreuz nahm er nicht zum ersten Mal ein Leben.

Und er würde es wieder tun.

1

Freitag, 15. September

Knock-out.

So musste es sich anfühlen, wenn man k. o. geschlagen wurde. Ein Summen im Kopf, das immer lauter wurde. Der Blick, der so trüb wurde, als zögen direkt vor den Augen undurchdringliche schwarze Wolken auf. Und der Fall, immer schneller, in ein tiefes schwarzes Loch. Bodenlos wie ein Strudel, der ihre Glieder zerfetzte und jedes Quäntchen Energie aus ihrem Körper zog.

Sabine Kaufmann hob den Arm, der sich bleischwer anfühlte, und schob den Schlüssel ins Türschloss der Wohnung, in der sie seit vier Jahren mit ihrer Mutter lebte. Seit Hedis Selbstmordversuch und dem dreiwöchigen Zwangsaufenthalt in der Psychiatrie. Ihre Mutter konnte nicht mehr alleine bleiben, auch wenn es zwischendurch auch lichte Momente gab. Phasen, in denen Hedwig Kaufmann so normal wirkte wie jede andere Frau ihres Alters auch. Der Alltag war geregelt, die Tage in der Tagesklinik, die Abende und Nächte in der gemeinsamen Wohnung. Die Therapiesitzungen und die Pillen. Und zwischendurch immer wieder Aufenthalte in der Psychiatrie. Sabine hatte keine Ahnung, wie sie die letzten Jahre durchgestanden hatte, aufgerieben zwischen der Verantwortung für ihre Mutter und dem Job. Aber sie hatte es geschafft, hatte für Hedwig gesorgt und nebenbei ihre Arbeit als Kriminaloberkommissarin der Mordkommission in Bad Vilbel verrichtet. Und nun ...

Sie brauchte drei Versuche, bis der Schlüssel das Schloss traf und sie ihn drehen und die Tür öffnen konnte. Sie trat in den Flur, graues Linoleum und ein muffiger Geruch nach Staub und Schmutzwäsche und den Speckbohnen, die sie am Abend zuvor auf Hedwigs Wunsch hin gekocht hatte. Sie rief nach ihrer Mutter, bekam aber keine Antwort. Unwillkürlich schaute sie auf die Armbanduhr. Sie war zu spät. Normalerweise holte sie ihre Mutter selbst aus der Tagesklinik ab, doch heute hatte sie einen Pfleger gebeten, Hedi nach Hause zu bringen, weil ihr Dienststellenleiter sie am späten Nachmittag zu einem Gespräch erwartet hatte. Dieser verfluchte Konrad Möbs. Fünf Jahre stand sie nun bereits unter seiner Fuchtel, und kaum ein Tag war vergangen, ohne dass er sie spüren ließ, wie wenig er von dem Experiment Mordkommission hielt, das man seiner Polizeistation untergeschoben hatte.

Hatte der Mitarbeiter der Klinik ihre Mutter noch gar nicht gebracht? Hatte er sie wieder mitgenommen, weil Sabine nicht da gewesen war? Oder hatte er sie einfach hier abgesetzt, obwohl er wusste, dass man sie nicht allein lassen durfte?

Sabine Kaufmann öffnete die Tür zum Wohnzimmer und rief erneut: »Mama? Bist du da? Wo steckst du denn?«

Das Wohnzimmer war leer, der Fernseher ausgeschaltet, die Wolldecke ordentlich auf dem Sofa gefaltet. Sabine ging in die Küche. Sie sah sofort, dass ihre Mutter hier gewesen sein musste. Der Wasserkocher stand gefährlich nah am Rand der Spüle. Auf dem Tisch eine halb volle Tasse, aus der ein Faden mit dem Pappschild eines Früchtetees hing. Sabine legte prüfend die Hand an Tasse und Kocher und stellte fest, dass beides kalt war. Sie beschleunigte ihre Schritte. Warf einen Blick ins Schlafzimmer ihrer Mutter, dann in ihr eigenes. Blümchentapete, dunkle Eichenholzmöbel und jede Menge Nippes hier, weiße Wände, Billy Birke und ein zerlesenes Buch auf dem Boden dort, aber keine Hedi. Die Unruhe wuchs und vermischte sich mit dem dumpfen Gefühl zu etwas, das wie ein breiiger Klumpen in Sabines Magen lag.

»Hallo?«

Sie eilte durch den Flur zur Badezimmertür und riss sie auf. Dann ließ sie sich mit dem Rücken gegen den Türrahmen sinken und schloss die Augen. Ihre Mutter war nicht da. Wieder überkam sie bleierne Schwere. Sie fühlte sich unendlich müde.

Sie hatte keine Ahnung, wo sie ihre Mutter suchen sollte. Hedi ging seit Jahren nirgendwo mehr allein hin. Sie machte Ausflüge mit den Betreuern und den anderen Patienten der Tagesklinik, und manchmal ging Sabine mit ihr auf den Wochenmarkt oder in ein Geschäft, um neue Kleidungsstücke zu besorgen, was Hedwig Kaufmann nur widerwillig über sich ergehen ließ. Sie ging nicht gerne vor die Tür, denn sie litt unter unbestimmten Ängsten, eine Folge der Schizophrenie, und seit dem Sommer vor vier Jahren glaubte sie außerdem, dass Sabines Vater, der sie vor mehr als dreißig Jahren im Stich gelassen hatte, um in Spanien oder sonst wo ein neues Leben anzufangen, da draußen auf sie lauerte. Sie hätte niemals das Haus verlassen – es sei denn, sie hatte hier drinnen eine Gefahr vermutet, die ihr noch bedrohlicher erschienen war.

Hatte Sabine die Anzeichen eines schizophrenen Schubs übersehen? Hatte Hedi wieder einmal ihre Tabletten nicht genommen, sondern sie in der Toilette hinuntergespült? Gestern Abend war sie ihr ganz normal erschienen, entspannt und gut gelaunt wie lange nicht mehr. Sie hatten sich gemeinsam eine Musiksendung angesehen, Hits aus den Fünfziger- und Sechzigerjahren, und Hedi hatte sogar mitgesungen. Hatte sich Sabine fälschlich in Sicherheit wiegen lassen?

Wenn dieser verflixte Konrad Möbs sie doch nur nicht so lange hätte warten lassen. Das Gespräch hätte er außerdem ebenso gut am Vormittag führen können. Schließlich hatte er es längst gewusst. Doch wahrscheinlich hatte er es genossen, sie den ganzen Tag zu beobachten und sich auszumalen, wie sie auf die Nachricht reagieren würde. Vorfreude war bekanntlich die schönste Freude. Seinetwegen war sie jetzt zu spät, und ihre Mutter war weg. Doch selbst das war fast das geringste Problem. In Zukunft würde sie nicht nur unpünktlich sein. Sie würde gar nicht mehr hier sein.

»Die Mordkommission in Bad Vilbel wird aufgelöst«, hatte Möbs ihr verkündet, und sein Lächeln war so strahlend gewesen, dass es keinen Zweifel daran geben konnte, wie er zu ihr stand. Aber die hatte es ohnehin nie gegeben.

»Das Experiment«, Möbs, der mittlerweile zum ungefähr zehnten Mal seinen neunundvierzigsten Geburtstag gefeiert hatte, hatte die immer noch erstaunlich weißen Zähne gebleckt, »ist gescheitert. Zu wenige Morde, selbst für eine einzige Stelle.« Er sah sie bedeutungsvoll an. »Ab dem nächsten Ersten sind Sie freigestellt, bis man über Ihre weitere Verwendung entschieden hat. Das heißt«, sein Blick wanderte zu seinem großen Wandkalender, »Ihnen bleiben hier bei uns noch zehn Arbeitstage. Genießen Sie sie oder nehmen Sie Ihren restlichen Urlaub. Mir ist es gleich.«

Sabine wäre ihm am liebsten ins Gesicht gesprungen. Doch sie hatte nicht einmal den Mund aufbekommen. Es war ein Schlag. Ins Gesicht. Ins Genick. Es hätte sie nicht gewundert, wenn Möbs einen breiten Siegergürtel hervorgeholt und in die Luft gereckt hätte. Er hatte sie schließlich nie haben wollen. Warum, hatte sie bis heute nicht verstanden. Sie nahm ihm doch nichts weg. Außer einem Stück seiner Macht vielleicht. Er war zwar der Dienststellenleiter, doch ihr gegenüber nicht direkt weisungsbefugt. Ihr Chef war und blieb Kriminaloberrat Horst Schulte in Friedberg. Vielleicht hatte der eine Idee, wie es jetzt weitergehen sollte, auch wenn bei ihm derzeit kein anderer Posten frei war. So viel wusste Sabine schon. Schließlich wünschte sich auch Ralph Angersbach, mit dem sie vor vier Jahren gemeinsam das Experiment K10 in Bad Vilbel gestartet hatte, schon lange eine Stelle in Friedberg und bekam sie nicht. Was also dann? Das LKA? Die Kollegen dort hatten im Lauf der Jahre immer wieder einmal angefragt, ob sie nicht Interesse an einem Wechsel hätte. Aber Wiesbaden? Viel zu weit weg von Bad Vilbel. Von ihrer Mutter. Und der letzte Kontakt zum LKA im Zuge einer Ermittlung war auch nicht positiv verlaufen. Man hielt sich dort eben doch für etwas Besseres. Konnte das tatsächlich eine Welt für sie sein?

Sabine Kaufmann stieß sich energisch vom Türrahmen ab. Sie konnte es nicht ändern. Sie musste die Dinge nehmen, wie sie waren. Und jetzt musste sie ihre Mutter finden. Weit konnte sie schließlich nicht sein. Alles andere würde sich zeigen.

Sie zuckte zusammen, als der Gong ertönte, der mit der Türklingel verbunden war. Hedwig hatte darauf bestanden. Kein schlichtes Klingelgeräusch, sondern eine melodische Folge tiefer Töne. Und laut musste der Gong sein, denn Hedwig Kaufmann hörte nicht mehr so gut. Dabei öffnete sie ohnehin nie die Tür, wenn jemand klingelte. Doch mit einer psychisch kranken Frau diskutierte man nicht.

Sabine eilte zur Tür. Vielleicht hatte Hedi nur mit dem Pfleger eine Tasse Tee getrunken und war dann mit ihm noch eine Runde spazieren gegangen, und jetzt lieferte er sie zu Hause ab. Unlogisch, protestierte ihr Polizistinnengehirn. Schließlich stand nur eine Tasse auf dem Tisch. Aber vielleicht hatte der Pfleger keinen Früchtetee gewollt.

Sie quälte ein Lächeln auf ihr Gesicht, drückte die Klinke herunter und riss die Tür auf.

Davor stand nicht ihre Mutter, sondern ihr Bad Vilbeler Kollege Mirco Weitzel, zusammen mit Levin Queckbörner, dem Neuen in der Polizeistation. Weitzel war ein langjähriger Kollege, ein Schönling, wie er im Buche stand, stets geleckt, das Blondhaar akkurat gestylt. Vor vier Jahren hatte sie geglaubt, er wäre an ihr interessiert, doch das hatte sich zum Glück als Irrtum herausgestellt. Queckbörner dagegen sah aus wie ein Schüler, den man in eine Uniform gesteckt hatte. Die schwarzen Haare schauten unordentlich unter der Dienstmütze hervor. Das bartlose Gesicht war rundlich, so wie der ganze Mann schwerfällig und behäbig wirkte. Sabine betrachtete die Kollegen verwundert. Sie hatten sich erst vor einer Stunde verabschiedet, bevor sie zu Möbs gegangen war. Danach hatte sie auf schnellstem Wege die Polizeistation verlassen. Hatte Weitzel bereits erfahren, dass ihre Stelle gestrichen worden war, und war darüber so betrübt, dass er ihr einen persönlichen Besuch abstattete? War er gekommen, weil er sie trösten wollte?

Tatsächlich sahen beide Beamten höchst betreten aus. Weitzel hatte seine Dienstmütze abgenommen und strich seine Haare glatt, obwohl er die mit so viel Wachs behandelt hatte, dass es nichts zu glätten gab, und auch Queckbörner drehte seine Kopfbedeckung unbehaglich in den Händen.

»Mirco? Was ist los?«, fragte sie und spürte, wie ihr Herz zu hämmern begann.

»Wir ...«, Weitzel räusperte sich, »... wir haben schlechte Nachrichten, Sabine. Wir haben deine Mutter gefunden.«

»Ist sie verletzt? Hatte sie einen Unfall? In welches Krankenhaus hat man sie gebracht?«, sprudelte es aus ihr hervor.

»Nein.« Mirco Weitzel atmete tief ein. »Nicht verletzt. Sie ist ... tot. Und ... es war kein Unfall. Sie ... hat sich aufgehängt.«

Das war kein Knock-out. Nach einem Knock-out stand man irgendwann wieder auf. Dies hier war der Todesstoß.

Sabine schluckte und konnte den Kloß in ihrer Kehle doch nicht hinunterwürgen.

»Wo?«, brachte sie endlich hervor.

Weitzel machte eine unbestimmte Geste zur Seite.

»Ein Stück abseits der B3 bei Massenheim«, beschrieb er. »Am ... am Sühnekreuz.«

»Wo ist Meinhard?«

Nicole Henrich blickte von ihrer Arbeit auf und runzelte die Stirn. Ronja Böttcher war, ohne anzuklopfen, ins Büro gestürmt. Sie trug einen Overall und Gummistiefel, die sie nicht abgetreten hatte. Von der Tür bis vor Nicoles Schreibtisch lagen dunkelbraune Erdkrümel in kleinen Haufen. Ronja hüstelte, als sie es bemerkte.

»Oh. Ups.« Sie wusste, dass die Sekretärin eine Entschuldigung erwartete, konnte sich dazu aber nicht durchringen. Sie konnte diese Brillenschlange nicht leiden. Keine Ahnung von Pferden und auch kein Interesse. Im Gegenteil. In Wirklichkeit, vermutete Ronja, hatte sie Angst vor den großen Tieren. Aber sie war so etwas wie der verlängerte Arm von Carla Mandler. Und genauso führte sie sich auch auf.

Ronja wies aus dem großen Fenster in den Hof. »Da unten steht eine Busladung Rentner und wartet auf eine Besichtigung.« Sie selbst hielt nichts davon. Ein Gestüt sollte Pferde züchten und ausbilden, nicht irgendwelche Leute, die ins Altenheim gehörten – oder, wie die Gruppe, die gerade eingetroffen war, aus einem solchen stammte –, durch die Ställe führen.

Nicole Henrich verschränkte die manikürten Hände auf dem Schreibtisch. Ellenlange, schreiend rot lackierte Fingernägel. Ronja hatte keine Ahnung, wie sie damit tippen konnte. Die Sekretärin blinzelte sie über den Rand ihrer Hornbrille an, die kleinen grauen Augen verengt. Der Dutt, in den sie die schwarzen, von grauen Strähnen durchsetzten Haare gezwängt hatte, war so fest, dass es wehtun musste.

»Meinhard ist nicht da. Du musst die Führung übernehmen.«

Ronja Böttcher schnitt eine Grimasse. Das war das Letzte, was sie wollte. Bei den Kommentaren, die wenigstens einer der Besucher regelmäßig abließ, wenn sie die Begattungsmaschinerie gezeigt bekamen, kam ihr die Galle hoch.

»Können das nicht Luisa oder Yannick oder Adam machen?«

»Die sind beschäftigt«, beschied ihr die Sekretärin. »Luisa mit den Jährlingen, Yannick mit den Zweijährigen. Und Adam ist nach Butzbach gefahren, neue Sättel bestellen.«

»Na toll. Und wieso ist Meinhard nicht hier?«

Nicole Henrichs Gesicht verdüsterte sich. Ihre langen roten Fingernägel trommelten auf der Schreibtischplatte.

»Ich weiß es nicht. Es geht uns auch nichts an.«

Ronja fand sehr wohl, dass es sie etwas anging, wenn der Chef seinen Job nicht machte und sie für ihn einspringen musste, statt ihre eigenen Aufgaben zu erledigen. Immerhin wartete ein halbes Dutzend trächtiger Stuten darauf, dass sie ihre Boxen ausmistete.

Die Sekretärin setzte ein falsches Lächeln auf und griff nach dem Telefonhörer. »Wir können auch die Chefin anrufen und fragen, was wir tun sollen.«

»Schon gut. Ich mach's.« Obwohl sie seit fast vier Jahren auf dem Gestüt arbeitete, fürchtete sie sich noch immer vor der Frau des Züchters. Dabei hielt sich Carla Mandler meist im Hintergrund und verlor nie ein unfreundliches Wort. Aber ihre Augen waren hart und kalt, und in ihrer Miene lag etwas Unerbittliches. Ronja gab sich alle Mühe, ihr aus dem Weg zu gehen und auf keinen Fall ihr Missfallen zu erregen.

Sie drehte sich auf dem Absatz um und stürmte hinaus. Ohne die Tür zu schließen und natürlich auch, ohne sich um die Fußabdrücke zu kümmern, die sie hinterlassen hatte. Sollte die Sekretärin sich doch einen Lappen besorgen und sauber machen. Doch die würde wahrscheinlich warten, bis das Putzpersonal kam. Dann hatte sie wieder jemanden, den sie herumscheuchen konnte. Als Stellvertreterin machte sie den Besitzern des Gestüts wirklich alle Ehre.

Ronja rannte die Treppe hinunter und stieß die Tür mit dem Milchglaseinsatz auf, die auf den Hof führte. Die kleine Gruppe, die neben dem Bus stand, sah ihr erwartungsvoll entgegen. Ronja unterdrückte ein Seufzen, setzte ein falsches Lächeln auf und rief betont fröhlich: »So, meine Herrschaften. Dann wollen wir mal. Der Rundgang über den Kreutzhof beginnt.«

Sie startete im Stall mit den Fohlen, die noch bei ihren Müttern waren, was den Damen Entzückungslaute entlockte. Die Männer dagegen stellten nüchterne Fragen nach Gesamtbestand, Altersverteilung, Fütterung, Auslauf ... Ronja beantwortete alles, so gut sie konnte. Zumindest waren die Themen unverfänglich. Die Zeit für die Zoten war noch nicht gekommen.

Sie gingen weiter zu den Jährlingen, den Zweijährigen und Dreijährigen, zur Koppel, zur Reithalle und zum Sandplatz, wo ihre Kollegen mit Tieren trainierten, und in den alten Innenhof. Die Besamungsstation, beschloss Ronja, würde sie heute einfach auslassen. Stattdessen wies sie die Besucher auf den gemauerten Brunnen hin, der sich vor dem Wohnhaus der Familie in der Mitte eines mit Kopfstein gepflasterten und von etlichen Laubbäumen beschatteten Platzes befand. So modern die Anlage sonst war, hier verspürte man den Flair eines alten Herrenhauses.

»Der Brunnen funktioniert sogar noch«, erklärte sie und betätigte die Kurbel, um den Eimer heraufzuholen. Sofort sprang einer der rüstigeren Herren herbei, um ihr zu helfen. Er hievte den Eimer über den Rand und blickte hinein.

»Na.« Er schnalzte mit der Zunge. »Trinkwasserqualität hat das aber nicht.«

Ronja sah ihn verwundert an. »Das ist Grundwasser«, widersprach sie. »Sauberer geht es kaum.«

Der Mann hielt ihr den Eimer hin. »Schauen Sie doch.«

Ronja blickte hinein und runzelte die Stirn. Das Wasser sah tatsächlich ungewöhnlich aus. Es war nicht so klar wie sonst, sondern hatte einen rosafarbenen Schimmer. Und es schwamm etwas darin. Kurze graue Haare.

»Nanu?« Sie trat an den Brunnenrand und beugte sich über die gemauerte Einfassung. Der Wasserspiegel befand sich vielleicht fünf Meter unter ihr und lag deshalb im Schatten. Trotzdem erkannte sie das Gesicht, das unter der Oberfläche trieb, sofort, auch wenn es aufgedunsen war und die kurzen grauen Haare wie ein Fächer darum herum ausgebreitet waren.

Ronjas Knie gaben nach. Zum Glück war der agile Herr zur Stelle und fing sie auf.

»Na, mein Mädchen«, sagte er sanft, ehe er selbst einen Blick in den Brunnen wagte. »Was gibt es denn so Furchtbares?«

Die Straße zog sich als gewundenes graues Band zwischen Stoppelfeldern und grünen Wiesen hindurch. Der Blick ging über sanfte Hügel, ein buntes Mosaik von Anbauflächen und Mais, der hoch stand. Die Nachmittagssonne tauchte die Landschaft in ein goldenes Licht, doch Sabine Kaufmann hatte kein Auge dafür. Es war, als hätte sich ein grauer Schleier vor ihre Pupillen gelegt.

Ein Stück voraus kamen eilig abgestellte Fahrzeuge in Sicht, ein Rettungswagen, ein Leichenwagen, eine Polizeistreife. Rotweißes Flatterband umgrenzte die Szenerie. Mirco Weitzel bremste abrupt, als sie die Absperrung erreicht hatten. Er öffnete Sabine die hintere Wagentür, eindeutig zögerlich, wie ihr nicht entging. Natürlich, dachte sie, er will mich schützen. Doch Sabine wollte keinen Schutz. Sie spürte seine Hand, die sich fürsorglich an ihren Ellbogen legte. Schüttelte die Hand ab. Ihre Nerven vibrierten so sehr, dass jede Berührung zu viel war.

»Ich muss das jetzt tun«, sagte sie nur. »Bitte lass mich.«

Weitzel deutete voraus. Dort stand es. Ein verwittertes graues Steinkreuz, etwa hüfthoch und von der Zeit ziemlich angenagt. Einer der Querbalken war abgebrochen, und überall wucherten weiße und grüne Flechten auf dem porigen Stein. Etwas abseits, hinter ungehemmt wuchernden Büschen, ragte eine riesige Trauerweide auf. Ausgerechnet. Ausladende Zweige mit dichtem, sattgrün schimmerndem Laub. An einem der Äste auf der von der Straße abgewandten Seite des Baums, zwischen dem dichten Blattwerk kaum zu erkennen, baumelte ein Stück stabiles Seil, mehrfach um das Holz geschlungen. Darunter lag ein Körper am Boden, bedeckt von einer weißen Plane, umgeben von aufgeweichtem, vermoostem Erdreich. Angst und Hoffnung griffen gleichermaßen nach ihr. Vielleicht handelte es sich ja um einen Irrtum. Es war gar nicht ihre Mutter.

»Ich will sie sehen.«

Sabine trat entschlossen auf die Abdeckung zu. Der Notarzt, der daneben stand, warf Weitzel einen fragenden Blick zu. Hielt auch er es für eine schlechte Idee, dass ausgerechnet *sie* ...? Wussten alle Anwesenden mit absoluter Sicherheit, dass sich unter der Plane tatsächlich ihre Mutter befand?

Weitzel machte eine zustimmende Geste, der Arzt hob die Kunststoffdecke an und schlug sie zurück.

Sabine schloss die Augen. Ihr Magen hob sich, und in ihrer Speiseröhre stieg ein saures Brennen auf. Sie wandte sich ab und presste sich die geballte Faust vor den Mund. Sie hatte nur eine Sekunde lang hingesehen, doch das Bild leuchtete hinter ihren geschlossenen Lidern. Hedwig, mit weit aufgerissenen Augen, geöffnetem Mund und heraushängender Zunge. Petechien, punktförmige Einblutungen, und ein blau aufgedunsenes Gesicht. Und um den Hals, wie eine blutrote Perlenkette, die Strangmarke.

Niemand, dachte Sabine, sollte einen Menschen, den er liebte, so sehen müssen. Und bevor sie in die gähnende Leere stürzte, die schon die ganze Zeit über bedrohlich unter ihr lauerte, flüchtete sie sich in rationale Gedanken. In Fragen, die ihr als Ermittlerin in den Sinn kamen und nicht als Tochter.

Weshalb hatte Hedwig das getan? Und weshalb ausgerechnet jetzt? Hatte sie wieder Stimmen gehört? Stimmen, die ihr eingeflüstert hatten, sie müsse diesen Weg wählen? Die sichere Variante, nachdem es vier Jahre zuvor mit den Tabletten nicht funktioniert hatte? Und gab es einen Bezug zum Sühnekreuz?

Was war das überhaupt für ein Ding? Sabine war schon unzählige Male an dem mannshohen Steinkreuz vorbeigefahren, hatte sich aber nie Gedanken darüber gemacht.

Mirco Weitzel stand plötzlich neben ihr. »Ich habe das nachgeschlagen«, berichtete er, als habe er ihre Gedanken gelesen. »Man hat diese Sühnekreuze früher errichtet, um an einen Mord oder Totschlag zu erinnern. Man soll da für die Seele des Verstorbenen beten, weil er so plötzlich aus dem Leben gerissen wurde und keine Sterbesakramente erhalten hat. Das Errichten des Steinkreuzes war Teil der Buße. Der Täter oder seine Familie haben es aufgestellt.« Er nahm die Dienstmütze ab und richtete die Haare, an denen es nichts zu richten gab. »Dieses hier steht seit etwa zweihundert Jahren. Die Legende behauptet, dass ein Mann seinen Nachbarn erschlagen hat, weil der seiner Tochter ein Kind gemacht hat.«

Sabine Kaufmann schluckte schwer. Gänzlich unwillkommene Ideen schossen ihr urplötzlich durch den Kopf. Fragen, die aus dem finsteren Abgrund krochen. Die sich ihr als Tochter stellten und nicht als Ermittlerin. Vor ein paar Jahren hatte Hedwig behauptet, dass ihr Ex-Mann sie verfolge. Dabei hatte sich dieser – er war zugleich Sabines Erzeuger – schon vor einer Ewigkeit nach Spanien abgesetzt. Er hatte nie wieder eine Rolle gespielt. Konnte es sein, dass er niemals weggegangen war? Dass Hedwig ihn aus dem Weg geräumt und wo vergraben hatte? Hatten sie deshalb die Bilder verfolgt, ihre Schizophrenie ausgelöst? Hatte sie deswegen vor vier Jahren in ihren Wahnvorstellungen geglaubt, Sabines Vater stünde auf der anderen Straßenseite und sähe zu ihr herüber? Hatte sie aus diesem Grund versucht, sich umzubringen? War sie aus dem Leben geschieden, weil sie mit ihrer Schuld nicht länger leben konnte?

Aber das war dummes Zeug. Ihre Mutter war krank gewesen. Schizophrenie brauchte keinen Auslöser. Sie versteckte sich in den Genen und kam irgendwann zum Vorschein. Sie machte aus gesunden Menschen psychische Wracks. Pflanzte ihnen Ängste und Halluzinationen ein. Trieb sie dazu, Dinge zu tun, die sie nicht hatten tun wollen. Und die Krankheit hatte begonnen, ehe ihr Vater sie verlassen hatte. Genau das war ja der Grund gewesen, weshalb er abgehauen war. Weil er sich nicht länger mit ihren Stimmungsschwankungen und ihrer Trunksucht herumschlagen wollte. Das hatte er seiner damals zwölfjährigen Tochter überlassen.

Sie wandte sich an Weitzel. »Wo lasst ihr sie hinbringen?«

Der Uniformierte sah sie mitfühlend an. »Wohin schon? Gießen. Die sind zuständig. Weißt du doch.«

Sabine hatte das Gefühl, als griffe eine eisige Hand nach ihrem Herzen. Sie wollte schreien, doch ihre Kehle war wie zugeschnürt. Alles, nur das nicht. Nicht ihre Mutter auf dem Tisch von Professor Hack. Er mochte eine Koryphäe sein, aber sie wollte keine Obduktion. Keinen Zyniker mit morbidem Humor, der ihre Mutter aufschnitt.

»Können wir sie nicht zum Bestatter bringen?«

Weitzel zog unbehaglich die Schultern hoch. »Geht nicht ohne den passenden Totenschein. Und den haben wir nicht. Der Arzt«, er ruckte mit dem Kinn in Richtung des Rettungsarztes, »hat *nicht natürlicher Tod* angekreuzt. Musste er ja auch. Die Strangulationsmarke ist nicht zu übersehen.«

Sabine Kaufmann nickte. Sie wusste das ja alles. Es war schließlich ihr Job. Der Wind frischte auf und trug den Geruch von Gülle herüber, die irgendwo auf den frisch eingesäten Feldern ausgebracht worden war, und eine neue Welle der Übelkeit rollte über Sabine hinweg. Sie blickte wieder zu Mirco Weitzel. »Bringst du mich nach Hause?«

»Klar.«

Sabine stakste vor ihm her zum Streifenwagen.

Zu Hause. Wo war das überhaupt? *Was* war es?

»Da muss aber eine Menge gemacht werden.« Die Frau in dem schlammfarbenen Kleid, Endsechzigerin mit billiger Dauerwelle, betrachtete abschätzig die Kücheneinrichtung. Hängeschränke mit Buchenfurnier, hier und da abgeplatzt, die Spüle mit einstmals weißer, jetzt vergilbter Emaille mit etlichen Kratzern und Sprüngen, Kacheln zweifelhafter Farbe und der dunkle Schlund der wieder einmal defekten Spülmaschine. Nicht besonders schön, allerdings auch kaum weniger beklagenswert als die Miene der Frau: wässrige Augen, missfällig gekräuselte Nase und Mundwinkel, die so weit herunterhingen, dass sie wie Halbmonde das Kinn umrahmten. Der Mann hinter ihr – blass, hager und mit einem mausgrauen Anzug angetan – nickte wie eine Aufziehpuppe. »Die Kacheln gehen gar nicht. Und die Spüle muss erneuert werden.«

Ralph Angersbach schwitzte. Er wollte hier weg. Er mochte die Frau nicht. Aber sie war der letzte Rettungsanker. Eigentlich hatte er das Haus verkaufen wollen. Er hatte es im Grunde nie gewollt, nicht einmal von dessen Existenz gewusst. Dann war seine Mutter gestorben, eine Frau, die er zeit seines Lebens nicht wirklich kennengelernt hatte. Sie hatte zwar mehrere Kinder empfangen, von den unterschiedlichsten Männern, aber das war nicht auf einen starken Mutterwunsch zurückzuführen, sondern vielmehr auf Nachlässigkeit in Sachen Verhütung. Ein verkorkstes Leben, in dem für Ralph nie Platz gewesen war. Stattdessen Kinderheim, Pflegefamilie, immer auf der Suche nach den eigenen Wurzeln. Aber dann, nach ihrem Tod, drängte sie ihm diese alte Immobilie auf. Als wolle sie ihm nach all den Jahren doch noch ein Zuhause geben. Doch die Sache hatte, wie nicht anders zu erwarten, einen Haken. In dem Haus in Okarben lebte ein Teenager, eine Halbschwester, von der Ralph bis dahin nichts gewusst hatte. Der letzte Sprössling seiner Mutter. Rebellisch und giftig wie ein verzogener Stubenkater, damals, vor vier Jahren, mit sechzehn Jahren. Zu viel Alkohol, zu viel Marihuana und die falschen Freunde. Mittlerweile war Janine zwanzig, hatte ihren Realschulabschluss nachgeholt und leistete ein soziales Jahr ab, um sich beruflich zu orientieren. Das fand er gut. Dass dieses soziale Jahr in einem Jugendknast in Berlin stattfand, weniger. Aber Janine war schon immer extrem gewesen. Und sie hatte rausgewollt. Außerdem war sie volljährig, und er konnte ihr nichts mehr vorschreiben. Jedenfalls würde sie nicht nach Okarben zurückkehren. Und er selbst brauchte das Haus auch nicht.

Nach dem ersten Jahr des Experiments hatte man die neu geschaffene Mordkommission in Bad Vilbel auf eine Stelle reduziert. Auf die von Sabine Kaufmann. Und er selbst war nicht, wie er es sich gewünscht hatte, nach Friedberg abkommandiert worden, sondern zurück an seine alte Dienststelle nach Gießen. Dort hatte er auch eine Wohnung, nahe dem Polizeipräsidium in der Ferniestraße. Sehr praktisch. Trotzdem war er jedes Wochenende gependelt. Janine hatte nicht nach Gießen umziehen wollen, auch wenn Okarben sterbenslangweilig war. Aber es war ihr Elternhaus. Mutterhaus. Der Vater war genauso wenig für sie da gewesen wie derjenige von Ralph für ihn. Und mit der S-Bahn war es nicht weit bis nach Frankfurt. Das war eine Stadt, in der man etwas unternehmen konnte, fand Janine. Gießen dagegen ...

Doch jetzt war Janine in Berlin, und er würde wahrscheinlich auch langfristig nicht auf eine Stelle in Friedberg kommen. Deshalb hatte er versucht, das Haus zu verkaufen. Der Makler, der es sich angesehen hatte, hatte ein Gesicht gemacht, als hätte er plötzlich Zahnschmerzen. Ralph hatte weitere beauftragt, doch das Ergebnis war dasselbe geblieben. Ansprechendes Objekt mit Gestaltungspotenzial, hatte es in den Anzeigen geheißen. Zu Deutsch: heruntergekommene Bruchbude mit verwildertem Garten und jeder Menge Renovierungsbedarf. Die wenigen Interessenten, die gekommen waren, hatten schnell abgewinkt. Dabei verkauften sich Immobilien in unmittelbarer Nähe des Rhein-Main-Gebiets doch praktisch wie von selbst. Und dann Okarben. Zentral, aber vergleichsweise ruhig. Bundesstraße und S-Bahn-Anschluss. Und so heruntergekommen war es nun auch wieder nicht, fand Ralph. Doch was nutzte es ihm? Blieb also nur, das Haus wenigstens zu vermieten. Denn auf die Dauer waren die Kosten für eine Mietwohnung und ein Haus für den Geldbeutel eines Kriminaloberkommissars deutlich zu viel.

»Es wird natürlich alles frisch tapeziert, bevor Sie einziehen«, versprach Ralph, auch wenn er nicht die geringste Ahnung hatte, wann und wie er das tun sollte. Von Lust ganz zu schweigen. »Und die Spüle mache ich Ihnen auch neu.«

»Ja ... dann ...« Die Schlammfrau zog die Worte in die Länge wie zähen Kaugummi.

Ralph riss der Geduldsfaden. »Nehmen Sie's, oder lassen Sie's sein«, polterte er. »Ich habe nicht den ganzen Tag Zeit.«

Die Mundwinkel der Frau sanken noch weiter herunter, dabei hätte Ralph geschworen, dass das unmöglich war. Der Mann dagegen kniff die Lippen so fest zusammen, dass sie zu verschwinden schienen und er aussah wie ein zahnloser Greis.

»Na, junger Mann«, tadelte die Frau, was Angersbach für eine Sekunde versöhnte. Jung nannte man ihn schon seit vielen Jahren nicht mehr, auch wenn er mit sechsundvierzig noch nicht alt war. Nur irgendwo dazwischen, im lebensaltertechnischen Niemandsland.

»Was haben Sie denn so Wichtiges zu tun?«

»Arbeit«, erwiderte er knapp. Dabei hatte er sich den Tag freigenommen, um endlich das Problem mit diesem Haus zu lösen.

»So?« Die Frau betrachtete erst ihn, dann die Küche und schließlich noch den dunkelgrünen und mittlerweile deutlich in die Jahre gekommenen Lada Niva, der vor dem Haus parkte. Hilfsarbeiter, Tagelöhner, Tagedieb, schien es hinter ihrer Stirn zu rattern. Ralph hätte beinahe seine Polizeimarke aus der Hosentasche gerissen und vor ihrer Nase geschwenkt. Stattdessen zog er sein Handy hervor, das sich mit einem Vibrieren bemerkbar machte.

»Ja? Angersbach hier«, meldete er sich. Im nächsten Moment schenkte er der braunen Frau und ihrem mausgrauen Mann keine Beachtung mehr. In einem Brunnenschacht auf dem Gestüt Kreutzhof in Wetterbach, direkt an der Straße zwischen Muschenheim und Bettenhausen gelegen, war eine Frauenleiche entdeckt worden. Von Gießen aus wäre der Weg kürzer, doch auch von hier waren es nur etwa dreißig Kilometer. Eine Strecke, wie er sie seit fast fünf Jahren beinahe täglich fuhr.

»Ich bin schon unterwegs«, sagte er. »Wartet auf mich.« Erst jetzt bemerkte er, dass ihn die Frau im schlammgrauen Kleid neugierig anstarrte. »Entschuldigung, ich muss los. Ein Leichenfund.«

Die Mundwinkel der Frau wanderten nach oben. »Sie sind Polizist?«

»Regionale Kriminalinspektion Gießen, Kommissariat elf, Gewalt-, Brand- und Waffendelikte«, spulte er den üblichen Text ab.

In die Augen der Frau trat ein Leuchten. »Wir nehmen das Haus«, erklärte sie, ehe ihr Mann etwas einwenden konnte.

Ralph schob die beiden aus der Tür. »Prima. Ich melde mich in den nächsten Tagen wegen des Vertrags.«

Er drehte den Schlüssel im Schloss, lief zu seinem Lada und kletterte auf den Fahrersitz. Zum Glück sprang der Motor auf Anhieb an, wenn auch mit einem etwas asthmatischen Keuchen. Er war ja auch nicht mehr der Jüngste. Ralph grinste verhalten. Es hätte ihn doch geärgert, wenn der glanzvolle Abgang von einem Wagen, der nicht ansprang, zerstört worden wäre.

2

Zwei uniformierte Kollegen von der Polizeistation Grünberg waren bereits vor Ort und hatten alles Notwendige veranlasst: die Spurensicherung informiert, ein Bergungsteam und einen Arzt angefordert und den Bereich um den steinernen Brunnen im Innenhof des Gestüts Kreutzhof mit rotweißem Flatterband abgegrenzt. Dahinter stand eine Rentnergruppe, zusammen mit einer jungen Frau mit rötlich braunen Haaren in Arbeitskleidung, einem dunkelgrünen Overall, auf dessen Brusttasche ein Emblem mit einem Pferd prangte, und grünen Gummistiefeln. Auf der gegenüberliegenden Seite der Absperrung warteten drei weitere Personen, zwei ähnlich gekleidet, die dritte, eine schlanke Frau mit strengem Dutt und schwarzer Hornbrille, in einem grauen Kostüm und hochhackigen Stiefeln, die auf dem Hof fehl am Platz wirkten.

Ralph Angersbach trat zu den Kollegen, die er vom Sehen kannte, beide schon älter, der eine mit grauen Haaren, der andere neuerdings offenbar mit Glatze, soweit man das unter der Dienstmütze erkennen konnte. Er begrüßte sie und hörte sich an, was man bereits wusste: »Die Tote heißt Carla Mandler, geborene Sommerlad. Siebzig Jahre alt, gemeldet hier auf dem Kreutzhof in Wetterbach. Verheiratet mit Meinhard Mandler, neunundsechzig Jahre.«

Angersbach nickte. »Ist der Ehemann schon informiert?«

»Nein. Wir konnten ihn nicht erreichen. Wir haben die Angestellten befragt. Sie haben Herrn Mandler seit Tagen nicht gesehen. Der Ältere von den Stallburschen meint, er ist auf einer Pferdeausstellung in Südspanien, auf der Suche nach einem neuen Zuchthengst.«

»Hat er kein Handy?«

»Doch. Aber da geht nur die Mailbox dran.«

Angersbach angelte einen zerfledderten Block aus seiner Tasche und machte sich Notizen. Um den Ehemann würde er sich später kümmern. Er sah zu dem Bergungsteam hinüber, dann zu den Schaulustigen, die sich seit seinem Eintreffen keinen Zentimeter weit bewegt hatten.

»Können Sie das Publikum bitte anweisen, zu gehen?«, raunte er einem der Polizisten zu. Achselzuckend machte der sich daran, die Schaulustigen zu vertreiben. Mit mäßigem Erfolg, doch damit hatte der Kommissar gerechnet. Zumindest hatte er es versucht. Wenigstens zückten sie keine Smartphones, er hatte in dieser Hinsicht schon so manches erlebt. Diskretion und Anstand schienen spätestens seit Social Media endgültig gestorben zu sein, zumindest bei einem erschreckend hohen Bevölkerungsanteil.

Ralph platzierte sich so gut es ging im Sichtfeld der Gaffer, um es ihnen so schwer wie möglich zu machen, wenn man sie schon nicht loswurde. Dann wartete er auf das, was die Kollegen von der Bergung zutage fördern würden. Einer der Männer hatte sich in den Brunnen abseilen lassen und ein Transporttuch unter den Körper der Toten geschoben, das mithilfe von Seilen nach oben gehievt wurde. Zwei Kollegen hoben den Leichnam über den gemauerten Brunnenrand und legten ihn auf eine Plane, die sie auf dem Pflaster ausgebreitet hatten. Angersbach trat näher, um sich die Tote anzusehen. Es war eine schlanke, fast schon magere Frau mit kurzen grauen Haaren, die aber dennoch kräftig wirkte. Bekleidet war sie mit Reithosen, Stiefeln und einer dicken Jacke. Aus Haaren und Kleidern tropfte Wasser auf die Plane. Gesicht und Hände waren aufgedunsen und schrumpelig, der Mund weit aufgerissen, die Augen geöffnet und wässrig. Vermutlich hatte sie schon einige Zeit im Brunnen gelegen.

»Waschhaut«, bestätigte der Arzt, der sich neben den Leichnam gekniet hatte. »Liegezeit im Wasser zwischen zwölf und vierundzwanzig Stunden, grob geschätzt.«

Angersbach hob unbehaglich die Schultern. Von Professor Hack, dem Gießener Rechtsmediziner, wusste er, was passierte, wenn ein Körper längere Zeit in einem Gewässer verweilte. Wasser und Kälte bewirken die typische Blässe der Leiche, bei frischen Leichen entdeckte man auch Gänsehaut, aufgerichtete Brustwarzen und – bei männlichen Toten – geschrumpfte Genitalien. Schon nach kurzer Zeit setzte die Herausbildung der sogenannten Waschhaut ein: die typische Quellung und Runzelung der Oberhaut, beginnend nach etwa drei Stunden an den Fingerkuppen und Zehenspitzen. Es folgten, nach etwa sechs Stunden, die Hohlhand und die Fußsohle, bis sich schließlich am gesamten Körper die Oberhaut in Fetzen von der Lederhaut ablöste. Nach drei bis sechs Wochen ließ sich die Haut an Händen und Füßen samt Nägeln abziehen wie Handschuhe und Socken. Angersbach war froh, dass es ihm bisher erspart geblieben war, sich diesen Vorgang bei einer Obduktion ansehen zu müssen. Aber die Vorstellung allein reichte aus, um die Kälte und die Gänsehaut am eigenen Leib zu spüren.

Er schüttelte sich kurz, um das widerwärtige Gefühl loszuwerden. »Todesursache?«, fragte er.

Der Arzt deutete ein Schulterzucken an. »Auf den ersten Blick keine äußeren Verletzungen.« Er öffnete die Jacke der Verstorbenen. Knöpfte erst die Weste der Toten auf, dann die Bluse, die sie darunter trug. Ein hautfarbener BH kam zum

Vorschein. Der Arzt hakte ihn auf und entfernte ihn. Die Brust war klein und schlaff, die Haut ebenso verschwollen und schrumpelig wie im Gesicht und an den Händen. Und unterhalb des Halbmonds der linken Brust befand sich ein kleines, rosa schimmerndes Loch. Der Arzt betastete es. »Sieht aus wie ein Messerstich.«

»Also kein Unfall?«

Der Arzt schaute bedeutungsvoll zur Brunneneinfassung. »Das hatte ich ohnehin nicht angenommen. Oder halten Sie es für wahrscheinlich, dass eine erwachsene Frau aus Versehen in einen Brunnen von vielleicht eineinhalb Metern Durchmesser fällt? In den Brunnenschacht auf ihrem eigenen Hof überdies?«

»Kaum.« Angersbach holte tief Luft. Er wollte diesen Fall nicht. Und vor allem wollte er ihn nicht allein bearbeiten. Weshalb war kein Kollege aus dem Präsidium in Gießen dazugekommen? Er fischte sein Smartphone aus der Hose und tippte auf eine Kurzwahl. Magen-Darm-Grippe, erfuhr er gleich darauf. Das halbe Revier war krank. Man würde ihm keine Verstärkung schicken können. Er musste allein zurechtkommen. Wütend schob er das Gerät zurück in die Tasche.

Andererseits war es ihm im Grunde recht. Es gab in Gießen keinen Kollegen, mit dem er gern zusammenarbeitete. Nicht mehr, nachdem er vor vier Jahren zusammen mit Sabine Kaufmann ermittelt hatte. Dabei hatte er am Anfang gedacht, sie beide würden sich niemals zusammenraufen. Diese kleine, energische, einfühlsame Frau. Und er, der grobe Klotz. Aber dann hatte es doch funktioniert, hatte sich eingespielt. Sie waren ein richtiges Team geworden, bis man ihn zurück nach Gießen versetzt hatte. Danach hatten sie sich aus den Augen verloren. Warum eigentlich? Gut, er hatte eine Menge mit seiner Halbschwester Janine zu tun gehabt, die fest entschlossen gewesen war, sich ihr junges Leben komplett zu versauen. Und Sabine hatte sich um ihre Mutter kümmern müssen, mit der sie nach deren Suizidversuch zusammengezogen war. Doch trotzdem. Warum hatte er sie nicht wenigstens mal angerufen? Hatte er befürchtet, dass sie ihn zurückweisen würde? Aber so war es ja oft. Man verpasste den richtigen Moment. Und dann war es zu spät.

Er dankte dem Arzt, wies die uniformierten Kollegen an, dafür zu sorgen, dass der Leichnam nach Gießen in die Rechtsmedizin geschafft wurde, und fragte, wer die Tote entdeckt hatte.

»Die Rothaarige da drüben«, erfuhr er. Der Beamte nahm seine Mütze ab und fuhr sich mit einem großen und nicht mehr ganz sauberen Taschentuch über die Glatze. Ralph hatte richtig getippt. Der Glatzköpfige setzte die Kopfbedeckung wieder auf und deutete auf die Frau im dunkelgrünen Overall. »Sie heißt Ronja. Ronja Böttcher.«

Ralph ging zu ihr hinüber und stellte sich vor. Die Rentnergruppe scharte sich enger um sie.

»Lassen Sie uns ein paar Schritte gehen«, schlug Angersbach vor und marschierte über den gepflasterten Hof auf das herrschaftliche Haus zu. Erst jetzt nahm er es richtig wahr. Ein zweistöckiger Bau aus dicken Bruchsteinen, die mit Alterspatina überzogen waren. Türen und Fenster von dicken Holzbalken umrahmt, dunkles Fachwerk dazwischen. Alle Holzelemente tiefbraun, offenbar erst kürzlich abgeschliffen und gestrichen. Das Reetdach, für diese Gegend eher ungewöhnlich, schimmerte golden, nicht mehr so hell und steril, wie es ein brandneues tat, aber auch nicht so dunkel, wie es bei einem jahrzehntealten der Fall gewesen wäre. Die Hofbesitzer hatten offenbar einiges investiert, um ihr Anwesen in Schuss zu halten. Doch soweit er wusste, verdiente man mit Pferdezucht nicht schlecht.

»Haben Sie hier Ihre Büros?«, erkundigte er sich.

Die junge Frau schnaubte leise. »Das ist das Wohnhaus von Meinhard und Carla Mandler. Die Büros sind vorne, in dem schlichten weißen Gebäude neben dem Parkplatz.«

Hatte er eine Anspannung herausgehört? Vorbehalte gegen die Arbeitgeber? Oder war es nur der Schock, dass sie ihre Chefin tot aufgefunden hatte? Angersbach folgte der jungen Frau über den Vorplatz, der von Stallgebäuden umgeben war, doch sie ging nicht auf das weiße und tatsächlich wenig einladende Bürogebäude zu, sondern ließ sich auf eine der Bänke sinken, die den Platz säumten.

»Wissen Sie, wie das ist, wenn man in einen Brunnen schaut und einem plötzlich so eine furchtbare Fratze entgegenblickt?«, fragte sie. »Ich meine, man erwartet ja, ein Gesicht zu sehen. Das eigene, das sich im Wasser spiegelt. Und dann entdeckt man stattdessen so eine Horrormaske. Ich dachte, mir bleibt das Herz stehen.«

Angersbach betrachtete die junge Frau. Sie wirkte eher robust, nicht so zerbrechlich, wie ihre Schilderung vermuten ließ. Doch wenn Sabine Kaufmann recht hatte, war er auch nicht gerade ein Experte in Gefühlsdingen.

»Was ist Ihnen als Erstes durch den Kopf gegangen? Haben Sie eine Idee, was passiert sein könnte?«

»Nein.« Ronja Böttcher rieb mit den Händen über die Hose ihres Overalls. Dann sprang sie unvermittelt auf. »Ich muss was trinken.«

Sie lief über den Platz zu dem weißen Gebäude, schloss die Tür mit dem Milchglaseinsatz auf und ging über die Treppe nach oben. Angersbach folgte ihr ungefragt. Im ersten Stock öffnete sie eine weitere Tür, und Ralph fand sich in einer Art Bürowohnung wieder, die behaglicher wirkte, als die Fassade hatte vermuten lassen. Durch die offen stehenden Türen konnte er in mehrere Räume mit großen Schreibtischen, gepolsterten Stühlen aus rötlichem Holz und Regalen mit Aktenordnern sehen. Eine weitere Tür führte in eine Küche, ebenfalls rustikal in warmen Holztönen eingerichtet. Ronja Böttcher füllte Wasser in einen blauen Kocher, schaltete das Gerät ein und angelte zwei Becher und ein Glas mit Pulverkaffee aus einem der Schränke. Sie wartete ungeduldig, doch ehe das Wasser kochte, sank sie plötzlich auf einen der Stühle und ließ die Arme hängen.

»Ich habe gehört, was die Polizisten geredet haben«, sagte sie. »Man hat sie erstochen, richtig?«

»Ja.«

»Das kann kein Zufall sein.«

»Wie meinen Sie das?« Ralph nahm sich einen Stuhl und setzte sich der jungen Frau gegenüber.

»In den letzten Monaten ... da hat hier immer wieder jemand ein Schaf geschlachtet.«

Unpassenderweise knurrte genau in diesem Moment Ralphs Magen. Er schnitt eine Grimasse.

»Verstehen Sie das nicht falsch. Ich bin Vegetarier«, versicherte er eilig. »Aber die Schafe ... dafür sind sie da, oder nicht?« Er dachte an seinen Freund Neifiger, der als Metzger im Vogelsberg arbeitete. Ausgerechnet. Wie kam man als Vegetarier zu einem Kumpel, für den Fleisch Religion war?

»Nein. Das meinte ich nicht.« Ronja Böttcher fuhr sich mit der flachen Hand über das Gesicht. »Nicht geschlachtet. Abgeschlachtet. Jemand hat sich nachts auf die Koppel geschlichen und einem der Tiere die Kehle durchgeschnitten. Es ausgeweidet und dann in seinem eigenen Gedärm liegen lassen. Das war furchtbar. Der Gestank. Und das ganze Blut und der Dreck auf dem weißen Fell.«

Frau Böttcher kam ins Stocken, und Angersbach neigte den Kopf: »Das ist wirklich furchtbar. Haben Sie das gemeldet?«

Sie lachte bitter auf. »Wen interessieren denn schon ein paar tote Schafe?«

»Moment – ein paar?«

»Nun, es ist nicht nur ein Mal passiert. Einmal ... einmal war es sogar ein Lämmchen. Gerade mal wenige Tage alt. Die Wolle war noch strahlend weiß. Und dann ... Wissen Sie, was ein Drillingslämmchen ist? Wenn ein Schaf Drillinge bekommt, ist eines der Lämmer zum Sterben verdammt. Weil die Mutter nur zwei Zitzen hat. Die beiden stärkeren setzen sich durch, und das schwächste bleibt auf der Strecke. Wenn man es retten will, muss man es mit der Flasche aufziehen. Wir haben das gemacht. Es war unser Baby. Und dann war es tot.«

Ralph Angersbach lief ein Schauer über den Rücken. »Sie meinen, jemand treibt ganz gezielt sein Unwesen auf diesem Hof? Er hat mit den Schafen angefangen, und jetzt tötet er die Menschen?«

Unwahrscheinlich, dachte er. Doch seinem Gegenüber schien das anders zu gehen. Große grüne Augen blickten ihn furchtsam an. »Was soll ich denn sonst glauben?«

Angersbach rieb sich das Kinn. »Haben Sie denn eine Idee, wer das getan haben könnte?«

Die junge Frau schaute auf ihre Hände. »Nein.« Sie stand auf, schaufelte Kaffeepulver in die Tassen und gab heißes Wasser dazu. »Nehmen Sie Milch?« Ein Versuch, den Anschein von Normalität zu wahren.

»Ja, bitte.«

Sie schenkte ein, stellte die Becher auf den Tisch und setzte sich wieder.

»Seit wann arbeiten Sie hier?«

»Drei ... fast vier Jahre.«

»Tun Sie es gern?«

»Ich liebe Pferde. Und die Schafe. Alle Tiere.«

»Und Ihre Chefin und Ihren Chef? Und Ihre Kollegen?«

»Die Kollegen sind in Ordnung. Na ja.« Sie kräuselte die Lippen. »Bis auf die Henrich vielleicht. Die glaubt, wenn die Chefs nicht da sind, kann sie hier regieren.«

»Die Henrich?«

»Nicole Henrich. Die Sekretärin des Gestüts.« Sie deutete aus dem Fenster. »Die aufgetakelte Tussi da draußen.«

»Ah.« Angersbach nickte. Die Frau, die so gar nicht hierherzupassen schien, war also die Bürokraft des Hofs. »Und mit den Chefs kommen Sie nicht so gut zurecht?«

»Das habe ich nicht gesagt«, fuhr Ronja auf. »Es ist nur ... Na ja. Herr Mandler sieht einen immer so komisch an. Er schaut alle Frauen so an. Alle jungen Frauen.«

»So?«

»Na, Sie wissen schon. Als wolle er sie am liebsten an Ort und Stelle ausziehen.«

»Aber er tut es nicht.«

»Keine Ahnung. Mich jedenfalls bestimmt nicht.«

Angersbach musste gegen seinen Willen grinsen. Er hatte doch geahnt, dass sie nicht das schüchterne Mäuschen war, das sie ihm hier vorspielte.

»Und die Chefin?«

»Korrekt.« Ronja Böttcher wollte sich offenbar nicht weiter auf Glatteis begeben. »Aber irgendwie kalt. Man wird nicht warm mit ihr.«

»Können Sie sich vorstellen, wer einen Grund gehabt haben könnte, sie zu ermorden?«

Ronja Böttcher schüttelte den Kopf. »Nein. Ich hatte immer ein bisschen Angst vor ihr, und ich glaube, die anderen auch. Aber wie gesagt: Sie war korrekt. Manchmal ein bisschen scharf, doch sie hat nie jemanden beleidigt oder schlecht behandelt. Nicht so, dass man sie deswegen umbringen würde.«

»Danke.« Angersbach leerte seinen Kaffeebecher und stand auf. »Ich werde jetzt mit Ihren Kollegen sprechen. Ruhen Sie sich ein bisschen aus. Wenn ich noch Fragen habe, komme ich später wieder zu Ihnen.«

Er trat aus der Küche in den Flur. Aus dem Augenwinkel sah er, wie Ronja Böttcher das Gesicht in den Händen vergrub und zu schluchzen begann. Vielleicht sollte er lieber den Psychologischen Dienst informieren. Selbst ihm hatte der Anblick der Leiche zugesetzt. Für eine junge Frau wie Ronja Böttcher war so ein Erlebnis gewiss nicht leicht zu verkraften. Er würde dafür sorgen, dass man ihr Hilfe anbot.

Die Wohnungstür fiel mit einem lauten Krachen hinter ihr ins Schloss. Mirco Weitzel hatte mit hineinkommen wollen, doch sie hatte ihn barsch zurückgewiesen. Zu barsch? Er hatte es nur gut gemeint. Doch ihr fehlte die Energie, sich darum zu kümmern. Sie schwankte durch den Flur, als wäre das Haus ein schlingerndes Schiff, dabei war sie selbst es, die das Gleichgewicht verloren hatte. Ihre feuchten Handflächen hinterließen dunkle Abdrücke auf der Blümchentapete, als sie sich abwechselnd rechts und links abstützte. Endlich erreichte sie die Wohnzimmertür, stieß sie auf und stolperte hindurch. Sie ließ sich in den alten braunen Ohrensessel fallen und schlug die Hände vors Gesicht.

Tot. Ihre Mutter war tot. Sie hatte nicht gut genug auf sie aufgepasst. Und jetzt war sie tot.

Warum ausgerechnet die einsame Trauerweide an einem Feldweg unweit der ständig rauschenden Bundesstraße? Warum das Sühnekreuz?

Sie wollte weinen, doch es kamen keine Tränen. Nur die dumpfe Leere hinter ihrer Stirn, das Pochen in ihrem Kopf, das Gefühl, sich aufzulösen. Sie sprang wieder auf, taumelte zur braunen Schrankwand, die Hedwig ausgesucht hatte. Alles war nach ihrem Geschmack eingerichtet worden, die orangebraune Tapete, die braunen Möbel, die Nierentischchen. All die Dinge aus der guten alten Zeit, als Hedwig Kaufmann noch jung und gesund gewesen war.

Sabine öffnete die Tür und nahm die Flasche Wodka heraus, die sie hinter zwei hohen Stapeln mit Videokassetten versteckt hatte. Ihre Mutter hatte ein Alkoholproblem gehabt. Deswegen war es nicht gut, wenn etwas im Haus war. Aber Sabine brauchte dann und wann wenigstens einen Schluck, den sie in ein Glas Orangensaft mischen konnte, sodass Hedwig nichts merkte. Jetzt war sie froh, dass sie die Flasche für den Notfall hier deponiert hatte. Sie drehte den Verschluss, der sich mit einem metallischen Knacken öffnete, setzte die Flasche an und trank.

Der Wodka brannte eine feurige Spur ihre Kehle hinunter bis in den Magen, und Sabine hustete. Sie war keine puren harten Sachen gewohnt. Normalerweise trank sie höchstens ein, zwei Gläser Wein zum Essen, wenn sie mal ausging. Was lange nicht mehr vorgekommen war. Die letzten vier Jahre hatte sie ihre Abende fast ausschließlich in der Gesellschaft ihrer Mutter verbracht. Sie dachte an Petra Wielandt, eine Kollegin aus der Polizeistation in Friedberg, von der sie geglaubt hatte, sie könne eine Freundin werden. Doch sie hatte sich nicht darum gekümmert, hatte die Kollegin abgewimmelt, bis diese ihre Bemühungen eingestellt hatte. Und auch Michael Schreck, früherer Kollege und IT-Experte an ihrem alten Frankfurter Präsidium, einst ihr Lebensgefährte, dann ein guter Freund, war lange fort. Vor drei Monaten war er in die Staaten gegangen, weil man dort, wie er sagte, schon viel weiter war. Jetzt arbeitete er für ein halbes Jahr beim FBI und schrieb ihr alle paar Wochen eine begeisterte E-Mail, in der er von bahnbrechenden Entwicklungen in der IT-Forensik berichtete. Und Ralph Angersbach, der vor vier Jahren ihr Kollege und auch so etwas wie ein Freund geworden war, hatte sie ebenfalls seit langer Zeit nicht mehr gesehen. Sie hatte sich gemeinsam mit ihrer Mutter abgekapselt. Eine Blase hatten sie gebildet in dieser aus der Zeit gefallenen Wohnung. Jetzt war ihre Mutter tot. Und sie war allein.

Sabine nahm ein Glas aus dem Schrank und ging zurück zum Sessel. Sie warf sich hinein, füllte das Glas bis zum Rand mit Wodka und setzte es an die Lippen. Wenn es noch etwas gab, das den Schmerz vertreiben konnte, dann nur der Alkohol, der die grauenvollen Sinneseindrücke hinwegspülte. Auch wenn sie sich nicht die geringsten Illusionen darüber machte, dass es ihr am nächsten Tag noch schlechter gehen würde. Und dass die Bilder wiederkommen würden.

Als er wieder auf den Hof trat, waren die Spurensicherung und der Leichenwagen eingetroffen. Angersbach ging über den großen Vorplatz und warf einen Blick in eines der Stallgebäude. Im Inneren war Bewegung. Keine Pferde, sondern Kühe, stellte er überrascht fest. Sie drängten sich am Futtertrog. Ein großes, schwarzbraunes Tier stemmte sich mit der Stirn gegen eine metallene Absperrung, die den offenen Stall in zwei Abteile gliederte. Jenseits des Gatters befanden sich, wie Ralph jetzt entdeckte, einige Jungtiere. Offenbar wollte die Kuh zu ihrem Kalb. Das Metallgitter bewegte sich ein Stück zur Seite. Durch den Spalt hätte vielleicht ein Schäferhund gepasst, doch die Kuh zwängte den Kopf hinein und presste sich mit ihrem riesigen Körper gegen den Widerstand. Ralph hätte gewettet, dass sie es nicht schaffen würde, doch irgendwie wand sich die Kuh hindurch und war plötzlich auf der anderen Seite.

»Das macht sie ständig«, sagte jemand neben ihm, und Angersbach fuhr herum.

Vor ihm stand ein kleiner, magerer Mann in einem dunkelgrünen Arbeitsoverall. Kurze, deutlich gelichtete blonde Haare, mit Grau durchsetzt, eine schiefe Nase und ein fliehendes Kinn, nur unzureichend unter einem dürren Ziegenbart verborgen. Ralph erinnerte sich, dass er ihn zusammen mit zwei weiteren Angestellten an der Absperrung um den Brunnen herum gesehen hatte. Er betrachtete das Emblem auf der Brusttasche des Overalls: ein Pferdekopf, der hinter einem Kreuz hervorsah, umrahmt von einem Schriftzug. *Gestüt Kreutzhof*. Das Kreuz wirkte massiv, die Arme verbreiterten sich nach außen hin. Ein Steinkreuz. Ein Wikingerkreuz. Oder ein Sühnekreuz?

Eines der Kälber lief zu der Kuh, die sich auf die andere Seite geschmuggelt hatte, und schmiegte sich an sie.

»Warum trennen Sie die?«, fragte Angersbach.

»Wegen der Milch.« Der Mann im Overall betrat das Abteil. Er hängte das Metallgitter aus und schob es beiseite. Dann schlang er der Kuh eine kurze Kette um den Hals und zerrte daran. Das Tier ließ sich widerstrebend zurück auf die andere Seite führen. Der Knecht löste die Kette und nahm das Kalb auf den Arm, das der Mutter gefolgt war. Er trug es zurück zu den anderen Kälbern und schob die Metallgatter wieder in Position. Die Kuh trabte auf ihn zu und begann, den Kopf wieder dagegenzupressen. Der Arbeiter zog eine kurze Peitsche aus der Tasche und stieß ihr den Griff ein paarmal in die Seite.

»Hau ab. Mach schon. Geh zu den anderen.«

Die Kuh trottete davon und senkte den Kopf in den Futtertrog. Der Knecht kam zu Angersbach zurück und steckte die Peitsche ein. »Sie muss sich daran gewöhnen.«

Ralph betrachtete das mutterlose Kalb, das mit großen Augen zu den Kühen hinübersah. Ländliche Idylle hatte er sich anders vorgestellt.

»Sie sollten eigentlich bei Ihren Kollegen sein und eine Aussage machen«, sagte er zu dem Knecht.

Der verschränkte die Arme. »Jemand muss die Arbeit machen. Wir können nicht alles stehen und liegen lassen.«

Der Mann sprach so, wie man es hier in Mittelhessen eben tat, doch da war noch ein Beiklang. Eine etwas andere Betonung, ein härterer Zungenschlag. Angersbach zog seinen Notizblock hervor. »Wie heißen Sie?«

»Adam Nowak.«

Ralph musterte noch einmal das weiche Gesicht mit den vollen Lippen. »Pole?«, tippte er.

Die Mundwinkel zuckten nur kurz. »In meinen Papieren steht, ich bin Deutscher. Aber meine Eltern sind aus Polen eingewandert. Dreiundvierzig.«

»Verstehe.« Angersbach kratzte sich am Kinn. »Seit wann arbeiten Sie hier auf dem Kreutzhof?«

»Vierzig Jahre.«

»Vierzig?«

»Mit vierzehn habe ich angefangen, neben der Schule. Wir brauchten das Geld.«

»Dann kennen Sie Frau Mandler gut?«

Der Knecht zuckte mit den Schultern. »Chefin. Korrekt, aber kalt.«

Angersbach machte sich eine Notiz. Dieselben Worte hatte auch Ronja Böttcher benutzt. »Schon immer?«

Nowaks Augen glitten durch den Stall. Die Kuh marschierte bereits wieder zum Gatter, das sie von ihrem Kalb trennte. »Vielleicht war sie früher ein bisschen weniger hart«, sagte er. »Ich kann mich nicht mehr erinnern.«

»Gab es Konflikte? Mit Ihnen? Oder mit anderen Angestellten? Irgendjemand, den sie entlassen hat und der darüber wütend war?«

»Nein. Immer korrekt, sage ich doch.«

»Aber nicht besonders beliebt.«

Der Knecht machte eine unwillige Geste und schickte sich an, sich wieder um die Kuh zu kümmern, die sich erneut zwischen den Gattern hindurch zu ihrem Kalb zwängte. »Streng. Aber fair.«

Ralph hielt ihn fest. »Und die Ehe?«

Der Knecht blickte zu der Kuh. »Okay. Da war alles okay.« Die grauen Augen verengten sich. »Glauben Sie vielleicht, er hat sie umgebracht? Herr Mandler? Der war doch gar nicht hier. Ist schon Anfang der Woche weggefahren, nach Spanien. Wegen dem neuen Zuchthengst.«

»Wann genau war das?«

»Montag? Dienstag? Ich weiß nicht mehr.«

»Ist er geflogen? Mit dem Zug gefahren? Oder mit dem eigenen Wagen?«

»Mit dem Auto. Er ist immer mit dem Auto gefahren.« Ein Leuchten trat in die Augen des Knechts. »Ein BMW-M4-Cabrio. Hardtop-Dach, TwinPower Turbo, sechs Zylinder, 431 PS. In Rot.«

Klar, dachte Ralph. Ein typisches Macho-Angeberauto. Geld floss hier offenbar reichlich. Und wo Geld war, gab es Neider. Den Wagen würden sie zur Fahndung ausschreiben. Wenn Meinhard Mandler sich tatsächlich im Ausland aufhielt, würde man das feststellen können. Und sie würden selbstverständlich versuchen, ihn anzurufen. Oder sein Handy zu orten. Bald würde man wissen, wo er steckte und ob er als Täter infrage kam. Der Ehepartner gehörte generell zu den Hauptverdächtigen.

»Kann ich mich jetzt wieder um die Kuh kümmern?«, drängte Nowak, und Angersbach entließ ihn mit einer Handbewegung.

»Bitte. Aber ich komme sicher noch mal auf Sie zurück.«

Er sah noch zu, wie der Knecht die Kuh erneut zurück in ihr eigenes Abteil drängte. Dann verließ er den Stall und zog sein Mobiltelefon aus der Tasche.

»Angersbach«, sagte er, als sich ein Kollege am anderen Ende meldete. »Habt ihr Meinhard Mandler schon erreichen können?«

Bisher keine Spur vom Ehemann der Verstorbenen. Nur immer wieder dieselbe Ansage auf seiner Handy-Mailbox.

»Danke.« Ralph drückte das Gespräch weg und sah sich um. Als Nächstes würde er mit der Sekretärin sprechen. Eine gute Sekretärin wusste immer alles. Über den Betrieb genau wie über ihre Arbeitgeber. Und so, wie Nicole Henrich aussah, war sie eine gute Sekretärin.

Er schlenderte zurück zum Bürogebäude und blieb bei den beiden uniformierten Kollegen stehen, die neben ihrem Streifenwagen warteten. Der eine machte sich Notizen, der andere telefonierte.

»Habt ihr die Zeugen befragt? Die Personalien aufgenommen?«

Der Beamte mit dem Klemmbrett in der Hand nickte. »Die Rentnergruppe ist eine halbe Stunde vor dem Auffinden der Leiche eingetroffen. Sind aus einem Altenheim in Bad Nauheim. Die Namen haben wir aufgenommen, aber die haben nichts gesehen. Stehen unter Schock. Der Fahrer des Heims hat sie abgeholt und zurückgefahren. Er hatte die Leute nur abgesetzt und war dann in Münzenberg einen Kaffee trinken. Wir schicken die Liste, aber wenn du mich fragst, ist da nichts zu holen.«

Angersbach nickte. »Die Angestellten?«

»Adam Nowak, Stallknecht«, zählte der Uniformierte auf. Wohnt auf der anderen Seite der Straße in Wetterbach. Konnte keine verwertbaren Angaben machen.«

»Ja. Ich habe auch mit ihm gesprochen«, bestätigte Angersbach.

In seinem Kopf regte sich etwas. Dass die Leute noch immer den Begriff Knecht benutzten. Aber vermutlich gab es keine treffendere Bezeichnung, zumindest fiel ihm in diesem Moment keine ein.

»Vier junge Leute, die sich um die Tiere kümmern«, fuhr der Beamte fort. »Im Wesentlichen um die Pferde.« Er konsultierte seine Notizen. »Ronja Böttcher, achtundzwanzig, Pferdepflegerin, wohnhaft in Münzenberg. Vollzeitkraft. Sie hat die Leiche entdeckt.«

»Ich habe mich mit ihr unterhalten«, sagte Angersbach. »Ohne Ergebnis.«

Der Uniformierte blätterte weiter. »Dann wären da noch: Yannick Dingeldein, neunzehn, wohnhaft in Wetterbach. Macht eine Ausbildung zum Tierpfleger. Hat nichts gesehen. Luisa Klingelhöfer, achtzehn, macht hier ein Praktikum. Tochter aus gutem Hause, wenn du mich fragst. Hochnäsig, aber keine verwertbaren Hinweise. Und dann noch Amelie Schwarz, siebzehn, ebenfalls Praktikantin. Der Vater arbeitet in Wetterbach im Rathaus. Das Mädchen war aber heute nicht hier. Ist seit Wochen krank.«

Angersbach fuhr sich durch die Haare. Die wenigsten Lehrlinge oder Praktikanten brachten ihre Chefs um. Selbst dann nicht, wenn sie einen guten Grund dazu hätten. Das hatte was mit Macht und Hierarchie zu tun, glaubte er.

»Und die Sekretärin?«

»Ja ...« Der Beamte hob die Augenbrauen. »Die ist eine Nummer für sich. Nicole Henrich, siebenundvierzig, wohnhaft in Bettenhausen. Sie wollte keine Aussage machen. Sie meinte«, er blickte Angersbach vielsagend an, »sie wolle mit dem Chef sprechen.«

Angersbach blickte zu dem zweiten Uniformierten, der sein Telefonat beendet hatte und ihn angrinste.

»Das kann sie haben«, knurrte er.

Immer zwei Stufen auf einmal nehmend, lief er die Treppe im Bürogebäude hinauf. Durch eine der offen stehenden Türen entdeckte er Nicole Henrich. Sie saß an einem Schreibtisch, die Finger mit den langen, schreiend rot lackierten Nägeln auf einer Computertastatur, doch sie tippte nicht. Sie starrte nur auf ihren Monitor. Mit dem festgezurrten schwarzgrauen Dutt erinnerte sie Angersbach an eine Schaufensterpuppe.

»Frau Henrich?«

Die Sekretärin wandte ihm wie in Zeitlupe den Kopf zu und blinzelte, als wäre sie gerade aus einem schweren Albtraum erwacht. Nur, dass es kein Traum war.

»Ralph Angersbach, Mordkommission. Ich würde mich gern mit Ihnen unterhalten.«

Offenbar war die Sekretärin hinreichend beeindruckt. Sie erhob sich, wenn auch nur langsam, und reichte ihm eine manikürte Hand. Ralph schüttelte sie und ließ sie rasch wieder los. Der Händedruck war schlaff, warm und feucht.

»Bitte. Setzen Sie sich doch.« Er wartete, bis sie wieder auf ihrem Schreibtischsessel Platz genommen hatte, und zog sich selbst einen Stuhl heran. »Seit wann arbeiten Sie hier auf dem Kreutzhof?«

»Ich hatte vor vier Wochen mein fünfundzwanzigjähriges Jubiläum«, verkündete die Sekretärin, und Ralph stellte fest, dass ihm auch ihre Stimme Unbehagen bereitete: spitz, schrill und mit einem leidenden Unterton.

»Sie sind die Assistentin von Herrn Mandler?«

»Von Frau Mandler. Sie hat mich eingestellt. Natürlich bin ich auch für Herrn Mandler tätig, aber ...« Sie verstummte.

Ralph wartete ab.

»Herr Mandler arbeitet vor allem mit den Pferden und kümmert sich um die Angestellten. Besonders um die jungen Frauen«, erläuterte sie verkniffen. »Die Bücher macht Frau Mandler. Ich meine«, sie geriet ins Stocken, »die hat Frau Mandler gemacht.« Sie schluckte. »Ich weiß wirklich nicht, wie man ihr etwas Derartiges antun kann.«

»Der Ehemann vielleicht?« Ralph wusste, dass Sabine Kaufmann ihn angesichts seiner Befragungsstrategie vorwurfsvoll angeschaut hätte. Sie mochte es subtil und einfühlsam. Er dagegen preschte lieber direkt aufs Ziel zu. Knallte den Leuten vor den Latz, was er dachte. Und Sabine arbeitete nicht mehr mit ihm zusammen. Schon seit vier Jahren nicht mehr. Nicht zum ersten Mal durchzuckte ihn ein Bedauern, als er daran dachte. Er hätte sich längst einmal bei ihr melden sollen. Aber in dieser Wohnung mit der psychisch kranken Frau hatte er immer das Gefühl gehabt zu ersticken. Und Sabine traute sich kaum noch aus dem Haus, weil sie ihre Mutter nicht allein lassen wollte. Und dennoch …

»Nein.« Die schrille Stimme der Sekretärin holte ihn zurück ins Hier und Jetzt. »Herr Mandler ist ein Filou. Aber er würde seine Frau niemals ermorden.«

Wenn du wüsstest, wie viele Männer genau das tun, dachte Ralph.

»Gab es sonst jemanden, mit dem Frau Mandler Streit hatte? Unter den Angestellten? Irgendwer vielleicht, den sie entlassen hat und der darüber wütend war?«

»Wir haben seit zehn Jahren niemanden mehr entlassen«, verkündete Nicole Henrich, so als wäre sie selbst die Chefin, die diese Entscheidungen traf. »Wir machen nur Zeitverträge. Und wer gute Arbeit leistet, wird verlängert. Das lief immer alles einvernehmlich.«

Angersbach hatte seine Zweifel, doch er würde ihr kaum eine anderslautende Aussage entlocken können.

»Wie ist der Kontakt zu den Leuten im Dorf?«, fragte er stattdessen. »So ein großer Hof verbreitet ja einiges an Lärm und Betrieb und … *Odeur*«, sagte er. »Gab es da Klagen?«

Die Sekretärin schnalzte verächtlich. »Wir sind hier auf dem Land. Da sind die Leute an so etwas gewöhnt. Da beschwert sich niemand.«

Ralph beugte sich vor. »Und was war mit den Schafen?«

»Schafe?«

»Die Tiere, denen jemand die Kehlen durchgeschnitten und die Leiber aufgeschlitzt hat.«

»Ach.« Nicole Henrich schmatzte wieder. »Hat die Böttcher ihre große Klappe nicht halten können?« Sie winkte ab. »Das waren Vandalen. Jugendliche aus dem Dorf. Oder aus einem der Nachbarorte. Die wissen nichts mit sich anzufangen, sind arbeitslos und wütend, dass es Leute gibt, die Erfolg haben und Geld verdienen. Und dann lassen sie an denen ihren Frust aus. Oder an deren Eigentum.«

Sie sagte das, als wären die toten Tiere nur Dinge. Formaljuristisch handelte es sich tatsächlich um Sachbeschädigung. Doch von jemandem, der auf einem Hofgestüt arbeitete, hätte Ralph mehr Mitgefühl für die gequälten Kreaturen erwartet.

»Sie glauben nicht, dass es einen Zusammenhang gibt?«, erkundigte er sich. »Zwischen den toten Schafen und dem Mord an Frau Mandler?«

Die Sekretärin riss erschrocken die Augen auf. »Sie meinen …?« Sie schlug die Hände vor den Mund, und eine Sekunde lang fürchtete Ralph, sie könnte sich mit ihren langen Fingernägeln die Augäpfel ausstechen. »Ach du liebe Güte … Auf den Gedanken bin ich noch gar nicht gekommen.«

»Angenommen, es wäre so. Wer könnte dann dahinterstecken?«

»Ich weiß nicht.« Nicole Henrichs Blick irrte hilflos durchs Zimmer. »Frau Mandler hat doch niemandem etwas getan. Wenn *er* es wäre … der *Herr* Mandler …«

»Dann?«

Die Sekretärin rückte ihren Dutt zurecht, dabei saß der so stramm, dass er unmöglich verrutschen konnte. »Ich weiß nicht, ob ich Ihnen das so einfach sagen darf.«

Ralph erhob sich von seinem Stuhl. »Ich ermittle in einem Mordfall. Die Tote ist Ihre Chefin. Und alles, was Sie mir sagen können, hilft mir dabei, den Täter zu finden. Auch Dinge, von denen Sie vielleicht glauben, dass sie nichts mit der Sache zu tun haben.«

Die kleinen grauen Augen verengten sich. »So? Nun gut. Also … Herr Mandler hatte in der letzten Woche zwei ungewöhnliche Telefonate. Beide Anrufer waren sehr aufgebracht.«

»Verraten Sie mir auch, wer die beiden waren?«, drängte Angersbach. »Haben Sie die Anrufe entgegengenommen?«

»Natürlich«, kam es spitz. »Ich nehme alle Anrufe entgegen. Der eine war Bernhard Schwarz, der Vater von Amelie, die hier bei uns ein Praktikum macht.«

»Aha?« Bruchstücke, die Ralph erfahren hatte, fügten sich zu einem Bild zusammen. Ein hübsches junges Mädchen. Ein Hofbesitzer, der ein Schürzenjäger war. Und ein aufgebrachter Vater. »Und der andere?«

»Sebastian Rödelsperger. Der Geschäftsführer der BiGaWett.«

»BiGaWett?«

»Biogas Wetterau. Das ist ein großer Konzern, der hier in der Gegend eine neue Anlage errichtet.«

»Und was wollte der Herr Rödelsperger von Herrn Mandler?«

Die Sekretärin setzte wieder ihre hochmütige Miene auf.

»Das entzieht sich meiner Kenntnis«, beschied sie ihm.

»Also haben Sie nichts von den Gesprächen mitbekommen? Von Herrn Mandlers Reaktion? Irgendetwas?«

»Ich nehme die Gespräche nur an, ich belausche sie nicht«, gab Frau Henrich frostig zurück. »Wenn Sie mehr wissen wollen, müssen Sie Herrn Mandler schon selbst fragen.«

Ralph lupfte einen imaginären Hut. »Besten Dank. Das werde ich.«

3

Der Weg zurück führte ihn durch ein Panorama, das kitschig war wie eine Urlaubspostkarte. Über sanfte Hügel erstreckten sich die Felder, grün und gelb leuchteten sie im Licht der untergehenden Sonne. Linker Hand der Taunus, als wäre er zum Greifen nah. Und rechts, am fernen Horizont, der Vogelsberg. Ralph Angersbachs Heimat. Ein altes Vulkanmassiv, schroff und bewaldet, dazwischen sattgrüne Wiesen. Plötzlich verspürte er eine Sehnsucht, die ihm lange Zeit fremd gewesen war. Hier unten war es auch schön, keine Frage. Das orangerote Licht über dem Taunuskamm schuf eine besondere Stimmung. Wie es in den Wäldern wohl riechen würde? Warm, ein wenig modrig, nach Harz und nach Farn. Ralph Angersbach war niemand, der besonders auf solche Reize reagierte, doch in diesem Moment fühlte er sich sonderbar berührt. Er nahm den Fuß vom Gas und ließ den dunkelgrünen Lada Niva ein wenig langsamer über die Landstraße rattern. Das alte Gefährt klapperte beträchtlich, und bei jeder Bodenwelle übertrug sich der Stoß direkt auf die Wirbelsäule, doch Ralph hätte den Wagen um nichts in der Welt hergegeben. Dies hier war noch ein richtiges Auto. Eines, an dem man herumschrauben konnte, auch wenn er selbst dazu nicht in der Lage war. Ohne den ganzen technischen Firlefanz, den man heutzutage mitkaufte. Er brauchte keine Einparkhilfe und erst recht kein nerviges Gepiepe des Anschnallsensors, wenn er zum Rangieren den Gurt abnahm. Und er würde sich nie im Leben ein Elektroauto kaufen wie den Renault Twizy, den Sabine Kaufmann einmal besessen hatte. Ein Auto mit einer Reichweite von kaum zweihundert Kilometern war ein Witz. Doch der Twizy war auch schon lange Schrott.

Ralph konzentrierte sich wieder, als er auf den Gießener Ring fuhr und der Verkehr dichter wurde. Die einen kamen gerade von der Arbeit, die anderen waren schon auf dem Weg zu ihren Feierabendaktivitäten. Am Freitagabend wollte jeder die Woche abschütteln und sich entspannen. Ralph überholte einen Lastwagen und setzte den Blinker. Die liebliche Landschaft mit der untergehenden Sonne blieb in seinem Rücken zurück.

Sein Weg führte ihn direkt zum rechtsmedizinischen Institut. Auch wenn andere Feierabend machten, Professor Hack, der altgediente Rechtsmediziner mit dem Glasauge und dem nicht zufällig gewählten Spitznamen *Hackebeil* würde noch im Institut sein. Er hatte angekündigt, Carla Mandlers Obduktion noch an diesem Abend vorzunehmen. Bei einer Wasserleiche war das auch nötig. Waren die erst einmal wieder an der Luft, setzte rasch die Verwesung ein. Je eher die Leichenöffnung stattfand, desto besser.

Angersbach parkte den Lada auf dem fast leeren Parkplatz hinter dem Institut und betrat das Gebäude durch die Hintertür.

Professor Hack erwartete ihn im Obduktionssaal. Ein Assistent hatte Carla Mandlers Leichnam bereits vorbereitet. Er lag auf dem Metalltisch, nackt und unbedeckt. Ralph registrierte eine lang gezogene, wulstige Narbe oberhalb der rötlich braunen Schambehaarung. Das Haupthaar war vollständig ergraut und kurz, aber modisch geschnitten. Augen und Mund waren geöffnet, das Braun der Augen trüb. Früher einmal musste die Frau hübsch gewesen sein. Durch das Liegen im Wasser war die Haut aufgequollen und ließ sie dick wirken, obwohl sie schlank, wenn nicht mager gewesen war. Die Hüftknochen stachen grotesk hervor.

Hack blickte ihn an. Das eine Auge schaute knapp an ihm vorbei. Das Glasauge. Obwohl Hack nicht mit Anekdoten aus seinen aufregenden Berufsjahren geizte, die ihn quer durch Europa und den Rest der Welt und nicht zuletzt an etliche Kriegsschauplätze geführt hatten, wusste Ralph bis heute nicht, wie der Mediziner das Auge verloren hatte.

Der Professor zog hellblaue Latexhandschuhe über und begann mit der äußeren Untersuchung des toten Körpers. Der blau umhüllte Zeigefinger der rechten Hand wies auf die hässliche Narbe über der Schamhaargrenze. »Wissen Sie, was das ist?«

Ralph nickte langsam.

»Total-OP«, bestätigte Hack seine Vermutung. »Hysterektomie. Entfernung der Gebärmutter. Wahrscheinlich auch Adnektomie, Entfernung der Eierstöcke. Das sehen wir, wenn der Körper geöffnet ist. Aber was wir jetzt schon wissen, ist, dass da eher ein Stümper am Werk war.«

Ralph hob fragend die Augenbrauen.

»Die Narbe.« Hacks Stimme klang ungeduldig. »Da hat sich jemand nicht viel Mühe mit dem Nähen und der Wundpflege gegeben. Aber früher war man auch noch nicht so aufs Kosmetische fokussiert.«

»Früher?«

»Heutzutage macht man solche Operationen für gewöhnlich laparoskopisch. Oder durch den Scheidenkanal. Ein Bauchschnitt ist die Ausnahme. Wird nur gewählt, wenn die Frau zu dick oder die Gebärmutter besonders groß ist, was mir bei der Dame hier unwahrscheinlich erscheint. Vor zwanzig, dreißig Jahren dagegen war das Wort ›minimalinvasiv‹

noch nicht erfunden. Da hieß es eher: Was weg ist, ist weg.« Hack lachte meckernd. Er wandte sich dem Kopf der Frau zu, untersuchte ihre Haare, zog die Augenlider hoch, leuchtete mit einer kleinen Lampe in die Mundhöhle.

»Wasser gehört zum Schlimmsten, was mit einer Leiche passieren kann«, dozierte er, während er den Körper vom Kopf bis zu den Füßen gründlich in Augenschein nahm und betastete. »Selbst wenn die Liegezeit vergleichsweise kurz ist. Äußerliche Spuren werden abgewaschen und der optische Eindruck verfälscht. Bei einem Fließgewässer kämen noch irreführende Verletzungen durch das Abtreiben auf dem Grund und Tierfraß hinzu. Da haben wir in diesem Fall noch Glück, dass es sich um sauberes Brunnenwasser handelt. Dennoch«, er blinzelte Angersbach mit dem gesunden Auge zu, »diese Waschhaut hat immer was Unappetitliches, finden Sie nicht?« Er quetschte eine Hautfalte zwischen den Fingern. »Die Haut wird schmierig und löst sich vom Fleisch ab. Wie bei einem Grillhuhn. Aber Sie essen ja kein Fleisch.«

Er zog das von der Decke baumelnde Mikrofon zu sich heran und begann, den äußeren Befund zu diktieren. Ralph kämpfte derweil mit der Übelkeit, die seinen Magen zusammenzog. Er wandte die Augen von der Toten ab und sah sich im Raum um.

Am hinteren Ende stand ein weiterer Tisch, auf dem ebenfalls ein Leichnam lag. Anders als Carla Mandler war der oder die Tote mit einem hellgrünen Tuch bedeckt. Es war ein schmaler Umriss. Klein, kurze Arme und Beine. Eine alte Frau, nahm er an. Oder ein Kind? Er wollte nicht fragen, die tote Carla Mandler reichte ihm für den Augenblick. Er betrachtete die langen Metalltische, die an der Längsseite des Raumes standen, die Labortische mit Mikroskop und Organwaage und anderen Gerätschaften, die in der Rechtsmedizin verwendet wurden, und den Tisch mit den Instrumenten und Schalen für die anstehende Obduktion. Skalpelle und die große Schere, die aussah wie eine Geflügelschere, für den berüchtigten Y-Schnitt. Es war nicht die erste Leichenöffnung, der er beiwohnte, doch immer noch überfiel ihn der dringende Impuls, den Raum schnellstmöglich wieder zu verlassen.

»Sie hat nicht allzu lange im Brunnen gelegen«, unterbrach Hack seine Gedanken, und Ralph wandte sich ihm wieder zu. »Zehn Stunden, maximal zwölf, denke ich.«

Das war deutlich präziser als die Schätzung, die der Notarzt abgegeben hatte. Ralph rechnete nach. Gefunden hatte man Carla Mandler gegen sechzehn Uhr dreißig am Nachmittag. Die Tatzeit – das hieß, der Zeitpunkt, zu dem man die Leiche in den Brunnen verbracht hatte, der Mord konnte durchaus früher stattgefunden haben, schließlich hatte sich Hack über den Todeszeitpunkt noch nicht geäußert – musste also zwischen halb fünf und halb sieben Uhr morgens liegen. Nicht direkt helllichter Tag, doch die Dämmerung hatte wahrscheinlich schon eingesetzt. Er musste das nachprüfen. In der Stadt lagen zu einer solchen Uhrzeit die meisten Menschen in ihren Betten, doch auf einem Hof begann der Arbeitstag früh. Die Tiere mussten gefüttert, die Kühe gemolken, die Ställe ausgemistet werden. Bauern waren beim ersten Hahnenschrei wach und beizeiten auf den Beinen. Trotzdem hatte angeblich niemand etwas gesehen. Hatte einer der bereits Befragten gelogen? Oder war es dem Täter tatsächlich gelungen, die Tote unbemerkt in die Zisterne zu bugsieren? Der gepflasterte Innenhof und das Herrenhaus lagen abseits des eigentlichen Gutsbetriebs, und die Zahl der Angestellten war überschaubar. Vielleicht war es gar nicht so schwer, einen Leichnam unbemerkt zum Brunnen zu befördern. Doch weshalb hatte der Täter das überhaupt getan? Warum hatte er die

Tote nicht dort liegen lassen, wo er sie ermordet hatte? Vermutlich hatte er das Auffinden verzögern wollen. Angersbach musste herausfinden, ob der Brunnen noch benutzt wurde, und, wenn ja, wie oft. Dass Ronja Böttcher einen Blick hineingeworfen hatte, war vermutlich Zufall gewesen. Ohne die Führung, von der der Täter womöglich nichts gewusst hatte, hätte die Leiche tage-, wenn nicht wochenlang unbemerkt auf dem Grund der Zisterne liegen können.

»Todesursache war offenbar der Stich ins Herz«, drang die Stimme von Wilhelm Hack wieder in Ralphs Bewusstsein. »Zumindest kann ich keine anderen Verletzungen entdecken.«

»Nur ein einziger Stich?«

Hack schaute ihn anerkennend an. »Richtig. Entweder wusste der Täter genau, was er tut, oder er hatte verdammtes Glück. Es ist nicht so leicht, jemanden mit einem einzigen Stich zu töten. Doch dieser hier«, er wies auf die Tote, »ging direkt in die linke Herzkammer. Das ist wie ein Nagel in einem prall gefüllten Reifen. Die Luft geht mit einem Schlag raus. Exitus.«

Ralph nickte. Der Täter war womöglich ein Profi. Jemand, der sich mit der menschlichen Anatomie auskannte. Allerdings gab es auf einem Hof, auf dem auch geschlachtet wurde, wahrscheinlich eine ganze Reihe von Personen, die wussten, wie man effizient tötete. Ralph musste an die Hausschlachtungen denken, denen er als Kind eher unfreiwillig beigewohnt hatte, und die Übelkeit verstärkte sich. Aus gutem Grund aß er kein Fleisch. Die Geräusche und Gerüche und überall das dickflüssige, schmatzende Blut. Ralph schüttelte den Kopf, um die Erinnerung zu vertreiben.

»Hm.« Hack runzelte die Stirn und tastete an den Geschlechtsorganen der Toten herum. Im nächsten Moment hielt er einen kleinen Gegenstand ins Licht.

»Was ist das?« Ralph musterte das Objekt. Rötlich braun, aus Ton gebrannt. Ein Kreuz. So wie das Sühnekreuz neben dem Kreutzhof.

»Hat vermutlich ihr Mörder dort platziert«, sagte Hack. »Kann mir jedenfalls nicht vorstellen, dass eine Frau das selbst tun würde.«

»Und wozu?«, fragte Angersbach. »Ein Fingerzeig? Oder eine Warnung?«

Der Rechtsmediziner steckte das Tonkreuz in einen Beweismittelbeutel und legte ihn zu den anderen. »Nicht meine Aufgabe, das herauszufinden.«

Ralph nickte. »Irgendwelche anderen Auffälligkeiten?«, fragte er.

»Bei der ersten Anschauung nicht. Aber sehen wir mal, was der Blick ins Innere offenbart.«

Hack nahm ein Skalpell, führte es im Halbkreis um den Hinterkopf der Toten herum und zog ihr mit einer raschen Bewegung das Haar samt Kopfhaut übers Gesicht. Dann griff er nach der elektrischen Knochensäge, die nicht anders aussah als Ralphs Handkreissäge, mit der er gelegentlich Bretter zuschnitt, und schaltete sie ein. Angersbach wartete darauf, dass der Rechtsmediziner den Schädel der Toten aufsägte, doch der stellte die Säge wieder ab und schaute zu dem zweiten Arbeitstisch hinüber.

»Das war sicher ein schlimmer Schock für Ihre Bad Vilbeler Kollegin«, sagte er, und Ralph stutzte. Hacks Stimme klang mitfühlend und frei von jeglichem Zynismus, was so gut wie nie vorkam.

»Für Sabine Kaufmann? Was denn?« Angersbach dachte an Konrad Möbs und das Experiment Mordkommission. Hatte man die Dependance nun endgültig aufgelöst, und auch Sabine musste ihren Arbeitsplatz wechseln?

»Ihre Mutter.« Hacks Glasauge war auf die zweite Leiche gerichtet. »Hat sich aufgehängt. Heute Nachmittag, an einer Trauerweide unweit der Bundesstraße.«

Angersbach schluckte. »Das da ... ist Hedwig Kaufmann?«

Hack schaltete die Knochensäge wieder ein. »Das sagte ich gerade, oder nicht?«, gab er gewohnt schroff zurück. Allzu große Empathie konnte man sich als Rechtsmediziner nicht leisten, erklärte er gern.

Ralphs Mageninhalt spülte mit einem Schlag durch die Speiseröhre nach oben.

»Entschuldigung«, keuchte er und hastete zur Tür.

»Gehen Sie nur«, rief Hackebeil ihm nach. »Ich komme hier schon zurecht.«

4

Samstag, 16. September

Sie erwachte, weil die Sonne, die zwischen den Vorhängen hindurch ins Zimmer fiel, ihr ins Gesicht stach. Sabine Kaufmann schnitt eine Grimasse und blinzelte. Ihr Schädel dröhnte. Der Wodka am Abend zuvor war keine gute Idee gewesen, auch wenn sie tief und traumlos geschlafen hatte. Zumindest konnte sie sich an nichts erinnern. Dafür stand ihr jetzt das Bild wieder so deutlich vor Augen, als wäre es auf ihre Netzhaut gebrannt: das abgeschnittene Seil, das vom Ast der Trauerweide baumelte. Die Rinde des Baumes war verschorft, als hätten Wildtiere daran gefressen. Dahinter erstreckte sich die hügelige Landschaft mit den Maisfeldern. Und davor stand dieses Kreuz, das Sühnekreuz. Grauer Kalkstein, verwittert, mit Flechten und Moosen bewachsen, ohne Inschrift. Seltsam, dass sie bis gestern nicht gewusst hatte, weshalb man diese Kreuze errichtet hatte. Sühne für einen Mord oder Totschlag. Wieder fragte sie sich, ob es einen Tod gab, an dem ihre Mutter sich schuldig gefühlt hatte. Doch wahrscheinlich hatte sie ebenso wenig wie Sabine gewusst, was diese Kreuze zu bedeuten hatten. Es war ihr als Symbol für den Weg erschienen, den sie einzuschlagen gedachte. Wenn sie nur wüsste, weshalb. Vor zwei Tagen schien doch noch alles halbwegs in Ordnung gewesen zu sein. So, wie es bei ihrer Mutter eben gewesen war, wenn keine akute Krise anlag.

Sabine schälte sich aus ihrer Decke und schwang die Beine aus dem Bett. Als sie auf die Füße kam, keuchte sie auf. Ihr wurde schwindelig, und der Raum schien sich vor ihren Augen zu drehen. Stöhnend schloss sie die Lider und wartete darauf, dass sich ihre Atmung wieder beruhigte. Dann ging sie in die Küche, füllte Wasser und Pulver in die Kaffeemaschine und schaltete sie ein. Danach lief sie schwerfällig ins Bad. Das Geräusch der elektrischen Zahnbürste verursachte ihr erneut Kopfschmerzen. Sie kürzte die Prozedur ab, streifte den Pyjama ab und stellte sich unter die Dusche. Das warme Wasser, das auf ihren Kopf prasselte, war eine Wohltat. Wenn sich doch nur der Schmerz, die Bilder und die Trauer so einfach abwaschen ließen. Und dann diese pochende Schuld. Hätte sie sich noch mehr um Hedwig kümmern müssen? Nicht alles der Tagesklinik überlassen – noch genauer hinschauen? Aber dort war niemandem ein Vorwurf zu machen. Sie hatte in der Klinik angerufen, um zu erfahren, ob ein Pfleger Hedwig am gestrigen Nachmittag allein in der Wohnung zurückgelassen hatte. Sie hatte gefragt, warum man sich nicht gekümmert, sie nicht beaufsichtigt hatte. Vorwürfe, die von ihren eigenen bohrenden Schuldgefühlen ablenken sollten, das war ihr durchaus klar. Doch die Antwort aus der Klinik hatte sie überrascht. Der Pfleger, der ihre Mutter gewöhnlich nach Hause brachte, wenn Sabine sie nicht rechtzeitig abholte, hatte das gestern nicht getan. Weil ihre Mutter zur vereinbarten Zeit nicht mehr da gewesen war. In der Klinik hatte man angenommen, Sabine hätte Hedwig abgeholt und nur versäumt, Bescheid zu geben, weil sie in Eile gewesen war.

Sie drehte das Wasser ab, um sich einzuseifen, stand dann wieder minutenlang reglos unter dem sanften Strahl. Schließlich nahm sie den Duschkopf in die Hand und stellte das kalte Wasser an. Nachdem sie sich abgebraust hatte, zitterte sie, doch zumindest war ihr Kopf klarer. Sie rubbelte sich mit dem Handtuch ab, bis ihr wieder warm war. Das Schminken ließ sie ausfallen. Sie würde nicht aus dem Haus gehen, also musste sie sich auch für niemanden zurechtmachen. Im Schlafzimmer wählte sie eine alte, ausgebeulte Jeans und einen bequemen, flauschigen Pullover. Er war rot, keine passende Farbe für eine Tochter in Trauer, aber er war ein Geschenk ihrer Mutter gewesen, und sie fühlte sich ihr darin nah.

Der Kaffee war bereits durchgelaufen. Sabine füllte einen Becher und trank ihn schwarz. Das Dröhnen im Kopf ließ nach, und ihr Blick schien klarer zu werden. Sie nahm die Tasse mit ins Wohnzimmer und sah die leere Flasche auf dem Tisch. Kein Wunder, dass ihr schlecht war. Eine ganze Flasche Wodka ... Sabine stellte ihren Kaffeebecher auf dem Tisch ab und zog die Vorhänge auf.

Der Himmel war wolkenlos blau. Die Sonne glitzerte auf dem taufeuchten Gras und der Hollywoodschaukel, die sich Hedi gewünscht hatte. Früher, als Sabine noch ein Kind gewesen war, hatte die Familie auch eine solche Schaukel gehabt. Sie hatte oft mit ihrer Mutter darin gesessen, und Hedi hatte gesungen. Nun würde sie ihre Stimme nie wieder hören. Sabines Augen wurden feucht, und sie wischte mit dem Handrücken darüber. Es war einfach zu früh. Ihre Mutter war noch nicht alt gewesen, auch wenn sie durch ihre Krankheit oft diesen Eindruck erweckt hatte. Die Jahre des Alkoholmissbrauchs hatten die Haut zerknittert und die Augen getrübt. Und die Angst, die Paranoia der schizophrenen Episoden hatte ihr tiefe Falten ins Gesicht gegraben. Dabei war sie im letzten Jahr erst sechzig geworden. Das war doch heutzutage kein Alter mehr, auch nicht für eine Frau, die schon früh Mutter geworden und vom Vater des Kindes im Stich gelassen worden war.

Sabine fühlte das Brennen der Magensäure in der Kehle und trug den Kaffeebecher zurück in die Küche. Sie sollte lieber etwas Milch in die schwarze Brühe geben.

Sie war auf halbem Weg durch den Flur, als der melodische Gong der Türglocke ertönte. Sabine blieb stehen. Wer mochte das sein? Mirco Weitzel, der noch einmal nach dem Rechten sehen wollte? Oder der Pfleger, der Hedwig in die Tagesklinik bringen wollte? Nein, es war Samstag, fiel ihr ein. Der Gong ertönte erneut, doch Sabine konnte sich nicht entschließen. Sie stand wie festgenagelt auf dem grauen Linoleum, den Blick auf die Blümchentapete und das alte Foto gerichtet, auf dem sie noch eine vollständige Familie waren: die junge Hedwig Kaufmann, die achtjährige Sabine und der Vater, an den sie sich kaum noch erinnern konnte.

Statt des Klingelns ertönte jetzt ein Klopfen an der Tür, erst zaghaft, dann entschlossen. Sabine stellte ihren Becher auf den Tisch mit dem Telefon und spähte durch den Spion.

Davor stand ein Mann, groß, schlank, mit dunklen Haaren. Er kam Sabine vage bekannt vor, doch sie konnte ihn nicht einordnen. Ehe er noch einmal klopfen konnte, öffnete sie die Tür. Jetzt sah sie, dass seine Haare gescheitelt und an den Seiten kurz rasiert waren und er einen Dreitagebart trug. Die Augen – dunkelbraun, fast schwarz – blickten warm und mitfühlend.

»Frau Kaufmann?« Der Mann hob den Arm, und Sabine sah erst jetzt, dass er eine Blume in der Hand hielt. Eine weiße Lilie. »Ich hoffe, ich störe Sie nicht?« Er räusperte sich. »Ich wollte nur ... mein Beileid ...« Zögernd streckte er ihr die Blume entgegen. »Es tut mir so leid, was mit Ihrer Mutter passiert ist.«

»Sie haben sie gekannt?«, brachte Sabine hervor. Ihre eigene Stimme klang fremd in ihren Ohren, rau und knarrend, so als hätte sie noch nie zuvor gesprochen.

»Aus der Klinik«, erklärte der Mann, der etwa in Sabines Alter sein musste. »Sie erinnern sich nicht? Till.« Er nahm die

Lilie in die andere Hand und reichte Sabine die frei gewordene Rechte. Sie ergriff sie wie ferngesteuert und schüttelte sie.

»Till?« Langsam entstand ein Bild vor ihren Augen. Sie erinnerte sich, dass ihre Mutter gelegentlich mit diesem Mann im Garten der Klinik gesessen hatte, wenn sie sie abgeholt hatte. »Sie sind einer der Pfleger, nicht wahr?«

Till ließ ihre Hand los und schüttelte den Kopf. »Nein. Ich bin ein Mitpatient.« Er lächelte schief. »Ich war Berufssoldat. Afghanistan.«

»Oh.« Sabine lief ein Schauer über den Rücken. Sie wusste, dass viele Bundeswehrsoldaten, die man dorthin geschickt hatte, mit schweren Traumata zurückkamen.

»Ich habe Ihre Mutter sehr gemocht.«

Sabine schluckte. »Wollen Sie nicht hereinkommen?«

»Gern.« Till hielt ihr wieder die Lilie hin, und diesmal nahm sie die Blume. Sie ging vor Till her in die Küche und hörte, wie er hinter ihr die Wohnungstür schloss und ihr folgte. Sie stellte die Lilie in ein Weizenbierglas, weil sie keine Vase fand. Till setzte sich auf den Stuhl neben dem Fenster.

»Mögen Sie auch einen Kaffee?«

»Ja, gern.«

Sabine schenkte ihm ein, stellte Milch und Zucker auf den Tisch und holte ihren eigenen Becher aus dem Flur. Als sie zurückkam, schaufelte Till gerade Zucker in seinen Kaffee. Seine Hände waren groß und knochig, die Gelenke an den Fingern wirkten wie dicke Knoten.

»Ihre Mutter hat mir sehr geholfen«, sagte er leise. »Sie konnte so gut zuhören. Und sie hatte keine Angst. All die Schreckensbilder. Das hat sie nicht schockiert. Sie hat mich verstanden und getröstet.«

Meine Mutter?, wollte Sabine fragen, schüttelte aber nur innerlich den Kopf. Wenn es diese Seite an Hedwig Kaufmann gegeben hatte, hatte Sabine davon nichts mitbekommen. Sie kannte nur die Frau, die sich ständig fürchtete und Schrecken sogar dort sah, wo gar keine waren. Von Angst zerfressen war sie gewesen. Deshalb hatte sie sich in den Alkohol geflüchtet und all die Tabletten gebraucht.

»Wir haben uns in einer Therapiegruppe kennengelernt«, berichtete Till weiter. »Depressionen. Ich habe sie von Anfang an gemocht. Sie war wie eine Mutter für mich. Meine eigene hatte nie viel Verständnis für mich.«

Sabine Kaufmann schluckte. Und was willst du jetzt von mir?, dachte sie. Eine Schwester, die sich um dich kümmert, jetzt, wo deine *Mutter* nicht mehr da ist? Für sie hatte Hedwig Kaufmann schon lange keine mütterlichen Qualitäten mehr gehabt. Im Gegenteil. Sie war immer mehr zum bedürftigen Kind geworden, und Sabine hatte die Mutterrolle übernommen. Vielleicht hätte sie mit Till tauschen sollen. Ihre Mutter gegen seine. Aber sie wollte nicht unfair sein. Er hatte sich auf den Weg gemacht, um ihr sein Beileid auszusprechen. Und er war jemand, der ihre Mutter gemocht hatte und sie vermissen würde. Dafür sollte sie dankbar sein.

»Danke«, sagte sie deshalb. »Es ist sehr freundlich, dass Sie gekommen sind.«

Er verknotete die knochigen Finger. »Ich dachte ... Hätten Sie vielleicht ein Foto? Ich möchte Hedi nicht vergessen.«

Sabine fühlte sich seltsam berührt. Vielleicht konnte dieser Mann sie wirklich trösten. Oder ihr wenigstens helfen zu verstehen, was eigentlich geschehen war.

»Ja, sicher«, sagte sie, und ein kleines Lächeln erschien auf seinen Lippen. »Ich muss nur danach suchen. Wir haben so vieles nicht ausgepackt, als wir hier eingezogen sind. Die Kisten mit den Fotos stehen immer noch verschlossen im Keller.«

»Ich könnte sie Ihnen nach oben tragen«, bot Till an.

»Danke.« Sabine wehrte ab. »Das schaffe ich schon. Kommen Sie doch einfach ...«

... in ein paar Tagen noch einmal vorbei, hatte sie sagen wollen, doch ein Klingeln aus dem Flur unterbrach sie. Das Telefon.

»Entschuldigung.« Sie stand auf und verließ die Küche. Ein wenig bedauerte sie die Unterbrechung, doch auf der anderen Seite war sie auch froh, der Intensität der Situation zu entkommen. Tills unverhüllte Emotionen gingen ihr nah.

Sie nahm den Hörer ab. »Kaufmann?«

»Sabine? Hier ist Ralph. Ralph Angersbach.«

»Ralph.« Sie fühlte sich plötzlich leichter. Sie hatten einander vier Jahre nicht gesehen, und ihre Beziehung war nicht immer einfach gewesen. Zu Beginn ihrer gemeinsamen Dienstzeit in Bad Vilbel hatte sie geglaubt, dass Ralph Angersbach ein raubeiniger Macho wäre, mit dem sie nie im Leben warm werden würde. Doch sie hatten sich zusammengerauft, und am Ende hatte sie sich mit ihm wohlgefühlt. Trotzdem hatte sie nichts dafür getan, den Kontakt aufrechtzuerhalten, nachdem er zurück nach Gießen versetzt worden war.

»Ich habe von Professor Hack erfahren, was passiert ist«, erklärte Angersbach. »Ich wollte dir sagen, wie leid es mir für dich tut. So ein Suizid ...«

»Danke.« Sabine presste den Hörer ans Ohr und lehnte sich mit dem Rücken gegen die Flurwand.

»Wie geht es dir? Kann ich was für dich tun?«, fragte Angersbach.

»Als wäre ich unter einen Traktor gekommen. Oder unter einen dunkelgrünen Lada Niva mit kaputten Stoßdämpfern.«

Angersbach lachte leise über ihren bemühten Scherz, obwohl er gegen seinen geliebten Wagen ging. Sie hätte ihm gern gesagt, wie viel ihr sein Anruf bedeutete, aber sie fand nicht die richtigen Worte.

»Ich wünschte, ich könnte irgendetwas tun«, vertraute sie ihm stattdessen an. »Ich glaube, wenn ich jetzt zu Hause sitzen und Löcher in die Decke starren müsste, würde ich verrückt werden. Warum hat Mum das bloß getan?« Sie schluckte schwer und war dankbar, dass Ralph nicht sofort etwas sagte, nur, um die Stille zu durchbrechen.

Sie seufzte schwer. »Und dann noch der andere Mist. Am liebsten würde ich einen weiten Bogen um ganz Bad Vilbel machen. Du hast es vielleicht schon gehört, unsere Mordkommission wird zum nächsten Ersten aufgelöst. Ich habe noch zehn Arbeitstage, danach werde ich mit unbekanntem Bestimmungsort versetzt. Es sei denn, ich entscheide mich, zum LKA nach Wiesbaden zu gehen. Die werben schon länger um mich. Aber ich weiß nicht, ob es das ist, was ich will. Möbs ist jedenfalls froh, dass er mich endlich loswird. Am liebsten wäre ihm, wenn ich für den restlichen September Urlaub nehme und nicht mehr wiederkomme.«

Wenn Angersbach über ihre Offenheit überrascht war, ließ er es sich nicht anmerken.

»Warum lässt du dich nicht abordnen? Im Präsidium in Gießen grassiert ein Magen-Darm-Virus. Wir haben viel zu wenige Leute. Und ich könnte Hilfe gebrauchen.«

»Ein schwieriger Fall?«

»Kann ich noch nicht sagen. Bisher habe ich eine Leiche in einem Brunnenschacht in Wetterbach. Eine tote Hofbesitzerin. Angeblich ohne Feinde, aber du weißt ja, wie das ist. Wenn man gräbt, findet man immer was. Allerdings scheint es tatsächlich so, als wäre eher der Ehemann derjenige, bei dem es Konflikte gibt.«

»Mit der Frau?«

»Eben nicht. Mit dem Vater einer Praktikantin und mit dem Geschäftsführer eines Biogas-Konzerns. BiGaWett.«

Vor Sabines innerem Auge leuchtete ein Bild auf. Ein Plakat, hoch stehender Mais auf riesigen Feldern, daneben ein modernes Kraftwerk mit großen, kuppelförmigen Gärtanks, davor ein Yuppie im Anzug mit strahlendem Lächeln. Auch den Slogan sah sie so deutlich, als wäre er auf ihre Netzhaut geprägt: »Hier findet die Zukunft statt: mit BiGaWett für Gigawatt.«

Ralph Angersbach schnaubte leise. »Stimmt. Jetzt, wo du's sagst. Das Plakat habe ich auch schon gesehen.«

Das war der Vorzug eines eidetischen Gedächtnisses, wie es Sabine besaß, auch wenn es dafür keine wissenschaftlichen Belege gab. Aber Tatsache war, dass sie sich Dinge vor Augen rufen und Details entdecken oder Wörter lesen konnte, die auf andere Weise ihrem Gedächtnis nicht zugänglich waren. Oder, besser gesagt: Die Bilder kamen zu ihr und boten diese Möglichkeit. Steuern konnte sie die Sache leider nur selten. Manchmal gelang es, sich ein Bild willentlich vor Augen zu rufen, doch meist kamen sie von selbst, wenn ein Stichwort fiel – oder eben nicht. Doch darüber sprach sie nicht. Sie wollte weder für ihre Fähigkeit bewundert noch wegen ihres für andere vielleicht albernen Glaubens daran belächelt werden.

»Und was für ein Problem haben die BiGaWett und dieser Vater mit dem Hofbesitzer?«

»Weiß ich noch nicht. Ich habe nur die Information von der Sekretärin des Kreutzhofs, dass beide ziemlich erbost bei ihm angerufen haben.«

Sabine schluckte. »Kreuzhof?«

»Mit Tezett. Aber ich nehme an, der Name hat mit dem Sühnekreuz zu tun, das bei Wetterbach an der Straße steht.«

Sabine fühlte sich, als hätte jemand ihre Adern mit Eis ausgegossen. Wie viele von diesen verdammten Sühnekreuzen gab es hier in der Gegend? War das nicht ein makabrer Zufall? Doch andererseits, was sollte es sonst sein? Was um alles in der Welt sollte Hedwig Kaufmann denn mit einem Hof in Wetterbach zu tun gehabt haben?

»Dieses Wetterbach – wo liegt das eigentlich?«

»Auf halber Strecke zwischen Muschenheim und Bettenhausen, nicht weit von Münzenberg. Fast genau auf der Grenze zwischen den Zuständigkeitsbereichen der Polizeipräsidien Gießen und Wetterau. Gehört gerade noch zu Gießen. Trotzdem hat Möbs sicher nichts dagegen, wenn du ein bisschen über den Zaun schaust.«

»Möbs ist jeder Zaun recht. Hauptsache, wir stehen auf verschiedenen Seiten.«

Wieder lachte Angersbach. »Mir scheint, du bist zynisch geworden in den letzten Jahren.«

»Wundert dich das?«, schoss Sabine zurück. Schärfer, als sie gewollt hatte, und im nächsten Augenblick biss sie sich auf die Zunge. Ralph bot ihr gerade einen Ausweg aus einer unerträglichen Situation. Es war nicht klug, ihn zu verprellen. Zum Glück hatte der Kollege ein dickes Fell.

»Nein«, erwiderte er nur. »Also. Bist du dabei?«

Sabine hielt inne und schluckte. Was machte sie hier eigentlich? Hatte sie nicht ganz andere Dinge zu tun? Es gab eine Menge zu regeln, und vermutlich würde das alles wie ein einstürzendes Gebäude über ihr zusammenbrechen. Und was tat sie dabei? Ermittlungsarbeit. In einem Fall, der sie überhaupt nicht betraf. Du kannst doch jederzeit aufhören, dachte sie. Ralph wird das dann schon verstehen.

»Klar«, antwortete sie hastig. »Wo kann ich dich treffen?«

»Ich bin auf dem Weg ins Büro. Muss erst mal die Unterlagen sichten. Bericht aus der Rechtsmedizin, vorläufige Ergebnisse der Spurensicherung, Auswertung der Telefondaten.

Danach zur Staatsanwaltschaft, Durchsuchungsbeschluss anfordern, und dann den Hof unter die Lupe nehmen, insbesondere die Privaträume der Toten und die Geschäftsunterlagen.«

»Okay. Also komme ich zu dir. Ich muss nur noch ein paar Handgriffe ...«

»Perfekt.« Angersbach zögerte kurz. »Ich freu mich«, sagte er dann. »Auch wenn das vielleicht in der Situation nicht ganz passend ist.«

Sabine lächelte. »Doch, Ralph, ich freu mich auch.«

Sie verabschiedeten sich, und Sabine legte den Hörer zurück auf die Gabel. Es war ein Telefon im Retrostyle, auch ein Zugeständnis an die Wünsche ihrer Mutter. Aber es war auch irgendwie hübsch.

Immer noch mit einem Lächeln auf den Lippen betrat sie die Küche und prallte erschrocken zurück. Den Mann, der dort am Tisch saß, hatte sie komplett vergessen.

»Till!«, stieß sie hervor.

Der Mann blickte von seinem Becher auf, in dem er gedankenverloren gerührt hatte.

»Frau Kaufmann? Alles in Ordnung?«

»Ja.« Ihr galoppierender Puls beruhigte sich wieder. »Ich hatte nur nicht mehr an Sie gedacht.«

Die braunen Augen wurden noch ein wenig dunkler. Tills Kiefer mahlten. »Machen Sie sich keine Gedanken darüber«, sagte er rau. »Man vergisst mich gern. Daran bin ich gewöhnt.«

Sabine hatte sofort ein schlechtes Gewissen. Sie trat zu ihm und legte ihm eine Hand auf die Schulter.

»Nein. Das hat nichts mit Ihnen zu tun. Ich bin nur so durcheinander wegen meiner Mutter. Aber es war nett, dass Sie mich besucht haben. Ich suche Ihnen ein Foto heraus, und dann kommen Sie wieder, und wir unterhalten uns weiter. Nur jetzt muss ich leider weg.«

Till blinzelte und sah zu ihr auf. »Ehrlich?«

Sie sah die Hoffnung und Bedürftigkeit in seinem Blick und stellte fest, dass es in ihrem Inneren eine korrespondierende Stelle gab. Womöglich konnten sie einander tatsächlich ein wenig Halt geben. Till war vielleicht ein bisschen schüchtern, und er hatte offenbar ein schweres Trauma zu verdauen. Aber hatte sie das nicht auch?

»Ehrlich«, sagte sie und zog die Hand zurück.

Till stand auf und lächelte. »Das ist schön.«

Der erste Befund aus der Rechtsmedizin befand sich bereits in seinem Posteingang, und auch der vorläufige Bericht der Spurensicherung war da, genau wie die Protokolle, die die Kollegen zur Vernehmung der Zeugen am Tatort angefertigt hatten. Die Rentnergruppe aus dem Altenheim in Bad Nauheim, die Angestellten des Hofs. Auch die Anwohner auf den benachbarten Höfen hatten die Kollegen aufgesucht. Zusammen mit den Informationen, die Angersbach aus den Datenbanken zusammengesucht hatte, ergab sich ein schemenhaftes Bild.

Der Kreutzhof befand sich seit fünfzig Jahren im Besitz von Carla Mandler, geborene Sommerlad. Gekauft hatte ihn ihr Vater, der mehrere Apotheken besessen hatte, in Butzbach, Bad Nauheim und Münzenberg. Im Herbst 1967 hatte er alles verkauft und das Hofgut erworben. Ein halbes Jahr später, im März 1968, war er gestorben, fast genau ein Jahr nach seiner Frau, Carla Mandlers Mutter. Über die Todesursachen war nichts zu ermitteln. Beide Elternteile waren erst Mitte vierzig gewesen, so wie Ralph Angersbach jetzt. Viel zu jung zum Sterben. Doch das Schicksal nahm nicht immer Rücksicht darauf.

Carla Mandler hatte aus dem Hofgut ein blühendes Unternehmen gemacht, aus ihrer Zucht war eine ganze Reihe von Turnierpferden hervorgegangen, auf denen bekannte Springreiter Medaillen geholt hatten. Die Namen Sloothaak, Schockemöhle und Beerbaum sagten sogar Ralph etwas, der für diese Art des Pferdesports nie viel übrig gehabt hatte.

1974 hatte Carla Mandler, damals noch Sommerlad, den frisch examinierten Juristen Meinhard Mandler als Gutsverwalter und Prokuristen eingestellt. Im Sommer 1975 hatten die beiden geheiratet. Ralph hatte im Archiv einer Klatschzeitung einen Artikel entdeckt, in dem von der prachtvollen Hochzeit auf dem Kreutzhof berichtet wurde, nicht zuletzt deshalb, weil einige der bekanntesten Springreiter Deutschlands zu den Gästen gezählt hatten.

Angersbach kratzte sich an der Stirn, weil sich ein Gedanke hartnäckig in seinem Hinterkopf hielt. Sommerlad ... Hatte nicht auch die schwedische Königin so geheißen? Er gab den Namen in seinen Browser ein und stellte fest, dass er sich nicht getäuscht hatte. Tatsächlich war Königin Silvia als Silvia Renate Sommerlath geboren worden. Allerdings mit th, nicht mit d. Er erinnerte sich dunkel daran, dass er die Hochzeit im Fernsehen gesehen hatte, damals, als er noch bei seiner Mutter gelebt hatte, vor der Odyssee durch Heime und Pflegefamilien. Er wusste auch noch, dass seine Mutter geweint hatte. Vor Rührung oder vor Wut?, fragte er sich jetzt. Weil Silvia so ein schönes Mädchen, ihre Hochzeit eine Geschichte wie im Märchen war, oder weil das Leben so ungerecht war? Da eine Hostess, die Königin wurde, hier eine Frau mit wechselnden Männerbekanntschaften, die als überforderte alleinerziehende Mutter in Okarben lebte? Ralph schüttelte die Gedanken ab und schloss das Browserfenster wieder.

Er stand auf, um sich noch einen Kaffee einzuschenken, und arbeitete sich weiter durch die Berichte.

Kinder hatte das Ehepaar Mandler keine. Dafür gab es eine ganze Reihe junger Leute, die auf dem Hof arbeiteten. Aktuell waren das Ronja Böttcher, Luisa Klingelhöfer, Yannick Dingeldein und Amelie Schwarz, die – abgesehen von Ronja – alle erst seit Kurzem dort beschäftigt waren. Die einzigen langjährigen Mitarbeiter waren der Knecht Adam Nowak, der seit 1977 auf dem Hof tätig war, und die Sekretärin Nicole Henrich, die gerade ihr fünfundzwanzigjähriges Dienstjubiläum gefeiert hatte. Ansonsten, erinnerte er sich an die Aussage der Sekretärin, machte man nur Zeitverträge. Ralph jagte sämtliche Namen durch den Computer, doch für keine der Personen gab es strafrechtlich relevante Eintragungen, abgesehen von mehreren Bußgeldern für zu schnelles Fahren für den jungen Dingeldein und für Meinhard Mandler, weder bei einem jungen Mann noch beim Besitzer eines 4er-BMWs besonders verwunderlich.

Ralph studierte die Aussagen, die seine Kollegen aufgenommen hatten, doch keiner der Befragten hatte etwas beobachtet oder eine Idee, weshalb man Carla Mandler ermordet haben könnte.

Angersbach nahm sich Hackebeils Befundbericht vor, der bestätigte, was der Rechtsmediziner bereits bei der ersten Anschauung vermutet hatte: ein gezielter Stich ins Herz, der tödlich gewesen war. Die Todeszeit hatte Hack mit zwölf bis vierzehn Stunden vor Auffinden angesetzt, also maximal zwei Stunden vor Verbringen der Leiche in den Brunnenschacht. Die dringlichste Aufgabe war zunächst, den Tatort zu finden. Ralph hatte beim zuständigen Staatsanwalt bereits um die Beantragung eines Durchsuchungsbeschlusses gebeten, damit sie sich die privaten Papiere und Geschäftsunterlagen der

Mandlers ansehen konnten. Sobald der Untersuchungsrichter seine Zustimmung gab, würde er einen Zug der Bereitschaftspolizei in Bewegung setzen.

Er klickte sich ins nächste Dokument, den vorläufigen Bericht der Forensik. Er war dürftig. Keine verwertbaren Spuren an der Leiche. Wenn es welche gegeben hatte, waren sie vom Wasser in der Zisterne abgewaschen worden. Auf dem Hof und am Brunnen gab es dagegen reichlich Material, Abdrücke von Schuhen und Reifen, Fasern und Erdkrumen, die nicht vom Hof stammten – doch nichts davon ließ sich eindeutig mit dem Transport der Leiche in Verbindung bringen. Dafür war auf dem Hofgut einfach zu viel Betrieb; nicht nur die Angestellten, auch die Rentnergruppe hatte reihenweise physikalische Spuren hinterlassen.

Da der Fundort nicht der Tatort war, hatten sich die Kollegen von der Forensik nicht nur den Bereich um den Brunnen, sondern auch das Wohnhaus des Ehepaars Mandler und das Bürogebäude angesehen. Sogar die Stallgebäude hatte man durchstöbert. Spuren, die auf einen Kampf hindeuteten oder den Ort eindeutig als Mordschauplatz offenbarten, hatten sie keine gefunden. Was nicht bedeutete, dass die Gewalttat nicht dort stattgefunden hatte. Der Stich ins Herz hatte laut Hacks Bericht zum Stillstand geführt. Dementsprechend war der Blutkreislauf zum Erliegen gekommen, und die Wunde hatte nicht stark geblutet. Das Blut war nicht hervorgespritzt, sondern vielmehr vom Wasser im Brunnen ausgewaschen worden. Am Tatort würden sich höchstens ein paar Tropfen finden. Und wenn es ein Stall gewesen war, auf dessen Boden Stroh und Mist verteilt lagen, ging die Wahrscheinlichkeit, diesen einen Blutstropfen finden und nachweisen zu können, gegen null. Es würde nicht leicht werden, herauszufinden, wo Carla Mandler erstochen worden war.

Ralph blickte auf, als es leise an der Tür klopfte. Im nächsten Moment erschien das Gesicht von Sabine Kaufmann im Türrahmen.

»Hallo, Ralph.« Sie lächelte, doch er sah, dass es gequält war. Sie trug das blonde Haar wieder kurz, registrierte er, dabei hatte sie doch vorgehabt, es länger wachsen zu lassen. Die Augen waren gerötet, und dunkle Ringe lagen darunter. In dem konservativen schwarzen Hosenanzug, den sie gewählt hatte, kam sie ihm fremd vor. Von der Energie, die sie gewöhnlich ausstrahlte, war nichts zu entdecken.

»Sabine!« Angersbach stand auf und ging auf sie zu. Einen Moment zögerte er, dann schloss er sie in die Arme. Ihr Kopf lag an seiner Brust. Ralph spürte, dass sie zitterte, und klopfte ihr unbeholfen auf den Rücken, bevor er sie wieder losließ. Er trat einen Schritt zurück und sah, dass ihre Augen feucht waren.

Weil er nicht wusste, was er sagen sollte, deutete er auf die Kaffeemaschine. »Magst du einen Kaffee?«

Sabine zog ein Taschentuch hervor, tupfte sich die Augen ab und schnäuzte sich. »Ja, gern.«

Ralph füllte einen Becher. »Mit Milch, wie immer?«

»Schwarz, wie immer.«

Ralph kniff die Augen zusammen, Sabine lächelte schief, sie sagten aber beide nichts. Er reichte ihr das Getränk, und sie setzten sich an seinen Schreibtisch, direkt nebeneinander, damit sie auf seinen Monitor sehen konnte. »Willst du reden? Oder einfach arbeiten?«

Wieder rang sie sich ein Lächeln ab. »Erzähl mir von deinem Fall. Ich brauche irgendwas, das mich ablenkt.«

»Gern.« Ralph berichtete, was er bisher herausgefunden hatte. »Das Einzige, das vielleicht hilfreich sein könnte, ist die Todesart«, erläuterte er abschließend. »Ein gezielter Stich ins Herz.«

»Der Täter wusste, was er tat. Oder er hatte Glück«, sagte Kaufmann. »Das könnte bedeuten, dass er über gute anatomische Kenntnisse verfügt.«

»Allerdings ist das auf dem Land, wo viel geschlachtet wird, nicht unbedingt ungewöhnlich.«

Sabine wies auf Ralphs Computer. »Und was ist mit dem Motiv?«

Angersbach zuckte mit den Schultern. »Dazu wissen wir vielleicht mehr, wenn wir Carla Mandlers Korrespondenz und ihre Telefondaten haben. Ich warte noch auf den Durchsuchungsbeschluss. Von den bisher Befragten scheint keiner einen Grund zu haben, und es konnte sich auch niemand ein Motiv vorstellen.«

»Was ist mit dem Ehemann? Dieser Kreutzhof scheint doch ein profitabler Betrieb zu sein. Da lohnt sich das Erben.« Sie verzog den Mund, und Ralph schoss durch den Kopf, dass sie wahrscheinlich daran dachte, was von ihrer Mutter blieb. Ein Haus oder Grundbesitz gab es nicht. Bilder vielleicht. Und die Erinnerungen. An die Frau, die Hedwig Kaufmann früher einmal gewesen war? Oder wurde das überlagert von dem Bild eines psychischen Wracks, geplagt von Paranoia und schizophrenen Episoden, das sich am Ende an einer Trauerweide erhängt hatte? Angersbach mochte nicht danach fragen.

»Wir konnten Meinhard Mandler bisher nicht ausfindig machen«, erklärte er stattdessen. »Adam Nowak, der Knecht auf dem Kreutzhof, hat ausgesagt, dass sich Herr Mandler am Montag oder Dienstag mit seinem Wagen – einem roten BMW-M4-Cabrio – auf den Weg nach Spanien gemacht hat, weil er dort einen neuen Zuchthengst erwerben wollte.«

Wieder blitzte etwas in Sabines Augen. Spanien, dachte Angersbach. Hatte sie nicht einmal erwähnt, dass sich ihr Vater dorthin abgesetzt hatte, als sie gerade zwölf geworden war? Doch Sabine schien es um etwas anderes zu gehen.

»Knecht«, betonte sie. »Da kommen Erinnerungen auf.«

Angersbach grinste. Auch sie stolperte über den Begriff. Und es stimmte. Ihre erste gemeinsame Ermittlung hatte auch mit einem Knecht zu tun gehabt, damals, in Bad Vilbel. Einem Knecht, der sich selbst als »Mädchen für alles« bezeichnet hatte. Ein Haus- und Hofmeister quasi. Nein, es gab wohl wirklich keine treffendere Bezeichnung für das, was dieser Nowak hier tat.

Angersbach nickte vielsagend, dann setzte er seinen Bericht fort: »Niemand außer Nowak hat allerdings etwas davon gewusst, auch die Sekretärin nicht.«

»Seine Frau vielleicht«, warf Kaufmann ein.

»Ja.« Mandler war ein erwachsener Mann. Er musste sich bei niemandem abmelden. Doch seltsam war es schon. »Wir können ihn nicht erreichen. Sein Handy ist ausgeschaltet und lässt sich nicht orten.«

»Wenn er wirklich in Spanien ist, hat er es vielleicht abgestellt, weil er seine Ruhe haben möchte. Als Geschäftsmann bekommt er sicherlich andauernd irgendwelche Anrufe.«

»Hm.« So richtig vorstellen konnte Angersbach sich das alles nicht. Nur den wenigsten gelang es, ihr Mobiltelefon im Urlaub tatsächlich ausgeschaltet zu lassen. Außerdem war der Begriff Urlaub vermutlich gar nicht passend, denn es ging ja angeblich um ein Pferd. »Wie auch immer.« Er leerte seine Kaffeetasse. »Ich habe veranlasst, dass nach dem Wagen gesucht wird. Aber …«

Ralph unterbrach sich, weil das Telefon auf seinem Schreibtisch klingelte. »Ja? Angersbach?«

Schweigend hört er zu und legte nach einem knappen Dankeschön auf.

Kaufmann sah ihn neugierig an. »Ist der BMW aufgetaucht?«

»Nein.« Angersbach lächelte. »Aber der Untersuchungsrichter hat den Durchsuchungsbeschluss erlassen. Wir können loslegen.«

Sabine sprang auf. »Na dann.«

Sie traten gemeinsam aus dem Präsidium auf den Parkplatz. Ralph Angersbach musterte den silberfarbenen Renault Zoe, der neben seinem dunkelgrünen Lada Niva abgestellt worden war.

»Ist das deiner? Schon wieder ein Elektroauto?«

Sie erinnerte sich, wie Ralph sich damals, vor sechs Jahren, über ihren Renault Twizy lustig gemacht hatte. Ein elektrisch angetriebener Zweisitzer, der in jede Parklücke passte. Umweltfreundlich und praktisch, aber mit einer zu geringen Reichweite. Zweihundert Kilometer bis zur nächsten Steckdose reichten einfach nicht. Deshalb hatte sie sich für ein größeres Modell entschieden, nach dem Totalschaden, den Michael Schreck mit dem Twizy erlitten hatte. Michael …

Gerade jetzt hätte Sabine einiges dafür gegeben, seine breite Schulter zum Anlehnen zu haben.

Sie schaute zu Angersbach. Breite Schultern hatte er auch. Aber ein Typ zum Anlehnen war er nicht. Obwohl er längst nicht so ein grober Klotz war, wie sie seinerzeit geglaubt hatte.

»Er hat eine Reichweite von vierhundert Kilometern. Genau wie deine Benzinschleuder.«

Ralph warf einen sehnsüchtigen Blick auf seinen Niva. »Von mir aus können wir mit deinem fahren«, bot er an. »Zumindest wird er rückenfreundlicher sein als dein Twizy.«

Im Twizy hatte sich der Beifahrer auf einen – zugegebenermaßen nicht sonderlich komfortablen – Platz hinter dem

Fahrersitz begeben müssen. Und die Sitze waren eher sportlich als bequem gewesen. Trotzdem hatte sie das Auto gemocht. Und ihre Mutter war gern mit ihr gefahren.

Sabine stieß die Luft aus. Jeder schmerzliche Gedanke wurde von einem abgelöst, der noch mehr wehtat.

»Komm.« Sie entriegelte die Türen des Zoe. Angersbach ließ sich auf den Beifahrersitz fallen. Kaufmann rutschte hinters Steuer.

Ralph betrachtete das Armaturenbrett, wippte auf seinem Platz auf und ab und strich über das Sitzpolster. »Nicht schlecht. Fast wie ein normales Auto.«

Sabine verdrehte die Augen. Sie startete den Motor und lenkte den Wagen vom Hof des Präsidiums über den Gießener Ring nach Süden und schließlich auf die Landstraße in Richtung Butzbach.

Ihre Gedanken waren wieder bei ihrer Mutter. Warum hatte sie ohne Begleitung die Klinik verlassen?

Das war ein echtes Rätsel. Ihre Mutter ging mit niemandem irgendwo hin, den sie nicht kannte. Nur mit ihrer Tochter oder mit jemandem vom Pflegepersonal. Und sie war in all den Jahren noch nie alleine nach Hause gegangen oder womöglich mit dem Taxi oder Bus gefahren. Dafür hatte sie viel zu viel Angst vor Fremden und öffentlichen Verkehrsmitteln. Aber sie war nach Hause gekommen, das bewies der Teebeutel in der Tasse, die am Morgen noch nicht auf dem Tisch gestanden hatte. Und von dort war sie irgendwie über die B3 zum Sühnekreuz gekommen. Zu Fuß? Etwas Sonderbares musste in ihrem Kopf vorgegangen sein, und Sabine würde wahrscheinlich nie erfahren, was das gewesen war. Das war ein scheußliches Gefühl, das sich wie ein bitteres Aroma auf ihre Zunge legte. Sabine fuhr mit der Zunge an den Zähnen entlang, um die Speichelproduktion anzuregen und den schlechten Geschmack hinunterzuschlucken. Es gelang ihr kaum.

Kurz vor Münzenberg kam die Abzweigung nach Wetterbach und Bettenhausen. Erst als sie zwischen den Wiesen und Feldern auf das große Hofgut zusteuerte, fiel ihr auf, dass sie während der gesamten Fahrt wortlos ihren Gedanken nachgehangen hatte.

»Entschuldige.« Sie warf Ralph einen schnellen Blick zu. »Mir geht so vieles durch den Kopf.«

»Schon okay.« Angersbach wies auf eine Abzweigung etwa hundert Meter voraus. »Da vorne ist der Kreutzhof.«

Kaufmann setzte den Blinker und bog auf die Zufahrtsstraße. Aus dem Augenwinkel registrierte sie ein verwittertes Kreuz am Straßenrand. Ein wenig kleiner als jenes an der B3, außerdem schlanker. Doch die Flechten und das fleckige Moos waren gleich. Auch neben diesem Kreuz stand ein Baum, allerdings keine Trauerweide, sondern eine ausladende Eiche. Und es baumelte kein Seil von einem der Äste. Sie erschauderte.

»Das ist es«, sagte Angersbach in ihre Gedanken hinein. »Das namensgebende Kreuz. Frag mich nicht, weshalb es ursprünglich hier aufgestellt wurde und ob die Sache irgendwie mit dem Hof in Zusammenhang steht.«

»Vielleicht sollten wir es prüfen«, schlug Sabine vor. »Diese alten Geschichten ... Womöglich gibt es da eine Familienfehde, und die Animositäten wirken bis heute nach.«

»Und führen dazu, dass jemand Carla Mandler ersticht und in den Brunnen wirft?«

»Warum nicht?«

Ralph Angersbach rieb sich das Kinn, und Kaufmann hörte ein leises Knirschen.

»Na ja. Es ist kein Hof, der sich seit Generationen in Familienbesitz befindet. Der Vater von Carla Mandler war Apotheker. Er hat das Hofgut für seine Tochter gekauft, ein halbes Jahr bevor er gestorben ist.«

»Wow.« Sabine spürte einen Schauer. »Andere Eltern kaufen ihren Töchtern ein Pferd. Und der kauft gleich ein ganzes Gestüt.«

»Er wusste wahrscheinlich, dass er sterben würde, und wollte, dass seine Tochter versorgt ist.«

Aus der Gänsehaut wurde ein Ziehen in der Magengegend. Eltern, die sich um die Zukunft ihrer Kinder sorgten ... Das war keine Erfahrung, die Sabine in ihrem Leben gemacht hatte, und Angersbach, soweit sie wusste, auch nicht. Carla Mandler hatte Glück gehabt. Jedenfalls bis gestern.

Sabine Kaufmann stellte den Zoe auf dem großen Platz in der Mitte des Hofguts ab, der von mehreren Stallgebäuden und einem nüchternen weiß verklinkerten Haus gesäumt war. Ein Teil war als Parkplatz ausgewiesen, ein weiterer großer Teil war eine umzäunte Sandfläche, wahrscheinlich für die Vorführung von Verkaufspferden gedacht oder zum kurzfristigen Anbinden von Tieren, die auf einen Transporter geladen werden sollten. Entlang des Zauns standen einige Bänke.

Kaufmann stieg aus dem Wagen und sah sich um. »Das ist ja riesig.«

»Das Gestüt allein hat eine Fläche von über einem Hektar«, bestätigte Ralph. »Dazu kommen Weideland und Anbauflächen. Das Hofgut hat einen Bestand an Schafen und Rindern und Felder mit Futterpflanzen. Ich habe mir die Homepage angesehen. Dort heißt es, die Familie Mandler lege Wert auf Unabhängigkeit.«

»Wenn man es sich leisten kann ...« Sabines Blick strich über die Gebäude. »Das wirkt alles sehr gepflegt. Nicht so, als würde sich das Gestüt in wirtschaftlichen Schwierigkeiten befinden.«

»Das heißt, wahrscheinlich kein Ärger wegen nicht gezahlter Gehälter, keine Entlassungen aus finanziellen Gründen, keine Immobilienhaie, die ein gutes Geschäft wittern.« Angersbach setzte sich in Bewegung und winkte Kaufmann, ihm zu folgen. Er führte sie zwischen zwei Stallgebäuden hindurch in einen gepflasterten Innenhof. An der hinteren Längsseite stand ein imposantes Herrenhaus mit dunklen Steinen, Fachwerk und einem sauberen Reetdach. In der Mitte befand sich ein Brunnen. Er bildete das Zentrum des Quadrats aus rotweißem Flatterband, das etwa den halben Vorplatz einnahm.

Kaufmann schlüpfte darunter hindurch. Da keine Kollegen von der Forensik mehr vor Ort waren, bestand wohl nicht die Gefahr, Spuren zu zertrampeln. Sie schaute über die gemauerte Umrandung in die Zisterne hinunter. Der Schacht war schmal. Das Wasser schimmerte im Licht der Sonne, die jetzt am Mittag hoch am Himmel stand. Sabine blickte auf.

»Kein besonders geeigneter Ort für eine Leichenablage. Der Täter muss ein gutes Stück über den Platz laufen, um zum Brunnen zu gelangen. Offenes Gelände, kein Sichtschutz. Wenn jemand zufällig im Haus ans Fenster tritt, kann er ihn sehen.« Sie sah sich um und entdeckte mehrere Laternen, die an der Fassade des Herrenhauses und der Rückseite der Scheune, die den Platz auf der gegenüberliegenden Seite begrenzte, angebracht waren. »Sind die Lampen die ganze Nacht an?«

Angersbach musterte die Laternen mit zusammengekniffenen Augen. Anschließend zog er seinen zerfledderten Block aus der Tasche seiner Wetterjacke – dunkelgrün, genau wie der Niva – und machte sich eine Notiz.

»Das müssen wir erfragen. Aber selbst wenn ...« Er wies auf das Herrenhaus. »Der einzige Ort, von dem aus man den Hof und den Brunnen einsehen kann, ist das Haus. Das wird nur von Herrn und Frau Mandler bewohnt. Er ist nicht da. Und sie war das Opfer. Die Wahrscheinlichkeit, dass jemand den Täter beobachten konnte, war also gering.«

»Okay.« Sabine akzeptierte den Einwand und dachte weiter nach. »Er ist also kein großes Risiko eingegangen, indem er die Leiche in die Zisterne geworfen hat. Aber weshalb hat er es getan?«

»Damit die Tote nicht so rasch entdeckt wird.«

»Warum? Was nützt es ihm? Hat er gehofft, dass der Leichnam nicht gefunden wird? Brauchte er Zeit zur Flucht? Oder gibt es etwas, das er erledigen wollte, bevor Carla Mandlers Tod bekannt wird?«

Angersbach lächelte sie an. »Deswegen habe ich dich gebeten, dabei zu sein. Deine weibliche Intuition.«

Kaufmann hob müde die Mundwinkel. Sie wusste es zu schätzen, dass Ralph sie aufheitern wollte. Vor vier Jahren hätte sie vielleicht noch geglaubt, dass ihm der Scharfblick für die sensible Seite der Ermittlungen fehlte. Aber nach zwei gemeinsam gelösten Mordfällen wusste sie, dass er ein guter Kriminalist war.

»Ich würde zu gern mit dem Ehemann sprechen«, erklärte sie.

»Ja. Ich auch.« Angersbach zückte sein Handy und tippte eine Kurzwahl an. Er wechselte ein paar Worte mit der Person am anderen Ende, ehe er sich bedankte und das Gespräch beendete.

»Nichts«, erklärte er. »Keine Spur von Mandler. Aber die Bereitschaftspolizei müsste gleich da sein.«

»Immerhin.« Sabine schaute ihren Kollegen nachdenklich an. »Ist Mandlers Abwesenheit ein Zufall? Hat der Täter gewartet, bis der Ehemann aus dem Weg war? Oder ist Mandler der Täter und hat sich abgesetzt?«

Angersbach kratzte sich am Kinn. »Unverdächtig macht es ihn jedenfalls nicht.«

Kaufmann nickte. Ein Stich ins Herz konnte durchaus eine Tat im Affekt sein. Und wenn es um Gefühle ging, war fast immer eine enge Beziehung zwischen Täter und Opfer gegeben. Der Ehemann war und blieb der Kandidat Nummer eins.

»Was allerdings nicht dazu passt, sind die Schafe«, sagte Ralph.

»Die Schafe?«

»Ronja Böttcher, die junge Frau, die Carla Mandlers Leiche im Brunnen entdeckt hat, hat mir erzählt, dass in den letzten Monaten mehrere Schafe getötet worden sind. Irgendjemand hat ihnen die Kehle durchgeschnitten und sie anschließend regelrecht aufgeschlitzt. Einmal sogar ein Lamm. Ein Drillingslamm, das die Mitarbeiter hier mit der Flasche aufgezogen hatten.«

Sabine verzog angewidert das Gesicht. »Wer macht denn so etwas?«

»Jemand, der krank ist? Der ein Zeichen setzen will. Oder eine falsche Spur legen.«

»Du meinst, die Vorfälle haben etwas mit dem Mord zu tun?«

Angersbach zuckte die Schultern. »Kann sein, kann auch nicht sein. Wir wissen einfach noch zu wenig.«

Im Hintergrund erklangen Motorgeräusche, und im nächsten Augenblick bogen mehrere Fahrzeuge der Bereitschaftspolizei auf den gepflasterten Innenhof, und zwei Dutzend uniformierte Kollegen stiegen aus.

Sabine nickte ihnen zu.

»Bald wissen wir hoffentlich mehr«, sagte sie zu Ralph.

Tatsächlich waren die Fenster des Herrenhauses nicht der einzige Ort, von dem aus man auf den Brunnen im gepflasterten Innenhof blicken konnte. Ein paar Hundert Meter östlich befand sich eine kleine Anhöhe. Der Mann, der dort zwischen den Bäumen stand, war vom Gestüt aus kaum zu entdecken. Er selbst dagegen hatte beste Sicht. Das lag an dem leistungsstarken Fernglas, das er sich besorgt hatte.

Für einen Scharfschützen wären die Polizisten, die durch den Hof streiften und ins Gebäude marschierten, leichte Beute. Aber sie waren nicht das Ziel. Es sei denn, sie kamen seinen Plänen in die Quere.

Angersbach und Kaufmann besprachen sich mit dem Leiter des Teams der Bereitschaftspolizei und überließen den Beamten die Durchsuchung des Wohnhauses. Sie selbst machten sich mit sechs Kollegen auf den Weg zu dem weiß verklinkerten Gebäude am Vorplatz. Wenn der Mord an Carla Mandler etwas mit dem Gestüt zu tun hatte, würden sie dort am ehesten fündig werden.

Die Eingangstür war verschlossen. Angersbach presste den Daumen auf den Klingelknopf. Kurz darauf sahen sie durch die Milchglasscheibe, wie jemand die Treppe herunterkam. Die Tür wurde geöffnet, und Nicole Henrich, die Sekretärin, musterte die Polizisten durch ihre schwarz gerahmte Brille.

»Ja?«

»Guten Morgen, Frau Henrich«, sagte Angersbach und wies auf Sabine. »Das ist meine Kollegin Kaufmann. Wir würden uns gern das Büro von Frau Mandler ansehen.«

Die Sekretärin blieb unter dem Türsturz stehen. »Ich glaube kaum, dass Herrn Mandler das recht wäre.«

Ralph hörte, wie Sabine neben ihm scharf einatmete. »Sie

meinen nicht, Ihr Chef hätte ein Interesse daran, dass der Mord an seiner Frau aufgeklärt wird?«

Henrich funkelte sie an. »Sind das Ihre Methoden? Leute einschüchtern?«

Angersbach schob sich nach vorn. »Wie auch immer. Wir brauchen weder Ihre Zustimmung noch die von Herrn Mandler. Wir haben einen Durchsuchungsbeschluss.« Er hielt ihr das Papier hin.

Die Sekretärin nahm es und überflog den Text. Dann gab sie es ihm zurück. »Wenn Sie meinen.« Sie trat beiseite, und die uniformierten Kollegen liefen die Treppe hinauf, gefolgt von Kaufmann und Angersbach. Henrich bildete das Schlusslicht.

»Das ist das Büro von Frau Mandler«, sagte sie und zeigte auf eine der Türen.

»Gut.« Ralph sah zu den uniformierten Kollegen. »Zwei von Ihnen kümmern sich um das Büro von Herrn Mandler, zwei um das Sekretariat, zwei untersuchen mit uns das Geschäftszimmer von Frau Mandler.«

Henrich schnappte nach Luft. »Mein Büro?«, fragte sie aufgebracht. »Das dürfen Sie nicht!«

»Doch.« Kaufmann betrachtete die Frau ungeduldig. »Wir dürfen. Und Sie warten bitte draußen.«

»Das ist doch …« Die Sekretärin schnaubte empört. Mit wütend klackernden Absätzen stürmte sie ins Treppenhaus. Im nächsten Moment fiel die Eingangstür mit einem lauten Krachen ins Schloss.

»So.« Sabine lächelte schmal. »Dann können wir ja loslegen.«

Die Beamten von der Bereitschaftspolizei betraten in Zweiergruppen die Büros. Kaufmann und Angersbach folgten den beiden, die sich das Geschäftszimmer von Carla Mandler vornahmen.

Es war ein großer, heller Raum, funktional und dennoch freundlich eingerichtet. Neben Schreibtisch, Regalen und Schränken in Kirschholzoptik gab es einen niedrigen Tisch mit zwei Sesseln und mehrere üppige Topfpflanzen. Die Kollegen nahmen sich die Aktenordner im Regal vor und verstauten sie in den mitgebrachten Kisten. Kaufmann setzte sich an den Schreibtisch, stöberte in den Schubladen und schaltete den Rechner ein, ein moderner Desktop mit großem LCD-Monitor. Angersbach betrachtete die Bilder an den Wänden. Großformatige Fotos vom Springreiten, edle Turnierpferde mit glänzendem Fell, geballte Kraft und Dynamik, eingefangen im Moment des Sprungs über tückische Hindernisse, Reiter in adretten Anzügen, rot oder schwarz, mit der obligatorischen Kappe auf dem Kopf. Ralph meinte, in einem der abgebildeten Männer Ludger Beerbaum zu erkennen.

Er kniff die Augen zusammen und betrachtete das Bild genauer. Auf dem Glas waren Fingerabdrücke zu erkennen. Außerdem hing es ein wenig schief. Ralph machte zwei Schritte nach vorn und nahm es ab. Dahinter kam ein in der Wand eingelassener Metallschrank mit stabiler Tür zum Vorschein. Der Tresor.

Wie viel Geld mochte sich darin befinden? Ralph kannte sich mit Reitpferden nicht aus, wusste aber, dass für die Tiere horrende Summen gezahlt wurden. Vielleicht lag hier ein mögliches Motiv für den Mord?

Er wandte sich an einen der uniformierten Kollegen. »Haben Sie die Schlüssel mitgebracht?«

Der Beamte nickte und zog einen Beweismittelbeutel aus der Tasche. Den Schlüsselbund, den man bei der Toten gefunden hatte. Ralph fischte ihn aus der Tüte. Er wählte einen der kleineren Schlüssel aus und schob ihn versuchsweise in das

Schloss des Tresors. Er passte. Angersbach grinste und öffnete die Tür.

»Ich bin drin«, sagte er.

»Ich nicht.« Sabine Kaufmann stand auf und trat neben Ralph. »Der Rechner ist mit einem Passwort gesichert. Das müssen die Kollegen aus der Forensik knacken.« Sie bat die uniformierten Kollegen, den Computer mitsamt den Akten einzupacken.

Angersbach griff in den Tresor. Er enthielt schmale Hefter aus stabilem Karton, außerdem eine Schatulle, die, wie er gleich darauf feststellte, mehrere Bündel Geldscheine enthielt. Das meiste davon Fünfhunderter. Er zählte rasch ein Bündel durch und überschlug daraufhin die Gesamtsumme auf gut dreihunderttausend Euro.

»Nicht gerade wenig für die Portokasse«, bemerkte Kaufmann. »Aber wenn man mal auf die Schnelle ein Reitpferd kaufen will oder verkauft hat …«

Angersbach, der noch nie so viel Geld in Händen gehalten hatte, überlegte, was er damit anfangen würde, wenn es ihm gehörte. Ein schönes altes Bauernhaus irgendwo im Vogelsberg. So wie das von seinem Vater. Seit er Johann Gründler vor vier Jahren kennengelernt hatte, hatte zwischen ihnen eine vorsichtige Annäherung stattgefunden. Ralph besuchte den alten Mann gelegentlich. Ausgerechnet für heute hatten die beiden noch eine Verabredung, und der Kommissar hatte sich nicht dazu durchringen können, diese abzusagen. Insgeheim hoffte er wohl, dass einige Stunden Luftveränderung ihn auf andere Gedanken brächten. Ralph hatte sich längst eingestanden, dass er seinen Vater ein wenig beneidete. Um den großen, weitab von Lärm und Hektik gelegenen Hof und das trutzige und dennoch heimelige Haus. Gründler dagegen wurde es eher zu einsam, doch Ralph, der auf eine

Übernahme oder vielleicht einen Haustausch – sein Erbe in Okarben gegen den Hof im Vogelsberg – spekuliert hatte, war enttäuscht worden. Gründler wollte nicht ausziehen, sondern plante eine Alten-WG. Eine Gemeinschaft von Ex-Hippies, die ihre besten Jahre – die Achtundsechziger – für die Ewigkeit zementierten und ihren Lebensabend mit Marihuana, Bier und Lagerfeuer feierten. Doch so weit war es noch nicht.

Ralph steckte das Geld zurück in die Schatulle und stellte sie auf den Schreibtisch. Er nahm sich die Hälfte der Kartonhefter und gab die andere Kaufmann. Sie setzten sich in die überraschend bequemen Sessel und studierten die Unterlagen. Zuchtpapiere, Stammbäume, Kaufverträge. Schon nach wenigen Minuten schwirrte Angersbach der Kopf. Er hatte keine Ahnung gehabt, welch horrende Summen ein Turnierpferd kostete. Und wenn man im Besitz eines prämierten Deckhengstes war, besaß man offenbar eine Art Gelddruckmaschine. Eine einzige Deckung spielte locker den Preis für einen Kleinwagen ein.

»Wir haben den falschen Job«, schnaubte er. »Pferdezüchter hätte man werden sollen.«

Sabine schaute von ihren Papieren auf. »Das ist nur Geld«, sagte sie ernst. »Ich habe meinen Beruf nicht gewählt, um reich zu werden. Ich will helfen.«

Sie widmete sich wieder den Unterlagen, und Ralph fühlte sich beschämt. Helfen wollte er auch. Er hätte auch keinen anderen Job gewollt. Nur eben ein wenig mehr Geld. Um Janine den Start in ein erfolgreiches Berufsleben zu erleichtern. Und vielleicht für ein schönes altes Bauernhaus.

Er klappte den nächsten Hefter auf und stellte überrascht fest, dass es sich um ein Kaufangebot handelte. Nicht für ein Pferd, sondern für den gesamten Kreutzhof.

»Vier Millionen.« Er musste sich räuspern. »Die BiGaWett will das gesamte Areal hier kaufen. Und sie bieten vier Millionen Euro.«

Kaufmann legte die Hefter, die sie durchgesehen hatte, beiseite.

»Das eröffnet neue Perspektiven«, überlegte sie. »Wollte Carla Mandler verkaufen, und ihrem Mann oder jemandem von der Belegschaft hat das nicht gefallen? Oder wollte sie nicht, aber ihr Mann?«

»Die Leute hier sagen, er ist ein Filou«, erinnerte sich Angersbach. »Vielleicht hat er eine andere. Eine Jüngere. Will mit ihr neu anfangen und braucht Geld. Womöglich sieht er sich in Spanien keinen Zuchthengst an, sondern eine Finca, in die er mit seiner neuen Freundin einziehen will. Und weil er keine Lust hat, die Scheidung abzuwarten, räumt er seine Frau aus dem Weg. Keine langjährigen Auseinandersetzungen vor Gericht, sondern das schnelle Geld. Das Angebot von der BiGaWett könnte der Auslöser gewesen sein.«

»Und die Schafe? Hat er die auch getötet? Um seiner Frau Druck zu machen?«

»Möglich.« Ralph warf den Hefter mit dem Kaufangebot auf den Beistelltisch. »Wenn wir den Knaben doch endlich zu fassen kriegen würden. Ich möchte mich wirklich gern mit ihm unterhalten.«

Er zog sein Handy aus der Tasche und kontaktierte erneut die Kollegen im Präsidium, doch das Ergebnis blieb dasselbe. Meinhard Mandler war wie vom Erdboden verschluckt.

»So kommen wir nicht weiter.« Angersbach nahm sich den letzten Hefter vor. Ein weiterer Kaufvertrag für ein Reitpferd. Welchen Wert hatte ein Viermillionenangebot für jemanden, der mehrere Ställe voll mit Pferden hatte, von denen jedes einzelne ein paar Hunderttausend Euro wert war? Doch die Bi-

GaWett wollte nur das Gelände. Die Pferde hätte das Ehepaar Mandler gesondert verkaufen können. Ralph schwindelte, als er sich ausmalte, was für eine Summe dabei zusammenkommen würde.

»Wir müssten in Erfahrung bringen, wie Carla und Meinhard Mandler zu dem Übernahmeangebot standen«, sagte er. »Waren sie sich einig, oder sind sie über die Frage in Streit geraten? Wollte er verkaufen und sie nicht? Oder wollte sie, und er war dagegen?«

»Fragen wir die Henrich«, schlug Kaufmann vor. »Und wenn die es nicht weiß ... gehen wir in Wetterbach etwas essen. Ich habe gelesen, da soll eine nette neue Gaststätte eröffnet haben. Frisches Wildbret.« Sie hielt inne. »Ach so. Du isst ja kein Fleisch. Oder hat sich das geändert?«

»Nein.« Ralph erhob sich und bat die Kollegen, die Geldschatulle und die Unterlagen aus dem Tresor für den Transport ins Präsidium einzupacken. »Aber vielleicht haben sie auch Salat. Und Informationen.«

Als Kind vom Land wusste er, dass es keinen besseren Umschlagplatz für Klatsch und Tratsch gab als den jeweiligen Dorfgasthof. Wenn man überhaupt einen Zugang zu diesen meist generationenalten und gleichermaßen verschworenen wie verschwiegenen Gemeinschaften fand, dann dort.

5

Sabine Kaufmann warf einen Blick in das Sekretariat, die anderen Büros, die Küche und schließlich sogar das Badezimmer der Wohnung, doch von Nicole Henrich war nichts zu sehen. Sie sprach kurz mit den Beamten, die dort die Buchhaltung des Gestüts durchsahen. Bisher hatten sie keine Unstimmigkeiten oder Hinweise auf ein mögliches Mordmotiv gefunden. Angersbach und sie gingen daraufhin zum Herrenhaus und besprachen sich mit den Kollegen, die dort tätig waren. Carla Mandlers Mobiltelefon, ein Desktoprechner und zwei Laptops, die vermutlich ihr gehört hatten, waren bereits auf dem Weg in die Gießener Computer-Forensik. Auch die Anfrage bei Carlas Telefonanbieter und Handyprovider war bereits gestartet, die angeforderten Daten aber noch nicht eingegangen. Angersbach überreichte dem Chef des Spurensicherungsteams den Beweismittelbeutel mit Carla Mandlers Schlüsselbund für den Fall, dass es im Haus einen weiteren Tresor oder verschlossene Türen gab.

Kaufmann sah sich neugierig um. In ihrer Frankfurter Zeit hatte sie oft mit Größen aus dem Rotlichtmilieu zu tun gehabt und eine Reihe teuer eingerichteter Apartments und Villen zu Gesicht bekommen. Auf einem Hofgut, dessen Besitzer ihren Reichtum auf legalem Weg erworben hatten, war sie dagegen noch nie gewesen. Sie ließ den Blick durch die große Eingangshalle schweifen, unverputzte Wände mit Gefachen aus dunklem Holz, ein von den Absätzen vieler Stiefel abgetretener, aber sauber geschrubbter Dielenboden, ein großer

Wollteppich mit einem Reitermotiv an der Wand, auf der gegenüberliegenden Seite Zaumzeug und Sättel, die an Haken von der Wand hingen. Nicht für den Gebrauch, nahm Sabine an, sondern als Dekoration. Die Halle war wie ein altes Stallgebäude, nur ohne den charakteristischen Geruch. Mit Schaffell bedeckte Sessel standen entlang der Wände, sodass der müde Reiter sich hineinfallen lassen und die Stiefel von den Füßen streifen konnte. Behaglich und einladend, fand Kaufmann.

Sie ging ins Wohnzimmer, das denselben rustikalen Charme versprühte, geschmackvolle Echtholzmöbel, eine lederbezogene Sitzgarnitur, ein Wandschrank, der Fernseher, Stereoanlage und eine umfangreiche Minibar enthielt. Auch hier Pferdemotive an der Wand, ein Reiter in einem lichten Wald, ein grasender Rappe auf einer blumenübersäten Wiese. Durch einen offenen Durchgang blickte man auf eine moderne Küche und die Essecke mit großem Tisch und sechs Stühlen mit hohen Lehnen. Stilvoll und geschmackssicher, nicht protzig und kitschig. Sabine gefiel, was sie sah.

Auch Angersbach schien angetan. Er strich über die Möbel und schaute durch die Fenstertüren auf die Terrasse, ein riesiges Deck aus verblichenen Holzbohlen mit schwerem Mobiliar und kleinen Obstbäumen in Töpfen. Dahinter erstreckten sich Wiesen und Felder. Kaufmann entdeckte Schafe, Kühe und Pferde, die grasten. Ein schwarzbrauner Hengst mit weißer Blesse galoppierte unvermittelt los, vollführte Bocksprünge und blieb ebenso plötzlich wieder stehen. Die anderen Tiere schenkten ihm kaum Beachtung.

Kaufmann nahm die Treppe ins Obergeschoss und schaute auch dort in alle Räume, ein Schlafzimmer mit Doppelbett, ein weiteres Büro, in dem die Kollegen der Bereitschaftspolizei die Ordner sichteten, eine gut ausgestattete Bibliothek mit einem gemütlichen Lesesessel – und ein Zimmer, das nichts weiter enthielt als einen großen quadratischen Teppich aus dichter beigefarbener Wolle und eine Ministereoanlage. Sabine betätigte die Play-Taste, und sanfte, fernöstliche Klänge erfüllten den Raum. Kaufmann verspürte den spontanen Impuls, sich auf den Teppich zu legen, Arme und Beine auszustrecken und die Augen zu schließen. Da Ralph Angersbach im selben Moment das Zimmer betrat, tat sie es nicht. Stattdessen schaltete sie die Musik wieder aus.

»Schau an. Ein Meditationsraum. Oder Yogazimmer.« Angersbach hob den Arm in Richtung Flur. »Sieht nicht so aus, als hätte hier im Haus ein Kampf stattgefunden. Und es deutet auch nichts auf eine Ehekrise hin. Keine getrennten Schlafzimmer, keine Klappcouch in der Bibliothek.«

Sabine stimmte ihm zu. »Suchen wir die Henrich«, schlug sie vor.

Sie verließen das Haus und sahen sich auf dem Hof um. Ein Mann überquerte den Platz vor einem der Ställe mit einer Schubkarre mit dreckigem Stroh. Angersbach winkte ihm zu. »Herr Nowak!«

Der Knecht blieb stehen.

»Haben Sie Frau Henrich gesehen?«

»Die ist weggefahren. Vor etwa einer halben Stunde. Rosafarbener Fiat Cinquecento.«

»Blöd«, knurrte Angersbach.

Kaufmann fiel ein, dass es noch Punkte gab, die Nowak möglicherweise aufklären konnte.

»Wie sieht das mit Verwandten aus? Kinder hatten die Mandlers ja keine, aber gibt es vielleicht Geschwister? Onkel, Tanten, Nichten, Neffen?«

»Nicht, dass ich wüsste.« Nowak hob die Schultern. »Hier war jedenfalls nie jemand.«

»Hm.« Angersbach sah sich um. »Der Brunnen vor dem Wohnhaus – wird der noch benutzt?«

»Nein, wozu? Wir haben doch überall fließendes Wasser.«

Also hatte der Mörder von Carla Mandler davon ausgehen dürfen, dass die Tote lange Zeit unentdeckt bleiben würde. Und was war mit dem Risiko, beim Ablegen der Leiche entdeckt zu werden?

»Diese Lampen da …« Kaufmann deutete darauf. »Brennen die die ganze Nacht?«

»Nein.« Nowak fand ihre Fragen offenkundig merkwürdig, antwortete aber trotzdem: »Die haben eine Zeitschaltuhr. Um Mitternacht gehen sie aus. Morgens um sechs werden sie wieder eingeschaltet, falls es noch nicht hell ist. Das ermittelt ein Sensor.«

Damit hatte der Hof während des größten Teils des Zeitfensters, in dem Carla Mandler ermordet und ihre Leiche in den Schacht der Zisterne geworfen worden war, im Dunkeln gelegen. Keine guten Voraussetzungen, um einen Augenzeugen zu finden.

»Danke«, sagte Sabine, und Nowak nickte knapp.

Er nahm die Karre wieder auf und rollte sie weiter in Richtung des großen Misthaufens auf der rückwärtigen Seite des Stalls.

Kaufmann und Angersbach tauschten einen Blick.

»Fahren wir in den Ort? Ich habe Hunger«, sagte Ralph.

Der Dorfgasthof in Wetterbach war gut besucht. Es war eine Mischung aus Berghütte und Bauernstube. Helle, saubere Kiefernholzmöbel, ein großes, altes Wagenrad von einem Gespann oder einer Kutsche an der Rückwand, Sträuße von Trockenblumen, die von der Decke hingen, Vasen mit kleinblättrigen Wiesenblumen auf den Tischen. Kaufmann und Angersbach nickten den anderen Gästen zu, die aufblickten, als sie den Gastraum betraten, und wählten einen Tisch in der Nähe des Tresens. Ein junges Mädchen mit weißer Rüschenschürze kam umgehend zu ihnen und reichte ihnen die in Leder gebundenen Speisekarten. Angersbach blätterte darin, während er seinen Blick durch den Raum wandern ließ.

Die meisten Mittagsgäste schienen aus dem Ort zu stammen, an den großen Tischen im hinteren Teil saßen Männer in Arbeitskleidung, wie sie in der Landwirtschaft üblich war, im vorderen Teil Familien mit Kindern. Der Gasthof bot einen Mittagstisch zu ausgesprochen günstigen Preisen. Ralph entdeckte erleichtert, dass er nicht auf einem langweiligen Salat herumkauen musste. Es gab mehrere vegetarische Gerichte zur Auswahl. Er entschied sich für einen Kartoffelauflauf, Sabine orderte ein großes Schnitzel mit Pommes. Ein Trostessen, wie sie sagte.

Angersbach musterte die Kollegin. Sie hielt sich gut, aber die Aufgewühltheit war ihr anzusehen. Ihre Augenlider zuckten, und sie zupfte unablässig an den plastikumhüllten Blättern der Speisekarte herum. Schließlich legte sie sie entschlossen beiseite. Sie unterhielten sich über Belanglosigkeiten, bis das Essen kam. Ralph verzog den Mund, als er das riesige Schnitzel sah, über das Kaufmann heißhungrig herfiel. Immerhin kein Kalb, aber auch Schweine wurden unter unwürdigen Bedingungen gehalten, ehe man ihnen am Ende einen metallenen Bolzen in den Kopf schoss. Sie aufschlitzte und das zähflüssige Blut in einen Eimer tropfen ließ. Ihnen die Haut abzog, die Eingeweide herausriss und sie in handliche Stücke zerteilte. Ralph schüttelte den Kopf, um die Bilder, die ihn seit seiner Kindheit verfolgten, loszuwerden, und widmete sich seinem Auflauf.

Am anderen Ende der Gaststätte wurden Stimmen laut. Angersbach hörte die Worte »Mandler«, »Leichen« und »BiGaWett« heraus. Er legte seine Gabel beiseite und ging zu dem Tisch, an dem vier Männer in Arbeitshosen diskutierten. Gegessen hatten sie nichts, aber jeder hatte einen Halbliterkrug vor sich stehen. In keinem davon war noch mehr als ein Daumen breit Bier.

»Skrupellos«, schimpfte einer von ihnen. »Dieser Rödelsperger ist skrupellos. Der hat uns alle über den Tisch gezogen.« Er beugte sich zu einem seiner Stammtischbrüder. »Dich doch auch, Herrmann, oder etwa nicht?«

Der Angesprochene wiegte bedächtig den Kopf. »Er hat mir ein gutes Angebot gemacht. Und ich war nicht abgeneigt, einen Teil meiner Felder zu verkaufen. Die Mischwirtschaft rentiert sich nicht mehr, das weißt du doch selbst. Man muss sich auf irgendwas spezialisieren. Ich setze auf Schweine. Und dafür brauche ich nicht so viel Fläche. Das Geld, das mir Rödelsperger geboten hat, kann ich gut für neue Ställe gebrauchen.«

»Schön für dich«, schimpfte der Erste. »Aber ich wollte nicht verkaufen.«

»Warum hast du es dann getan?«, erkundigte sich einer der anderen.

»Er hat Druck gemacht. Irgendwelche alten Urkunden ausgegraben, von wegen einem Wegerecht über mein Grundstück. Er hat gedroht, das einzuklagen. Hätte mich einen Haufen Zeit und Geld gekostet, der Streit, und am Ende hätte er womöglich gewonnen und mir eine Zufahrtsstraße zu seinem Konzern mitten über den Hof gebaut. Und dann war da noch die Sache mit den Hühnern.«

»Entschuldigung«, sagte Ralph. »Darf ich mich einen Moment zu Ihnen setzen? Ich habe zufällig gehört, worüber Sie sprechen, und es könnte wichtig für uns sein.« Er zog seinen Ausweis hervor. »Ralph Angersbach, Polizeipräsidium Gießen.« Er deutete auf Sabine, die neben ihn getreten war. »Meine Kollegin und ich untersuchen den Mord an Carla Mandler.«

Der letzte Sprecher rutschte auf der Bank beiseite und machte eine einladende Geste.

»Sind Sie mit dem Essen fertig, oder soll ich Ihnen die Sachen herüberbringen?«, erkundigte sich eine tiefe Stimme in Ralphs Rücken. Er wandte sich um und erblickte einen Hünen von Mann, sicher zwei Meter groß und zwei Zentner schwer, mit einem zerknitterten Hemd und einer abgewetzten Lederschürze vor dem Bauch. Der Wirt, nahm er an.

»Bitte, bringen Sie uns die Teller«, antwortete Sabine. »Das Essen ist vorzüglich.«

Gleich darauf standen ihre Teller und Gläser vor ihnen. Der Wirt lehnte sich neben dem Tisch an die Wand. »Rödelsperger, he? Ein verdammter Beutelschneider ist das. Kauft hier alles auf. Die ganzen Felder. Für seinen verdammten Krüppelmais.«

Angersbach konnte sich einigermaßen zusammenreimen, was der Mann meinte. Die BiGaWett hatte nördlich von Wetterbach eine große Biogasanlage samt Elektrizitätswerk errichtet. Die Anlage verwertete organische Energieträger. Und je leichter die zu beschaffen waren, desto effizienter war das Ganze. Zu den bevorzugten Brennstoffen gehörte eine Sorte Mais, die schneller wuchs als der für den Verzehr geeignete. Er bildete keine richtigen Fruchtstände aus, doch das war für den Vorgang des Vergärens auch nicht notwendig. Der kolbenfreie Biogasmais, von den Landwirten gern als Krüppelmais bezeichnet, war leichter anzubauen und zu ernten und erforderte weniger Umsicht beim Einsatz von Insektiziden, weil es nicht darauf ankam, ein Produkt zu erhalten, das bedenkenlos verzehrt werden konnte. Wenn BiGaWett diesen Mais in großem Stil in unmittelbarer Nähe der Anlage anbaute, war das für die Energiegewinnung optimal. Für die Umwelt dagegen nicht. Man geizte nicht mit den Mitteln zur Schädlingsbekämpfung, vernichtete Biotope für zahlreiche Wildtiere und laugte den Boden mit Monokultur aus. Felder, auf denen jahrelang nur Mais wuchs, waren irgendwann nur noch tote Erde. Ganz abgesehen davon, dass das Konzernkonzept Begehrlichkeiten schuf. Jedes weitere Feld war zusätzlicher Gewinn. Und ein mächtiger und profitorientierter Konzern fand Mittel und Wege, den ansässigen Bauern ihr Land abzupressen, wenn sie nicht freiwillig verkauften. So auch im Fall des Kreutzhofs?

»Was war mit den Hühnern?«, fragte Sabine.

»Sie verschwinden«, rief der Bauer erbost. »Erst eins, dann zwei. Mittlerweile fast jede Nacht. Jeden Morgen sehe ich Blutspritzer und Federn auf dem Boden im Stall, als hätte sich ein Fuchs hereingeschlichen. Aber ich habe alles dichtgemacht. Da kann kein Fuchs rein. Nur ein Eierdieb.«

»Wieso ein Eierdieb?«, wunderte sich die Kommissarin, die sich kaum vorstellen konnte, dass es heutzutage noch das Risiko wert war, Eier zu stehlen. Jedenfalls nicht hier draußen, auf einem Hof.

»Ein Fuchs begreift, dass das Gitter unüberwindbar ist«, erklärte der Bauer kühl. »Ein Mensch hingegen ist von Natur aus boshaft und verwendet all sein Denkvermögen, nur, um sich illegal zu bereichern.«

»Hm. Haben Sie Anzeige erstattet?«

»Natürlich. Aber man hat mir gesagt, dass man nicht viel tun kann. Es ist nur ein einfacher Diebstahl. Dafür stellt niemand einen Wachposten auf. Und meine Anschuldigungen gegen Rödelsperger und seine BiGaWett kann ich nicht beweisen. Ein paar Nächte lang habe ich meine Knechte Wache schieben lassen. Da ist nichts passiert. Aber die Leute müssen arbeiten. Auf dem Hof ist viel zu tun. Ich kann es mir nicht leisten, einen Wachdienst einzustellen. Und kaum waren die Nachtwächter weg, hat der Fuchs wieder zugeschlagen. Zwei Beine hat der, nicht vier, darauf würde ich mein letztes Hemd verwetten. Aber was nützt das? Ich habe Rödelsperger schließlich einen Teil meiner Anbauflächen verkauft.«

»Und der Fuchs?«

»Ja, was denken Sie? Der war wie von Geisterhand verschwunden.«

Angersbach musste an die toten Schafe auf dem Kreutzhof denken. Wenn diese Art von Drohgebärden zu den Geschäftspraktiken der BiGaWett gehörte ... Es war zumindest ein Indiz. Dort die Hühner, hier die Schafe.

Er schob sich eine Kartoffelscheibe in den Mund und kaute. Sabine hatte recht, das Essen war gut.

»Wussten Sie, dass auch das Ehepaar Mandler ein Kaufangebot bekommen hat? Nicht nur für ein paar Felder, sondern für das gesamte Hofgut?«

»Wundert mich nicht«, sagte der Wirt. »Der Kreutzhof ist quasi das Herzstück. Direkt an der Straße, nicht zwischen den Feldern wie die Biogasanlage. Von dort könnte man prima eine Zufahrtsstraße bauen, und die Gebäude auf dem Hof sind perfekt als Fahrzeug- und Lagerhallen. Alles gut in Schuss. Und Meinhard und Carla gehört ein Großteil der Felder auf ihrer Seite der Straße. Ohne den Kreutzhof bleibt die BiGaWett immer zweitklassig. Aber wenn sie Mandler schlucken ... Dann sind sie wirklich fein raus.«

Das war durchaus ein Motiv, Schafe zu töten, um die Hofbesitzer unter Druck zu setzen. Doch würde ein Konzern auch einen Mord begehen?

»Sie haben vorhin über Leichen gesprochen, wenn ich das richtig verstanden habe. Worum ging es da?«

»Na, um die BiGaWett. Dass die über Leichen gehen.«

»Und was …«, Sabine Kaufmann kaute und schluckte, »… meinten Sie damit genau?«

Die Bauern am Tisch sahen einander an, doch es war der Wirt, der antwortete.

»Irgendjemand hat Carla ermordet, oder nicht?«

»Ja. Das stimmt.«

»Und? Wissen Sie schon, wer es war?«

»Nein. Wir stehen mit unseren Ermittlungen noch am Anfang.«

»Nun.« Der Wirt stieß sich von der Wand ab und verschränkte die keulengleichen Arme vor der Brust. »Dann würde ich mich an Ihrer Stelle mal mit Rödelsperger unterhalten. Und mir bei dieser Gelegenheit seine beiden Gorillas ansehen.«

»Gorillas?«

»Zwei Typen von Rödelspergers Werkschutz. Wenn Sie mich fragen – dann sind das die Füchse, die bei Ludwig die Hühner gerissen haben.« Er deutete auf den bestohlenen Bauern.

Angersbach zog seinen Notizblock aus der Tasche. »Haben Sie Namen?«

Der Wirt lachte verächtlich. »Meinen Sie, die haben sich vorgestellt? Eingebildete Raufbolde sind das. Keine Manieren. Waren nur ein einziges Mal hier und haben herumgepöbelt. Ich hab sie in hohem Bogen rausgeworfen. Die halten sich vielleicht für stark, aber mit mir brauchen die sich nicht anzulegen.«

Ralph glaubte ihm aufs Wort. Er wandte sich wieder den Bauern zu: »Ich nehme an, Sie haben Carla Mandler gekannt?«

Einstimmiges Nicken, auch vom Wirt.

»Wie war sie?«

Die Männer wechselten Blicke. »In Ordnung.«

Aha. Angersbach verkniff sich ein Grinsen. Da war sie also, die berühmte Mauer des Schweigens, auf die er gewartet hatte. Er hatte sich schon gewundert, wie bereitwillig die Männer Auskunft über ihre Probleme mit der BiGaWett gegeben hatten. Gewöhnlich war man auf dem Dorf zurückhaltend gegenüber Fremden, auch gegenüber der Polizei. Was immer es an Konflikten, Fehden oder Unstimmigkeiten gab, wurde innerhalb der Gemeinschaft gelöst. Je kleiner das Dorf, desto verschworener. Und Wetterbach war ein sehr kleines Dorf.

»Wie stand sie zu dem Angebot der BiGaWett? Wollte sie verkaufen?«

»Auf keinen Fall.« Die Stimme des Wirts dröhnte. »Sie war zwar nicht von hier, aber sie hat den Hof geliebt, so wie jeder Einheimische sein Land liebt.«

»Sie hatte den Hof seit fünfzig Jahren«, warf Sabine ein.

»Eben«, sagte der Wirt, und Ralph musste sich ein bitteres Auflachen verkneifen. Auf dem Land war, wie er wusste, eine solche Zeitspanne nicht mehr als ein Wimpernschlag. Die Stammbäume und Geschichten der Alteingesessenen reichten über mehrere Hundert Jahre zurück.

Er schaute den Hünen an. »Carla Mandler wollte also nicht verkaufen. Und Meinhard Mandler?«

»Der auch nicht«, entgegnete der Wirt. »Der hat Rödelsperger vor die Tür gesetzt, als der mit seinem Angebot ankam.«

»Na ja«, schränkte der Mann ein, den der andere Herrmann genannt hatte. »Zuerst war er empört. Aber als er gehört hat, was die BiGaWett bietet – da ist er schon ins Wanken geraten.«

»Verkauft hätte er trotzdem nicht«, beharrte der Mann neben ihm. »Meinhard hat den Hof und die Pferde geliebt.«

»Und die schönen Mädchen«, fügte sein Gegenüber hinzu, »die sich um die Pferde kümmern. Und die man im Stall so schön nageln kann.«

Seine Stammtischbrüder lachten rau. Kaufmann verzog den Mund.

Ralph tippte mit seinem Stift auf den Block. Zwei Verdächtige, dachte er. Die BiGaWett, wenn sie den Hof um jeden Preis haben wollte. Und Meinhard Mandler, wenn er sich entschieden hatte, doch zu verkaufen – gegen den Willen seiner Frau.

Der Komplex der Biogas Wetterau – BiGaWett – war offensichtlich erst vor Kurzem fertiggestellt worden. Auf dem Hof stapelten sich Baumaterialien aller Art – Metallstangen, Holzbalken, Kunststoffelemente und dicke Rollen Kabel und Draht. In der aufgeweichten Erde waren die Abdrücke von den Kettenrädern großer Baumaschinen und von breiten Lkw-Reifen zu sehen. Das futuristisch anmutende Bürogebäude mit den riesigen Fensterfronten glänzte in der Sonne. Selbst die großen Gärtanks im Hintergrund sahen wie frisch gewaschen aus. Rund um das Areal erstreckten sich Felder, vermutlich der Krüppelmais, über den sich die Bauern im Gasthof empört hatten.

Kaufmann parkte ihren Zoe direkt vor dem Bürokomplex, und Angersbach stemmte sich aus dem Wagen. Im selben Moment traten zwei Männer aus der gläsernen Eingangstür und marschierten auf sie zu, der eine ein Zweimeterriese mit breiten Schultern, neben dem der andere, sicher auch eins achtzig, fast schmächtig wirkte. Beide trugen militärisch anmutende Uniformen in NATO-Oliv und ein Barett auf dem Kopf.

»Die Gorillas, nehme ich an«, sagte Sabine leise zu Ralph und fingerte nach ihrem Dienstausweis.

Der Riese blieb vor Angersbach stehen und musterte ihn von Kopf bis Fuß. »Guten Tag. Darf ich fragen, was Sie hier wollen? Das ist Betriebsgelände. Unbefugter Zutritt verboten. Haben Sie die Schilder nicht gesehen?«

Angersbach streckte sich. Er war weder klein noch besonders schmal gebaut, doch diesem Hünen gegenüber fühlte er sich unterlegen. Ein Gefühl, das er ganz und gar nicht mochte. Er angelte seinen Dienstausweis aus der Tasche und hielt ihn hoch. »Angersbach, Polizeipräsidium Gießen. Meine Kollegin Kaufmann.«

Auch Sabine streckte dem Mann ihren Ausweis hin. »Wir möchten mit Herrn Sebastian Rödelsperger sprechen.«

»Sind Sie angemeldet?«

»Nein.« Ralph setzte ein falsches Lächeln auf. »Wir haben es spontan entschieden.«

»Und worum geht es?« Der Riese machte keine Anstalten, sie durchzulassen. Ihr Status als Staatsbeamte schien ihn nicht zu beeindrucken.

»Um tote Schafe auf dem Kreutzhof«, erläuterte Kaufmann freundlich. »Und um Mord.«

Der zweite Wachmann trat vor. Wo bei seinem Kollegen kurz geschorenes Blondhaar unter dem Barett hervorsah, waren es bei ihm braune Locken. Außerdem trug er einen dichten Bart, der vermutlich die dünnen Lippen kaschieren sollte. Der Blick aus den braunen Augen war unstet.

»Das sind alles Lügen«, erklärte er. »Wir haben keine Tiere abgeschlachtet. Und selbst wenn. Das ist doch kein Mord. Tote Tiere sind bloß Sachbeschädigung.«

Ralph merkte, wie sich Sabine neben ihm versteifte. Sie hatte ein großes Herz für alle wehrlosen Kreaturen, für Menschen ebenso wie für Tiere. Außer vielleicht für jene, die auf ihrem Teller landeten.

»Ihre Namen bitte«, forderte sie scharf.

Der blonde Riese nahm unwillkürlich Haltung an. »Collin Hotz«, vermeldete er und legte kurz die Hand ans Barett. Sein Kollege warf ihm einen verächtlichen Seitenblick zu.

»Geht Sie eigentlich nichts an, aber wenn Sie's unbedingt wissen wollen: Pascal Rinker.«

»Danke.« Angersbach notierte sich die Namen. Damit er sie nicht verwechselte, schrieb er »Schwarzenegger« hinter den Namen »Hotz«, »Stallone« hinter den von Rinker, auch wenn er dem guten Sly damit unrecht tat. Die Größe und die Haare kamen hin, aber Stallone war ein Idol, Pascal Rinker dagegen nur ein aufgeblasener Wicht. Doch als Gedächtnisstütze half es allemal. »Dann bringen Sie uns jetzt bitte zu Herrn Rödelsperger. Oder ist er nicht da?«

»Doch.« Schwarzenegger-Double Hotz blickte Ralph von oben herab an. »Aber ich glaube kaum, dass er Zeit hat, sich mit toten Hühnern und Schafen zu beschäftigen.«

Ralph stellte sich ein bisschen breitbeiniger hin, schob seine grüne Wetterjacke beiseite und legte die Hand an den Griff seiner Dienstwaffe. Wenn die beiden Schwarzenegger und Stallone waren, war er Clint Eastwood. Kein Muskelpaket, sondern der Mann mit dem flinken Finger. Vier Fäuste und ein Colt. Auch wenn es natürlich kein Revolver, sondern eine Pistole der Marke Heckler & Koch P30 mit fünfzehn Schuss im Magazin war. Er hatte die besseren Karten, fand er.

Sabine, die sich mit ihren eins sechzig neben den drei hochgewachsenen Männern wie ein Zwerg vorkommen musste, hatte allerdings noch eine bessere Waffe parat: ihre Zunge.

»Offenbar haben Sie uns nicht richtig verstanden«, erklärte sie. »Der Mord, um den es geht, wurde nicht an einem Tier verübt, sondern an einem Menschen. An Frau Carla Mandler, der Besitzerin des Kreutzhofs. Und wir brauchen auch nicht Ihre Erlaubnis, um mit Herrn Rödelsperger zu sprechen. Wir sind so entgegenkommend, ihn an seinem Arbeitsplatz aufzusuchen. Aber wenn Sie uns nicht einlassen wollen, können wir ihm auch eine polizeiliche Vorladung zukommen lassen. Dann müsste Herr Rödelsperger seine kostbare Zeit eben für eine Fahrt nach Gießen ins Polizeipräsidium aufwenden.« Sie zuckte scheinbar gleichgültig mit den Schultern. »Die Entscheidung liegt bei Ihnen.«

Treffer und versenkt, dachte Ralph belustigt. Die beiden Wachmänner tauschten schnelle Blicke. Hotz hakte ein Telefon vom Gürtel und tippte auf eine Taste.

»Herr Rödelsperger?«, sagte er, als sich am anderen Ende jemand meldete. »Hier ist Besuch für Sie. Zwei Beamte von der Polizei. Wegen der Mandler vom Kreutzhof. Die ist … ermordet worden.« Collin Hotz lauschte kurz und beendete dann das Gespräch mit den Worten: »Ja, selbstverständlich, sofort.«

Umständlich hängte er das Telefon wieder an seinen Gürtel. Dann sah er Angersbach und Kaufmann an.

»Kommen Sie.«

Sebastian Rödelsperger entsprach in keiner Weise Sabines Erwartungen. Sie hatte mit einem schwergewichtigen Geschäftsmann jenseits der fünfzig im korrekten Dreiteiler gerechnet, machterprobt, feist und ein wenig barsch. In Wirklichkeit war der Anzug das Einzige, das stimmte. Maßgeschneidert, schwarz und sichtlich teuer. Der Mann, der darin steckte, war sogar noch jünger als sie selbst, maximal Anfang dreißig. Ein glattes, bartloses Gesicht, schwarze, mit Wachs gestylte und sorgsam gescheitelte Haare. Breites Lächeln, gesunde Zähne. Für Kaufmanns Geschmack alles ein wenig zu smart. Der Ehrgeiz war dem Geschäftsführer der BiGaWett von den Augen abzulesen. Er trat dynamisch auf sie zu und streckte ihr die Hand entgegen. Weich, gepflegt und warm. Auf der silbergrauen Krawatte glitzerte das Licht der in die Decke eingelassenen Halogenstrahler.

»Rödelsperger«, sagte der Mann. Auch die Stimme war angenehm. Ein Yuppie mit besten Voraussetzungen und dem Willen, es weit zu bringen, schloss Sabine. Der Geschäftsführer begrüßte auch Ralph mit Handschlag und ging ihnen voraus zu seinem Büro. Es war größer als Sabines ganze Wohnung. Durch die bodentiefen Fenster konnte sie ungehindert über den gesamten Komplex der Biogasanlage und die dahinter liegenden Felder sehen.

Rödelsperger bot ihnen Kaffee und Kaltgetränke an. Ralph lehnte sofort ab, Sabine indes hätte nichts dagegen gehabt, ihren trockenen Hals etwas zu befeuchten. Doch vermutlich folgte ihr Kollege seinem Instinkt, Distanz zu wahren. Bei einem Typen wie Rödelsperger war es vielleicht nicht das Schlechteste, alles zu vermeiden, das auch nur im Entferntesten auf Verbrüderung hindeuten könnte. Sie nahmen in der Sitzgruppe Platz. Bequeme Stühle, weiches Leder. Alles hier roch nach Geld und großen Plänen. Man scheute keine Kosten und Mühen. Möglicherweise auch dann nicht, wenn es darum ging, widerspenstige Landbesitzer gefügig zu machen. Rinker und Hotz waren die perfekten Kandidaten für mehr oder weniger subtile Einschüchterungstaktiken. Sie konnte sich vorstellen, dass die beiden Spaß daran hatten, andere unter Druck zu setzen. Die toten Hühner und Schafe traute sie ihnen zu. Aber würde der Konzern auch einen Mord in Auftrag geben, wenn es den Firmeninteressen dienlich war? Ausschließen mochte sie es nicht.

Rödelsperger kam direkt auf den Punkt. »Habe ich das richtig verstanden?«, fragte er und setzte eine angemessen betroffene Miene auf. »Carla Mandler wurde ermordet?«

»Ja. Das ist richtig«, sagte Angersbach.

Rödelsperger schüttelte den Kopf. »Schrecklich. Aber ich verstehe ehrlich gesagt nicht, weshalb Sie in dieser Sache zu mir kommen.«

»Ihr Kaufangebot. Vier Millionen Euro. Frau Mandler hat abgelehnt, oder nicht?«

Sabine seufzte innerlich, und das nicht nur wegen ihres trockenen Halses. Sie tastete sich bei einer Vernehmung gerne heran. Versuchte, sich zunächst einen Eindruck von der Persönlichkeit des Befragten zu bilden. Eine vertrauensvolle Atmosphäre aufzubauen. Und die feinen Schwingungen aufzunehmen, die unterhalb des Gesagten durchklangen. Einfühlsam und sensibel sollte man ihrer Ansicht nach vorgehen, damit der Befragte sich öffnete und man auch mitbekam, wenn er ausweichend reagierte. Angersbach dagegen hatte dafür keine Geduld. Er fiel einfach mit der Tür ins Haus.

Sebastian Rödelsperger verschränkte die Arme vor der Brust und lehnte sich auf seinem Stuhl zurück. Genau die Reaktion, die Kaufmann verriet, dass er sich von Ralph überrumpelt fühlte und auf Distanz ging.

»Was wollen Sie damit andeuten?«

»Nichts.« Angersbach beugte sich vor, um den Abstand wieder zu verringern. »Aber Sie haben meine Frage nicht beantwortet. Hat Frau Mandler Ihr Angebot in Betracht gezogen, oder hat sie abgelehnt?«

Ein leises Lachen und ein verstohlener Seitenblick zu Sabine. Hatte Rödelsperger ihr tatsächlich gerade zugeblinzelt?

»In der Geschäftswelt wären Sie aufgeschmissen«, erklärte er. »Sie beherrschen die Spielregeln nicht.«

»Deswegen bin ich Beamter.« Ralph wurde zusehends ungeduldig.

Rödelsperger hob abwehrend die Hände. »Ja. Sie haben recht. Frau Mandler hat mein Kaufangebot abgelehnt. Was sehr bedauerlich ist. Der Kreutzhof wäre eine Bereicherung für unsere Firma.«

»Weil?«

»Weil wir größere Anbauflächen brauchen. Die BiGaWett will langfristig die gesamte Region Wetterau mit Energie versorgen. Saubere Energie, gewonnen aus nachwachsenden Rohstoffen. Damit treten wir in Konkurrenz zu den Anbietern konventioneller Energieträger. Viele Kunden investieren gern ein paar Cent pro Kilowattstunde mehr, wenn sie dafür Ökostrom kriegen. Doch die meisten schauen nur aufs Geld. Der Preis ist die Stellschraube, an der unsere Konkurrenten drehen. Schmutziger Strom wird immer billiger. Wenn wir uns mit sauberem Strom durchsetzen wollen, müssen wir mithalten. Wir müssen billiger werden. Das bedeutet, dass wir kostengünstiger und effizienter produzieren müssen, als das bisher möglich ist. Hohe Transportkosten für das benötigte organische Material für unsere Anlage ist der Faktor, der uns ruiniert. Deshalb sieht unser Konzept vor, die Wege so kurz wie möglich zu halten. Das ist Umweltschutz im besten und einfachsten Sinne. Wir sparen nicht nur Kosten, wir verringern auch die Belastung durch den CO_2-Ausstoß. Jeder Lkw weniger zählt doppelt. Deshalb kaufen wir so viele Anbauflächen in der unmittelbaren Umgebung. Mais, der vor der Tür wächst, muss nicht Tausende von Autobahnkilometern zur Anlage gefahren werden. Er steht direkt zur Verfügung. Wir folgen damit einem Trend. Mehr regionale Produkte. Wir stärken die

Region. Und was liegt näher, als die benachbarten Höfe und Felder zu nutzen? Deshalb interessiert uns der Kreutzhof, genau wie die anderen Höfe in der näheren Umgebung.«

»Sie verhindern, dass die Felder für den Anbau von Nahrungsmitteln genutzt werden können. Und Sie vertreiben die ansässigen Bauern.«

Sebastian Rödelsperger schenkte Angersbach ein nachsichtiges Lächeln. »Ich sehe, Sie haben sich mit den Argumenten der sogenannten Umweltschützer vertraut gemacht. Aber diese Betrachtungsweise greift zu kurz. Wir haben mehr als genug Anbauflächen. Mehr als die Hälfte der landwirtschaftlichen Produkte aus der Region wird exportiert. Manches in andere Bundesländer, manches sogar ins Ausland. Ganze Lastwagenkolonnen, die Autobahnen verstopfen und Treibhausgase absondern. Und im Gegenzug fehlt es an Material für die hiesigen Biogasanlagen. Wieder ganze Karawanen von Lkws, dieses Mal in die andere Richtung. Das ist weder effizient noch umweltfreundlich.«

Sabine warf Ralph einen schnellen Seitenblick zu. Sie konnte nicht beurteilen, ob die genannten Zahlen den Fakten entsprachen. Doch Rödelsperger beherrschte auf jeden Fall seinen Text. Er war gut vorbereitet. Mit wütendem Anrennen würde man ihn nicht knacken können.

Angersbach verstand ihre Botschaft. Er ließ sich gegen die Rückenlehne seines Stuhls sinken und kreuzte die Arme, eine exakte Kopie der Haltung Rödelspergers, auch wenn ihm das vermutlich nicht bewusst war. Zumindest signalisierte er ihr damit, dass sie die Befragung fortsetzen durfte. Auf ihre Art.

»Wir wollen gar nicht infrage stellen, dass das, was Ihre Firma hier tut, gut ist«, sagte sie freundlich. »Wir möchten nur wissen, wie Sie mit dem Konflikt umgegangen sind.«

»Konflikt?«

Sabine hatte erst kürzlich ein Seminar zur Kinesik besucht. Die Körpersprache eines Menschen verriet oft mehr als der Inhalt des Gesagten. Dabei hatte sie gelernt, dass die Wiederholung einer Frage oft auf einen Täuschungsversuch hindeutete. Sie verschaffte dem Sprecher eine kurze Pause, um über die Antwort nachzudenken. Und sie gegebenenfalls ein wenig zu korrigieren.

»Sie wollten die Felder und den Kreutzhof. Carla Mandler wollte sie nicht hergeben.« Angersbach schaffte es nicht, sich zurückzuhalten.

Rödelsperger neigte den Kopf. »Wie gesagt. Eine bedauerliche Entscheidung. Aber was denken Sie, was ich deshalb unternommen hätte?«

Ralph konnte sich nicht bremsen. »Ich denke, Sie haben Ihre Gorillas – Collin Hotz und Pascal Rinker – losgeschickt, um Angst und Schrecken zu verbreiten. Ein paar Tiere auf den betroffenen Höfen zu töten. Den Besitzern Druck zu machen.«

»Unsinn. Wir gehören zu einem Energiekonsortium mit Milliardenumsätzen. Wir arbeiten nicht mit Kleinganoven und Mafiamethoden.«

»Der Konzern wahrscheinlich nicht. Aber was ist mit Ihnen? Ihre persönliche Karriere hängt doch am Erfolg dieses Projekts? Wenn Sie die BiGaWett zum Erfolg führen, erleben Sie einen steilen Aufstieg. Wenn nicht ...«

»Passen Sie auf, was Sie sagen.« Rödelsperger hob drohend den Zeigefinger. »Sie dürfen mich befragen. Diese haltlosen Anschuldigungen dagegen ...«

»Mein Kollege meint das nicht so«, sprang Sabine ein. »Aber die Frage ist berechtigt. Sie haben ein persönliches Interesse am Kauf der Felder. Sie stehen sicherlich auch unter Druck. Sie sind noch sehr jung, und Sie haben hier eine sehr verantwortungsvolle Position.«

Rödelsperger starrte sie an. Dann riss er eine Schreibtischschublade auf. Er zog einige gerahmte Urkunden heraus und warf sie vor Sabine auf den Tisch.

»Ich habe ein Diplom in Betriebswirtschaft und einen Master in International Energy Management. Ein Jahr in Boston, ein Jahr in Cambridge. Beide Abschlüsse mit Auszeichnung. Ich bin hier, weil ich gut bin, nicht, weil ich pokere und schachere. Ich muss niemanden niedermetzeln oder umbringen lassen, weder Hühner noch Schafe noch Menschen. Und davon abgesehen habe ich Carla Mandler für ihre Haltung bewundert. Sie war eine starke Persönlichkeit. Ich hatte gehofft, sie trotzdem irgendwann noch umstimmen zu können. Ich hätte aber auch ihre Ablehnung akzeptiert. Wir hätten eine andere Art der Kooperation gefunden. Ich bin mir sicher, dass ich von Frau Mandler noch viel hätte lernen können. Mit der Theorie kenne ich mich hervorragend aus, aber das ganze Drumherum – Verhandeln, Ausloten, Taktieren – lernt man nur im direkten Kontakt. Frau Mandler hat fünfzig Jahre lang erfolgreich ihr Gestüt geleitet, von ihr hätte ich gewiss noch einiges lernen können. Ich respektierte sie. Ihr Tod ist für mich daher weder eine Freude noch eine Genugtuung. Im Gegenteil. Ich bedaure ihn zutiefst.«

Kaufmann war für einen Moment sprachlos. Angersbach dagegen blieb auf Krawall gebürstet.

»Eine schöne Ansprache, die Sie sich da zurechtgelegt haben«, brummte er. »Aber ist es nicht so, dass Ihnen der Kreutzhof jetzt wie eine reife Frucht in den Schoß fällt?«

Rödelsperger sah ernstlich verwundert aus. »Weshalb sollte das so sein? Ich erbe doch nicht. Der Hof bleibt in Familienbesitz.«

»Aber Meinhard Mandler erweist sich womöglich als einfacherer Verhandlungspartner.«

Sebastian Rödelsperger bemühte sich um eine undurchdringliche Miene, doch ein Zucken der Mundwinkel verriet ihn.

»Sie haben schon mit Herrn Mandler gesprochen?«, fragte Sabine. »Und er war – sagen wir mal: weniger abgeneigt zu verkaufen als seine Frau?«

Rödelsperger gab sich geschlagen. »Ja. Warum soll ich Ihnen etwas vormachen? Sie erfahren es ja ohnehin, wenn Sie mit ihm sprechen. Er wollte über den Verkauf nachdenken. Allein hätte er die Entscheidung allerdings nicht treffen können. Und seine Frau hätte er kaum umgestimmt.« Er gestikulierte. »Das soll aber nicht heißen, dass ich glaube, dass er es war.«

Sabine Kaufmann kniff die Augen zusammen. Etwas an Rödelspergers Gestik und Mimik erschien ihr nicht stimmig. Sie konnte es jedoch nicht festmachen. Ein Wochenendseminar in Kinesik machte sie noch nicht zur Expertin.

»Wann haben Sie denn mit Frau Mandler gesprochen? Und mit ihm?«

Rödelsperger richtete die Augen zur Decke und schien nachzudenken. Dann zog er sein Smartphone aus der Tasche und wischte darauf herum.

»Mit Carla Mandler vor zwei Wochen«, erklärte er und steckte das Gerät wieder weg. »Mit ihm ein, zwei Tage später. Genau weiß ich es nicht mehr, ich habe den Termin nicht notiert. War mehr so ein Gespräch zwischen Tür und Angel.«

»Und wann haben Sie die beiden zum letzten Mal gesehen?«

Rödelsperger grinste verächtlich. »Soll ich jetzt sagen, als ich Carla Mandler ermordet habe?«

»Nein. Wir wollen einfach nur eine sachliche Information.«

Der Geschäftsführer musterte sie abschätzend. »Ob Sie's glauben oder nicht, das war das letzte Mal, dass ich sie gesehen habe.«

»Okay.« Sabine Kaufmann nickte und verabschiedete sich von Rödelsperger, ehe sie sich mit Ralph auf den Rückweg zum Wagen machte.

»Was für ein Wichtigtuer«, schimpfte Angersbach. »Erst das ganz Gelaber von wegen Umweltschutz, und dann präsentiert er uns Mandler als Verdächtigen, ohne mit der Wimper zu zucken.«

»Ganz von der Hand zu weisen ist der Verdacht nicht«, wandte Kaufmann ein. »Wir hatten den Gedanken auch schon.«

Ralph fummelte sein Handy aus der Jackentasche und führte ein kurzes Telefonat. »Immer noch nichts«, erklärte er. »Dieser Meinhard Mandler ist wie vom Erdboden verschluckt.«

6

Sabine Kaufmann stoppte, als sie die Toreinfahrt der BiGa-Wett erreicht hatten. »Und was jetzt?«

Ralph Angersbach blickte die Landstraße hinauf und hinunter. »Wir könnten noch mal mit den Angestellten vom Kreutzhof reden. Die müssen etwas von der Beziehung von Carla und Meinhard Mandler mitbekommen haben. Da bleibt doch nichts im Verborgenen, wenn man so nahe beieinanderlebt. Und vielleicht weiß jemand Details. Zum Beispiel, ob es da eine andere gab, mit der sich Mandler nach Spanien absetzen wollte.«

»Die Sekretärin?«

Angersbach wiegte den Kopf. »Die hält nicht viel von Meinhard Mandler. Hat ihn einen Filou genannt. Aber sie ist loyal. Vor allem ihrer Chefin gegenüber. Schließt anscheinend auch den Ehemann ein. Jedenfalls hat sie den Verdacht weit von sich gewiesen, dass Meinhard Mandler seiner Frau etwas angetan haben könnte.«

Kaufmann gestikulierte ungeduldig. »Also? Wen können wir uns sonst noch mal vornehmen? Oder soll ich den Motor ausmachen, bis du dir etwas ausgedacht hast?«

»Warum? Hast du Angst, dass der Akku schlappmacht? Wir hätten auch mit dem Lada fahren können.«

»Danke. Eine Stunde auf den harten Sitzen mit der schlechten Federung, und der stärkste Rücken ist kaputt.«

Ralph mochte es nicht, wenn man seinen geliebten Wagen beleidigte, aber er sparte sich einen Kommentar. Sabine hatte gerade ihre Mutter verloren. Wenn es ihr half, ihn zu verspotten, war ihm das recht.

»Wir sollten uns vielleicht noch mal eingehend mit dem Knecht unterhalten«, sagte er. »Adam Nowak. Wir haben ihn ja vorhin schon getroffen. Arbeitet seit vierzig Jahren auf dem Kreutzhof, ist aber nicht besonders gesprächig, es sei denn, es geht um PS, Pferde oder Autos. Der muss eine Menge wissen. Möglicherweise ist er bei dir auskunftsfreudiger.«

»Wo wohnt er?«

»Das muss direkt gegenüber dem Kreutzhof sein. Auf der anderen Seite der Straße in Wetterbach.« Er zog sein Notizbuch zurate und nannte ihr die Adresse.

»Gut.« Kaufmann gab die Daten in ihr Navi ein und setzte den Blinker. »Reden wir mit ihm.«

Während sie den Renault Zoe zwischen den Feldern hindurch zurück zum Dorf steuerte, telefonierte Ralph, mit dem verantwortlichen Beamten der Bereitschaftspolizei, mit der Forensik und mit einem Kollegen im Präsidium. Letzteren beauftragte er, in Erfahrung zu bringen, wann die Hühner auf dem Bauernhof in Wetterbach verschwunden und die Schafe auf dem Kreutzhof getötet worden waren. Anschließend solle er die Sicherheitsbeauftragten der BiGaWett überprüfen und sie nach ihren Alibis für die betreffenden Nächte fragen. Der smarte Rödelsperger mochte behaupten, dass solche Maßnahmen, widerstrebende Verkäufer unter Druck zu setzen, nicht zu den Geschäftspraktiken seines Konzerns gehörten, doch für Ralph waren die beiden die perfekten Kandidaten. Davon abgesehen traute er dem Geschäftsführer nicht über den Weg. Rödelsperger war jung und ehrgeizig und vermutlich nicht mit vielen Skrupeln behaftet. Er hatte ihnen eine hübsche Fassade gezeigt, doch wer wusste schon, was sich dahinter verbarg.

»Nichts Neues von der Spurensicherung«, berichtete er, nachdem er das letzte Telefonat beendet hatte. »Nur von Professor Hack. Er meint, das Messer, mit dem Carla Mandler erstochen wurde, war ein Jagdmesser oder Survivalmesser, das man in einer Messerscheide trägt. Er hat winzige Verunreinigungen in der Wunde gefunden, die vermutlich über die Waffe hineingelangt sind. Rückstände einer früheren Verwendung oder Abrieb von einer Lederscheide. Die Spuren werden noch genauer untersucht. Das Messer hat jedenfalls eine beidseitige Klinge und auf der einen Seite eine zumindest partielle Sägezahnung.«

Kaufmann, die gerade auf die Straße nach Wetterbach abbog, warf ihm einen kurzen Blick zu.

»Ist Meinhard Mandler Jäger?«

»Keine Ahnung.« Ralph wusste, worauf sie hinauswollte. Das beschriebene Messer passte nicht unbedingt zu einem Gutsbesitzer, der teure Pferde züchtete und einen kostspieligen Wagen fuhr, eher zu jemandem, der sich häufig in der Natur aufhielt. Doch das eine musste das andere nicht ausschließen.

»Die SIM-Karte aus Carla Mandlers Handy ist noch nicht ausgelesen«, fuhr er fort. »Und die Informationen vom Provider liegen auch noch nicht vor. Die Kollegen von der Bereitschaftspolizei sind mit der Durchsuchung fertig. Sie bringen die sichergestellten Unterlagen nach Gießen. Angesichts der Menge wird es dauern, bis wir damit durch sind.« Angersbach rieb sich das Kinn. »Ich habe außerdem einen Kollegen gebeten, die Geschichte von diesem Sühnekreuz zu recherchieren. Er hat nichts gefunden. Aber er hat einen Forscher aufgetan, der sich mit diesen Kreuzen beschäftigt. Wegen dieses Tonkreuzes, das Hackebeil in der ... äh ... bei Carla Mandler gefunden hat.« Er hüstelte. »Wir können uns am Montag mit ihm treffen.«

Sabine hielt vor einem kleinen, windschiefen Haus am Dorfrand und musterte es skeptisch. »Das hier?«

Angersbach verglich den Straßennamen und die Hausnummer mit seinen Notizen. »Ja. Das muss es sein.«

Gemeinsam gingen sie durch einen ungepflegten Vorgarten. Sabine drückte auf den Klingelknopf – altes, angelaufenes Messing –, und im Inneren schrillte eine Klingel. Gleich darauf erklangen eilige Schritte. Die Tür wurde geöffnet, und Angersbach und Kaufmann standen einer Frau gegenüber, bei der Ralph eine Erinnerung aus vergangenen Zeiten durch den Kopf schoss. Oberschwester Hildegard. Aus der Schwarzwaldklinik. Seine Pflegemutter hatte das immer geschaut, als Pubertierender hatte er das natürlich kitschig gefunden. Und dennoch hatten ihn diese Serien der Achtzigerjahre irgendwie berührt. Es ging um Familie. Um etwas, das ihm in dieser Form nicht vergönnt gewesen war. Und heute?, kam es ihm in den Sinn. Er lächelte bei dem Gedanken an so manche fernsehreife Szene zwischen ihm und seiner Halbschwester Janine.

Die Frau, die ihnen geöffnet hatte, hatte eine ähnliche Ausstrahlung wie jene Oberschwester. Sie war groß und kräftig, mit ernstem Gesicht und dicken blonden Haaren, die sie zu einem Zopf geflochten hatte. Sie trug eine himmelblaue Krankenschwesteruniform und eine blaue Brille mit einem rechteckigen Gestell. Die strahlend blauen und von dichten Wimpern umgebenen Augen blickten fragend. »Ja?«

»Hallo.« Angersbach zog seinen Dienstausweis aus der Tasche und stellte sich und Sabine vor. »Wir suchen nach Herrn Nowak. Ist er zu Hause?«

Die Miene der Krankenschwester wurde streng. »Was wollen Sie denn von ihm?«

»Wir müssen ihn als Zeugen befragen.«

Sie verschränkte die Arme. »Er ist aber nicht da.«

»Sie haben gehört, was auf dem Kreutzhof passiert ist?«

Die blauen Augen von Frau Nowak verengten sich. »Ja. Der Herr hat die alte Hexe zu sich gerufen.«

Kaufmann regte sich neben ihm. »Hexe?«

Das passte nicht zu den Beschreibungen, die sie bisher von Carla Mandler erhalten hatten. Freundlich, höflich, korrekt. Vielleicht ein wenig kühl, aber nicht bösartig.

»Adam arbeitet seit vierzig Jahren für sie. Sie hat Geld wie Heu, aber wir wohnen noch immer in diesem Haus. Weil sie ihn nur ausnutzt. Und ich verdiene als Krankenschwester auch nicht genug. Es müsste so viel gemacht werden, doch die Mandler gibt Adam seit Jahren nicht mal eine Gehaltserhöhung. Dabei macht er ständig Überstunden, weil so viel zu tun ist. Unbezahlt natürlich. Adam ist geschickt, er könnte vieles selbst machen, wenn er Zeit hätte. Und wenn wir wenigstens das Material bezahlen könnten. Ich habe ihm oft gesagt, er soll sich eine andere Arbeit suchen, aber er will nicht. Er liebt den Hof und die Pferde. Außerdem meint er, er schuldet den Mandlers etwas, weil sie ihn damals aufgenommen haben. Er hat mit seinen Eltern hier in diesem Haus gelebt. Sie kamen eigentlich aus Polen, sind während des Krieges aber vertrieben worden. Irgendwie sind sie hier in der Wetterau gelandet. Adams Vater hat als Landarbeiter geschuftet, doch dann ist er krank geworden und konnte kein Geld mehr verdienen. Er war nie fest angestellt, immer nur Saisonarbeiter. In die Kasse hat er nicht eingezahlt. Kein Arbeitslosengeld. Und Adams Mutter hat als Haushaltshilfe auch nur ein paar Mark verdient. Sie hätten das Haus verloren, wenn Adam sich nicht auf dem Kreutzhof verdingt hätte.«

Sie holte tief Luft, und Angersbach nutzte die Gelegenheit, um den Wortschwall zu unterbrechen.

»Dürfen wir vielleicht hereinkommen?«

Die Frau von Adam Nowak, Vorname Regina, wie Angersbach der Einwohnerdatenbank entnommen hatte, geborene

Rebscher, warf einen Blick auf die Armbanduhr. »Ich muss in einer halben Stunde zum Dienst.«

Sabine lächelte sie freundlich an. »Es dauert nicht lange.«

Die massigen Schultern von Regina Nowak hoben sich. »Na gut.« Sie neigte den Kopf in Richtung Flur, und Angersbach und Kaufmann traten ein.

»Gehen Sie nach links in die Küche, gleich die erste Tür«, sagte Regina Nowak in ihrem Rücken, und Sabine und Ralph befolgten die Anweisung.

Die Küche war winzig, aber aufgeräumt und sauber. Die Möbel waren alt und abgenutzt, die Polster auf den Stühlen abgewetzt, der Tisch verschrammt, die Vorhänge verblichen. Ein buntes Tischtuch, Sets und Kerzenhalter mit Teelichten waren auf Tisch, Fensterbank und Anrichte arrangiert worden. Man sah, dass es den Bewohnern an Geld mangelte, sie sich aber Mühe gaben, aus dem, was sie hatten, das Beste zu machen. Zumindest im Wohnungsinneren.

»Kaffee?« Regina Nowak wies auf eine sichtlich in die Jahre gekommene Maschine. In der Glaskanne auf der Warmhalteplatte blubberte eine braune Brühe.

»Danke. Wir wollen Sie nicht lange aufhalten.« Angersbach machte eine einladende Geste, und Regina Nowak und Sabine nahmen auf den beiden Stühlen am Tisch Platz. Ralph hockte sich auf die Eckbank. In der freien Ecke lagen Zeitschriften, und Angersbach warf einen Blick darauf. Die Themen waren Haus und Garten.

Er überschlug im Kopf, was eine Krankenschwester und ein Knecht verdienen mochten, und kam zu dem Ergebnis, dass sie keine großen Sprünge machen konnten. Für ein wenig Baumaterial und neue Möbel ab und an sollte es aber eigentlich reichen.

Regina Nowak schien ihm am Gesicht abzulesen, worüber er nachdachte.

»Wir haben einen Sohn«, erklärte sie. »Er war als Kind oft krank. Wir mussten einige aufwendige Therapien bezahlen, weil die Kasse die Kosten nicht übernommen hat. An den Krediten knabbern wir immer noch.«

»Das tut mir leid«, sagte Ralph automatisch.

»Adam schuftet sich krumm und buckelig, genau wie ich«, setzte die Krankenschwester ihre Tirade fort. »Und was ist der Dank? Die Mandler macht ihn für die toten Schafe verantwortlich.«

Angersbach horchte auf und sah, wie sich auch Sabines Miene anspannte.

»Frau Mandler hat geglaubt, dass Ihr Mann die Tiere getötet hat?«, fragte sie.

»Nein.« Regina Nowak strich mit beiden Händen über ihre Uniform. »Sie hat ihm vorgeworfen, dass er nicht gut genug aufgepasst hat. Aber wie soll er das machen? Die Tiere stehen draußen auf der Weide. Und der Verrückte, der das getan hat, ist immer nachts gekommen.«

»Im Dorf ist man der Ansicht, dass es Leute von der BiGaWett waren«, hakte Sabine ein. »Sie glauben das nicht? Weil Sie sagen, es war ein Verrückter?«

»Die Leute von der Biogas AG? Wieso sollen die Schafe töten?«

»Um die Besitzer zu zwingen, ihren Hof zu verkaufen.«

»So?« Regina Nowak schien das stark zu bezweifeln.

»Uns interessiert das Ehepaar Mandler«, erklärte Ralph. »Wie die beiden zueinander standen. Gab es Differenzen? Konflikte? Wir haben gehört, dass Meinhard Mandler an die BiGaWett verkaufen wollte, seine Frau aber nicht.«

»Davon weiß ich nichts.« Regina stand auf und schenkte Kaffee aus der Glaskanne in einen Porzellanbecher, von dem an einigen Stellen die Glasur abgeplatzt war. Sie nahm einen großen Schluck, offenbar unempfindlich gegen Hitze und Gerbsäure. Das brachte wahrscheinlich ihr Beruf mit sich. Krankenschwestern mussten sich oft wach halten. Ohne eine ordentliche Dosis Koffein funktionierte das nicht. Ralph und Sabine ging es nicht anders.

Angersbach wollte eine Frage stellen, doch ein lautes Poltern unterbrach ihn. Er hörte, wie die Haustür aufgestoßen und im nächsten Moment wieder zugeworfen wurde. Jemand streifte sich im Flur mit gewisser Mühe Stiefel ab und warf sie anschließend auf den Boden. Dann öffnete sich die Küchentür, und Adam Nowak trat ein. An den Füßen hatte er abgetragene Pantoffeln, die sich zu seinem schmutzigen grünen Arbeitsoverall seltsam ausnahmen. Als er Angersbach und Kaufmann bemerkte, blieb er stehen und strich sich hektisch über den dünnen Ziegenbart.

»Sie?«

»Wir haben noch ein paar Fragen«, sagte Angersbach. »Zu Carla und Meinhard Mandler.«

Adam schaute kurz zu Regina. »Da kann ich nichts zu sagen.«

Sabine lächelte ihn an. »Sie kennen die beiden doch. Sie arbeiten seit vierzig Jahren auf dem Hof. Da bekommt man das eine oder andere mit, ob man will oder nicht.«

Nowak setzte sich auf den freien Platz auf der Eckbank. Regina erhob sich und füllte einen weiteren Kaffeebecher, den sie ihrem Mann hinstellte. Genau wie sie trank er, ohne mit der Wimper zu zucken. Entweder war der Kaffee nicht so heiß und bitter, wie er aussah, oder die beiden waren einfach abgebrüht.

»Die Dame aus dem Sekretariat – Frau Henrich – meinte, Herr Mandler sei ein Filou«, bot Angersbach einen Einstieg.

Nowak kratzte sich den Schädel mit dem lichten Blondhaar. »Ein was? Was ist das?«

»Ein Mann, der den Frauen schöne Augen macht, zum Beispiel«, erklärte Sabine.

Ralph bemerkte, wie sich das Gesicht von Regina Nowak verdüsterte. Oder war es nur der Schatten einer Wolke, die sich vor die Sonne geschoben hatte?

Adam Nowak nickte. »Mandler war hinter den jungen Mädchen her«, bestätigte er. »Schon immer. Selbst damals, als ...« Er brach ab, als er den Blick seiner Frau bemerkte. Doch Kaufmann hatte die heimliche Absprache natürlich mitbekommen.

»Sie kennen Herrn Mandler ebenfalls?«, fragte sie Regina Nowak direkt. »Und Sie haben Erfahrungen mit ihm gemacht?«

Regina musterte sie mit zusammengekniffenen Augen. »Ich bin früher auch geritten. Auf dem Kreutzhof. Das war gleich gegenüber. Ich bin hier in Wetterbach aufgewachsen.« Sie schien nicht mehr dazu sagen zu wollen.

Angersbach und Kaufmann schwiegen. Das gehörte zu den wirkungsvollsten Mitteln, um Leute zum Weiterreden zu bringen. Bei Regina Nowak funktionierte es nicht, dafür aber bei Adam.

»Er war ständig hinter Regina her«, erklärte er, und Ralph hörte eine Menge unterdrückter Wut, die in seiner Stimme mitschwang. Seine Frau legte ihm eine Hand auf die Schulter. Ob sie ihn beruhigen oder am Weiterreden hindern wollte, war schwer zu sagen.

»Es hat erst aufgehört, als Adam und ich geheiratet haben«, erklärte sie.

Angersbach ging ein Licht auf. »Sie beide haben sich auf dem Gestüt kennengelernt?«

»Ja.« Regina Nowak zog die Hand wieder zurück. »1980. Ein Jahr später haben wir geheiratet.«

Ralph tauschte einen raschen Blick mit Sabine. Sie hob leicht die Schultern. Die Antwort von Regina Nowak hatte seltsam nüchtern geklungen. Von großer Liebe oder Leidenschaft war nichts zu spüren. Doch was wollte man nach sechsunddreißig Jahren auch erwarten? Kaufmann und er kamen beide aus Trümmerfamilien. Vielleicht gab es das, die große Liebe, die Jahrzehnte überdauerte, doch wirklich vorstellen konnte er sich das nicht. Und bei den Nowaks hatten sich die Gefühle eben auch abgeschliffen.

»Herr Mandler war also hinter den Röcken her, auch früher schon.« In der ersten Hälfte der Achtzigerjahre war Meinhard Mandler, wenn Ralph sich richtig erinnerte, Anfang dreißig und wahrscheinlich nicht nur ein notorischer, sondern auch erfolgreicher Schürzenjäger gewesen.

Regina Nowak setzte sich nicht wieder hin. Sie angelte nach ihrem Kaffeebecher, trank aber nicht, sondern kniff die Lippen zusammen. »Ich möchte nicht wissen, wie viele von den Reitschülerinnen und Praktikantinnen er im Lauf der Jahre ins Heu gezerrt hat.«

»Und seine Frau?« Sabine schaute Adam Nowak an.

Der Stallknecht suchte eine angenehmere Sitzposition. »Frau Mandler hat das natürlich nicht gefallen. Da gab es öfter mal Streit.«

»Können Sie sich vorstellen, dass sich Meinhard Mandler von seiner Frau trennen wollte? Weil er eine andere hatte, mit der er weggehen wollte?«

Nowaks magerer Zeigefinger rieb über seine vollen Lippen. »Weiß nicht. Kann sein. Aber das ist doch jetzt nicht mehr wichtig.«

»Es wäre ein Motiv«, klärte ihn Kaufmann auf.

Nowaks graue Augen wanderten langsam zwischen ihr und Ralph hin und her. Die Gedanken in seinem Kopf schienen schwer zu fassen zu sein. Seine Frau war deutlich schneller.

»Sie meinen, er hat sie umgebracht? Damit er ihr Geld kriegt und sich mit der Neuen ein schönes Leben machen kann?« Sie schaute ihren Ehegatten an, als wollte sie sagen: Männer sind so.

Adam schüttelte den Kopf. »Er war doch gar nicht da. Ist Montag oder Dienstag weggefahren, mit dem BMW. Das habe ich Ihnen gestern schon gesagt.«

»Er könnte heimlich zurückgekommen sein«, bemerkte Sabine und kam damit Regina Nowak zuvor, aber die Frau nickte, als hätte sie genau das auch einwenden wollen. Der dicke blonde Zopf wippte.

Adam fuhr sich über die lichten Haare auf seinem Schädel.

»Das hat er doch nicht nötig. Wissen Sie, was allein die Tiere wert sind? Wenn er wegwill, kann er sich einfach scheiden lassen. Wegen Geld muss der sich keine Sorgen machen.«

Neid und Bitterkeit klangen aus seinen Worten. Ralph konnte sich vorstellen, dass es schwer war, ein Leben lang in einer Umgebung zu arbeiten, in der einem täglich vor Augen geführt wurde, was man alles besitzen konnte und selbst nicht hatte. Weil man nicht einmal Anerkennung, geschweige denn eine Gehaltserhöhung bekam – stattdessen für die toten Schafe verantwortlich gemacht wurde. Das könnte ein Motiv sein. Frustration und Wut, die zu lange unterdrückt worden waren und sich schließlich Bahn gebrochen hatten. Adam Nowak könnte für den Tod der Schafe und den Mord an Carla Mandler verantwortlich sein.

»Wo waren Sie denn letzte Nacht?«

Kaufmann, die Ralphs veränderten Tonfall wahrnahm, musterte Adam Nowak aufmerksam.

Regina knallte ihren Kaffeebecher auf den Tisch. »Was soll denn das heißen? Verdächtigen Sie jetzt meinen Mann? Der war es sicher nicht. Adam könnte keiner Fliege etwas zuleide tun.«

Ralph wusste nicht, wie oft er diesen Satz schon gehört hatte. Und wie oft sich der Sprecher oder die Sprecherin geirrt hatte.

»Im Bett«, sagte Nowak, ohne auf seine Frau einzugehen. »Um fünf bin ich aufgestanden und rübergegangen, um die Ställe auszumisten.«

Die vermutete Tatzeit lag laut Professor Hack zwischen halb drei und halb fünf Uhr morgens, der Zeitpunkt, zu dem die Leiche im Brunnen gelandet war, zwischen halb fünf und halb sieben Uhr. Wenn Nowak die Wahrheit sagte, kam er für die Tat nicht infrage. Aber hatte er die Wahrheit gesagt?

»Haben Sie Frau Mandler gesehen? Oder irgendjemand oder irgendetwas anderes? Etwas Ungewöhnliches oder Verdächtiges?«

Nowak rieb sich über die schiefe Nase. »Nein. Nichts«, antwortete er nach einer ganzen Weile, in der alle anderen geschwiegen hatten. »Nur die Pferde. Und die waren ruhig.«

»Gut.« Angersbach erhob sich. »Dann wollen wir Sie nicht länger stören.«

Er bemerkte, dass Sabine die Stirn runzelte. Offenbar hätte sie gern noch weiter insistiert. Doch Ralph mochte nicht im Nebel stochern. Er wollte die Befragung lieber fortführen, wenn sie Indizien hatten. Außerdem war es bereits halb sechs, und er hatte noch eine Verabredung.

»Er könnte es gewesen sein, meinst du nicht?« Sabine steuerte ihren Wagen in Richtung Vogelsberg. Je näher sie ihrem Ziel kamen, desto stärker drängten die Erinnerungen herauf. Vor vier Jahren waren sie gemeinsam hier gewesen. Als Angersbach unter dramatischen Umständen seinen leiblichen Vater kennengelernt hatte. »Die toten Schafe könnten seine Rache gewesen sein, dafür, dass sie ihn seit vierzig Jahren ausnutzen. Und als Carla Mandler ihn dann auch noch für den Tod der Tiere verantwortlich gemacht und ihn vielleicht beschimpft und erniedrigt hat, sind ihm die Sicherungen durchgebrannt.« Dinge dieser Art geschahen ständig. »Er ist der Typ dafür. Introvertiert. Schüchtern. Einer, der alles in sich hineinfrisst, bis er es nicht mehr aushält und explodiert. Für alle anderen völlig überraschend, weil sie nie gemerkt haben, was bei ihm los ist.«

War das nicht auch bei ihr selbst so? All die Jahre, die sie klaglos erduldet hatte, wie die Krankheit ihrer Mutter ihr ganzes Leben vergiftete? Natürlich hätte sie Hedwig nicht ermordet. Aber hatte sie ihrer Mutter vielleicht auf subtile Weise zu verstehen gegeben, dass ihr das alles zu viel wurde? Hatte Hedwig sich deshalb das Leben genommen? Um ihre Tochter von der Verantwortung zu erlösen? Sabine schüttelte den Gedanken ab. So durfte sie gar nicht erst anfangen, sonst würde sie der Strudel in den Abgrund reißen. Sie wollte nicht jeden Abend mit einer Flasche Wodka ins Bett gehen. Nicht zuletzt deshalb hatte sie Angersbachs Vorschlag zugestimmt, ihn zu begleiten. Andernfalls hätte er erst mit ihr nach Gießen fahren müssen, um seinen Wagen vom Parkplatz am Polizeipräsidium zu holen, und sie hätte den Umweg in den Norden machen müssen, um ihn abzusetzen. Doppelte Wegstrecke für beide. So war es einfacher.

»Klar.« Angersbach starrte aus dem Wagenfenster und war mit dem Herzen offenbar ganz woanders als bei dem Fall. »Er könnte einfach durchgedreht sein. Aber er wird es nicht einfach so zugeben. Wir brauchen Beweise. Die Tatwaffe. Seine Fingerabdrücke. Oder einen Zeugen. Und diese Sache mit dem Tonkreuz, das Hack bei der Toten gefunden hat, passt auch nicht so recht zu ihm.«

Sabine Kaufmann seufzte. Die nötigen Untersuchungen in einem Mordfall brauchten Zeit, umso mehr, wenn der erste vollständige Ermittlungstag ein Samstag war. Selbstverständlich wurde auch am Wochenende gearbeitet, wenn Dringliches anstand, doch alle Abteilungen arbeiteten mit reduziertem Personal, und alles dauerte noch länger als unter der Woche. Sie wusste, dass sie sich leicht verbiss, und beneidete Angersbach um seine Gelassenheit. Außerdem war es seine Ermittlung, sie wollte ihm nicht das Heft aus der Hand nehmen. Trotzdem konnte sie das Thema nicht fallen lassen.

»Eigentlich hat er selbst dafür gesorgt, dass wir auf ihn kommen. Weil seine Argumentation nicht von der Hand zu weisen ist. Es stimmt ja, dass Meinhard Mandler seine Frau nicht töten musste, selbst wenn er sie verlassen wollte. Egal, ob sie verkauft oder nicht. Wenn er seinen Zugewinnausgleich einfordert, muss sie ihn auszahlen. Andersherum würde es mehr Sinn machen. Wenn sie ihn ermordet hätte, weil er sie verlassen will und sie verkaufen müsste, damit sie ihn abfinden kann. Dadurch sind wir überhaupt erst auf Nowak gekommen.«

»So weit hat er nicht gedacht.«

»Nein.« Sabine musste lachen. »Ich glaube, das überlässt er seiner Frau.«

Ralph knurrte etwas Unverständliches.

»Wie bitte?«

»Ich sagte, nur, weil er wortkarg ist, muss er nicht dumm sein.«

Oha? War sie ihm irgendwie auf den Schlips getreten? Eigentlich war Angersbach nicht empfindlich. Er teilte gern aus, konnte aber auch einstecken. Doch vielleicht belastete ihn der bevorstehende Besuch.

»Wann hast du deinen Vater zuletzt gesehen?«

»Vor ein paar Monaten. Er lädt mich öfter ein, aber ich schaffe es einfach nicht.«

Sabine sah kurz zur Seite und musterte seine Miene. So weit war es von Gießen in den Vogelsberg nicht. Aber bis vor wenigen Monaten hatte Ralph auch noch seine Halbschwester Janine gehabt, die im Haus der gemeinsamen Mutter in Okarben gewohnt hatte. Als die beiden sich vor knapp fünf Jahren kennengelernt hatten, war es schwierig gewesen. Ein sechzehnjähriger Teenager, voller Frust und Wut und Ablehnung. Die wenig mütterliche Mutter verloren, den Vater nie gekannt, den Bruder aus heiterem Himmel dazubekommen. Schlechte Erfahrungen mit allen erwachsenen Autoritäten, Rebellion in Form von starkem Alkohol- und Haschischkonsum und natürlich die obligatorischen schwarzen Klamotten und Piercings an allen möglichen und unmöglichen Stellen. Und dann ein Bruder, der Polizist war. Sabine hatte das Mädchen gemocht, und sie wusste, dass es Ralph nicht anders ging. Trotzdem hatte es lange gedauert, bis er einen Zugang zu Janine gefunden hatte, und noch länger, bis das Mädchen wieder in die Spur gekommen war. Schließlich hatte sie ihren Realschulabschluss nachgeholt – das hatte sie selbst Sabine in einer SMS geschrieben, weil sie wohl mitbekommen hatte, dass der Kontakt zwischen Sabine und Ralph abgerissen war – und machte jetzt ein Praktikum im Jugendstrafvollzug in Berlin. Sabine fand das cool, konnte sich aber vorstellen, dass Angersbach das anders sah. Er hatte sich zu einem engagierten väterlichen Beschützer gemausert. Es hatte eine Weile gebraucht, bis er das gelernt hatte. Und jetzt musste er lernen, wieder loszulassen.

Mit Janine war er beschäftigt gewesen, sodass für seinen Vater vermutlich kaum Zeit geblieben war. Dabei brauchte der gewiss auch Zuwendung. Die Ereignisse vor vier Jahren mussten ihn erschüttert und mitgenommen haben.

»Ich hätte nicht gedacht, dass dein Vater auf dem Hof wohnen bleibt«, sagte sie. »Nach allem, was passiert ist.«

Angersbach brummte etwas.

»Er hat darüber nachgedacht«, erklärte er schließlich. »Er hat sich nicht mehr wohlgefühlt. Aber er hängt an dem alten Hof. Er hat schon immer dort gelebt. Und es ist ein wunderbares Haus und das schönste Fleckchen Erde, das man sich vorstellen kann.«

Sabine hörte die Sehnsucht, die aus Ralphs Worten klang. Womöglich hatte er versucht, seinem Vater das Gelände abzuschwatzen.

»Ich dachte, wir könnten tauschen«, bestätigte er ihren Verdacht. »Er kriegt das Haus in Okarben. Und ich ziehe in den Vogelsberg.«

»Weiter Weg bis nach Gießen«, wandte Sabine ein.

»Gar nicht viel weiter. Und das wär's mir wert gewesen.«

Sabine nickte. »Aber er wollte nicht.«

»Nein. Er hat sich mit alten Freunden beraten. Einer von denen ist Psychoanalytiker geworden. Keine Ahnung, was er Johann gesagt hat. Aber es hat wohl geholfen. Er meinte anschließend, dort zu bleiben wäre die beste Therapie gegen die Angst. Er will nur nicht mehr allein wohnen. Wird ja auch älter.«

»Also gibt er jetzt Heiratsannoncen auf?«

»Schlimmer. Er will eine Wohngemeinschaft gründen. Und was das bei meinem Vater bedeutet, kannst du dir wohl denken.«

Sabine schmunzelte bei dem Gedanken an grauhaarige Althippies mit nacktem Oberkörper, die das Anwesen bevölkerten.

»Ich finde das überhaupt nicht lustig«, murrte Ralph. »Auf meine Besuche muss er dann jedenfalls verzichten.«

»Wieso? Weil du nicht philosophieren willst?«

»Weil ich den Drogenkonsum nicht akzeptieren kann. Verdammt, die werden es da oben krachen lassen! Und ich bin Polizist. Wenn ich nicht da bin, können sie meinetwegen tun und lassen, was sie wollen. Aber selbst, wenn mein Vater das akzeptieren kann – seine Mitbewohner werden es vermutlich nicht. Das schenke ich mir dann lieber. Es gibt Dinge, die mache ich einfach nicht. Ich fahre nicht, wenn ich getrunken habe. Ich nehme keine Drogen. Ich halte mich an die Verkehrsregeln, wenn ich nicht im Dienst und bei einer Verfolgungsjagd bin. Man kann nicht diesen Beruf haben und in der Freizeit einfach abschalten und so leben, als gäbe es das alles nicht. Das ist nicht nur ein Job, das ist eine Lebenseinstellung.«

Sabine nickte. »Ganz meine Meinung.«

Sie sah, wie sich Angersbach neben ihr wieder entspannte. »Na ja. Eigentlich bin ich ganz froh, dass ich meinen alten Herrn gefunden habe. Dauert nur eine Weile, bis man warm miteinander wird. Du weißt ja, wie das bei Männern so ist.«

Das wusste sie durchaus. Trotzdem fand sie vier Jahre eine lange Zeit. Doch es gab auch einiges aufzuarbeiten.

Sie erreichten das weitläufige Grundstück, und Sabine steuerte auf das alte Bauernhaus zu. Kaum hatte sie den Motor ausgestellt, öffnete sich auch schon die Haustür, und Johann Gründler trat heraus.

Seit Sabine ihn vor vier Jahren das erste Mal – und kurz darauf auch das letzte Mal – gesehen hatte, hatte er sich verändert. Heute trug er das verbliebene graue Haar lang, genau wie den dichten Bart. Braune Hose und ein beigefarbenes Hemd mit weiten Ärmeln aus Baumwolle, dazu Birkenstocksandalen ohne Socken und eine lange Weste aus braun gemusterter, grob gestrickter Wolle, die an griechische

Schafhirten erinnerte. Er trat auf sie zu und breitete die Arme aus, und Sabine nahm den leichten Marihuanageruch wahr, der seiner Kleidung entströmte. Ralph hatte offenbar recht.

»Herzlich willkommen!«, begrüßte Gründler sie. »An einem so schönen Abend sollte man nicht allein sein. Ich habe einen hervorragenden Rotwein und frische Lammkoteletts von Ralphs Metzgerfreund. Aber der Junge isst kein Fleisch. Und trinken will er auch nichts, wenn er mit dem Auto kommt.« Gründler schüttelte betrübt den Kopf. Dann hieb er Ralph auf die Schulter, und die Fältchen in seinen Augenwinkeln vertieften sich. Das zugehörige Lächeln war unter dem dichten Bart kaum zu entziffern. »Schön, dass du da bist, mein Junge.«

Sekunden später verdüsterte sich seine Miene.

»Schrecklich«, sagte er übergangslos und wandte sich wieder Sabine zu. »Das mit Ihrer Mutter. Muss ein furchtbarer Schock für Sie sein. Tut mir wirklich leid.«

Sabine spürte, wie sich ihr Magen wieder verklumpte. Offenbar hatte Ralph seinen alten Herrn vorgewarnt, vermutlich, damit er nicht in ein Fettnäpfchen treten würde. Doch sosehr sie Gründlers Beileidsbekundung zu schätzen wusste, sie hätte sich lieber eine Weile von ihren Gedanken ablenken lassen. Angersbachs alter Herr schien das zu bemerken und schwenkte sofort wieder um.

»Kommen Sie.« Er führte sie ums Haus herum auf die Terrasse, von wo sich ein eindrucksvoller Blick über die Vogelsberger Landschaft bot. Er wies ihr einen Platz in einem bequemen Gartenklappstuhl zu, über den mehrere dicke Wolldecken gebreitet waren. »Machen Sie es sich gemütlich.«

»Danke«, sagte sie, als sie ein paar Stunden später wieder im Wagen saßen und in Richtung Gießen fuhren. »Es war nett, dass du mich mitgenommen hast. Dein Vater ist ein großartiger Geschichtenerzähler.«

Das war er wirklich. Er hatte Bilder heraufbeschworen von studentischen Versammlungen, hitzigen Diskussionen und ausschweifenden Partys, von unvergesslichen Konzerten und Reisen per Rucksack oder in schrottreifen Wohnmobilen wie jenem, das er selbst bis vor vier Jahren noch besessen hatte, von Demonstrationen, die in handgreifliche Auseinandersetzungen gemündet waren, von geplünderten Lebensmittelläden, von politischen Idolen und Fanatismus, von Freudentaumel und Terror. Ein bewegtes und aufregendes Leben hatte der alte Gründler geführt. Von vielen der Ereignisse, über die er berichtet hatte, hatte Sabine nie zuvor gehört. Sie hing immer noch den Erzählungen nach, als sie am Kreutzhof vorbeifuhren. Dann trat sie abrupt auf die Bremse.

Angersbach stützte sich mit beiden Händen am Armaturenbrett ab und schaute alarmiert. »Was ist los?«

Kaufmann starrte in die Dunkelheit. »War da nicht etwas? Ein Licht. Da drüben auf dem Feld.« Auch Angersbach blickte in die Richtung. Zunächst war da nur undurchdringliche Dunkelheit. Doch dann flammte tatsächlich ein Licht auf, beleuchtete für eine Sekunde etwas Weißes und verschwand wieder.

»Da ist jemand bei den Schafen!«

Sabine sprang aus dem Wagen und rannte auf das Feld. Ralph griff sich eine Taschenlampe und folgte ihr. Seine Lampe erhellte den Boden vor ihren Füßen, doch Sabines Lauftraining zahlte sich aus. Sie lief Angersbach davon, der bereits hörbar keuchte. Vor ihnen war wieder das weiße Licht, dann etwas Rotes. Und, für den Bruchteil einer Sekunde, ein dunkler, menschlicher Schemen. Dann hatte der Mann sie entdeckt und eilte in die entgegengesetzte Richtung davon.

»Halt! Polizei! Bleiben Sie stehen!«, rief Sabine. »Sonst müssen wir schießen.« Sie zog ihre Waffe aus dem Holster, gab aber keinen Schuss ab. In der Finsternis war es unmöglich, etwas zu treffen, auch wenn sie eine gute Schützin war. Sie steckte die Waffe wieder weg und beschleunigte ihre Schritte.

Tatsächlich schien sie dem anderen näher zu kommen. Die schemenhafte Silhouette tauchte erneut auf, deutlich dichter dieses Mal. Zugleich war Angersbachs Schnaufen nur noch in weiter Ferne zu hören. Sabine beschleunigte weiter, doch da änderte der Unbekannte die Richtung und schlug Haken wie ein Hase.

Kaufmann blieb ihm auf den Fersen.

»Halt! Sie sollen stehen bleiben!«

Der Verfolgte reagierte nicht. Sabine holte das Letzte aus sich heraus, doch ehe sie zu ihm aufgeschlossen hatte, tauchte er zwischen den hohen Stängeln eine Maisfelds unter. Auch Sabine hatte jetzt die hoch stehenden Pflanzen erreicht und bahnte sich einen Weg. Die scharfen Blätter schnitten ihr in die Hände. Sie zuckte kurz zusammen, blieb aber beharrlich. Wütend arbeitete sie sich durch das Maisfeld, hielt kurz inne und lauschte. Sie hoffte auf ein Rascheln oder Schritte, die ihr verrieten, wo der Unbekannte steckte, doch sie hörte nichts.

»Verdammt.« Sie blieb stehen und schnappte nach Luft. Dann drehte sie sich um und ging zurück.

Angersbach wartete am Rand des Maisfelds.

»Tut mir leid«, sagte er. »Ich bin nicht in Form.«

»Habe ich gemerkt.« Kaufmann war frustriert und wütend. Womöglich war ihnen derjenige entkommen, der die Schafe tötete und vielleicht sogar Carla Mandler ermordet hatte.

»Wenn das Meinhard Mandler war, ist er zumindest nicht in Spanien«, bemerkte Ralph.

Sabine betrachtete die Stängel, neben denen sie stand. Hohe, dichte Pflanzen, jedoch ohne die zugehörigen Kolben. Der sogenannte Krüppelmais. Nutzlos für Menschen, perfekt für die Biogasanlage. Wir pflanzen Lebensmittel, die man nicht essen kann, damit unsere Pkws und Lkws fahren. Welchen Schaden fügte man damit den Menschen und der Natur zu? Und tat sie mit ihrem Elektroauto womöglich etwas ähnlich Schädliches? Sie vermied den CO_2-Ausstoß, aber der Strom, den sie tankte, musste auch irgendwo herkommen. Wie wurde er produziert? Und wie viel CO_2 entstand dabei? Wie verhielt es sich eigentlich mit dem Wirkungsgrad? Diese ganzen Umweltfragen waren unendlich kompliziert, und sie wusste viel zu wenig darüber. Doch im Augenblick hatte sie andere Sorgen.

»Lass uns sehen, ob wir das Schaf finden«, schlug sie vor. »Wenn das Weiße, das wir gesehen haben, ein Schaf war.«

Sie gingen zurück über die Wiese und suchten das dunkle Grün mit ihren Taschenlampen ab. In einiger Entfernung leuchtete etwas Helles auf.

»Da.«

Sie liefen schneller, bis sie das Objekt erreicht hatten. Es war tatsächlich ein Schaf. Das Tier lag auf der Seite, die dünnen Beine von sich gestreckt. Der Hals klaffte auf, und dickes, dunkelrotes Blut quoll heraus und versickerte im Erdboden. Angersbach richtete den Strahl seiner Lampe auf den Bauch des Schafs. Er war dick geschwollen, aber unversehrt.

»Verdammt.« Angersbach starrte eine Sekunde auf das Tier. Dann riss er sein Handy aus der Tasche und tippte eine Nummer ein. Sabine sah ihm verständnislos zu.

»Was denn?«, fragte sie.

Ralph sah sie an. »Das ist ein Mutterschaf«, erklärte er. »Vielleicht kann man das Lamm noch retten.«

Kaufmann schnürte es die Kehle zu. War es Zufall, oder hatte der Täter mit Absicht ein trächtiges Tier ausgesucht? Und was hätte er getan, wenn er nicht gestört worden wäre? Hätte er das Schaf aufgeschlitzt und das Lamm herausgeholt? Und es dem Ehepaar Mandler oder einem anderen unwilligen Verkäufer vor die Tür gelegt? Weil es doch die Gorillas von der BiGaWett waren, die hier Angst und Schrecken verbreiteten? Oder weil jemand anders, der sich unter Verdacht geraten sah, diesen Eindruck erwecken wollte?

Eine bleischwere Müdigkeit senkte sich mit einem Mal über Sabine. Wie konnte innerhalb von zwei Tagen ein Leben derart auseinanderbrechen? Sie wünschte plötzlich, Ralph hätte sie nicht angerufen, damit sie ihm bei diesem Fall half. Dann hätte sie sich vielleicht heute Abend mit einer Flasche Wodka in die Badewanne gesetzt und wäre irgendwann untergetaucht und einfach nicht wieder nach oben gekommen.

Nein. So war sie nicht. Das war nicht ihr Weg, ihre Lösung.

Egal, wie viele Steine man ihr in den Weg geworfen hatte, sie hatte immer gekämpft. Und das würde sie auch dieses Mal tun.

Ohne zu wissen, dass seine alte Partnerin dieselben Gedanken hatte, lag Ralph Angersbach auf seinem Bett. Der Fernseher lief, doch er folgte dem Programm nicht. Es gab so viele Dinge, die ihm durch den Kopf gingen. Eines davon war die Frage, ob er Sabine nicht zu sehr zu einer erneuten Zusammenarbeit gedrängt hatte. Und ob er ihr nicht nahelegen sollte, sich aus der Ermittlung zurückzuziehen. Doch darauf würde sie sich nicht einlassen. Noch bevor er zu einem Schluss kam, meldete sich das Smartphone. Die Immobilien-App verkündete, dass es Neuigkeiten gab. Neue Angebote, die in diese Suchparameter passten, die er schon vor Wochen gestartet hatte. Halbherzig. Nur, um mal zu sehen, was der Markt so hergab.

Der nächste trübe Gedanke kündigte sich an. Hatte er den Besuch bei seinem Vater nicht dazu nutzen wollen, einmal Tacheles zu reden? Die Möglichkeiten auszuloten, die es gab, auch ohne, dass Gründler seinen geliebten Hof verlassen musste. Denn das würde er nicht tun. Und es lag dem Kommissar auch fern, so etwas zu verlangen. Aber trotzdem. Er würde das Anwesen irgendwann zwangsläufig erben. Vielleicht hätte er es wenigstens schon mal beleihen dürfen. Das würde helfen. Doch er hatte keine Ahnung, wie ein solches Gespräch zwischen ihm und seinem Vater verlaufen würde. Dafür kannten sie sich einfach noch nicht lange genug.

Das braucht noch deutlich mehr Zeit, dachte Angersbach, als er das Gerät und danach den Fernseher abschaltete, um zu schlafen. Kein angenehmer Gedanke, wie er fand. Doch er konnte es vorläufig nicht ändern.

7

Sonntag, 17. September

Sie wurde von vertrauten Klängen geweckt. Das ferne Läuten der Kirchenglocken, der Schrei eines Hahns irgendwo in der Nachbarschaft. Das tiefe Grollen der Traktoren, die außer im Winter auch an den Wochenenden auf die Felder rollten. Das Getreide war geerntet, jetzt wurde umgegraben, neu ausgesät, gedüngt. Der Jauchegeruch war an manchen Tagen überwältigend. Ein Lastwagen fuhr klappernd vor dem Haus vorbei.

Sie würde aufstehen, Kaffee machen und mit Hedi in die Kirche gehen. Das war der einzige Anlass, zu dem sich ihre Mutter freiwillig in die Öffentlichkeit begab ...

Die Erinnerung traf sie wie eine eiserne Faust. Sie würde nicht in die Kirche gehen. Nicht mit ihrer Mutter an ihrer Seite. Nur noch ein letztes Mal. Zu ihrer Beerdigung. Ihre Mutter war tot. Hatte sich aufgehängt. An der Trauerweide neben dem Sühnekreuz im Feld neben der B3.

Sie musste mehr darüber wissen. Hatte diese Geschichte irgendeine Bedeutung für Hedwig Kaufmann gehabt? Hatte sie sie überhaupt gekannt?

Sabine Kaufmann presste die geballten Fäuste in die Augenhöhlen. Was, zum Teufel, wusste sie eigentlich über ihre Mutter? Die Schizophrenie hatte einen anderen, fremden Menschen aus ihr gemacht. Wie ein Roboter mit einer tickenden Zeitbombe. Manchmal war sie so normal gewesen, genau die Frau, die sie schon in Sabines Kindheit gewesen war. Und dann war von einem Moment auf den anderen alles zusammengebrochen, wenn Hedwig ihre Pillen nicht genommen hatte. Ironischerweise war das oft gerade dann der Fall gewesen, wenn es ihr gut ging. Sie hatte dann geglaubt, dass sie die Tabletten nicht brauchte, hatte sie ins Klo geworfen, statt sie zu schlucken. Die Abstürze waren dann wie aus heiterem Himmel gekommen und immer dramatisch gewesen. So musste es auch jetzt gewesen sein. Und dennoch. Hätte sie nicht etwas merken können? Hätte sie die Anzeichen sehen müssen? War sie dafür verantwortlich, dass ihre Mutter nun tot war? Und was war eigentlich passiert? Niemand konnte ihr sagen, wie ihre Mutter nach Hause gekommen war. Dort war sie gewesen, hatte sich einen Tee gemacht, ehe sie zum Sühnekreuz aufgebrochen war. Warum? Was hatte sie aus der Wohnung getrieben? War es die Verzweiflung, dass ihre Tochter nicht genug für sie da war? Oder etwas anderes, das sie nicht bemerkt hatte?

Hör auf, dich verrückt zu machen.

Trotzdem wäre es gut, jemanden zum Reden zu haben. Aber wen? Petra Wielandt, die Kollegin aus Friedberg, die ihre Freundschaft angeboten hatte, wartete seit vier Jahren vergeblich auf einen Anruf. Sich ausgerechnet jetzt zu melden, wäre – zumindest peinlich. Ihr Ex-Freund, Michael Schreck, war in den USA beim FBI. Dort war jetzt tiefste Nacht. Außerdem war es schwer genug gewesen, einen Schlussstrich unter die Beziehung zu ziehen. Wollte sie Schmerzen mit Schmerz bekämpfen? Nein. Wen also dann? Sie überlegte, doch außer Ralph Angersbach fiel ihr niemand ein, den sie in den letzten Jahren auch nur ein Stück an sich herangelassen hatte. Sie hatte sich gefreut, ihn nach vier Jahren wiederzutreffen, und die gemeinsame Arbeit riss sie aus ihrer Lethargie. Aber sie waren einander nicht so nah, dass sie ihm ihre Seele ausschütten würde. Wofür er wahrscheinlich ohnehin nicht der Richtige wäre.

Was sollte sie also tun? Sich einen Seelenklempner suchen? Sabine verzog das Gesicht. Damit wäre sie ihrer Mutter natürlich näher. Warum nicht gleich in die Klapse gehen? Aber sie war nicht verrückt. Nur ein bisschen erschüttert.

Sie lachte rau. Ein bisschen? *Das* war wirklich ein Witz.

Na, komm schon, forderte sie sich selbst auf. Es nützt nichts, sich hängen zu lassen und Trübsal zu blasen. Entschlossen ging sie ins Bad, hielt den Kopf unter den Wasserhahn und putzte sich die Zähne. Dann schlüpfte sie in eine bequeme Jogginghose und ein weites Sweatshirt, ging in die Küche, setzte Kaffee auf und starrte aus dem Fenster.

Es war ein schöner Blick, mit dem weichen Licht, das durch den Morgendunst sickerte. Ruhig und friedlich. Oder einsam und trostlos, je nach Sichtweise und Stimmung.

Sabine fuhr erschrocken hoch, als ihr Handy, das neben ihr auf dem Tisch lag, zu klingeln begann. Sie griff danach und hätte es fast auf den Boden gefegt, weil ihre Finger zitterten.

»Ja, Kaufmann?«

»Hack.« Die Stimme am anderen Ende war tief und knarrte.

»*Professor* Hack?« Sabine Kaufmann warf erst einen Blick auf die Uhr, dann auf den Kalender. Es war Sonntag, der siebzehnte September, kurz vor neun Uhr.

»Sie wissen, dass das nicht der übliche Dienstweg ist«, sagte der Gießener Rechtsmediziner, ohne auf ihre Irritation einzugehen. »Doch ich mache in diesem Fall eine Ausnahme, weil Sie es sind.«

Sabine wandte sich vom Fenster ab und schüttelte den Kopf. Das Bild der Wiesen und Felder vor dem Küchenfenster wurde ersetzt durch jenes des Rechtsmediziners, das sich vor ihrem geistigen Auge abzeichnete. Prof. Dr. Wilhelm

Hack, der Mann mit dem Glasauge und dem morbiden Humor.

»Wir haben hier eine gewisse Unstimmigkeit«, berichtete Hack.

»Bei der Leiche von Carla Mandler?«

Hack gab ein sonderbares Geräusch von sich, irgendwas zwischen Lachen und Schnauben. »Hat Angersbach Sie zu Hilfe geholt, weil er allein nicht zurechtkommt? Aber darum geht es nicht. Bei der Leiche vom Kreutzhof ist alles stimmig. Stich ins Herz, schneller Tod. Da fehlt nur noch die Tatwaffe. Nein. Ich spreche von Ihrer Mutter.«

Sabine hatte das Gefühl, dass ihr etwas die Kehle zuschnürte.

»Im Prinzip lässt das Szenario wenig Zweifel zu. Das Seil, das um den Ast geschlungen worden ist. Die kurze Leiter, auf die sie anscheinend gestiegen ist, um sich dann in die Schlinge fallen zu lassen. Aber mich stört ein Abdruck. Eine zweite Drosselmarke. Sehr schwach und kaum zu entdecken, weil sie fast komplett unter der ersten liegt. Wobei, wenn es stimmt, die zuerst entdeckte logischerweise die zuletzt entstandene wäre. Was ich sagen will: Man könnte meinen, dass es einen ersten Erdrosselungsversuch gab, der abgebrochen wurde. So, als hätte sie vielleicht Zweifel bekommen, ob sie ihren Vorsatz umsetzen will. Allerdings ...«

»Ja?« Sabine bekam kaum noch Luft.

»Wenn sie es selbst war ... Man kann schlecht eine Leiter wegstoßen und sich in eine Schlinge fallen lassen und die ganze Sache dann rückgängig machen, um sie später noch einmal zu wiederholen. Sie könnte natürlich ins Schwanken geraten sein, und dabei hat sich die Schlinge ein Stück weit zugezogen und diese leichte Marke hinterlassen, und anschließend hat sie die Leiter weggestoßen und ist gefallen. Aber ... ich bin mir nicht zu hundert Prozent sicher.«

»Und …« Sabine keuchte. »Was heißt das? Was denken Sie, was passiert ist?«

Hack schwieg eine Weile. Schließlich erklang seine Stimme erneut.

»Ich meine … Wir können nicht ausschließen, dass Fremdverschulden vorliegt«, erklärte er. »Aber das haben Sie nicht von mir. Ich informiere die zuständigen Kollegen. Sie wissen von nichts. Und Sie sollten sich davon auch nicht zu viel versprechen, denn die Wahrscheinlichkeit ist wirklich gering.«

Es polterte, und gleich darauf erklang das Besetztzeichen. Hack hatte aufgelegt. Er hatte für seinen Geschmack wahrscheinlich ohnehin schon zu viel gesagt.

Sabine legte den Hörer auf die Gabel und lehnte sich mit dem Rücken gegen die Wand im Flur. Ihr Herz hämmerte wie verrückt.

Fremdverschulden? Jemand sollte ihre Mutter umgebracht haben? Aber das war doch dummes Zeug.

Sie fühlte sich mit einem Mal so kribbelig, dass sie keinen Moment länger still bleiben konnte. Entschlossen schlüpfte sie in ihre Laufschuhe und schnappte sich die Wagenschlüssel. Sie musste noch einmal an diesen Ort. Vielleicht gab es am Sühnekreuz Spuren. Rasch kramte sie ein Paar Latexhandschuhe aus dem Medizinschrank im Badezimmer und eine Rolle mit verschließbaren Plastikbeuteln aus der Küchenschublade. Sie stopfte alles in die Taschen ihres Kapuzensweatshirts und eilte zur Wohnungstür.

Im nächsten Moment entfuhr ihr ein leiser Schrei. Direkt vor der Tür stand ein Mann. Groß, schlank und schüchtern, mit gescheitelten schwarzen Haaren und Dreitagebart. Till, der Mitpatient ihrer Mutter. Seine dunklen Augen trübten sich, als er sah, wie sehr er sie erschreckt hatte. Zögernd streckte er ihr einen Strauß Wiesenblumen hin.

»Entschuldigung. Aber Sie hatten gesagt, ich darf wiederkommen. Wegen der Fotos.«

»Till.« Sabine Kaufmann holte tief Luft. »Das ging nicht gegen Sie. Ich hatte nur nicht damit gerechnet, dass jemand vor der Tür steht.« Sie zögerte kurz, dann entschied sie sich, ihn einzuweihen. Sie kannten sich kaum, doch die Auswahl war nicht so groß. Hier war jemand, der Hedwig Kaufmann gekannt und gemocht hatte. Jemand, der offenbar auch sie mochte. Warum sollte sie den Mann zurückweisen?

»Ich bin ein bisschen durcheinander. Ich hatte gerade einen Anruf. Ein Rechtsmediziner aus Gießen. Er meint, dass sich Hedwig vielleicht nicht selbst getötet hat.«

»So?« Till legte den Kopf schief und musterte sie aufmerksam. »Wirklich?«

Sabine lachte auf. »Ja. Ehrlich. Ich habe mir das nicht ausgedacht.«

Der Blick aus den dunklen Augen blieb skeptisch. »Dieser Arzt ist sich sicher?«

»Nein. Er ist alles andere als das. Es ist nur eine Möglichkeit. Eine wenig wahrscheinliche. Aber immerhin.«

Till nickte verständnisvoll. »Und was haben Sie jetzt vor?«

»Ich wollte mir den Ort ansehen, an dem sie ... an dem es passiert ist.« Sie hatte eine Idee. »Würden Sie mich begleiten?«

Till sah unschlüssig auf die Blumen in seinen Händen. Dann nickte er. »Okay. Ich komme mit.«

Über dem Gelände der BiGaWett lag dichter Nebel. Er waberte um das moderne Bürogebäude und die grünen Kuppeln der Gärtanks, schlängelte sich über die Weiden und glitt wie eine Geleeschicht über den Schotter. Der Lada rumpelte, als er über eine Bodenwelle fuhr, die unter der weißen Decke verborgen gewesen war. Angersbach fluchte leise.

Er hatte keine Ahnung, ob es eine gute Idee war, herzukommen. Aber das tote Schaf ging ihm nicht aus dem Sinn. Egal, ob man Meinhard Mandler oder Adam Nowak für den Hauptverdächtigen im Mordfall Carla Mandler hielt, das Abschlachten der Tiere passte nicht, fand Ralph. Für diese Brutalität musste man kaltschnäuzig sein und ein Herz aus Eis haben. Jemand, der auf einem Hofgestüt arbeitete, mochte Erfahrung mit dem Töten von Tieren haben, wenn es notwendig war, doch Angersbach konnte sich nicht vorstellen, dass so jemand ein Tierquäler war. Dem dumpfen Wachpersonal eines großen Konzerns dagegen traute er so etwas ohne Weiteres zu.

Sabine allerdings schien nicht viel von der BiGaWett und den beiden Rambos als Tatverdächtigen zu halten. Deshalb hatte er sie auch nicht angerufen, sondern einen Alleingang gestartet. Wozu er jedes Recht hatte. Es war sein Fall. Er hatte sie gebeten, ihn zu unterstützen. Damit sie nicht zu Hause saß und über den Suizid ihrer Mutter grübelte. Nun gut. Er hatte sie auch deshalb gefragt, weil er die gemeinsame Arbeit vermisste.

Wie auch immer. Auf jeden Fall hatte er heute Morgen Sebastian Rödelsperger, Collin Hotz und Pascal Rinker durch den Computer gejagt. Ohne Ergebnis. Gegen keinen der drei lag etwas strafrechtlich Relevantes vor.

Sie hatten von dem Mann, der das Schaf getötet hatte, nur die Silhouette gesehen, einen dunklen Schemen in einer noch dunkleren Landschaft. Dennoch konnte er ausschließen, dass es Collin Hotz gewesen war. Den blonden Riesen hätte er an seiner Statur erkannt. Rödelsperger oder Rinker dagegen kämen infrage. Der Täter war mittelgroß gewesen, weder besonders dick noch besonders dünn. Was ebenso auf Adam Nowak und wahrscheinlich auch Meinhard Mandler zutraf. Doch Ralph hätte einiges darauf gewettet, dass es Rinker war. Mandler und Nowak hätten seiner Ansicht nach zu große Skrupel, einem Tier etwas Derartiges anzutun. Und einer wie Rödelsperger machte sich nicht selbst die Finger schmutzig.

Er musste nicht lange warten, bis die beiden Männer des Werkschutzes auf ihn zukamen. Ralph stellte den Motor ab und stieg aus.

»Guten Morgen«, begrüßte er die beiden, die sich lediglich ein knappes Nicken abrangen und ihn mit undurchdringlichen Mienen musterten. Fast so wie der Nebel, der um sie herum waberte, schoss es Angersbach durch den Kopf.

»Herr Rinker.« Er wandte sich an den kleineren der beiden Wachmänner. »Ich wüsste gern, was Sie letzte Nacht getan haben.«

Der Mund unter dem dichten Bart zuckte. Rinker schaute bedeutungsvoll auf Ralphs Hände.

»Ich sehe nichts.«

»Was möchten Sie denn sehen?«

Ein halbes Grinsen, ein Schulterzucken. »Vorladung. Durchsuchungsbeschluss. Haftbefehl. Irgendwas. Wenn Sie nichts haben ... Ich muss nicht mit Ihnen reden.«

Aha. Da meinte offenbar jemand, seine Rechte zu kennen. Ralph reagierte auf diese Taktik ausgesprochen gereizt.

»Haben Sie etwas zu verbergen?«, fragte er aggressiv. »Oder macht es Ihnen einfach nur Spaß, die Arbeit der Polizei zu behindern?«

Rinker zog die Nase hoch. »Warum wollen Sie denn wissen, wo ich war? Wenn Sie eine Auskunft wollen, müssen Sie schon sagen, worum es geht.«

»Gut.« Ralph schnaubte. »Letzte Nacht hat jemand auf dem Kreutzhof ein Schaf abgeschlachtet. Ein Mutterschaf.

Der Tierarzt hat das Lamm per Kaiserschnitt geholt, aber man kann noch nicht sagen, ob es durchkommt. Auf jeden Fall muss man es mit der Flasche großziehen, weil es keine Mutter mehr hat.«

»Mir kommen die Tränen.« Rinker schnaubte. »Und da ermittelt die Kripo? Ein Schaf ist und bleibt eine Sache.«

Ralph sah, wie Collin Hotz das Gesicht verzog. Im Gegensatz zu seinem einen Kopf kleineren Kollegen schien dem blonden Hünen die Geschichte nahezugehen.

»Es ist eine Straftat«, erläuterte Ralph. »Und es besteht der begründete Verdacht, dass sie im Zusammenhang mit einem anderen Verbrechen steht, dem Mord an Frau Carla Mandler. Deshalb ermittelt die Kripo. Und deswegen brauche ich Ihre Angaben.«

»Sie können mich ja verhaften.«

Hotz, der Riese, fuhr herum und hob die Hand, als wollte er seinem Kollegen eine scheuern. »Warum antwortest du nicht einfach?«

Rinker lachte auf. »Sag nicht, du fängst an zu flennen, weil ein kleines Lamm jetzt ganz allein auf der Welt ist.«

Hotz blinzelte. »Red kein dummes Zeug. Aber du machst dich verdächtig, wenn du dich so bescheuert anstellst.«

Rinker dachte offenbar darüber nach. Schließlich machte er eine wegwerfende Geste. »Schön. Wenn Sie's unbedingt wissen wollen. Ich war zu Hause, habe ein paar Flaschen Bier getrunken und mir eine DVD angesehen.« Ein flüchtiges Grinsen. »Aber was drauf war, geht Sie nichts an.«

»Ist mir auch egal«, polterte Ralph. »Mich interessiert Ihr Alibi. Kann das jemand bezeugen? Oder waren Sie allein?«

»Sie könnten meinen Kater fragen. Der redet aber nicht so viel.«

Angersbach ballte die Fäuste und öffnete sie wieder. Er durfte sich von diesem aufgeblasenen Wicht nicht aus der Fassung bringen lassen. »Sie waren also nicht auf dem Kreutzhof und haben ein Schaf aufgeschlitzt?«

»Nein.« Rinkers Augen blitzten. »Auch wenn das bestimmt Spaß macht.«

Lass dich nicht provozieren, ermahnte sich Ralph.

»In diesem Fall haben Sie sicher nichts dagegen, uns die Kleider zur Verfügung zu stellen, die Sie letzte Nacht getragen haben? Und Ihre Dienstkleidung von gestern?«

Rinkers Blick flackerte kurz. Dachte er darüber nach, ob Blut von seiner Tat auf Hose oder Jacke gespritzt sein könnte?

»Das war bloß 'ne Jogginghose. Ein altes Unterhemd. Und Schlappen. Die Klamotten können Sie haben. Wegen der Dienstkleidung ... Die gehört mir nicht. Hängt hier im Spind. Ist nicht erlaubt, damit das Gelände zu verlassen.«

»Ich möchte sie mir trotzdem ansehen.« Dass etwas verboten war, bedeutete nicht, dass sich die Leute daran hielten.

Rinker zuckte mit den Schultern. »Da müssen Sie den Chef fragen.«

Der just in diesem Moment den Bürokomplex verließ und eilig auf sie zustrebte. Ralph war überrascht, dass Rödelsperger am frühen Sonntagmorgen in der Firma war. Aber wenn man es zu etwas bringen wollte, durfte man sich wahrscheinlich kein freies Wochenende gönnen.

Der Geschäftsführer baute sich vor ihm auf. »Was tun Sie hier? Dies hier ist Privatgelände. Sie sind nicht befugt, sich hier ungebeten aufzuhalten.«

Angersbachs Geduldsfaden drohte zu reißen. Er hätte doch Sabine bitten sollen, mitzukommen. Mit Typen wie diesem aufgeblasenen Schnösel kam sie mit ihrer sanften Art einfach besser zurecht.

»Ich dachte, Sie hätten ein Interesse daran, dass wir den Mord an Carla Mandler aufklären.«

»Das habe ich. Aber ich sehe nicht, was die Befragung meiner Angestellten dazu beitragen soll.«

»Letzte Nacht wurde auf dem Kreutzhof ein Schaf getötet.«

»Ah. Diese Geschichte wieder. Ich dachte, ich hätte Ihnen dargelegt, warum solche Geschäftspraktiken nicht unsere Art sind.«

Ralph funkelte ihn an. »Ja. Aber ich muss Ihnen nicht glauben.«

Sebastian Rödelsperger lächelte und entblößte seine strahlend weißen Zähne. »In Glaubensfragen rate ich Ihnen, sich an eine andere Instanz zu wenden. Der heutige Sonntag würde sich dazu anbieten. Wenn Sie etwas über Schafe wissen wollen, gehen Sie am besten zu einem Hirten.«

Die beiden Wachleute prusteten, und Rödelsperger freute sich sichtlich, dass sein Wortspiel angekommen war.

»Wir können Ihnen nicht helfen. Wir morden nicht. Keine Menschen, keine Schafe, keine Hühner. Und wenn Sie irgendwelche weiteren Schritte planen, kommen Sie mit den entsprechenden Beschlüssen. Solange Sie die nicht haben«, das Lächeln erlosch, »verlassen Sie bitte das Gelände. Guten Tag.«

Rödelsperger wandte sich ab und machte einige Schritte in Richtung des Bürokomplexes. Dann drehte er sich noch einmal um. »Wenn er nicht freiwillig geht, schmeißt ihn raus«, sagte er zu den beiden Wachmännern. »Dazu haben wir jedes Recht.«

Hotz und Rinker grinsten. Sie stellten sich breitbeinig hin und schauten Angersbach auffordernd an. Ralph fuhr sich mit dem Handrücken über die Lippen. Er wollte nicht mit eingekniffenem Schwanz davonschleichen wie ein geprügelter Hund. Aber im Augenblick hatte er keine andere Wahl. Schlechte Karten für Eastwood gegen Schwarzenegger und Stallone. Vier Fäuste da, und nur ein mageres Halleluja hier.

So gleichgültig wie möglich tippte er sich an die Stirn und trat ab. Ein paar Schritte in Richtung Lada, und dann, in Columbo-Manier, noch einmal umgewandt.

»Ich komme wieder«, versprach er.

Er hatte sich unter der Bedingung zu ihr in den Wagen gesetzt, dass sie einander duzten. Sabine hatte nichts dagegen. Till war ihr sympathisch. Ein netter, ruhiger, sensibler Mann. Er saß kerzengerade auf dem Beifahrersitz ihres Renault Zoe, die knochigen Hände auf den Knien. Die Gurtschlaufe, die sich normalerweise über den Oberkörper spannte, mit den Fingern umklammert. Das war eine weitere Bedingung gewesen, wenn man es so nennen wollte.

»Ich komme mit der Enge auf der Brust nicht klar«, hatte Till erklärt. Ein Überbleibsel aus Afghanistan. »Vielleicht wird es besser, wenn wir eine Weile fahren.«

Sabine konnte (und wollte) dem nichts entgegenhalten. Sie musterte ihn noch einmal verstohlen, diese zerbrechliche Person. Seine Miene wirkte besorgt. Wahrscheinlich konnte er sich so gut einfühlen, weil er selbst ein Betroffener war. In doppelter Hinsicht. Er wusste, wie sich Depressionen anfühlten, und die Therapie, die er absolviert hatte, trug ihren Teil bei. Sabine fragte sich, was er in Afghanistan erlebt hatte, wollte jedoch nicht fragen. Um ihn nicht zu bedrängen, aber auch, weil sie bereits aufgewühlt genug war. Sie brauchte nicht noch mehr tragische Geschichten. Vielleicht später einmal.

Sie hatte seine Blumen in einer kleinen Vase auf das Fensterbrett gestellt und ihn wegen der Fotos vertröstet. Sie wollte jetzt als Erstes an den Ort, an dem ihre Mutter gestorben war, bevor irgendjemand anders kam und die Spuren zertrampelte, die es vielleicht noch gab.

»Du solltest dir nicht zu große Hoffnungen machen«, sagte Till, während der Renault Zoe lautlos über die Straße in Richtung Berkersheim rollte. Rechts und links die kahlen Felder, weiter hinten Wald und Mais.

»Ich meine: Wahrscheinlich hat sie einfach nur die Schlinge ausprobiert, wenn du weißt, was ich meine. Geprüft, ob sie sich zuzieht. Und wie es sich anfühlt, wenn man sie um den Hals liegen hat. Ich hätte das jedenfalls so gemacht. Erst den Knoten. Das Ding probeweise umlegen und zuziehen, bevor man das Seil an den Ast bindet.« Seine Hände hoben sich kurz und fielen dann wieder auf seine Knie. »Tut mir leid. Aber ich kann mir gut vorstellen, dass sie es getan hat. Sie war manchmal so furchtbar traurig. Oder total panisch. Und wer um alles in der Welt sollte eine alte Frau wie Hedwig umbringen? Das wäre die einzige andere Möglichkeit. Mord. Obwohl ... So alt war sie noch gar nicht. Vielleicht hatte sie Feinde?«

Sabine musste wieder an ihren Vater denken. Vor vier Jahren hatte Hedwig geglaubt, er sei zurückgekehrt. Meinte, ihn auf der anderen Straßenseite des Hauses, in dem sie damals gewohnt hatten, gesehen zu haben. Und vor der Tagesklinik, in die sie seit Jahren ging. Doch das waren die Ausgeburten ihres schizophrenen Verfolgungswahns gewesen. Wäre ihr Vater wirklich da gewesen, hätte er sich doch gemeldet? Sich zu erkennen gegeben? Weshalb sollte er sonst gekommen sein? Was immer zwischen ihm und ihrer Mutter vorgefallen war – abgesehen von den ihr bekannten Alkoholexzessen und dem Beginn der schizophrenen Schübe –, lag mehr als zwanzig Jahre zurück. Weshalb sollte dieser Mann, der damals ausgewandert war, gerade jetzt zurückkehren? Und weshalb sollte er nach all diesen Jahren ihre Mutter töten? Das war absurd.

»Hatte sie Feinde?«, wiederholte Till seine Frage und unterbrach damit ihre Grübeleien. Sie schüttelte den Kopf.

»Nein. Jedenfalls hat sie mir nichts davon erzählt. Wenn, dann jemand aus der Klinik.« Sie schaute kurz zu ihm hinüber. »Weißt du was?«

Till stützte den Kopf in die offenen Hände und starrte durch die Frontscheibe. Am Himmel drehte ein Krähenschwarm seine Kreise. Direkt vor dem Wagen brach ein Wildschwein aus dem Dickicht und überquerte die Straße. Kaufmann stieg auf die Bremse, und Till wurde nach vorn geschleudert. Ohne Brustgurt krachte seine Stirn ungebremst gegen die Scheibe. Er stöhnte auf. Das Wildschwein stob unverletzt davon.

Sabine fuhr rechts ran und schaltete die Warnblinkanlage an. Zitternd wandte sie sich an Till. Der hatte das Gesicht in den Händen vergraben.

»Till.« Sie zog vorsichtig die Finger weg. Auf der Stirn blutete er. Sabine fischte eine Packung Taschentücher aus der Seitentasche der Fahrertür und zog ein paar Tücher heraus, die sie ihm hinhielt. Er knüllte sie zusammen, presste sie gegen die Wunde und hielt eines davon unter das Kinn, schätzungsweise, damit kein Blut auf die Sitzpolster tropfte.

Ganz schön wehleidig für einen Soldaten, dachte Sabine. Und erstaunlich umsichtig für einen Mann. Sie stieg aus, öffnete den Kofferraum und holte den Verbandskasten heraus. Dann ging sie zur Beifahrertür, zog sie auf und bat Till, sich zu ihr zu drehen. Sie nahm ihm das Taschentuchknäuel ab, tupfte die Stirn sauber und betrachtete sie. Die Blutung hatte bereits nachgelassen. Das Gewebe war angeschwollen. Er würde eine ordentliche Beule bekommen, aber eine weitere medizinische Versorgung war aus ihrer Sicht nicht nötig. Sabine schnitt ein Pflaster zurecht und klebte es über die Verletzung.

»Halb so wild«, sagte sie. »In ein paar Tagen ist das wieder weg.«

Till lächelte schief.

»Ich kann kein Blut mehr sehen, seit ich in Afghanistan war«, erklärte er. Kaufmann hatte plötzlich ein schlechtes Gewissen. Wer war sie, sich über ihn lustig zu machen? Sie packte den Verbandskasten zurück in den Kofferraum und setzte sich wieder ans Steuer. Deutlich langsamer als zuvor fuhr sie weiter Richtung Sühnekreuz. Wer wusste schon, ob nicht noch mehr Wildschweine oder andere Tiere an diesem frühen Sonntagmorgen auf die Idee kamen, direkt vor ihr die Straße zu kreuzen?

»Gab es da jemanden? In der Klinik? Jemanden, der mit Hedwig Probleme hatte?«, knüpfte sie an das Gespräch vor dem kleinen Unfall an.

Till betrachtete das Taschentuch, das er noch in der Hand hielt, mit winzigen Blutspritzern darauf.

»Nein. Sie war beliebt. Sie war nie bösartig. Nur traurig. Oder ängstlich. Aber von uns hat sie sich nie bedroht gefühlt. Sie dachte immer, dass das Unheil draußen lauert.«

Die Welt, die so bedrohlich wird, wenn die Paranoia die Regie übernimmt. Gefahren, die so real erscheinen, dass sie Panik auslösen – und doch nur Ausgeburten einer kranken Fantasie sind.

Also gab es niemanden, weder in der Klinik noch draußen. Keinen Menschen, der Hedwig Kaufmann nach dem Leben getrachtet hatte. Es war auch bloßes Wunschdenken. Weil sie nicht wahrhaben wollte, dass ihre Mutter sich entschieden hatte, ihr Leben selbst zu beenden. Natürlich war es nicht weniger grausam, wenn ein Angehöriger ermordet wurde. Doch es hätte zumindest die Last von ihren Schultern genommen. Es wäre nicht ihre Schuld gewesen.

Ein neuer Gedanke jagte ihr einen Schauer über den Rücken. Was, wenn es nicht um ihre Mutter, sondern um sie selbst gegangen war? Sabine Kaufmann hatte sich im Lauf ihres Berufslebens so einige Feinde gemacht. Leute, deren Geschäfte sie ruiniert und die sie hinter Gitter gebracht hatte. Da waren – gerade in ihrer Zeit im Milieu – genügend Persönlichkeiten darunter gewesen, für die Gewalt ein ganz normales Mittel war. Klubbesitzer. Zuhälter. Auftragsschläger. Hatte sich einer von denen gerächt, indem er ihre Mutter tötete? Hatte die Vergangenheit sie eingeholt?

Sabine schnappte nach Luft. Eins nach dem anderen. Erst die Spuren und der abschließende Befund aus der Rechtsmedizin. Und dann, wenn feststand, dass sich Hedwig tatsächlich nicht selbst aufgehängt hatte – dann konnte sie sich Gedanken darüber machen, wer es getan hatte.

Die Trauerweide und das Sühnekreuz kamen in Sicht, und Kaufmann stellte fest, dass sie nicht die Ersten waren. Ein Streifenwagen stand bereits am Straßenrand. Sie parkte ihren Zoe dahinter und stieg aus. Till folgte ihr zögernd.

Hinter der Trauerweide kamen zwei uniformierte Polizisten hervor, Mirco Weitzel und Levin Queckbörner. Mirco lief mit großen Schritten auf Kaufmann zu. Der neue Kollege hielt sich im Hintergrund.

»Sabine. Was tust du hier?« Weitzel umarmte sie kurz, und Kaufmann bemerkte aus dem Augenwinkel, wie sich Tills Miene verfinsterte. Für eine Sekunde musste sie lächeln. Womöglich war es nicht nur Mitleid, das Till bewogen hatte, noch einmal zu ihr zu kommen. Vielleicht wollte er in Wirklichkeit etwas anderes. Und sie? Sabine horchte in sich hinein und verspürte eine leise Sehnsucht nach Nähe. War Till der Richtige dafür? Sie würde darüber nachdenken. Irgendwann, später, wenn ihr Kopf wieder frei war.

»Ich wollte mir den Ort noch einmal ansehen«, sagte sie. »Ob vielleicht außer meiner Mutter noch jemand hier war.«

Weitzel schnitt eine Grimasse. »Professor Hack hat dich angerufen. Dabei hat er versprochen, es nicht zu tun.« Er nahm die Mütze ab und strich sich über die mit Wachs gestylten Haare. Auch an diesem frühen Sonntagmorgen sah er perfekt aus. Sie fragte sich, ob es stimmte, was die Kollegen behaupteten, dass Mirco Weitzel stets einen Kamm mit sich führte und seine häufigen Toilettengänge in Wirklichkeit nur dazu dienten, seine Frisur zu trimmen.

Kaufmann nickte. »Wir müssen ausschließen, dass Fremdverschulden vorliegt.«

Mirco zog ein Gesicht, als hätte er in einen sauren Apfel gebissen. »*Wir* müssen das prüfen. Du nicht. Du bist befangen.«

»Bitte, Mirco. Ich möchte nur schnell mal schauen. Es ist meine Mutter.«

»Eben.«

Ein Arm legte sich um ihre Schultern. Nicht Mirco, sondern Till.

»Lass das deine Kollegen machen«, sagte er. Mirco hob die Augenbrauen, verkniff sich aber einen Kommentar.

»Wir tun gar nichts«, erklärte Levin Queckbörner, der sich endlich dazugesellt hatte. »Wir haben nur abgesperrt. Die Untersuchung übernimmt die Spurensicherung. Die kommen extra aus Gießen. Dauert aber ein bisschen.«

»Gut.« Sabine verschränkte die Arme vor der Brust. »Dann warten wir.«

Weitzel und Queckbörner tauschten sich wortlos aus. Beiden war das offenbar nicht recht.

»Klar«, entgegnete Mirco verbindlich. »Aber es ist nicht nötig. Wir informieren dich, sobald wir etwas haben.«

»Ich bleibe.«

»Sabine!« Weitzel sah sie auffordernd an.

Der Griff um ihre Schultern wurde fester.

»Haben Sie nicht gehört, was sie gesagt hat? Wir bleiben«, erklärte Till barsch.

Kaufmann sah, wie sich die beiden Männer mit Blicken maßen. Till wirkte plötzlich härter, soldatischer. Mirco wandte den Blick ab.

»Macht, was ihr wollt«, murmelte er und winkte Queckbörner, ihm zurück hinter den Baum zu folgen. Sabine und Till tauschten ein flüchtiges Lächeln.

Ralph Angersbach saß mittlerweile wieder an seinem Schreibtisch im Gießener Polizeipräsidium, das an diesem Morgen wie ausgestorben war, jedenfalls auf seiner Etage. Die Magen-Darm-Grippewelle hatte weiter um sich gegriffen, und die wenigen Kollegen, die noch im Dienst waren, gönnten sich einen freien Sonntag oder hatten auswärts zu tun.

Angersbach aktivierte das Display seines Handys. Er suchte eine Nummer heraus und zögerte, ehe er den grünen Button mit dem Hörer berührte. Er hatte seit fast zwei Wochen nichts von Janine gehört. Bisher hatte er sich zurückgehalten, weil sie es nicht mochte, wenn er sie bedrängte. Doch langsam machte er sich Sorgen.

Janine war in eine WG in Kreuzberg gezogen, zu drei jungen Männern. Er wusste nichts über die drei, doch wahrscheinlich waren es keine Studenten, die brav am Schreibtisch saßen und für irgendwelche Prüfungen lernten. Er rechnete eher mit Typen, die sich mit Gelegenheitsjobs durchschlugen, dealten oder als DJ arbeiteten. Und dann noch das soziale Jahr im Jugendknast. Bei Janines tief verwurzelter Abneigung gegen staatliche Autoritäten argwöhnte er, dass sie sich eher mit den Inhaftierten verbündete als mit dem Betreuungspersonal. Ralph konnte sich in etwa vorstellen, um welche Sorte von Straftätern es sich handelte. Junge Männer, die ihre Schulkameraden oder andere Kids auf der Straße bedrängten, bedrohten oder mobbten. Ihnen Jacken und Telefone abknöpften, Schlägereien anzettelten, vielleicht mit dem Messer auf sie losgingen. Und die Schuld lag natürlich bei den anderen. Die hatten sie provoziert. Oder keinen *Respekt* gezeigt. Das war in den letzten Jahren ein geflügeltes Wort geworden, das insbesondere von jenen verwendet wurde, die nicht mal eine Spur davon für andere Lebewesen und Lebensformen aufbrachten. Nicht gerade der passende Umgang für eine junge, ungefestigte Frau. Angersbach fürchtete, dass Janine wieder mit Drogen in Kontakt kommen würde. Vor vier Jahren hatte er sie gemeinsam mit Sabine vor einer drohenden Verhaftung gerettet. Ein anderes Mal hatte der Bad Vilbeler Kollege Mirco Weitzel sie mit etlichen Gramm Marihuana festgenommen. Ralph hatte sie aus dem Sumpf herausgeholt, auch mit Weitzels und Sabines Hilfe. Doch jetzt war Janine weit weg, und er konnte nichts für sie tun. Außer sich zu erkundigen, wie es ihr ging, und ihr dann und wann ein paar zusätzliche Euros per Online-Überweisung zukommen zu lassen.

Das Klingeln hörte auf, und Janines Mailbox meldete sich.

»Hallo, Janine. Hier ist dein großer Bruder. Ich wollte nur mal hören, was du gerade so machst. Meld dich doch mal. Ich hoffe, es geht dir gut.« Er wollte noch hinzufügen: »Pass auf dich auf«, ließ es aber sein. Stattdessen tippte er auf den roten Button, der das Gespräch beendete. Vielleicht würde Janine zurückrufen. Wahrscheinlich aber eher nicht.

Angersbach widmete sich wieder den Dokumenten auf seinem Bildschirm.

Der vorläufige Bericht der Spurensicherung war etliche Seiten lang, letzten Endes aber wenig ergiebig. Die Kollegen hatten gründlich gearbeitet, jedoch nichts gefunden, das ihnen weiterhalf. Die Arbeit war noch nicht abgeschlossen, doch Ralph hatte wenig Hoffnung, dass sich am Ergebnis noch etwas ändern würde. Ein Gestüt war ein quasi öffentlicher Ort, an dem sich zu viele Personen bewegten, als dass man etwaige Spuren direkt der Tat hätte zuordnen können. Und den eigentlichen Tatort hatten sie noch nicht einmal gefunden. Wenn er im Freien lag, kam hinzu, dass Wind und Wetter alle Spuren vernichteten. Und die Kleidung der Toten hatte ebenfalls nichts hergegeben, kein Wunder, nachdem sie stundenlang im Brunnenwasser gelegen hatte. Auf diesem Weg würden sie diesen Fall vermutlich nicht lösen.

Er nahm sich noch einmal den Obduktionsbericht vor. Ein Stich ins Herz. Ein Messer mit doppelter Klinge und einseitiger Sägezahnung, Jagd- oder Survivalmesser. Ralph fiel ein, dass sie vergessen hatten, Adam Nowak zu fragen, ob Meinhard Mandler Jäger war. Er machte sich eine entsprechende Notiz in seiner Kladde. Weitere Verletzungen hatte Hackebeil nicht entdeckt. Die Liegezeit im Brunnen gab er mit zwölf bis vierzehn Stunden an, die Tatzeit lag also, wie bereits angenommen, zwischen halb drei und halb fünf am Morgen des Freitags, dem fünfzehnten September, der Zeitpunkt, zu dem die Leiche in den Brunnen gelangt war, zwischen halb fünf und halb sieben. Zumindest von Adam Nowak wussten sie, dass er für diese Zeit kein belastbares Alibi hatte. Sebastian Rödelsperger und seine beiden Gorillas, Collin Hotz und Pascal Rinker, mussten noch überprüft werden. Und von Meinhard Mandler wussten sie nicht einmal, wo er jetzt steckte, geschweige denn, wo er sich am Freitag in den frühen Morgenstunden aufgehalten hatte.

Angersbach studierte die Listen, die seine Kollegen von Carla Mandlers Handyprovider bekommen hatten, sowie jene, auf der die Daten ihrer ausgelesenen SIM-Karte verzeichnet waren. Zu den Anrufern gehörten Rödelsperger und der Wetterbacher Verwaltungsangestellte Bernhard Schwarz, von dem die Sekretärin berichtet hatte. Irgendwas wegen der Tochter. Wahrscheinlich hatte der Vater sich beschwert, dass Carlas Ehemann Meinhard dem Mädchen auf die Pelle gerückt war. Der letzte Anruf von Meinhard Mandler selbst war vom Montag, dem Tag, an dem er Adam Nowak zufolge abgereist war. Die Kollegen hatten sich sogar die Mühe gemacht, herauszufinden, von wo Mandlers Anruf abgegangen war. Es handelte sich um eine Tankstelle in Gambach, einem Ortsteil von Münzenberg. Ein Indiz dafür, dass Meinhard Mandler eine längere Fahrstrecke geplant hatte. Wohin die Reise gehen sollte, ließ sich daraus jedoch nicht ableiten.

Ralph öffnete das nächste Dokument. Der Vollständigkeit halber hatte er die Kollegen gebeten, auch die Providerinformationen von Meinhard Mandlers Handy zu beschaffen, und auch diese lagen mittlerweile vor. Der Hofbesitzer war mehrfach von Rödelsperger und dem erbosten Vater – Bernhard Schwarz – kontaktiert worden, auch in der Zeit zwischen Montag und Freitag. Angenommen hatte er seit Montag keines der Gespräche mehr, die Anrufer waren an die Mailbox verwiesen worden. Was sie hinterlassen hatten, konnte Angersbach nicht sehen. Dafür bräuchte er einen gesonderten Beschluss, für dessen Beantragung keine hinreichenden Indizien vorlagen. Was er aber sehen konnte, war, dass Mandler seit Montag selbst keine Anrufe mehr getätigt hatte. Der Letzte war jener von der Tankstelle in Gambach. Offenbar war der Mann tatsächlich untergetaucht. Oder er besaß ein weiteres Handy, von dessen Existenz sie nichts wussten. Oder war er womöglich demselben Täter zum Opfer gefallen wie seine Frau?

Angesichts der Umstände erschien ihm eine Fahndung nach Mandler als überfällig. Er schrieb eine Nachricht an den zuständigen Staatsanwalt und bekam zu seiner Überraschung umgehend eine Antwort – mit dem Zusatz »gesendet von meinem iPhone«.

Angersbach grunzte zufrieden und leitete die landesweite Fahndung in die Wege. Europaweit wäre ihm lieber gewesen, wenigstens in Spanien und Frankreich wäre ein wenig Schützenhilfe angebracht gewesen. Doch eins nach dem anderen. Sollte Meinhard Mandler in irgendeinem deutschen Bahnhof oder Flughafen auftauchen, würde ihn hoffentlich einer der zuständigen Kollegen dort erkennen. Und alle im Dienst befindlichen Streifen würden Ausschau nach dem roten BMW M4 halten. Ralph hoffte, dass sie ihn bald fanden. Er musste dringend mit dem Ehemann der Ermordeten reden.

Das Handy klingelte, und Ralph nahm das Gespräch an, ohne einen Blick aufs Display zu werfen.

»Angersbach?«

»Hey. Hier ist Janine.«

»Janine.« Ralph lehnte sich auf seinem Stuhl zurück. »Schön, dass du anrufst.«

»Alles klar bei dir?«

»Na ja. Viel Arbeit. Ein Mordfall in Wetterbach. Und im Präsidium grassiert die Magen-Darm-Grippe. Ich habe Sabine dazuholen können.«

»Grüß sie.«

»Mach ich. Und ich habe einen Mieter für unser Haus gefunden.«

»Ich dachte, du willst verkaufen?«

»Wollte ich. Aber es kauft keiner. Miete ist besser als gar nichts.«

»Stimmt. Übrigens, Geld ... Kannst du mir ein paar Euro rüberschießen? Ich wollte heute Abend ins Konzert.«

»Klar. Fünfzig?«

»Fünfzig ist okay.«

»Geht's dir gut? Was macht der Knast?«

»Voll krass. Total heftige Typen da. Aber die Kollegen sind in Ordnung.«

»Schön. Und in der WG?«

»Bestens. Wir haben gerade einen Neuen gekriegt. Der ist voll süß.«

Ralph richtete sich auf.

»Was ist das für einer?«

»Entspann dich, Bruder. Ich brauch keinen Aufpasser. Morten ist okay.«

»Morten?«

»Er kommt aus Australien. Er studiert Jura.«

»Ah.«

Janine lachte. »Das gefällt dir, was? Vielleicht geh ich nächstes Jahr mit ihm rüber.«

»Nach Australien?«

»Wär doch übelst geil, oder?«

Angersbach verkniff sich einen Kommentar. Berlin war weit genug weg. Der Gedanke, dass seine sechsundzwanzig

Jahre jüngere Schwester allein ans andere Ende der Welt reiste ...

»Ich muss los«, erklärte Janine. »Wollte mich nur schnell melden.«

»Danke. Mach's gut. Und pass auf dich auf.« Jetzt hatte er es doch gesagt.

»Ja, Papa«, spottete Janine. »Bis bald.«

Es klickte, dann war die Leitung tot. Angersbach seufzte.

Immerhin. Sie hatte sich gemeldet. Es ging ihr gut. Und der junge Mann, mit dem sie sich traf, war kein Drogendealer, sondern ein Jurastudent, wenn auch aus Australien. Doch alles in allem hätte es schlimmer kommen können.

Er wollte das Telefon beiseitelegen, doch es klingelte bereits wieder. Hatte Janine noch etwas vergessen? Aber es war ein Kollege von der Bereitschaftspolizei, der mit dem Sichten der Unterlagen vom Kreutzhof beschäftigt war.

»Herr Angersbach?« Die Stimme des Beamten klang, als hätte er gerade erst den Stimmbruch hinter sich gebracht. »Ich hab da was, das Sie vielleicht interessiert.«

»Ja?«

»Ich schick's Ihnen per Mail«, erklärte der Kollege, und im selben Augenblick kündigte ein »Pling« aus dem Computerlautsprecher auch schon den Eingang des Schreibens an. Ralph öffnete das angehängte Dokument und überflog es. Dann lachte er auf.

»Das ist wirklich interessant«, sagte er. »Besten Dank, Kollege.«

Er verabschiedete sich und wählte eine neue Nummer aus seinem Adressverzeichnis.

»Lass uns zurückfahren.« Till musterte Sabine Kaufmann, die auf die Stelle neben der Trauerweide starrte, an der ihre tote Mutter gelegen hatte. »Wir können hier doch nichts tun.«

Sabine machte einen Schritt zur Seite, obwohl die Berührung durchaus angenehm war. Doch gerade jetzt stürzte zu viel auf sie ein. Reizüberflutung. Sie musste wieder zur Ruhe kommen.

»Wir können beten«, erwiderte sie und lief über das taufeuchte Gras zum Sühnekreuz. Davor blieb sie stehen. Mit ihrer Mutter war sie regelmäßig in die Kirche gegangen und hatte etwas Tröstliches darin gefunden. Wenn es jemanden gab, der die Geschicke auf Erden lenkte, kam ihr selbst weniger Verantwortung zu. Sie mochte die Stimmung, die Gesänge und das warme Pathos, mit dem der Pfarrer sprach. Doch im Glauben verwurzelt war sie nicht, dafür hatte sie als Polizistin zu viel Leid und Elend gesehen, das anderen durch brutale, rücksichtslose, selbstsüchtige Menschen zugefügt worden war. Wenn das die Welt war, die Gott geschaffen hatte, war er zumindest nachlässig gewesen. Kaufmann streckte die Hand aus und berührte das ehemals weiße, jetzt mit Moos und grünen und braunen Flechten bewachsene Kreuz. Es war fast genauso groß wie sie selbst. Etwa einen Meter fünfzig hoch, sofern man früher überhaupt schon mit dieser Maßeinheit gearbeitet hatte. Vielleicht war es auch in Fuß oder Ellen oder dergleichen berechnet worden. Das ganze Gebilde wog sicher ein oder zwei Zentner. Der Standfuß war breit, verjüngte sich bis zu dem Punkt, an dem der Querbalken kreuzte, und verbreiterte sich von dort aus wieder. Mit dem Balken verhielt es sich ebenso. In der Mitte, wo sich die beiden Balken trafen, befand sich ein Kreis von fünfzehn oder zwanzig Zentimetern Durchmesser. Jetzt, da Sabine näher hinsah, bemerkte sie, dass ein Muster in diesen Kreis graviert worden war. Das Kreuz war mit großer Sorgfalt und Präzision gearbeitet worden, nicht nur grob aus einem Stück Fels herausgehauen. Die drei freien Arme waren exakt gleich lang, die Kanten gerade und sauber. Zeit und Witterung hatten das Material angefressen und porös gemacht, doch man sah, dass jemand viel Zeit darauf verwendet hatte, den Gedenkstein zu meißeln.

»Deine Mutter hat mir die Geschichte erzählt«, sagte Till neben ihr leise. »Es hatte etwas mit ihrer Familie zu tun. Die Frau des Mörders war ihre Ur-, Ur- ... ich weiß nicht. Großmutter. Oder Großtante.«

Kaufmann wandte sich verblüfft zu ihm um. Erstaunt, und nicht wenig verletzt. Warum hatte Hedwig mit Till so vieles geteilt, von dem sie ihre Tochter ausgeschlossen hatte?

»Was war das für eine Geschichte?«

Till fuhr sich über den dunklen Dreitagebart. Er schien unschlüssig. Oder brauchte er nur Zeit, um sich zu erinnern?

»Es war eine arme Familie, achtzehnhundert... Keine Ahnung. Irgendwann Anfang des neunzehnten Jahrhunderts. Handwerker. Sie hatten durch eine Seuche ihre einzige Kuh verloren. Doch ihre Tochter war sehr schön. Und ein Landadeliger hatte ein Auge auf sie geworfen und wollte sie heiraten.« Till schnaubte. »Wahrscheinlich war er doppelt oder dreimal so alt wie sie und kein bisschen schön, und wahrscheinlich wollte sie ihn auch nicht. Aber er hätte Geld mitgebracht und die Familie gerettet. Doch der Nachbar hat ihnen einen Strich durch die Rechnung gemacht.« Ein verwegenes Grinsen huschte über sein Gesicht, und die dunklen Augen funkelten. »Ich wette, er war derjenige, den sie eigentlich wollte. Die beiden haben ...«, er senkte verlegen den Blick, »... du weißt schon.« Er räusperte sich. »Jedenfalls ist sie schwanger geworden. Der Adelige hat die Hochzeit abgeblasen. Und der Vater des Mädchens ist ausgerastet. Erst hat er die Tochter verprügelt und dann den Nachbarn. Das Mädchen hat es überlebt. Der Mann nicht.«

Sabine schluckte. Sie hatte sich nie mit Ahnenforschung beschäftigt. Ihre Mutter stammte hier aus der Gegend, das wusste sie selbstverständlich. Auch, dass es eine große und weit verzweigte Verwandtschaft gegeben hatte, wenngleich sie ihre Großeltern kaum kennengelernt hatte, denn beide waren gestorben, als sie noch ein kleines Mädchen war, kurz hintereinander. Sie glaubte sich zu erinnern, dass es ruhige und freundliche Menschen gewesen waren. Wie wäre ihr Leben verlaufen, wenn sie nicht so früh verstorben wären, wenn sie sich nach dem Absetzen des Vaters um ihre Mutter und sie gekümmert hätten? Bilder von Familienfeiern huschten vor ihrem geistigen Auge vorbei. Wohnstuben mit niedrigen Decken und abgewetzten Polstermöbeln, schwanger von Zigarren- und Pfeifenrauch, zahllose Bier- und Schnapsflaschen auf dem Tisch. Kaninchenbraten, von den Tieren aus der eigenen Zucht. Zum Glück war ihr erst später bewusst geworden, dass es dieselben Tiere waren, die sie als kleines Mädchen mit Grünzeug gefüttert und durch die Maschen des dünnen Drahtzauns gestreichelt hatte. Damals war auch die Schwester ihrer Mutter dabei gewesen, auch sie schon vor Jahren gestorben. Und die Geschwister der Großeltern. Sie hatte sicher etliche Großonkel und Großtanten, Cousins und Cousinen, doch Kontakte gab es keine. Die lange Krankheit ihrer Mutter hatte dazu geführt, dass sie sich immer weiter isoliert hatte. Und doch hatte sie sich jetzt an diesem Sühnekreuz, das offenbar mit der Geschichte ihrer Familie in Verbindung stand, das Leben genommen. Oder war sie dort ermordet worden?

Sabine schwirrte der Kopf. Sie schaffte es nicht, die widersprüchlichen Gedanken und Gefühle unter einen Hut zu bringen. Als wäre ihr Kopf schlichtweg zu klein dafür.

Das Klingeln ihres Handys erlöste sie. Ralph Angersbach, wieder einmal. Als gäbe es da eine geheime Verbindung. Doch auch das war natürlich Blödsinn. Sie drückte die Rufannahmetaste.

»Ralph?«

»Hallo, Sabine.« Angersbach klang aufgeregt. »Wir haben etwas gefunden. Ein Motiv.«

Kaufmann wandte sich von dem Sühnekreuz und der Trauerweide ab und blickte zur Straße. Wahrscheinlich war es das Beste, was sie tun konnte. Sich in den anderen Fall stürzen und die alten Geschichten um ihre Mutter vergessen. Hedwigs Entscheidung akzeptieren und aufhören, nach einer anderen Erklärung zu suchen, einem Mord, hervorgegangen aus einer zweihundert Jahre alten Geschichte.

Sie wusste schon jetzt, dass sie es nicht konnte.

»Was ist es?«

»Ein Ehevertrag.«

»Aha. Und was steht darin?«

Angersbach räusperte sich. »Carla und Meinhard Mandler haben vor der Hochzeit Gütertrennung vereinbart«, berichtete er. »Das heißt, wenn Mandler vorhatte, sich von seiner Frau zu trennen, hätte er keinen Pfennig bekommen. Er hätte wieder bei null anfangen müssen. Und seine Frau sitzt auf einem Besitz, für den jemand vier Millionen Euro bietet.«

Sabine Kaufmann pfiff unwillkürlich durch die Zähne. »Du hast recht. Das ist ein verdammt starkes Motiv.« Sie straffte sich. »Und was hast du vor?«

»Ich fahre noch mal zu der Henrich. Die mag loyal sein, aber sie steht vor allem hinter der Chefin. Und sie ist dieser

Typ Sekretärin, der alles mitbekommt. Wenn Mandler seine Frau verlassen wollte, wird sie das zumindest ahnen. Und früher oder später wird sie uns am Reichtum ihres Wissens teilhaben lassen.«

Kaufmann dachte an Angersbachs wenig subtile Vernehmungsstrategien.

»Pass auf, dass du ihr nicht auf die Füße trittst, indem du mit der Tür ins Haus fällst. Dann macht sie sofort dicht. Gib ihr Zeit, sich selbst dafür zu entscheiden, dir zu sagen, was sie weiß.«

Ralph brummelte etwas Unverständliches. Außerdem fuhren zeitgleich die Kollegen von der Spurensicherung vor, und von der anderen Seite rollte ein Trecker mit angehängtem Güllewagen heran, der nicht nur Lärm, sondern auch Gestank verbreitete.

»Wie bitte?« Kaufmann presste das Telefon fester ans Ohr und rümpfte die Nase.

»Ich dachte«, wiederholte Ralph am anderen Ende, »du kommst mit.«

Sabine musste nicht lange überlegen. »Ja, gern.« Sie schaute zu Till. Sie musste ihn erst absetzen, und sie wollte auch noch rasch mit den Kollegen aus Gießen sprechen, die sich das Gelände rund um die Trauerweide ansehen würden. »In einer Stunde in ... wo wohnt die Henrich noch mal? Bettenhausen?«

»Richtig. Und: einverstanden. Wir sehen uns da.«

»Ja.« Sabine drückte das Gespräch weg und wandte sich an Till. »Tut mir leid. Ich muss zurück.«

Der streckte die Hand aus und berührte federleicht ihren Arm.

»Ich wollte ohnehin gehen. Ich bin nur deinetwegen noch hier«, sagte er rau.

Es war ein kleines Einfamilienhaus, umgeben von einem großen, gepflegten Garten. Angersbach, der nicht viel von Pflanzen verstand, erkannte zumindest Rhododendren und Rosen. Sein Geschmack war das Henrich'sche Arrangement jedoch nicht. Die Beete waren wie mit dem Lineal gezogen, die Blumen in Reih und Glied wie Soldaten. An der Haustür hing ein geflochtener Kranz aus getrockneten Wiesengewächsen. Der Klingelknopf war aus poliertem Messing.

Ralph drückte ausgiebig darauf. Im Haus rührte sich nichts. Er blickte sich um. Von Sabines Zoe war noch nichts zu sehen, dabei hatte er nicht nur eine Stunde, sondern eineinhalb gewartet. Danach war ihm der Geduldsfaden gerissen. Es war sein Fall. Er hatte Sabine angeboten, dabei zu sein, um ihr über den Tod ihrer Mutter hinwegzuhelfen. Wenn sie die Einladung nicht annahm, musste sie eben damit leben, dass er seine Befragungen so führte, wie er es wollte. Ohne empathischen Schnickschnack. Einfach auf geradem Weg zum Ziel.

Im Haus rührte sich nichts, und Ralph klingelte erneut. Das Geräusch auf der anderen Seite klang wie Big Ben. Endlich hörte er ein Scharren und Rasseln wie von einer Kette, die vorgelegt wurde. Die Haustür öffnete sich einen Spaltbreit.

Es war Nicole Henrich, doch Ralph hätte sie beinahe nicht erkannt. Statt des strengen Kostüms und der eckigen Brille vom Vortag trug sie einen weißen Bademantel und Pantoffeln, aus denen rot lackierte Fußnägel hervorsahen. Auch ihr Gesicht wirkte seltsam weiß. Um den Kopf hatte sie ein dickes Handtuch geschlungen. Er störte wohl beim sonntäglichen Wellnessprogramm.

»Sie?« Die Sekretärin runzelte die Stirn. »Was wollen Sie denn noch? Ich habe Ihnen alles gesagt.«

»Wohl kaum.« Angersbach trat näher und signalisierte ihr, die Kette zu lösen und ihn eintreten zu lassen. »Wir haben nur kurz gesprochen. Und es gibt neue Erkenntnisse.«

»Wirklich?« Nicole Henrich zauderte. Schließlich schloss sie die Tür. Ralph hörte das Klirren der Kette, und dann öffnete sich die Tür wieder.

»Kommen Sie herein. Sie können sich ins Wohnzimmer setzen. Ich muss mich umziehen.«

Sie winkte ihn durch einen schmalen Flur, in dem gerahmte Bilder von sonnigen Stränden und Palmen hingen. Als wollte sie eine Gänseschar antreiben, drängte sie ihn vorwärts durch eine offen stehende Tür in die Stube. Ebenfalls ein kleiner Raum, so aufgeräumt, als hätte er sie nicht überrascht, sondern seinen Besuch lange im Voraus angekündigt.

»Warten Sie hier«, wies sie ihn an und huschte davon. Angersbach blickte sich um. Das Zimmer war freundlich eingerichtet, helle Möbel und eine beigefarbene Couchgarnitur – Kunstleder, wie ihm ein kurzes Darüberstreichen verriet. Eine Vitrine mit schimmernden Gläsern, Ergebnis einer geschickt montierten Innenbeleuchtung, ein Wandregal mit den typischen und fantasielosen Andenken, die sich Leute kauften, denen der Beweis wichtiger war als das Erlebnis. Der Eiffelturm, zwanzig Zentimeter hoch, aus bronzefarbenem Metall. Die Tower Bridge in ähnlichem Format, daneben eine wenig kunstvoll gebrannte Keramik-Windmühle, auf der in großen Lettern »Mallorca« stand. In der Etage darunter großformatige Bildbände mit ferneren Zielen, und auch hier an den Wänden gerahmte Bilder von sonnenbeschienenen Inseln und Palmen. Die Sekretärin des Kreutzhofs litt offensichtlich unter heftigem Fernweh.

Er hörte ein Klappern, und gleich darauf trat Nicole Henrich ins Wohnzimmer, in den Händen ein Tablett mit Kaffeetassen und einer Kanne. Sie trug jetzt ein Kostüm in einem grellen Orange, das Ralph in den Augen stach, und eine passende orangefarbene Brille. Selbst die Pumps waren orange. Die schwarzen Haare hatte sie wieder in einen Dutt gezwängt, und sie hatte sich geschminkt. Wie hatte sie das alles in der kurzen Zeit geschafft?

»Setzen Sie sich«, forderte Nicole Henrich ihn auf, stellte das Tablett auf den Tisch und schenkte Kaffee ein.

Er befolgte die Anweisung und nahm den Kaffee entgegen. Er hätte gern ein wenig Milch gehabt, wagte aber nicht, danach zu fragen. Die herrische Art der Sekretärin schüchterte ihn ein. Dabei litt er gewöhnlich nicht an mangelndem Selbstbewusstsein.

»Also. Was ist so wichtig, dass Sie mich am heiligen Sonntag überfallen müssen?«

Ralph grinste in sich hinein. Das Attribut bezog sich bei Nicole Henrich wohl weniger auf ein religiöses Motiv als vielmehr auf ihre ganz persönliche heilige Sonntagsruhe.

»Es tut mir leid«, behauptete er. »Aber wir haben Hinweise darauf, dass Herr Mandler ein Motiv für den Mord an seiner Frau gehabt haben könnte.«

Henrich nahm mit spitzen Fingern ihre Tasse und nippte daran. Als sie sie zurück auf den Untersetzer stellte, klirrte es leise. Genau wie ihre Stimme. Wie hatte er vergessen können, wie schrill sie war?

»Ich dachte, darüber hätten wir schon gesprochen«, näselte sie.

»Sie sagten, Herr Mandler sei ein Filou. Einer, der gerne den jungen Frauen auf dem Hof nachstellt.«

»Ja. Und?«

»Nur den Frauen auf dem Hof? Oder gab es auch andere? Hatte er eine Geliebte?«

»Woher soll ich das wissen?«

»Die meisten Sekretärinnen wissen sehr viel mehr, als ihre Chefs ahnen.«

»Ich muss doch sehr bitten.« Henrich erhob sich abrupt von ihrer Couch. »Ich stecke meine Nase nicht in Dinge, die mich nichts angehen.«

Ralph wollte es nicht, aber er musste lachen.

Die Sekretärin musterte ihn pikiert. »Sind Sie nur gekommen, um mich zu beleidigen, oder haben Sie auch noch ernsthafte Fragen?«

Angersbach schnaufte. Warum hatte er nicht auf Sabine gewartet? Frauen wie Nicole Henrich lagen ihm nicht. Zu streng. Und dann noch dieser leidende Unterton, der ein unbestimmtes Schuldgefühl in ihm weckte. Dabei hatte er überhaupt keinen Grund dafür.

Er sprang auf. Er wollte nur noch raus hier. Mit großen Schritten lief er durch den engen Flur und riss die Haustür auf. Sabine Kaufmann, die gerade auf den Klingelknopf drücken wollte, fuhr erschrocken zusammen.

»Huch.« Sie kniff die Augen zusammen. »Bist du schon fertig? Ich dachte, du wartest auf mich.«

Ralph ruderte mit den Armen. »Die kann mich mal.«

Kaufmann legte den Kopf schief. »Du bist vor die Wand gefahren? Weil du mal wieder einfach vorgeprescht bist, anstatt dich langsam heranzutasten?«

»Weil die Henrich eine verkniffene Ziege ist.«

»Hm-hm.« Sabine hüstelte. Angersbach warf einen Blick zurück in den Flur. Nicole Henrich stand direkt hinter ihm. Ralph wurde heiß.

»Verzeihung«, murmelte er.

»Das ist eine Unverschämtheit«, fauchte Nicole Henrich. »Ich werde mich über Sie beschweren.«

»Bitte. Tun Sie das. Ich habe sowieso die Schnauze voll. Ich versuche, einen Mord aufzuklären, doch Leute wie Sie werfen einem bloß Steine in den Weg, statt zu helfen. Da wird gemauert, beschönigt und gelogen, nur um das feine Bild des Verstorbenen für die Nachwelt zu erhalten. Alles Mögliche wird unter den Teppich gekehrt, damit die hübsche Fassade nicht beschädigt wird. Und wir verlieren wertvolle Zeit, irren planlos umher oder laufen in die falsche Richtung. Da werden Zeit und Steuergelder verschwendet, bloß weil Menschen wie Sie um den guten Ruf besorgt sind und uns nicht sagen, was sie wissen.«

»Ralph.« Sabine legte ihm sacht die Hand auf den Unterarm. Angersbach atmete tief durch die Nase ein.

»Ist doch wahr.«

Nicole Henrich war blass geworden und blickte ihn erschüttert an. Er sah, wie es hinter ihrer Stirn arbeitete. Wenn sie sich jetzt über ihn beschwerte, würde es sich lohnen. Interne Ermittlung, Disziplinarverfahren, Abmahnung, Suspendierung.

Na und? Wenn sie ihn rauswarfen, würde er eben zu seinem Vater auf den Hippiehof ziehen. Sollten doch andere die Drecksarbeit machen.

Henrich blinzelte. »Kommen Sie wieder herein«, sagte sie und trat beiseite. »Bitte.«

Ralph atmete noch einmal durch. Dann ging er zurück ins Wohnzimmer. Nicole Henrich und Sabine Kaufmann folgten ihm.

Angersbach warf sich aufs Sofa. Kaufmann hockte sich neben ihn. Henrich sank in ihren Sessel und nippte an ihrem Kaffee.

»Okay.« Sabine lächelte angestrengt. »Wir hatten nicht den besten Start. Vielleicht fangen wir einfach noch einmal von vorne an?«

Die Sekretärin nickte.

»Wir müssen mehr über Herrn Mandler erfahren«, erklärte Kaufmann. »Wir finden ihn nicht. Adam Nowak, der Knecht, hat ihn zuletzt am Montag gesehen. Er meint, Herr Mandler ist nach Spanien gefahren, um sich einen Zuchthengst anzusehen.«

»Davon weiß ich nichts.«

»Er geht nicht an sein Handy«, fuhr Kaufmann fort, als hätte die Sekretärin nichts gesagt. »Kommt das öfter vor?«

Henrich legte die Stirn in Falten. »Eigentlich nicht. Bisher konnte ich ihn immer erreichen, wenn ich etwas von ihm wollte. Dass er tagelang keine Anrufe entgegennimmt, ist ungewöhnlich.«

»Er könnte das Handy natürlich verloren haben«, kam Angersbach den möglichen Einwänden der Sekretärin zuvor. »Es könnte gestohlen worden sein. Oder es ist kaputtgegangen. Trotzdem ist das ein auffälliges zeitliches Zusammentreffen.«

Nicole Henrich holte tief Luft. »Hören Sie. Ich habe durchaus meine Vorbehalte gegen Herrn Mandler. Er ist ein gutaussehender und charmanter Mann, und das weiß er auch. Er setzt es gerne ein. Er liebt hübsche junge Mädchen. Er macht ihnen schöne Augen. Aber mehr ist da nicht. Er flirtet gern. Holt sich ein bisschen Selbstbestätigung für sein männliches Ego. Das müssen Sie doch verstehen.« Sie sah Angersbach um Zustimmung heischend an. Der rätselte, wie die Bemerkung gemeint war. Sah er so aus, als hätte sein Ego es nötig, gehätschelt zu werden?

»Er ist ein Filou, das habe ich ja schon gesagt. Aber er ist auch ein verantwortungsvoller Mann. Er würde den Hof nicht im Stich lassen. Und er würde auch seine Frau nicht verlassen.«

»Weil ihr der Hof gehört und er bei einer Scheidung nichts bekommen würde.«

Die Augenbrauen der Sekretärin wanderten nach oben. »Was?«

»Es gibt einen Ehevertrag. Gütertrennung. Wenn Meinhard Mandler seine Frau verlässt, bekommt er nichts.«

Henrich blinzelte. »Aber ...« Sie schüttelte den Kopf. »Das habe ich nicht gewusst.« Die Sekretärin schlug sich die Hände vor den Mund und starrte auf eines ihrer Sonnenuntergangsbilder. Angersbach und Kaufmann warteten geduldig, bis sie sie wieder sinken ließ.

»Von einer anderen Frau ist mir nichts bekannt«, sagte sie schließlich dumpf. »Aber ... ich habe mitbekommen, dass es in letzter Zeit häufig Streit gab. Frau Mandler war sehr wütend. Und Herr Mandler war oft weg.«

Sabine beugte sich vor. »Beschreiben Sie ihn. Was für ein Mensch ist Meinhard Mandler?«

Henrich rieb sich nervös die Finger. »Er ist eigentlich immer gut gelaunt. Ein bisschen wie ein großer Junge, obwohl er fast siebzig ist.«

Angersbach erinnerte sich an die Notiz, die er sich gemacht hatte. »Ist er Jäger?«

»Ein Schürzenjäger, ja. Ach so. Ja. Er ist auch auf die Jagd gegangen. Er hat eine kleine Jagdhütte oben auf dem Vogelsberg.«

Kaufmann tauschte einen raschen Blick mit Ralph.

»Wissen Sie, wo sich diese Hütte genau befindet?«

»Nein. Tut mir leid.«

»Das muss irgendwo registriert sein.« Angersbach sprang auf. Vielleicht war das der Ort, an dem sich Meinhard Mandler verkrochen hatte.

Wie immer, wenn er in den Vogelsberg fuhr, spürte Ralph, wie sich sein Herz weitete. Für ihn war es die schönste Landschaft der Welt. Für Nicole Henrich mochte das Ziel ihrer Sehnsüchte an sonnigen Stränden liegen. Für ihn lag das Paradies genau hier, zwischen sanften Hügeln, dichten Wäldern und riesigen Feldern und Wiesen.

Trotzdem wurde er nicht langsamer, sondern drückte das Gaspedal seines Lada Niva noch weiter durch. Es war nicht leicht gewesen, an einem Sonntag eine Auskunft über den Standort einer Jagdhütte zu bekommen, doch dank seiner und Sabines Hartnäckigkeit war es schließlich gelungen. Die Parzelle lag nicht weit vom Hof seines Vaters entfernt. Doch Johann Gründler hatte nichts mit dem Abschießen von Kleinwild im Sinn. Er aß zwar gerne Fleisch, doch selbst zu töten widersprach seiner pazifistischen Gesinnung. Doppelmoral, dachte Ralph, aber so waren die Menschen nun mal, nicht nur sein Vater.

Sabine Kaufmann studierte die Karte, die sie auf dem Schoß ausgebreitet hatte.

»Irgendwo da vorne muss rechts ein Weg abzweigen. Er führt direkt zu der Hütte.«

Angersbach drosselte die Geschwindigkeit. Die Straße war schmal, die Bäume schienen wie ein Schwarm dorthin vorzudringen, als hätten sie beschlossen, das von ihrem natürlichen Feind, dem Menschen, geschaffene Asphaltband mit ihren Wurzeln zu durchdringen, zu sprengen und schließlich zu überwuchern. Sie streckten ihre grünen Arme aus, und von einer Tanne regneten Nadeln auf die Straße. In diesem wuchernden Dickicht einen Waldweg zu entdecken war nicht ganz leicht. Fast wäre Ralph daran vorbeigefahren, aber dann bemerkte er den engen Streifen aus Erde, Sand und losem Kies doch noch. Er bremste abrupt und schwenkte nach rechts.

Kaufmann fasste automatisch nach dem Griff über der Beifahrertür. Trotzdem wurde sie aus dem Sitz gehoben, als der Niva über eine Bodenwelle rumpelte. Da sie so klein war, blieb ihr die Kollision des Kopfes mit dem Wagendach aber erspart.

»Du solltest dir wirklich einen Wagen zulegen, der besser gefedert ist«, bemerkte sie, nur halb im Scherz. »Bei dem Fahrstil.«

Angersbach ließ die Bemerkung unkommentiert. Sie waren beide angespannt, und Sabine war überdies in Trauer. Da durfte man nicht jedes Wort auf die Goldwaage legen. Davon abgesehen hatte sie nicht ganz unrecht.

Der Weg schlängelte sich durch den Wald, und um sie herum wurde es immer finsterer.

»Bist du sicher, dass da noch was kommt?«

»Laut Karte, ja.« Kaufmann faltete sie zusammen. »Es kann nicht mehr weit sein.«

Ralph brummte, doch schließlich lichtete sich der Wald, und vor ihnen tauchte ein gerodeter Abschnitt auf. Angersbach pfiff durch die Zähne. Das Blockhaus, das darauf stand, war weitaus größer, als er erwartet hatte.

»Nicht schlecht.« Sabine Kaufmann sprang aus dem Wagen und sah sich um, kaum dass Ralph neben der Hütte gehalten hatte. Er überprüfte den Sitz seiner Dienstwaffe und folgte ihr.

»Sieht nicht so aus, als wäre jemand da.«

Die Fensterläden waren geschlossen, und unter dem Carport lag nur aufgeschichtetes Brennholz.

Kaufmann legte eine Hand auf den Griff ihrer Pistole. Mit der anderen wies sie auf die Tür der Hütte. »Da.«

Angersbach spannte sich ebenfalls an. Er kniff die Augen zusammen und ging langsam auf den Eingang der Hütte zu.

Die Tür war nur angelehnt. Und dort, wo sich das Schloss befand, war das Holz am Rahmen gesplittert.

»Da ist jemand eingebrochen.«

Die nächsten Schritte waren Routine und hundertfach geprobt. Angersbach und Kaufmann postierten sich rechts und links der Eingangstür, und Ralph stieß sie mit Nachdruck auf. Die Tür schwang nach innen und krachte gegen die Wand. Ralph und Sabine warteten, nichts rührte sich. Kaufmann nickte ihm zu.

Angersbach zückte seine Taschenlampe und leuchtete in den dunklen Flur. Seine rechte Hand lag auf dem Griff seiner Dienstwaffe. Sabine blieb einige Schritte hinter ihm und sicherte ihn ab.

Ralph öffnete nacheinander sämtliche Türen und warf einen schnellen Blick in jeden Raum. Küche, Schlafzimmer, Bad, alle leer. Die letzte Tür führte in die Wohnstube. Angersbach stieß sie auf, schaute hinein und keuchte auf.

»Irgendwer da?«, fragte Sabine hinter ihm.

»Negativ. Aber es war jemand hier.« Ralph richtete sich auf und machte ein paar vorsichtige Schritte in den Raum. Kaufmann folgte ihm und gab einen verblüfften Laut von sich.

»Oha.«

Zwei Stühle lagen umgekippt am Boden, der mit Scherben von Glas und Porzellan übersät war. Einer der beiden Vorhänge war von der Stange gerissen worden und lag zusammengeknüllt in einer Ecke. Auf dem Stoff waren rote Spritzer zu sehen, genau wie auf dem weißen Ledersofa. Blut. Direkt vor der Couch hatte sich eine größere Lache gebildet. Hier hatte zweifellos ein Kampf stattgefunden. Den vermutlich nicht alle Beteiligten überlebt hatten.

»Sieht so aus, als hätten wir den Tatort gefunden«, sagte Sabine und kniete sich in sicherem Abstand neben die Blutlache, um sie in Augenschein zu nehmen. »Hier hat Meinhard Mandler seine Frau erstochen.«

Ralph nickte und rieb sich zugleich die Nase. Etwas störte ihn. »Zu viel Blut«, fiel ihm ein. »Carla Mandler ist an einem einzelnen Stich ins Herz gestorben. Sicher hat sie Blut verloren. Aber die Verletzung war nicht so, dass man damit den halben Raum vollspritzen und eine solche Pfütze hinterlassen würde. Und außerdem hat Hack kein Wort davon gesagt, dass die Tote transportiert wurde. Eine halbe Stunde post mortem im Kofferraum ... das hinterlässt doch Totenflecken.«

»Na ja«, brummte Sabine. »Das Liegen im Brunnen macht das Ganze sicher schwierig. Aber vielleicht war es nicht nur sie, die hier verletzt wurde. Ein Teil des Blutes könnte zum Beispiel von Meinhard Mandler stammen.«

»Aha. Und wo ist er jetzt?«

Sabine erhob sich. Ihr Blick schien irgendwohin gerichtet zu sein, wohin er nicht folgen konnte.

»Sie streiten. Einer von beiden greift nach dem Messer. Oder sie hatten beide eines. Sie ringen miteinander, stechen zu. Meinhard rammt Carla das Messer ins Herz. Sie bricht zusammen. Er gerät in Panik, flüchtet in den Wald, ist aber zu stark verletzt. Und jetzt liegt er irgendwo da draußen.« Sabine schüttelte ihre Vision ab und schaute zu Ralph. »Quatsch«, korrigierte sie sich. »So kann es nicht gewesen sein. Dann läge ihre Leiche jetzt hier. Meinhard Mandler war vielleicht verletzt, aber er war noch in der Lage, seine tote Frau in den Kofferraum seines Wagens zu verfrachten und zum Hof zu fahren, wo er sie in den Brunnen geworfen hat.«

»Warum?« Angersbach schaltete die Taschenlampe aus und schob den verbliebenen Vorhang beiseite, sodass ein wenig fahles Licht hereinfiel. »Warum hat er sie nicht hier liegen lassen? Oder einfach in den Wald geschleift? Wenn er sie dort vergraben hätte, wäre sie vermutlich nie gefunden worden.«

Kaufmann dachte nach. Ihre Augen blitzten. »Er wollte, dass man sie findet.«

»Weshalb?«

»Wegen des Erbes. Meinhard Mandler kann es nur antreten, wenn seine Frau offiziell für tot erklärt worden ist. Wäre sie verschollen, könnte er nicht über den Besitz verfügen. Und nicht an die BiGaWett verkaufen.«

»Und warum auf dem Hof? Wieso nicht irgendwo, wo man nicht sofort eine Verbindung zu ihm herstellt?«

Sabine hob die Hände. »Gute Frage.«

Ralph dachte nach und schnippte mit den Fingern, als ihm die Antwort einfiel. »Weil man die Verbindung zu ihm ohnehin hergestellt hätte. Schließlich ist er der Ehemann. Aber indem er sie auf dem Hof ablegt, lenkt er den Verdacht auf alle anderen, die dort oder im Umfeld beschäftigt sind.«

»Ein kluger Schachzug.« Kaufmann sah aus dem Fenster auf die dunklen Bäume. »Aber warum ist er untergetaucht? Und weshalb hat er hier nicht aufgeräumt? Er musste doch damit rechnen, dass wir diesen Besitz früher oder später entdecken.«

Aus einem der Bäume flog ein kleiner Vogel auf, ein Rotkehlchen oder vielleicht auch ein Fink. Ralph wandte sich wieder den Blutspuren zu.

»Wenn sie ihn verletzt hat, konnte er sich nicht blicken lassen. Der Ehepartner ist per se verdächtig. Ein Ehemann, dessen Frau erstochen wurde und der selbst Stich- oder Schnittverletzungen aufweist, bräuchte schon eine verdammt gute Erklärung.«

»Also wartet er ab, bis man von den Verletzungen nichts mehr sieht.« Sabine drehte die Handflächen nach oben. »Und das Durcheinander hier?«

»Vielleicht ist er so schwer verletzt, dass er es nicht geschafft hat aufzuräumen.«

Kaufmann schüttelte nachdenklich den Kopf. »Er ist fit genug, um zum Kreutzhof zu fahren und die Leiche seiner Frau in den Brunnen zu werfen, aber es reicht nicht, um die Stühle wieder hinzustellen, die Scherben aufzusammeln, den Vorhang aufzuhängen und das Blut wegzuwischen?«

Angersbach sah ein, dass das ein Schwachpunkt seiner Theorie war. »Dann hat ihn vielleicht etwas aufgehalten. Oder er muss etwas erledigen, das noch wichtiger ist als das Aufräumen des Tatorts.«

Sabine winkte Ralph, ihr nach draußen zu folgen. »Ohne Fakten kommen wir nicht weiter. Wir informieren die Spurensicherung. Und die Kollegen von der Bereitschaftspolizei. Die sollen hier das Waldstück durchkämmen. Ich bin mir sicher, wir finden irgendwas.«

Angersbach nickte. Erst dann fiel ihm ein, dass es seine Ermittlung war. Er sollte die Entscheidungen treffen. Allerdings gab es an dem, was Sabine vorgeschlagen hatte, nichts auszusetzen. Er informierte die Zentrale. Die Kollegen vom Dauerdienst würden die Aufträge weiterleiten.

»Also dann. Sperren wir mal ab«, sagte er. »Ich glaube, ich habe noch eine Rolle Flatterband im Kofferraum.«

Kaufmann schaute ihn an, als wäre er nicht mehr bei Verstand. »Wozu denn, um Gottes willen? Hier kommt doch in den nächsten fünf Jahren keiner zufällig vorbei.«

»Na und? Vorschrift ist Vorschrift.« Und etwas mussten sie tun, damit sie in diesem düsteren Waldstück vor einem Mordhaus nicht in Depressionen verfielen, während sie auf die Kollegen warteten. Und darauf, dass die Fahndung nach Meinhard Mandler zum Erfolg führte. Irgendwo musste der Mann schließlich sein. Im Unterholz würde er jedenfalls gewiss nicht kauern und darauf warten, von ihnen beiden entdeckt zu werden.

8

Mit Einbruch der Dämmerung wurde es auf der kleinen Lichtung vor Meinhard Mandlers Blockhütte nicht nur immer finsterer, sondern auch unheimlicher. Und kälter. Sabine Kaufmann schlang sich fröstelnd die Arme um den Oberkörper und stampfte auf der Stelle. Hoffentlich weit genug entfernt vom Haus und von der Zufahrt, um keine Spuren zu zertrampeln. Angersbach saß in der offenen Fahrertür seines Lada Niva und kaute auf etwas herum, das aussah wie eine grüne Schlange. Wahrscheinlich ein veganer Snack oder etwas Derartiges. Sie wollte nicht fragen, obwohl ihr Magen knurrte. Eine knackige Salami oder ein Stück Dörrfleisch. Das wäre jetzt das Richtige.

Zwischen den Bäumen waren Geräusche zu hören. Ein Rascheln, Scharren, Flattern. Hohe, schrille Schreie, ein tiefes Fauchen. Sabine starrte auf die Stelle, von der es gekommen war. Ein schnelles Aufblitzen, etwas Helles, Funkelndes. Augen? Sie fragte sich, ob es hier Wölfe gab. Eine kurze Schreckensvision, ein ganzes Rudel, das unvermittelt aus dem Dickicht hervorbrach und sich auf sie stürzte.

Sie duckte sich, als etwas nur Zentimeter über ihrem Kopf vorbeiflog.

Meine Güte, reiß dich zusammen. Du bist ein nervliches Wrack.

Sie dachte an ihre Mutter, an Till, an das Sühnekreuz. Dass es einer ihrer Vorfahren gewesen war, der es errichtet hatte. Vor zweihundert Jahren, was lange her war, aber trotzdem.

Die Geschichte, die Till ihr erzählt hatte, hatte sie berührt. Von der Not, die die Liebe getötet hatte. Ein Mann, erschlagen, weil er dem Mädchen, um das er warb, nichts zu bieten hatte. Trotzdem hatte sie sein Kind ausgetragen. Sabines Ururgroßmutter oder -tante, so genau hatte Till das nicht gewusst. Warum hatte Hedwig ihm davon erzählt und ihr nicht? Doch vielleicht stimmte es auch nicht. Hedi hatte in ihren schizophrenen Phasen nicht nur unter paranoiden Schüben gelitten, sondern gelegentlich auch halluziniert. So wie die Rückkehr ihres Vaters vor vier Jahren. Oder den persönlichen Bezug zum Sühnekreuz?

Angersbach stieg aus dem Wagen und kam auf sie zu. Er hielt das dünne, grüne Objekt hoch, auf dem er gekaut hatte.

»Willst du probieren? Algensnack. Hat mir Janine aus Berlin geschickt.«

»Danke, nein.«

»Hm.« Angersbach betrachtete das Grünzeug im schwindenden Licht. Dann warf er es in hohem Bogen in die Büsche jenseits der Hütte. »Gute Entscheidung. Schmeckt nämlich scheiße.«

Kaufmann wollte etwas sagen, doch im selben Moment vernahm sie Motorengeräusche. Kurze Zeit später zerschnitten mehrere Scheinwerferpaare die Dunkelheit, die sich über die Lichtung gesenkt hatte. Es raschelte und knackte laut, als die Einsatzfahrzeuge durch die schmale Gasse kamen und die Zweige und Blätter der am nächsten stehenden Bäume abrasierten. Vor der Hütte blieben sie stehen, und die Kollegen stiegen aus.

Nach einer kurzen Lagebesprechung zogen die Forensiker ihre weißen Anzüge an und nahmen sich das Innere der Hütte vor. Die uniformierten Kollegen stellten Scheinwerfer auf, die ein helles Licht auf die Lichtung und das Blockhaus warfen. Sabine sah sich um. Die Spots zeichneten verstörende Schattenrisse auf die Bäume und ließen den aufkommenden Bodennebel wie eine bedrohliche, weiß wabernde Masse aufleuchten. Bis auf die Stimmen der Polizisten und das Knacken der Scheinwerfer war es vollkommen still. Die Geräusche der nächtlichen Jäger des Waldes waren verstummt.

Die Kollegen bewaffneten sich mit Taschenlampen und drangen in die geisterhafte Baumlandschaft vor. Sabine und Ralph gingen um die Hütte herum und betrachteten sie.

Es gab zu allen Seiten Fenster, doch wie jenes auf der Vorderseite waren sie mit stabilen Fensterläden verschlossen. Laut Grundbucheintrag war die Hütte vor vierzig Jahren errichtet worden, doch Spuren des Verfalls waren nicht zu entdecken. Das Holz der Wände war offenbar regelmäßig behandelt worden, abgeschliffen und neu versiegelt. Das Dach, graue Schindeln mit minimalen Witterungsspuren, schien erst in den letzten Jahren erneuert worden zu sein. Auf der Rückseite entdeckten Kaufmann und Angersbach eine weitere Tür, die mit einem Vorhängeschloss gesichert war. Ralph winkte einem Kollegen, sie zu öffnen. Der sah sich die Sache kurz an, ging zu einem der Einsatzfahrzeuge und kam gleich darauf mit einem Bolzenschneider zurück. Ein kurzer Ruck, ein müdes Knacken, dann lag das Schloss im Gras. Angersbach öffnete die Tür.

Dahinter befand sich ein Verschlag, der Gerätschaften zur Hauspflege und Holzbearbeitung beherbergte, darunter eine Fräse, ein Hackklotz, eine Axt. Die Rückseite des Raums wurde von einem dieselbetriebenen Generator eingenommen, der vermutlich für die Stromversorgung der Hütte zuständig war. Auf der rechten Seite standen zwei Metallschränke, wie der Verschlag selbst mit Vorhängeschlössern gesichert. Der Kollege mit dem Bolzenschneider knipste das rechte ab, und Angersbach öffnete die Tür. Sabine sah, dass er Mühe hatte, seine Mimik zu kontrollieren, und dem uniformierten Kollegen ging es nicht anders. Sie schaute in den Schrank.

Darin befand sich ein umfangreiches Sortiment an Dessous, überwiegend in Rot und Schwarz, aus Seide und Satin, zum Teil mit Spitze besetzt. Höschen und Strumpfhosen, Büstenhalter und Mieder. Auf dem Boden des Schranks stand eine Sammlung hochhackiger Schuhe.

Der Kollege von der Schutzpolizei kicherte und räusperte sich gleich darauf verlegen. »Der hat wohl nicht nur Wild gejagt.«

Angersbach schnitt eine Grimasse, und auch Sabine konnte sich das Szenario vorstellen.

Meinhard Mandler hatte hier sein Liebesnest gehabt. Seine Frau hatte Verdacht geschöpft, war ihm gefolgt, hatte ihn auf frischer Tat ertappt und ihn mit seiner Geliebten erwischt. Sie hatte ihm gedroht. Scheidung. Und der tiefe Fall ins absolute Nichts. Mandler hatte die Kontrolle verloren. Er hatte nach einem Messer gegriffen und zugestoßen.

Plausibel. Und in Einklang mit dem Befund der Rechtsmedizin. Ein Stich ins Herz, der tödlich war. Aber woher kam das ganze Blut in der Hütte? Wo waren Mandler und seine Gespielin? Und wer war diese Frau?

Der Schutzpolizist bückte sich, hob das Schloss auf und verstaute es in einem Beweismittelbeutel.

Einer der Forensiker in seinem Astronautenanzug kam um die Hütte herum.

»Die Spuren drinnen lassen auf einen Kampf schließen«, bestätigte er Kaufmanns und Angersbachs Wahrnehmung. »Wir haben alles fotografiert und nehmen jetzt Proben von den Blutspuren. Außerdem gibt es Rückstände von sandiger

Erde, die nicht aus der unmittelbaren Umgebung der Hütte zu stammen scheint. Wir schicken sie ins Labor. Vielleicht kann man sie einem konkreten Ort zuordnen. Aber das dauert alles ein paar Tage.« Er schaute auf das Display des Tablets, das er in der Hand hielt. »Ich wollte nur wissen, was mit den Waffen ist. Sind die von Interesse? Oder sollen die hierbleiben?« Er drehte den Monitor in Kaufmanns und Angersbachs Richtung, und Sabine sah einen geöffneten Waffenschrank, der sich auf der Rückseite des Wohnzimmers befand, neben einem gewaltigen Hirschgeweih, das an der Wand hing. Sie fragte sich, wie sie es hatte übersehen können. Aber die Kampf- und Blutspuren hatten sie eben angesprungen, als sie den Raum betreten hatte. Alles andere hatte sie komplett ausgeblendet.

Der Waffenschrank enthielt mehrere Gewehre und Flinten. Glänzende Läufe und blank polierte Schäfte, einige aus dunklem, einige aus rötlichem Holz. Sabine tauschte einen Blick mit Ralph, der den Kopf schüttelte.

»Das ist nicht nötig. Wir haben keine Hinweise auf Schusswaffengebrauch. Wir suchen nach Stichwaffen.«

Der Forensiker nickte und verschwand wieder um die Hausecke. Der Schutzpolizist knackte das Schloss des zweiten Metallschranks. Im Inneren befanden sich Werkzeuge, wie man sie zum Zerlegen erjagter Tiere benötigt. An der Rückwand war eine Halterung montiert, in der man Messer festklemmen konnte. Es gab sie in allen möglichen Formen und Größen. Nur einer der Steckplätze war frei. Vielleicht hatte Meinhard Mandler hier das Messer entnommen, mit dem er seine Frau erstochen hatte. Dann müsste er es allerdings schon zuvor im Haus deponiert haben. Wenn sich der Streit so abgespielt hatte, wie es Sabine vorschwebte, würde Mandler nicht erst um das Haus herumgegangen sein, um das

Messer zu holen. Das passte nicht zu einer Tat im Affekt. Aber hier passte so einiges nicht zusammen.

»Die Freundin könnte das Messer geholt haben«, spann Ralph ihren Gedanken fort. »Carla hat die beiden ertappt. Meinhard und Carla streiten sich, und Carla droht, ihm alles wegzunehmen. Meinhards Geliebte drohen die Felle davonzuschwimmen. Ihre gemeinsame Zukunft mit Mandler ist in Gefahr. Während Meinhard und Carla streiten, geht sie aus dem Haus und kommt mit dem Messer zurück.«

»Warum?« Sabine drehte sich einmal um die eigene Achse und versuchte, sich die Situation vorzustellen. »Was hat sie vor?«

»Keine Ahnung. Wahrscheinlich hatte sie keinen Plan. Sie hat impulsiv gehandelt. Wollte das Kräftegleichgewicht zu ihren Gunsten verschieben.«

»Womöglich hat sie die Frau erstochen.« Kaufmann kniff die Augen zusammen, und ein neues Bild entstand vor ihrem geistigen Auge. Meinhard Mandler und seine Frau, die stritten und mit den Fäusten aufeinander losgingen. Vielleicht hatte einer der beiden Nasenbluten bekommen, was die Tropfen auf der Couch und den Vorhängen erklären würde. Meinhards Freundin war in Panik geraten. Sie war hinter das Haus zum Verschlag gelaufen, hatte eines der Jagdmesser herausgenommen und war damit auf Carla Mandler losgegangen.

Wie war sie an die Schlüssel für den Verschlag und den Metallschrank gekommen? Und weshalb hatte sie sich nicht einfach ein Messer aus der Küche geholt? Sabine ging um das Blockhaus herum zur Vorderseite und rief durch die offen stehende Tür: »Kollege?«

Der Forensiker trat in den Flur. »Ja?«

»Wir haben eine Küche gesehen. Dort gab es sicher auch Messer, oder?«

»Sekunde.« Der Mann von der Spurensicherung verschwand und tauchte gleich darauf wieder auf. Sein Blick sprach Bände.

»Jede Sorte, jede Menge.« Er hielt sein Tablet hoch und zeigte ihr das Bild eines vollständig bestückten Messerblocks. Ein weiteres zeigte eine Schublade, in der neben Gabeln und Löffeln auch Speisemesser und kleine Schälmesser lagen. Er wischte es weg und präsentierte ein drittes. Es zeigte den Bereich über der Arbeitsplatte. Dort hingen etliche große und scharf aussehende Steak- und Filetiermesser an der Wand.

Also. Warum hatte Mandlers Freundin nicht eines der Messer aus der Küche genommen? Weshalb war sie um das Haus gelaufen, hatte kostbare Zeit damit verloren, die Schlösser des Verschlags und des Metallschranks zu öffnen, und war erst Minuten später mit dem Jagdmesser zurückgekehrt?

Weil sie sich mit dieser Waffe mächtiger fühlte? Weil sie Erfahrung damit hatte?

Kaufmann schnippte frustriert mit den Fingern. Das gesamte Szenario ergab keinen Sinn. Vielleicht stimmten auch die Prämissen nicht.

»Gibt es Hinweise darauf, wie viele Personen sich bei dem Kampf in der Hütte aufgehalten haben?«, erkundigte sie sich bei dem Forensiker.

»Das gibt die Spurenlage nicht her. Wir haben nichts, was wir eindeutig einer bestimmten Person zuordnen können. Es sieht definitiv danach aus, dass ein Kampf stattgefunden hat. Aber wie viele Leute daran beteiligt waren ...«

»Danke.« Sabine drehte sich um und stieß fast mit Angersbach zusammen, der ihr gefolgt war.

»Sieht nicht so aus, als würden wir hier große Fortschritte machen«, stellte er fest. Ganz in der Nähe knackte es, und einige der uniformierten Polizisten kamen aus dem Wald zurück.

»Nichts Ungewöhnliches«, erklärte ihr Anführer, »jedenfalls, soweit wir es im Moment sagen können. Wir müssten bei Tageslicht wiederkommen, aber aktuell deutet nichts auf frische, von Menschen verursachte Spuren hin. Nur das hier.« Er hielt einen Beweismittelbeutel hoch, in dem Sabine ein längliches, dunkelgrünes Objekt erkannte.

Angersbach hüstelte. »Das können Sie vergessen. Das gehört mir. Ist mir, ähm, aus der Hand gerutscht.«

Der Beamte betrachtete erst das Fundstück, dann Angersbach. »Und was ist das, wenn ich fragen darf?«

»Ein Algensnack. Kann ich aber nicht empfehlen. Schmeckt wie versalzener Spinat.«

Der Polizist hob die Augenbrauen. »Ja, dann«, sagte er und drückte Ralph den Plastikbeutel in die Hand, »guten Appetit.«

Sabine kicherte und konnte nicht wieder aufhören. Ralph verdrehte die Augen. Er ging zu seinem Lada, öffnete eine der hinteren Türen und warf die Tüte in den Fußraum hinter den Vordersitzen. Dann zog er die Beifahrertür auf und machte eine einladende Geste.

»Komm. Hier können wir nichts mehr tun. Lass uns was essen gehen. Ich habe Hunger. Und mit knurrendem Magen kann ich nicht nachdenken.«

Sabine Kaufmann seufzte zufrieden, als der Wirt im Wetterbacher Gasthaus den Teller mit dem saftigen Schnitzel und dem üppigen Berg Kartoffelspalten vor ihr abstellte. Sie griff nach ihrem Besteck und säbelte ein großes Stück von der Fleischportion ab, schob es sich in den Mund und kaute. Nebenbei warf sie einen Blick auf die Platte, die Ralph bestellt hatte. Deftiges Schwarzbrot und eine Auswahl handgemachter Käse aus dem Ort. Sicher auch lecker, aber Sabine war nicht nur hungrig, sondern auch durchgefroren. Sie brauchte etwas Warmes.

Angersbach leckte sich die Lippen. Dann stießen seine Finger vor, und er schnappte sich eine Kartoffelspalte von ihrem Teller.

Kaufmann lachte und schob den Teller ein Stück zur Tischmitte. »Bedien dich.«

Ralph ließ sich nicht lange bitten. Ein Kartoffelstück nach dem anderen verschwand in seinem Mund. Sabine winkte dem Wirt.

»Bringen Sie uns noch eine Portion Kartoffelspalten?«
»Kommt.«

Ralph hob sein Bierglas und prostete ihr zu. Sie stießen an und ließen den Gerstensaft durch ihre Kehlen sickern. Alkoholfrei natürlich. Worüber sie auf der Fahrt zu Johann Gründler im Auto geredet hatten, war nicht nur so dahingesagt. Ein Polizeibeamter hörte nach Feierabend nicht auf, Polizist zu sein. Es war nicht nur ein Beruf, es war eine Lebenseinstellung. Ganz abgesehen davon, dass es so etwas wie Feierabend ohnehin kaum gab. Man musste jederzeit damit rechnen, zu einem Einsatz gerufen zu werden.

Sabine fiel ein, dass sie nur noch zwei Wochen hatte, um sich zu entscheiden. Dann würde sich ihre Bürotür in Bad Vilbel endgültig schließen. In all dem Chaos, das sich über ihr Leben gelegt hatte, hatte sie das komplett vergessen.

Na und?, dachte sie trotzig. Über Bad Vilbel jedenfalls würde sie hinwegkommen. Nach dem Tod ihrer Mutter gab es nicht mehr viel, was sie dort hielt. Auf Konrad Möbs konnte sie gut verzichten. Wer brauchte schon einen Vorgesetzten, der einen betrachtete wie ein überzähliges Möbelstück, das er gerne loswerden wollte? Mirco Weitzel war in Ordnung, und auch der Neue, Levin Queckbörner, schien nett zu sein. Doch weder den einen noch den anderen würde sie großartig vermissen. Ralph Angersbach dagegen hatte sie, wie ihr in diesem Moment bewusst wurde, durchaus entbehrt. Es fühlte sich richtig an, wenn sie gemeinsam arbeiteten. Aber im Gießener Präsidium war wahrscheinlich auch keine passende Stelle frei. Also doch das LKA? Wiesbaden? Eine neue Stadt, neue Kollegen und eine neue Dimension von Fällen? Nicht mehr nur in der Wetterau, sondern in ganz Hessen ermitteln? Sie würde mehr unterwegs sein. Wieder ein bisschen rauskommen, nachdem sie sich in den letzten Jahren mit ihrer Mutter in der Wohnung in Bad Vilbel komplett eingeigelt hatte. Vielleicht wäre das gar nicht so schlecht.

»Woran denkst du?«, fragte Angersbach und nahm die Schale mit den Kartoffelspalten entgegen, die der Wirt brachte. Er schaufelte die Hälfte auf ihren Teller und behielt die Schale in der Hand, um sich, gemütlich auf seinem Stuhl zurückgelehnt, mit ausgestreckten Beinen, daran zu bedienen.

»Die Zukunft.«

»Hm.« Angersbach kaute. »Hat man dir schon was angeboten?«

»Wiesbaden.«

»LKA. Nicht schlecht. Und?«

»Ich weiß nicht.«

»Liegt nicht gerade um die Ecke. Ich meine: Ich fänd's schade, wenn du so weit weg wärst.« Ralph verschluckte sich an einem Kartoffelstück und hustete. Sabine sah, dass er ein wenig rot geworden war.

»Lass uns erst mal den Mandler-Fall klären«, schlug sie vor. »Dann sehen wir weiter.« Sie widmete sich wieder ihrem Essen und gab sich gleichgültig, doch insgeheim freute sie sich. Wer hätte vor vier Jahren gedacht, dass das Raubein Angersbach ein Herz hatte, das er ihr auch noch öffnete?

Ralph wischte sich den Mund mit der Papierserviette ab. Sabine registrierte erstaunt, dass er seinen Anteil der zweiten Portion Kartoffelspalten bereits vertilgt hatte.

»Vielleicht machen wir einen Fehler«, sagte er und klemmte ein dickes Stück Käse zwischen zwei Brotscheiben. »Vielleicht haben die toten Tiere und der Mord an Carla Mandler gar nichts miteinander zu tun.«

Sabine verspeiste den Rest von ihrem Fleisch, schob den Teller mit den übrig gebliebenen Kartoffelspalten in die Mitte und nahm sich ein Stück Käse von Ralphs Platte.

»Und die zeitliche Koinzidenz? Zufall?«

Angersbach schüttelte den Kopf. »Ich meine nicht, dass die Taten nichts miteinander zu tun haben. Aber womöglich handelt es sich nicht um denselben Täter.«

»Ah.« Sabine nippte an ihrem Leichtbier. »Meinhard Mandler hat eine Geliebte. Er will mit ihr ein neues Leben beginnen, doch das ist nur ein Traum. Bis die BiGaWett kommt und vier Millionen für den Hof bietet. Da kann er sich plötzlich etwas vorstellen.«

»Carla Mandler will nicht verkaufen. Deshalb schickt Rödelsperger seine Gorillas. Hotz und Rinker schlachten ein paar Schafe. Und Meinhard Mandler hat eine Idee. Er beseitigt seine Frau, verkauft den Hof an Rödelsperger und macht sich mit seiner Neuen ein schönes Leben.«

»Hat sie davon gewusst? Die Geliebte, meine ich? Hat sie Meinhard geholfen? Oder war das ihr Blut in der Hütte? Hat sich Carla Mandler nicht mit ihrem Mann, sondern mit seiner Neuen geprügelt, und einer von beiden – Meinhard oder die Geliebte – hat Carla bei dieser tätlichen Auseinandersetzung erstochen? Womöglich ist seine Geliebte ebenfalls schwer verletzt worden und liegt jetzt tot im Wald.«

Angersbach wischte sich die fettigen Finger an der Serviette ab. »Oder die beiden haben gemeinsam einen Plan entworfen. Sie haben Carla Mandler zu der Hütte gelockt und sie vorsätzlich ermordet.«

»Nur dass Carla Mandler sich nicht einfach hat überrumpeln lassen. Sie hat gekämpft.«

Ralph nickte düster. »Lauter schöne Theorien. Nur dass wir keine Beweise haben.« Er hob die Hand, als wolle er die Misserfolge aufzählen, und tatsächlich klangen die Ergebnisse wenig erbaulich: »Keine Spur von Mandler. Keine Idee, wer seine Geliebte sein könnte. Und diesem Rinker von der BiGaWett kann ich auch nichts nachweisen. Dabei würde ich schwören, dass er das Schaf letzte Nacht abgestochen hat. Wenn sich die Spurensicherung seine Klamotten ansehen würde … ich bin sicher, die fänden was. Aber ich kriege keinen Durchsuchungsbeschluss. Nicht bei Sachbeschädigung. Und einen begründeten Tatverdacht gegen die BiGaWett in Sachen Mord haben wir nicht. Obwohl wir auch nicht ausschließen können, dass Rödelsperger Carla Mandler von seinen Gorillas hat ermorden lassen, damit ihm Meinhard den Kreutzhof verkauft.«

Sabine war zuversichtlicher, und sie nutzte eine Atempause, um das Wort zu ergreifen: »Die Hütte als Tatort kickt doch zumindest die BiGaWett aus dem Rennen. Rödelsperger und seine Leute hätten es wohl kaum bewerkstelligen können, Carla Mandler dorthin zu locken und zu töten. Wenn es irgendwo auf dem Werksgelände passiert wäre, und man hätte die Leiche anschließend in den Brunnen geworfen – aber so? Also konzentrieren wir uns auf etwas anderes. Wir gehen die Vermisstenanzeigen durch. Wenn Mandlers Geliebte tot oder auf der Flucht ist, wird sie früher oder später vermisst werden. Und wir warten auf die Kriminaltechnik. Die werden uns sagen können, von wem das Blut in der Hütte stammt. Morgen oder übermorgen wissen wir mehr.«

Ralph lächelte ihr dankbar zu. »Du hast recht. Kein Grund, den Kopf in den Sand zu stecken. Was immer da vergraben liegt, wird ans Licht kommen.«

Sabine hob ihr Glas: »Darauf trinken wir.«

Plötzlich war er allein. Axor hatte sich aus dem Kampfgetümmel davongestohlen, und er war ihm gefolgt. Während die anderen erbittert ihre Klingen kreuzten, war der Anführer der Wikarier in ein Gebüsch getaucht und in einem der unterirdischen Gänge verschwunden. Sidonius hatte es bemerkt und den Wikarier, mit dem er gerade focht, mit einem gewaltigen Schwerthieb niedergestreckt. Der andere war zurückgetaumelt und gestürzt. Sidonius hatte ihm den Todesstoß versetzt und die Verfolgung des feigen Leitwolfs der Wikarier aufgenommen, ohne sich noch einmal umzublicken.

Doch jetzt war von Axor nichts mehr zu sehen. Sidonius stand allein in der klammen Kälte des Gangs. Um ihn herum nichts als Schwärze, und das Licht seiner Fackel reichte nur wenige Meter weit. Er sah die feuchten Wände, an denen Wasser herablief. Und die Gabelung. Vor ihm teilte sich der Gang in zwei gleichermaßen schmale Durchgänge. Durch einen musste Axor geflohen sein. Doch für welchen hatte sich der Wikarier entschieden?

Sidonius spürte einen kalten Luftzug. Seine Fackel qualmte. Der beißende Rauch brannte ihm in den Augen und ließ sie tränen. Sidonius hielt die Fackel weiter von sich weg und wischte sich die Tränen an den Schultern ab. Weder das

Schwert noch die Fackel durfte er senken. Axor konnte hinter dem nächsten Mauervorsprung lauern und ihm das Schwert seiner Ahnen in die Brust rammen.

Sidonius blinzelte. Der Luftzug schien aus dem rechten Gang zu kommen. Es konnte bedeuten, dass Axor dort am Ende eine Tür geöffnet hatte. Sidonius lauschte, doch kein Laut drang an sein Ohr. Hier zu verharren half ihm nicht weiter, also tastete er sich weiter vor.

Der Gang machte eine Biegung, und Sidonius meinte, am Ende ein schwaches Licht zu erahnen. Eilig löschte er seine Fackel. Es war gewagt, doch wenn der andere den Schein sah, war der im Vorteil und musste Sidonius nur noch auflauern. Er konnte nur hoffen, dass der fahle Lichtschein am Ende des Gangs nicht erlosch. Nun, da die Fackel aus war, würde er sie nicht wieder entzünden können, und ohne Licht war er hier unten in den unzähligen verwinkelten unterirdischen Gängen verloren.

Doch der Schimmer blieb. Sidonius bewegte sich vorsichtig und nahezu lautlos darauf zu. Im Näherkommen bemerkte er, dass es eine Tür war. Das Licht drang durch die Ritzen, weil das Holz im Lauf der Jahrhunderte aufgequollen war und sich verzogen hatte. Außerdem war sie nicht richtig verschlossen worden. Axor hatte es wahrscheinlich zu eilig gehabt.

Sidonius legte die Hand auf den dicken Türknauf. Das Metall fühlte sich unter den heißen Fingern an wie Eis. So sacht, wie er es vermochte, zog er die Tür auf, bis der Spalt breit genug war, um sich hindurchzuzwängen.

Der Raum dahinter war niedrig. Die ungleichmäßigen Steine, die das Gewölbe bildeten, waren geschwärzt von der Feuchtigkeit und jahrhundertealtem Flechtenbewuchs. Der Lichtschein, den Sidonius gesehen hatte, stammte von einer

Fackel, die am Boden lag. Axors Fackel? Warum hatte er sie zurückgelassen? War er in den nächsten dunklen Gang geflüchtet, ohne Licht, um sich nicht zu verraten? Oder lauerte er in einer dunklen Ecke und wartete darauf, dass Sidonius in den Lichtkreis trat, um sich von hinten auf ihn zu stürzen?

Sidonius hob sein Schwert, drückte sich mit dem Rücken an die Mauer und wartete, bis sich seine Augen auf das fahle Licht eingestellt hatten. Das feuchte Mauerwerk durchnässte die Rückseite seines Gewands, doch er kümmerte sich nicht darum.

Da, in der gegenüberliegenden Ecke des Raumes, war etwas. Eine Gestalt, die am Boden kauerte. Nein, lag.

Sidonius näherte sich ihr vorsichtig und kniff die Augen zusammen. Ein Mann. Über dem Kopf trug er eine schwarze Maske. Ansonsten war er nackt. Sidonius stieß ihn mit der Schuhspitze an, doch der Mann rührte sich nicht.

Sidonius machte einige Schritte zurück und hob die Fackel auf. Er hielt sie hoch und beleuchtete den bleichen Körper. Unwillkürlich zog sich ihm der Magen zusammen. Der Leib des Mannes war mit blutigen Verletzungen übersät. Quer über die Kehle zog sich ein blutiger Schnitt wie ein morbides Grinsen. Und die Haut war schlaff. Es war ein alter Mann, viel zu alt für den Kampf zwischen Axors Wikariern und Sidonius' Nornonen. Da keiner seiner Kämpfer so alt war, musste er zu den Wikariern gehören.

Wie war er hierhergekommen? Hatte Axor ihn getötet? Oder war es eine Falle?

Sidonius blickte sich noch einmal um und sank dann auf ein Knie. Er steckte sein Schwert in die Scheide und betastete die Bauchwunde des Mannes. Im nächsten Moment zog er erschrocken die Hand zurück.

Die Haut fühlte sich kalt an, und die rote Substanz war klebrig und verströmte einen leichten metallischen Geruch, fast wie echtes Blut.

Wow! Wie hatten sie das hingekriegt?

Natürlich trug auch er selbst Farbbeutel. Gelang es einem Gegner, einen davon zum Aufplatzen zu bringen, war er verwundet. Wenn alle fünf Beutel leer waren, war er tot. Doch die rote Farbe in seinen Beuteln war anders als das hier. Sie war dünnflüssiger. Und sie roch so ähnlich wie Acryl.

Der Mann vor ihm war offensichtlich tot. Er hatte keinen Farbbeutel mehr. Stattdessen hatte jemand die Farbe über ihm ausgeschüttet. Eine Substanz, die absolut realistisch wirkte. Hatten die Wikarier Schweineblut in ihren Beuteln? Sidonius schüttelte sich. Er berührte den Mann an der Schulter, doch der rührte sich nicht. Was er auch nicht durfte. Gemäß den Spielregeln hatten die Toten unbeweglich an dem Ort zu verharren, an dem sie gefallen waren. Trotzdem war das bewundernswert. Sidonius hätte nicht so lange reglos ohne Kleider auf den kalten, nassen Steinen liegen wollen.

Warum war der Mann überhaupt nackt? Einen Gegner zu plündern gehörte zu den üblichen Gepflogenheiten. Doch auf die Gewänder erstreckte sich das nicht. Die eigene Ausrüstung konnte man verbessern, indem man sich bei den Besiegten bediente. Aber die Kleidung war Teil der Figur. Und die regenerierte sich ja, wenn der Kampf vorbei war. Sie musste neu starten und sich neu ausrüsten und ihre Fähigkeiten neu erwerben. Aber sie war ja nicht für immer tot.

Hatte der Mann seine Kleider selbst abgelegt? Und was sollte diese Maske? Sidonius hob die Fackel über den Kopf des Mannes und begriff, dass er sich geirrt hatte. Es war keine Maske. Bloß eine schwarze Plastiktüte ohne Öffnungen für Augen, Mund und Nase. Wie konnte man darunter überhaupt atmen?

Sidonius griff zu und zog die Tüte vom Kopf des Mannes. Die Erkenntnis traf ihn wie ein Schlag. Dieser Mann war keiner der Spieler, weder Wikarier noch Nornone. Und er war wirklich tot.

Montag, 18. September

Sabine Kaufmann hatte Mühe, sich auf den Verkehr zu konzentrieren. Ihr dröhnte der Schädel. Nicht vom Bier, denn sie waren bei alkoholfrei geblieben, sondern vom Grübeln. Die halbe Nacht hatte sie sich von einer Seite auf die andere geworfen und Gedanken gewälzt. Wenn es stimmte, dass Hedwig sich nicht selbst getötet hatte, wo sollte sie dann nach ihrem Mörder suchen? Sie würde sich die Akten der alten Fälle kommen lassen. Hatte jemand ihr nach seiner Verhaftung gedroht? Sie konnte sich nicht erinnern. Und wer war so verrückt, sich nicht an der Person zu rächen, die er hasste, sondern stattdessen deren Mutter zu töten? War das überhaupt ein plausibles Szenario? Sabine wusste es nicht und schob den Gedanken fürs Erste beiseite. Ohne konkrete Anhaltspunkte kam sie da nicht weiter. Und bisher wusste sie nicht einmal, ob es stimmte. Ehe die Spurensicherung keine Hinweise darauf fand, dass Hedwig nicht allein am Sühnekreuz gewesen war, war das alles nur Wunschdenken. Ein Wort, das im Grunde auch nicht stimmte. Konnte man sich wünschen, dass ein Angehöriger getötet worden war, weil sich jemand rächen wollte? Wäre diese Bürde leichter zu tragen als das Wissen um einen Suizid, den man vielleicht hätte vorausahnen, verhindern müssen?

Sie hatte wütend auf die Bettdecke geschlagen und sich von einer Seite auf die andere geworfen, doch das Karussell in ihrem Kopf war nicht zum Stillstand gekommen.

Jetzt, ein paar Stunden später, auf dem Weg zu einem neuen Leichenfundort, fragte sie sich, wohin ihre persönliche Reise nach Hedwigs Tod gehen sollte. Ein neues Revier, in einem abgelegenen Winkel von Hessen womöglich? Ruhe und Abgeschiedenheit – Einsamkeit? Oder doch lieber der Trubel der Großstadt und die komplexen Fälle beim LKA in Wiesbaden? Eine Herausforderung – oder eher eine Überforderung? Sehnsucht nach ihrer alten Dienststelle in Frankfurt überkam sie, die vertrauten Kollegen. Sehnsucht nach ihrem Kuschelbären? Es hatte lange gedauert, bis Michael Schreck, der Computerzauberer, und sie sich endgültig und offiziell getrennt hatten und auch die alten Kollegen Bescheid wussten. Das wäre keine Rückkehr, sondern ein Rückschritt. Nein. Es musste ein Neuanfang her. Nur wo? Sie hatte noch zehn Tage, um sich zu entscheiden. Und genau jetzt hatte sie das, woran es dem Kommissariatsexperiment in Bad Vilbel in den letzten vier Jahren entschieden gemangelt hatte: einen Mordfall.

Kaufmann drosselte das Tempo, nahm die letzte Kurve aber trotzdem mit zu viel Schwung. Schlitternd rutschte der Zoe über das Pflaster der alten Ruine. Sabine stellte den Wagen ab, stieg aus und schlang den Mantel fester um sich. Mehr als zweihundertfünfzig Meter über dem Meeresspiegel, umgeben von einem steinernen Koloss an einem sehr frühen Morgen im September, lange noch vor Sonnenaufgang, war es empfindlich kalt.

Das Flutlicht, das die Kollegen der Spurensicherung im Hof der Burg Münzenberg errichtet hatten, warf bizarre, überlebensgroße Schatten auf die trutzigen Mauern. Sabine Kaufmann rieb sich verstohlen die Augen. Sie hatte gerade erst zwei oder drei Stunden geschlafen, als man sie informiert hatte. Ein Leichenfund in der Burgruine auf dem Münzenberg, hier in der Gegend auch Münzenburg oder Wetterauer Tintenfass genannt. Keine zehn Kilometer Luftlinie entfernt vom Kreutzhof in Wetterbach, wo Ralph den Mörder von Carla Mandler suchte. Doch hier war er nicht zuständig, denn Münzenberg gehörte zur Polizeidirektion Wetterau. Der Notruf war nach Friedberg und dort nach Bad Vilbel weitergeleitet worden, obwohl Friedberg geografisch näher lag – entweder hatte man keine Kapazitäten, oder der zuständige Kollege hatte es vorgezogen, sich nicht aus dem Bett klingeln zu lassen. Mirco Weitzel jedenfalls hatte sich umgehend mit dem Neuen – Levin Queckbörner – auf den Weg gemacht und Sabine Bescheid gegeben. Und da war sie nun.

Kaufmann schaute sich um und entdeckte Queckbörner ganz in der Nähe. Sie ging auf ihn zu, begrüßte ihn und fragte: »Wo ist der Auffindungszeuge?«

Der Polizist deutete zu einer Gruppe junger Leute, die sich zitternd neben der Absperrung drängten. Sie trugen seltsame Gewänder, die wie Karnevalskostüme aussahen.

»Der mit dem goldenen Helm«, präzisierte Queckbörner. »Er ist der Anführer der ...«, er blickte in sein Notizbuch, »... Nornonen.«

»Nornonen?«

»Fragen Sie mich nicht.« Der Neuling klappte sein Heft zu und verstaute es in der Tasche seiner Uniformjacke. »Er nennt sich Sidonius. Mit bürgerlichem Namen heißt er Yannick Dingeldein.«

»Ah ja.« Sabine lachte leise. Sie bedankte sich bei Queckbörner und ging zu den jungen Leuten, von denen etwa die Hälfte rot, die andere gelb-blau kostümiert war. Vor Dingeldein blieb sie stehen. Ein schmächtiger, blonder Teenager, der eine eng sitzende rote Hose, hohe schwarze Stulpenstiefel, eine rote Jacke und darüber einen glänzenden Harnisch trug.

Auf dem Kopf saß ein goldener Helm, am Gürtel hing ein imposantes schwarzes Schwert. Kaufmann winkte ihn ein Stück zur Seite, um unter vier Augen mit ihm zu sprechen, und deutete auf das Schwert.

»Ist das echt?«

»Nein.« Dingeldein zog es aus der Scheide und reichte es der Kommissarin. »Es ist eine Polsterwaffe. Man sagt auch Pompfe dazu. Der Kern besteht aus stabilem Kunststoff, der mit einer Polsterung ummantelt ist. Anschließend wird das Ganze mit Tape umwickelt oder eine Latexmilch aufgetragen. Darüber kann man auch noch eine Schutzschicht, ein Top-Coat, aufbringen. Das sieht sehr schön aus. Mit so einem Schwert kann man einen Farbbeutel zum Aufplatzen bringen, aber es ist nicht gefährlich. Man muss natürlich ein bisschen aufpassen, aber ernsthafte Verletzungen sind extrem selten.«

Kaufmann befühlte die Waffe. Das Schwert war schwer, und die Spitze wirkte auf sie trotz der Polsterung bedrohlich. Ein Hieb, den man davon abbekam, war sicherlich schmerzhaft. Waren solche Spielzeuge legal? Sabine wusste es nicht, doch das war im Augenblick auch nicht die vordringliche Frage.

»Sie müssen mir das erklären. Was genau tun Sie hier mitten in der Nacht?«

Dingeldein lächelte. »Es ist ein LARP, ein Live Action Role Playing. Sie können auch Live-Rollenspiel dazu sagen. Es gibt eine Geschichte, eine Rahmenhandlung und Figuren, die von den Spielern verkörpert werden. Wir spielen hier zwei verfeindete Adelsgeschlechter, die um die Vorherrschaft im Land kämpfen. Unsere Gegner sind die Wikarier. Ihr Anführer heißt Axor. Wir sind die Nornonen, und ich bin Sidonius, der Anführer. Wer gewinnt, wird König.«

Kaufmann blickte sich um. »Die Burg ist Ihr Spielfeld?« Sie deutete zu dem verfallenen Gebäude, unter dem sich einige vom Einsturz bedrohte unterirdische Gänge befanden. »Dieser Abschnitt ist für die Öffentlichkeit nicht zugänglich. Wie sind Sie da hineingekommen? Sie wissen vermutlich, dass das nicht legal ist?«

Dingeldein rieb sich nervös das Kinn. »Der Onkel von einem der Organisatoren arbeitet bei der Denkmalpflege. Von dem haben wir den Schlüssel.«

»Ausgeliehen?«

Der junge Mann starrte auf seine Schuhspitzen. »Na ja. Indirekt.«

Sabine sagte nichts. Der Junge zog die Schultern hoch.

»Also. Genau genommen ist es mein Onkel. Ich habe einen Wachsabdruck von seinem Schlüssel gemacht. Krieg ich jetzt Ärger deswegen?«

Sabine überlegte kurz. »Wenn Sie mir versprechen, sich in Zukunft eine andere Spielwiese zu suchen, könnte ich es vielleicht vergessen.«

Yannick Dingeldein seufzte erleichtert auf: »Danke.«

Kaufmann gab ihm sein Schwert zurück.

»Und diese Farbbeutel? Was hat es damit auf sich?«, erkundigte sie sich.

»Jeder Spieler hat fünf Stück davon. Wenn einer aufplatzt, ist man verletzt. Wenn alle fünf geöffnet wurden, ist man tot.« Seine Augen wanderten zum abgesperrten Bereich der Burgruine. »Ich dachte, das wäre es, was mit dem Mann da unten passiert ist. Dass ihn jemand im Spiel getötet und die Reste aus den Farbbeuteln über ihm ausgegossen hat. Nach den Regeln muss er dann reglos liegen bleiben, bis der Kampf vorbei ist. Aber das da auf seinem Körper, das war keine Farbe. Das war echtes Blut. Und er war auch keiner von uns. Ich habe das erst nicht gesehen, weil er eine Maske über dem Kopf hatte. Das heißt, eigentlich war es keine Maske. Es war eine schwarze Plastiktüte. Ich habe sie abgenommen, und dann …«

Dingeldein presste eine Hand vor den Mund und kämpfte offensichtlich gegen die Übelkeit. Er drehte sich ein wenig zur Seite, als fürchte er, sich im nächsten Moment übergeben zu müssen, doch er bekam sich wieder in den Griff.

»Und dann?«

»Habe ich ihn erkannt«, keuchte Yannick. »Es war keiner von uns. Es war mein Chef.«

Sabine blinzelte irritiert.

»Ich dachte, Sie sind der Anführer? Sidonius?«

Dingeldein schüttelte den Kopf und zerrte an seinem Harnisch. »Nicht im Spiel. Ich meine, er ist mein richtiger Chef. Auf dem Kreutzhof. Er heißt Meinhard Mandler.«

Ralph Angersbach schlug verstimmt die Tür seines Lada Niva zu und schaute sich im Burghof um. Er entdeckte Sabine Kaufmann mit ihren Bad Vilbeler Kollegen an der Absperrung und schritt rasch auf sie zu. Nachdem sie ihn bemerkt hatte, kam sie ihm entgegen.

»Ist das sicher?«, fragte er statt einer Begrüßung. »Der Tote ist Meinhard Mandler?«

»Ich habe ihn noch nicht gesehen. Die Spurensicherung ist noch nicht fertig. Aber der Auffindungszeuge, Yannick Dingeldein, arbeitet auf dem Kreutzhof. Er sagt, er hat ihn erkannt.«

»Was für eine Scheiße.« Nicht nur, dass der Mann tot war. Ihre ganze Theorie war im Eimer. »Wissen wir, wie lange er schon tot ist?«

»Der Notarzt ist auch noch nicht durch.«

»Was machen die denn alle so lange?«, empörte sich Ralph. Er hatte zu wenig geschlafen. Und die Fahrt durch die trübe Suppe aus Morgendämmerung und Frühnebel war anstrengend gewesen. Man sah kaum die Hand vor Augen, und auch wenn zu dieser Stunde kaum Verkehr war, musste man immer damit rechnen, dass ein Reh oder Wildschwein die Straße querte. »Sie tun ihre Arbeit«, sagte Sabine versöhnlich. »Und sie machen sie gründlich.«

»Schon gut.« Ralph fuhr sich über die Lippen und schaute Weitzel und Queckbörner entgegen, die auf sie zukamen. Er begrüßte die beiden und fragte: »Gibt's was Neues?«

Weitzel, auch an diesem frühen Morgen und trotz Notruf mit akkurat gestylter und viel Wachs gesicherter Frisur, wie Angersbach sah, als der Kollege kurz die Mütze abnahm und sich übers Haar strich, schüttelte den Kopf.

»Außer Dingeldein kennt niemand den Toten. Keiner hat ihn bemerkt. Nur der Typ, der sich Axor nennt. Er war vor Dingeldein auf der Flucht und ist durch diesen unterirdischen Raum gekommen, in dem der Leichnam liegt. Als er den blutüberströmten Mann gesehen hat, ist ihm vor Schreck die Fackel heruntergefallen. Er hat sie nicht einmal wieder aufgehoben, sondern nur die Beine in die Hand genommen. Angeblich hatte er keine Zeit, den Mann am Boden in Augenschein zu nehmen, weil ihm Sidonius – Dingeldein – auf den Fersen war. Er beteuerte mehrfach, dass er zu keinem Zeitpunkt davon ausgegangen sei, dass es sich um einen richtigen Toten handele. Wenn ihr mich fragt: Der hatte die Hosen gestrichen voll.« Weitzel grinste. »Seine Angaben scheinen aber ansonsten zu stimmen. Dingeldein hat bestätigt, dass Axors Fackel in der Mitte des Raumes am Boden lag. Sonst hätte er den Leichnam gar nicht gesehen. Seine eigene Fackel hatte er gelöscht, um sich an Axor anzuschleichen.

Und Axor hätte nicht die Zeit gehabt, den Mann zu töten, bevor Dingeldein ihn eingeholt hatte. Weshalb sollte er auch? Die spielen nur. Zumindest taten sie das, bis sie den Leichnam fanden.«

»Mitten in der Nacht mit Theaterwaffen in einer einsturzgefährdeten Burgruine«, bemerkte Sabine kopfschüttelnd. »Die Kollegen von der Spurensicherung mussten zuerst Stangen besorgen, um die Gewölbedecke abzustützen, ehe sie sich an die Arbeit machen konnten.«

Weitzel zwinkerte Angersbach zu: »Wer hätte gedacht, dass wir noch einmal gemeinsam an einem Fall arbeiten?«

»Ich hätte darauf verzichten können«, erklärte Ralph schroff. »Der Fall war schon vorher höchst undurchsichtig. Und jetzt ist auch noch unser Hauptverdächtiger tot.«

Mirco nahm es nicht persönlich. »Ist wie Dreck im Radkasten. Wenn sich das Rad erst mal festgefressen hat, kommt man nicht wieder raus. Es sammelt sich nur immer mehr.«

Angersbach musterte ihn misstrauisch. Wollte der Kollege darauf anspielen, dass Ralph bei einem ihrer gemeinsamen Fälle bei einer Verfolgungsjagd mit dem Lada auf einem Acker stecken geblieben war? Doch Weitzel schien keine Hintergedanken zu haben. Angersbach atmete tief durch und versuchte sich zu entspannen.

Die Gedanken in seinem Kopf jagten. War Mandler ermordet worden, nachdem er seine Frau getötet hatte? Weil er seine Frau getötet hatte? Wenn er hier blutüberströmt in den Katakomben von Burg Münzenberg lag, konnte das Blut in seiner Jagdhütte kaum von ihm stammen. Oder war er dort verletzt worden und hatte sich hierhergeschleppt? Doch weshalb sollte er das tun?

Angersbach schnaubte. Solange er nichts Konkretes wusste, waren diese Überlegungen müßig.

Zum Glück erschien in diesem Moment der Notarzt und tauchte unter der Absperrung durch. Und zu Ralphs Erleichterung – und sicherlich auch zur Erleichterung von Sabine – war es nicht der missmutige Zeitgenosse, mit dem sie bei ihren letzten gemeinsamen Fällen zu tun gehabt hatten.

»Guten Morgen«, grüßte der Arzt. »Sagt man so. Auch wenn es eigentlich noch nicht wirklich Morgen ist, und gut schon gar nicht.« Er streckte den Arm aus und schüttelte erst Sabine, dann Ralph die Hand. Anschließend wies er zu den dunklen Gängen der Burg. »Der Mann da unten ist seit mehreren Tagen tot. Mindestens fünf, würde ich schätzen, allerdings ist das ein wenig schwierig. In den Gewölben ist es so kalt, dass der Leichnam gut konserviert wird. Genaueres wird nur mit der Obduktion zu sagen sein.«

Also war Meinhard Mandler zu einem früheren Zeitpunkt ermordet worden als seine Frau. Das Bild, das sie sich bisher gemacht hatten, war damit gründlich durchgeschüttelt.

»Danke.« Kaufmann und Angersbach tauschten einen Blick, und Ralph raufte sich die Haare.

»Das bestätigt jedenfalls die These, dass die BiGaWett aus dem Rennen ist«, sagte Kaufmann. »Außer den toten Tieren ist das nicht deren Liga. Weder die Jagdhütte noch diese Burgruine.«

Angersbach stimmte ihr zu. Allerdings hatte er auch keinen anderen Verdächtigen auf dem Zettel. Mandlers Geliebte könnte ihn getötet haben, weil er sie enttäuscht hatte. Doch erstens war diese Geliebte bislang nicht einmal in Erscheinung getreten, und zweitens, warum sollte sie erst Mandler und anschließend dessen Frau ermorden? Und der Ort erschien für ein Liebesdrama auch reichlich ungeeignet. Wer hatte ein Motiv, beide Ehepartner umzubringen? Wer würde den millionenschweren Hof erben?

Profitieren würde die BiGaWett. Zumindest wenn der Erbberechtigte dem Konzern wohlgesinnt war. Doch in puncto Schauplatz hatte Sabine recht. Dieser ganze Fall war eine Katastrophe.

Die Kollegen von der Spurensicherung in ihren weißen Anzügen tauchten auf und vermeldeten, dass Kaufmann und Angersbach den Tatort jetzt betreten konnten. Sie bewaffneten sich mit leistungsstarken Taschenlampen und machten sich, gefolgt von dem Notarzt, an den Abstieg. Enge, dunkle, feuchte Gänge, von der Zeit geschwärztes Mauerwerk. Die Gewölbehalle, in der der Leichnam lag, war wie der Burghof mit Scheinwerfern ausgeleuchtet. Trotz der Streben, mit denen die Beamten die Decke abgestützt hatten, empfand Angersbach eine düstere Beklemmung. Er wurde die Vorstellung nicht los, dass die uralten Mauern durchbrechen und über ihm einstürzen könnten.

Der Notarzt trat zu dem Bündel, das am Boden lag, und schlug das weiße Tuch zurück, mit dem man Mandlers Körper bedeckt hatte. Kaufmann trat auf den Leichnam zu, der, wie Angersbach jetzt sah, nackt war. Sie beugte sich über den Toten und keuchte auf.

»Mein Gott.«

Ralph trat zu ihr und atmete scharf ein, als er sah, was sie so erschüttert hatte.

Der Täter hatte Meinhard Mandler die Kehle aufgeschlitzt, aber das war nicht alles. Der Unterleib des Mannes war von unzähligen Stichen und Schnitten übersät, wie man mit geübtem Auge unter dem verkrusteten Blut erkennen konnte. Auch auf den Steinen ringsum befand sich eine große Menge Blut, zusammengelaufen zu einer schwarzen Pfütze und getrocknet.

»Post mortem, nehme ich an«, erklärte der Arzt. »Der Schnitt durch die Kehle dürfte zuerst erfolgt sein, und anschließend hat der Täter sich an ihm ausgetobt. Aber das muss Ihnen die Rechtsmedizin genauer sagen.«

Angersbach wischte sich über die Stirn. Er hatte angefangen zu schwitzen. »Blinde Wut? Oder ist das eine Botschaft?«

Der Arzt zog das Tuch wieder nach oben. »Ich habe so etwas noch nie gesehen«, bemerkte er angewidert. »Und ich habe mir schon so einiges anschauen müssen. Aber das ... Keine Ahnung. Große Skrupel scheint der Täter jedenfalls nicht zu haben.«

Ralph kämpfte mit der Übelkeit, die in Wellen aus seinem Magen hochstieg. Er dachte an die abgeschlachteten Schafe und an Rödelspergers Gorillas. Aber nein. Zu so etwas hier waren die beiden nicht in der Lage. Aber wer um alles in der Welt war es dann? Jemand, der selbst schwer verletzt worden war? Oder ein Psychopath, dem jegliches Mitgefühl abging?

Er wandte sich ab und eilte zurück durch die Gänge, die auf ihn einzustürzen schienen. Er musste hier raus.

Sie hatten ihn also gefunden. Sehr viel früher, als er angenommen hatte, doch es würde ihnen nichts nützen. Er dachte daran, wie es sich angefühlt hatte, Mandler wieder und wieder die Klinge des Messers in den Leib zu rammen. Zuerst der Widerstand der straffen Haut – für seine fast siebzig Jahre war Mandler überraschend fit gewesen –, dann das weiche Fleisch, durch das sein Jagdmesser drang wie durch Butter. Wie ein abgestochenes Schwein hatte Mandler geblutet und auch genauso geschrien. Genauso, wie er es verdiente.

Der Mann, der sich auf den intakten der beiden Burgtürme geschlichen hatte, blickte mit einem leichten Lächeln auf die Lichter der Fahrzeuge im grasüberwachsenen Innenhof. Weiße Scheinwerfer und das blaue Flackern der Signallichter der Polizeiwagen und des Rettungsfahrzeugs. Er konnte die

Menschen dort unten sehen, die Polizisten in ihren dunklen Uniformen, die Forensiker in ihren weißen Astronautenanzügen und die Spieler in ihren roten und blau-gelben Rittergewändern.

Ein einziges großes Theater.

Hätte er gewusst, dass Yannick Dingeldein mit seinen Freunden hier Räuber und Gendarm in einer mittelalterlichen Variante spielte, hätte er sich einen anderen Platz gesucht, um Meinhard Mandler zur letzten Ruhe zu betten. Aber das schaurige Verlies war so ein schöner Ort.

Im Grunde war es auch egal. Er hatte gewollt, dass man Mandler früher oder später fand. Das gehörte zu seiner Mission. Und die würde er zu Ende führen. Ob die Polizei nun ermittelte oder nicht. Das erhöhte vielleicht das Risiko, doch damit hatte er kein Problem.

Es war einfach nur eine weitere Herausforderung.

Über den Mauern der Burg ging die Sonne auf. Angersbach atmete erleichtert auf, als er aus den düsteren Katakomben in den Burghof trat. Auch Sabine Kaufmann, die ihm folgte, schien erleichtert.

»Was für ein Ort zum Sterben.«

»Kein schöner.« Angersbach zog sein Notizbuch aus der Jacke und blätterte darin. Meinhard Mandler hatte vor seinem Tod von zwei Männern erboste Anrufe bekommen. Der eine war Sebastian Rödelsperger von der BiGaWett, der andere ein gewisser Bernhard Schwarz, ein neununddreißigjähriger Verwaltungsangestellter aus Wetterbach, wie ihm eine schnelle Recherche in der Datenbank verraten hatte. Seine Empörung hatte vermutlich etwas mit seiner Tochter Amelie zu tun. Siebzehn Jahre, Praktikantin auf dem Kreutzhof und seit einigen Tagen krankgemeldet. Er berichtete Sabine davon.

»Könnte sich lohnen, da nachzuhaken«, sagte sie. »Aber dass ein Verwaltungsangestellter sein Opfer auszieht und wie verrückt auf es einsticht? Oder die Tochter? Und Adam Nowak? Dass er Carla Mandler erstochen hat, hätte ich mir vielleicht noch vorstellen können, aber beide Mandlers, nur aus Wut über die schlechten Arbeitsbedingungen?«

»Ich frage mich, warum man ihm die Kleider abgenommen hat.«

»Um seine Identität zu verschleiern? Oder um ihn zu demütigen?«

»Passt alles eher zu Hotz und Rinker von der BiGaWett als zu Familienvater Schwarz, wenn du mich fragst. Und dieser Verwaltungsmensch hatte vermutlich auch keinen Grund, Carla Mandler zu erstechen.«

Kaufmann blickte ihn nachdenklich an. »Wir sollten die beiden Toten vielleicht als getrennte Fälle betrachten«, schlug sie vor. »Solange wir nicht sicher sein können, dass es derselbe Täter war.«

Ralph hob die Augenbrauen. »Glaubst du im Ernst, wir könnten es mit zwei unterschiedlichen Mördern zu tun haben?«

Sabine fröstelte und wickelte sich fester in ihren Mantel. »Nein. Aber glauben ist auch nicht mein Job. Ich denke nur, solange wir kein Motiv für beide Taten haben, sollten wir uns ansehen, wer für die einzelnen Toten infrage kommt.«

»Klar. Wir dürfen nichts außer Acht lassen. Und was die Ermittlungen angeht, sind es tatsächlich zwei getrennte Fälle. Meinhard Mandler gehört dir, Carla Mandler mir.«

Kaufmann ließ den Blick über die Burgmauern schweifen. »Und wie machen wir jetzt weiter?«

Angersbach schob sein Notizbuch zurück in die Tasche. »Ich schlage vor, wir suchen eine Bäckerei, wo wir einen Kaffee kriegen. Anschließend fahren wir zur BiGaWett. Danach besuchen wir Bernhard Schwarz an seiner Arbeitsstelle. Und um zwei haben wir den Termin mit diesem Experten, der uns etwas über die Sühnekreuze sagen kann.« Er ahnte, dass sie an ihre Mutter dachte. »Wenn du einverstanden bist.«

Sabine zog die Schultern hoch. »Klar.«

Das klang wenig enthusiastisch, und Ralph neigte fragend den Kopf. »Ist irgendwas?«

»Ach, ich musste an zu Hause denken. An all die Dinge, die ich noch erledigen muss.«

»Das verstehe ich. Ich kann das auch alleine übernehmen. Ist vermutlich ohnehin nicht wichtig, aber ich dachte mir, die Kreuze könnten irgendeine Rolle spielen. Deshalb der Termin. Im Grunde …«

»Nein, ist schon okay«, unterbrach Sabine ihn mit einem müden Lächeln. »Alles, was mich auf andere Gedanken bringt, ist gut.«

Ralph nickte und blickte zu den Fahrzeugen, die auf dem Innenhof abgestellt waren. »Na dann. Nehmen wir deinen oder meinen?«

»Beide. Ich will nicht noch mal herkommen. Und womöglich ergibt sich irgendwas, weshalb wir getrennt weitermachen müssen.« Sie hielt kurz inne, dann fuhr sie düster fort: »Oder ich muss tatsächlich nach Bad Vilbel düsen.«

»Okay. Dann fahre ich vor.«

Während er zu seinem Niva ging, fragte er sich, ob Sabine tatsächlich aus praktischen Erwägungen getrennt fahren wollte oder weil sie lieber nicht reden wollte. Er bedauerte sie wegen all der Baustellen, die sich bei ihr aufgetan hatten, das Ende der Mordkommission in Bad Vilbel, der Suizid ihrer Mutter, die Frage nach ihrer beruflichen Zukunft und jetzt auch noch der Mord an Meinhard Mandler. Und was war eigentlich mit ihrem Freund, diesem Computerspezialisten aus dem Frankfurter Präsidium? Er mochte nicht fragen. Er hätte auch gern etwas Tröstliches gesagt. Aber er wusste nicht, was. So etwas lag ihm einfach nicht, also stieg er nur in seinen Wagen und wartete, bis die Scheinwerfer ihres Renault Zoe aufflammten. Er gab Gas und verließ die Münzenburg.

9

Eine geöffnete Bäckerei hatten sie nicht gefunden, den ersehnten Kaffee aber schließlich an der Tankstelle an der L3053 bekommen. Danach fühlte Sabine Kaufmann sich deutlich wacher, auch wenn im Gegenzug ihre Speiseröhre brannte. Zu Risiken und Nebenwirkungen … Ihre Gedanken landeten schon wieder bei ihrer Mutter, während sie durch den trüben Morgennebel den Rücklichtern von Angersbachs Lada folgte. Die sanften Hügel mit den ausgedehnten Wiesen und Feldern lagen unter der feuchten Decke, die sich nur langsam unter der matten Sonne auflöste.

Sabine aktivierte die Freisprecheinrichtung und klingelte Mirco Weitzel an. Sie hatte ihn eben erst auf Burg Münzenberg gesehen, doch in Angersbachs Gegenwart hatte sie ihn nicht fragen wollen. Vor allem deshalb hatte sie vorgeschlagen, getrennt zu fahren. Sie wollte in Ruhe mit Weitzel telefonieren.

Der Kollege meldete sich nach dem zweiten Klingeln.

»Sabine? Hast du was vergessen?«

»Nein. Es geht nicht um den Mandler-Fall. Ich wollte wissen, ob ihr am Sühnekreuz unten in Bad Vilbel was gefunden habt.«

Weitzel ließ hörbar die Luft entweichen. »Tja, das ist schwierig. Uns geht es nicht anders als Professor Hack. Es gibt Spuren, die von einer weiteren Person stammen könnten, genau wie die verborgene Drosselmarke auf ein zweimaliges Strangulieren hindeuten könnte. Aber wir können die Spuren nicht zeitlich einordnen. Sie könnten auch vor oder nach dem

Tod deiner Mutter entstanden sein. Das lässt sich nicht endgültig klären. Es waren zu viele Leute vor Ort. Das Rentnerpaar, das deine Mutter entdeckt hat. Die Rettungskräfte. Wir. Und du und dein neuer Freund.«

Hörte sie da einen Anflug von Eifersucht oder Spott? Aber Weitzel hatte kein Interesse an ihr, das hatten sie schon vor Jahren geklärt. Missfiel ihm etwas an Till? Oder war es Solidarität mit Michael Schreck? Die beiden Männer hatten einander kennengelernt und gemocht.

»Nimm's mir nicht übel, aber der Typ kommt mir irgendwie komisch vor«, erklärte Mirco, der ihr Schweigen offenbar richtig interpretiert hatte.

Sabine fühlte sich bemüßigt, eine Erklärung abzugeben: »Till ist nicht mein Freund. Er ist ein Mitpatient von meiner Mutter. Wir trauern gemeinsam.«

»Ach so? Der hat einen Dachschaden?«

Kaufmann wurde ärgerlich. »Er leidet unter Depressionen, Mirco. Er war als Soldat in Afghanistan. Und er ist ein netter und angenehmer Mensch.«

»Hey, okay. Ich wollte dir nicht auf den Schlips treten.«

»Ja, schon in Ordnung.« Sabine wusste selbst, wie das war, wenn man mit dem Anblick einer übel zugerichteten Leiche konfrontiert gewesen war. Die Anspannung musste raus. Da wurde der Ton schon mal derb, und die Sprüche gingen gelegentlich unter die Gürtellinie. Das sagte nichts über den Charakter und die Sensibilität des Beamten. Oder vielleicht doch. Je angefasster einer war, desto heftiger fiel oft die Reaktion aus.

»Also könnt ihr es nicht klären?«, fragte sie nach. »Ob meine Mutter ... ob sie es selbst getan hat oder nicht?«

Weitzel räusperte sich. Er wirkte erleichtert, dass sie das schlüpfrige Terrain verlassen hatten, andererseits war dieses Thema kaum weniger unangenehm.

»Kann ich abschließend noch nicht sagen. Das Seil und die Leiter, auf der sie gestanden hat, sind in der Forensik. Vielleicht finden die noch was.«

Hoffentlich.

Den Tod der Mutter würde sie irgendwie verarbeiten. Doch die Ungewissheit wäre zermürbend. Nicht zu wissen, ob Hedwig es selbst getan oder ob jemand es ihr angetan hatte. Ob Sabine die Schuld bei sich selbst zu suchen hatte, weil sie unaufmerksam, nachlässig gewesen war, weil sie die Anzeichen übersehen hatte, oder ob sie einen Mörder jagen musste. An dieser Frage würde sie kaputtgehen.

»Die Sachen stammen übrigens aus dem Geräteschuppen der Klinik, das hat uns der Hausmeister bestätigt.«

Sabine runzelte die Stirn. Wie waren diese dann zum Sühnekreuz gelangt? War ihre Mutter mit der Leiter unter dem Arm dorthin gelaufen? Hatte sie sich ein Taxi genommen, erst zur Wohnung, dann zum Sühnekreuz? Sie konnte sich das nicht vorstellen, würde es aber prüfen lassen. Viel plausibler wäre, dass jemand anders Leiter und Seil zum Sühnekreuz befördert hatte. Doch ein Beweis war das natürlich nicht.

»Danke, Mirco. Hältst du mich auf dem Laufenden?«

»Logisch.« Er beendete das Gespräch, und Kaufmann schaltete die Freisprecheinrichtung aus. Sie folgte Angersbachs Lada, der gerade vor Muschenheim auf die L3354 bog. Sie passierten den Kreuzhof und Wetterbach und näherten sich Bettenhausen. Wenig schälte sich das Gebäude der BiGa-Wett aus dem Dunst.

Sie dachte an einen Zuhälter, den sie in ihrer Frankfurter Zeit hinter Gitter gebracht hatte. Željko Szabic, Sohn kroatischer Kriegsflüchtlinge. Er hatte den Kontakt in die alte Heimat gepflegt und reihenweise junge Frauen und Mädchen aus dem Ostblock nach Deutschland geschmuggelt. Danach war das übliche Prozedere erfolgt. Man hatte den Frauen die Ausweise abgenommen und ihnen erklärt, sie hätten die Kosten für ihre Reise abzuarbeiten. Man hatte sie in entsprechenden Etablissements untergebracht. Von dem, was ihre Kunden zahlten, bekamen sie nur einen Bruchteil zugesprochen, der direkt einbehalten wurde, um die Reise abzustottern. Und die war – trotz geringen Komforts – teuer. Die Passage aus dem Balkan in einem verborgenen Verschlag auf der Ladefläche eines Schweinelasters kostete mehr als eine dreimonatige Fahrt auf einem Luxuskreuzfahrtschiff.

Wie überall gab es Mädchen, die sich auflehnten oder zu fliehen versuchten. Den wenigsten gelang es, die meisten wurden wieder eingefangen und brutal gefügig gemacht. In einer Hinsicht allerdings unterschied sich Szabic von anderen Luden. Er bestrafte die Frauen, die wegliefen, nicht nur, er brandmarkte sie, indem er ihnen ein Seil um den Hals legte und sie so lange drosselte, bis sie das Bewusstsein verloren. Das war schlimm genug, doch die Drosselmarke, die dabei entstand, war eine zusätzliche Demütigung. Sie verblasste mit der Zeit, verschwand aber niemals ganz. Sie erinnerte die Frauen ein Leben lang daran, wer sie waren. Und sie war für alle anderen eine deutlich sichtbare Warnung.

Sabine hatte Szabic verhaftet, nachdem eines der Mädchen bei dieser Bestrafungsprozedur gestorben war. Lächerliche sechs Jahre wegen Totschlags hatte er bekommen. Es war nicht sein Ziel gewesen, die Frau zu töten, hatte das Gericht befunden. Kaufmann war sauer gewesen, doch Szabic war es trotz des milden Urteils noch viel mehr. Sie hatte sein Geschäft zerstört, nach sechs Jahren musste er im Milieu ganz von vorn anfangen, und das nur wegen einer wertlosen Nutte. Seine Worte. Szabic hatte ihr gedroht. Wenn er wieder rauskam ...

Kaufmann hatte die Drohung nicht ernst genommen. Viele Täter wüteten gegen die Beamten, die sie in den Knast brachten. Doch jetzt ... Szabics Vorliebe für Drosselwerkzeuge. Und Hedwigs Tod durch Erhängen ...

Angersbach fuhr auf den Hof der BiGaWett, und Sabine schob ihre Überlegungen energisch beiseite. Sie musste sich auf den Fall konzentrieren. Um ihre Mutter konnte sie sich später kümmern.

Sie stellte den Renault neben Ralphs Lada ab und stieg aus. Vor dem Bürogebäude nahm sie eine Bewegung wahr. Einen Augenblick später kamen die beiden Männer des Werkschutzes auf sie zu. Schon wieder dieselben Typen. Wie sie sich da so aus dem Nebel schälten mit ihren militärisch anmutenden Uniformen, den großen Schritten in den schweren Stiefeln, die Hände an den Griffen ihrer Schlagstöcke, sahen sie wirklich aus wie Schwarzenegger und Stallone in einer dramatischen Filmszene. Vermutlich kamen sie sich auch genauso vor. Angersbach schlug automatisch seine Jacke zurück und legte die Hand auf seine Dienstwaffe, und Kaufmann tat es ihm gleich.

Showdown im Morgennebel.

Hotz und Rinker blieben vor ihnen stehen.

»Bitte verlassen Sie das Gelände«, sagte der Riese Hotz. »Sie befinden sich unbefugt hier. Wenn Sie mit Herrn Rödelsperger sprechen wollen, vereinbaren Sie einen Termin oder schicken eine Vorladung.«

Angersbach grinste ihn an. »Wir sind gleich wieder weg.« Er schaute zur Einfahrt, wo im selben Moment zu Sabines Verblüffung zwei Polizeibusse auftauchten. Sie parkten neben ihrem Zoe, und ein Dutzend uniformierter Beamter stieg aus. Einer der Männer zog ein rosafarbenes Papier aus der Brusttasche und hielt es dem Wachmann hin.

»Was soll das?« Collin Hotz starrte auf den Zettel.

»Wir haben einen zweiten Mord«, erläuterte Ralph. »Der Staatsanwalt war der Ansicht, dass hinreichende Verdachtsmomente vorliegen. Er hat einen Antrag beim zuständigen Untersuchungsrichter gestellt. Und voilà: Da ist der Durchsuchungsbeschluss.«

Was Ralph dabei nicht erwähnte, war, dass die Sache gewaltig nach hinten hätte losgehen können. Andere Richter hätten die Sachlage durchaus unterschiedlich beurteilen können, denn die Verdachtsmomente waren bestenfalls dünn. Aber manchmal musste man eben auch Glück haben.

Hotz schnaubte. »Keine Ahnung, was Sie hier finden wollen. Aber bitte.« Er machte eine aufgesetzt einladende Geste und rang sich ein Lächeln ab. »Sehen Sie sich um. Wir sagen dem Chef Bescheid. Die BiGaWett hat nichts zu verbergen.«

»Darauf wette ich«, knurrte Angersbach. Er besprach sich kurz mit dem Zugführer der Bereitschaftspolizisten. Dann gingen die Uniformierten mit Hotz und Rinker zum Firmengebäude. Ralph und Sabine blieben im Hof stehen. Kaufmann hatte noch immer das Gefühl, einer Halluzination zu erliegen.

»Wann hast du das gemacht?«, fragte sie.

Angersbach hob die Schultern. »Gleich nachdem klar war, dass der Tote in der Münzenburg Meinhard Mandler ist. Ist doch auffällig. Ein Hofgut, an dem ein großer Konzern Interesse hat. Und beide Besitzer ermordet. Dem müssen wir nachgehen, auch wenn du nicht glaubst, dass Rödelsperger zu solchen Mitteln greift.«

Kaufmann nickte. Nach Lage der Dinge mussten sie diese Möglichkeit überprüfen. Doch sie ging nicht davon aus, dass man etwas finden würde. Der schrecklich zugerichtete Leichnam von Meinhard Mandler sagte etwas anderes. Das war kein kalter Mord aus geschäftlichen Interessen. Da waren Emotionen im Spiel. Wut, Hass, Verzweiflung. Etwas sehr Persönliches.

»Gut.« Sie sah zu, wie die Kollegen im Bürogebäude verschwanden. »Dann können wir beide uns jetzt mit Bernhard Schwarz beschäftigen.«

Angersbach hatte nichts dagegen.

Das Wetterbacher Rathaus war in einem alten, zweigeschossigen Haus untergebracht, das direkt an dem winzigen, mit Kopfstein gepflasterten Marktplatz stand. Das Erdgeschoss des steinernen Baus war weiß, das obere Stockwerk mit Fachwerk gebaut, dunkle Balken rahmten weiße Flächen und eine Reihe von Fenstern, mitsamt einem überwiegend aus Holz bestehenden vorspringenden Erker. Die unterste Mauerreihe, die Hausecken und der Spitzbogen über dem Eingangsportal waren mit roten Steinen abgesetzt. Auch das Dach war rot.

Ralph fühlte sich wie oft in diesen Orten Jahrhunderte zurückversetzt. Ein Bauer, der auf seinem Kutschbock saß, die Fuhre mit Lebensmitteln von seinem Hof hinter sich, und über den Köpfen seiner beiden Kaltblüter die Peitsche schwang, hätte gut hierhergepasst. Der schmuddelige Transporter mit heruntergeklappter Seitenwand, der laut Aufschrift Fleisch und Wurst aus Hausschlachtung anbot, wirkte dagegen wie ein Anachronismus.

Er blickte zu dem quer geteilten Wappenschild im Spitzbogen des Rathauses, dem Wappen der Herrschaft Münzenberg: Rot und Gold. In den Schlussstein war die Jahreszahl 1558 eingehauen. Damals hatte man noch für die Ewigkeit gebaut. Ralph gefiel das. Er wollte eine entsprechende Bemerkung machen, doch Sabine schien sich nicht für die historischen Aspekte zu interessieren. Sie drückte energisch die hohe Tür aus grau verwittertem Holz auf und wandte sich zu ihm um. »Können wir?«

Angersbach folgte ihr nach drinnen über eine reich geschnitzte, dunkle Holztreppe in den ersten Stock. Vor einem der Büros in dem düsteren Flur blieb sie stehen und wies auf das Türschild.

Bernhard Schwarz, Standesbeamter.

Nicht gerade ein typischer Beruf für einen Mörder.

Ralph ließ Sabine den Vortritt. Schließlich ging es vorrangig um Meinhard Mandler, und der fiel in ihre Zuständigkeit. Kaufmann klopfte an. Von der anderen Seite forderte eine tiefe Stimme zum Eintreten auf.

Schwarz war blond und schmaler, als Angersbach angesichts der voluminösen Stimme erwartet hatte. Er trug einen blauen Anzug, der zu den blaugrauen Augen passte, und einen unmodern wirkenden Seitenscheitel. Die Haare waren glatt, das Gesicht bartlos. Auch wenn man Straftäter nicht an ihrem Äußeren erkannte – dieser Mann wirkte so unschuldig wie ein Säugling. Doch vielleicht belehrte der Standesbeamte sie eines Besseren.

»Guten Morgen.« Schwarz kam hinter seinem Schreibtisch hervor und reichte erst Sabine, dann Ralph die Hand. »Was kann ich für Sie tun?«

»Wir haben einen Todesfall«, sagte Kaufmann.

Schwarz nickte und setzte sich wieder an seinen Platz.

»Mein Beileid.« Er öffnete ein Formular auf seinem Computerbildschirm. »Wie ist der Name?«

»Meinhard Mandler.«

Schwarz erstarrte. Dann wandte er sich wie in Zeitlupe um. »Wie bitte?«

»Meinhard Mandler«, wiederholte Angersbach, ein wenig lauter dieses Mal.

Schwarz knallte seine Computermaus unsanft auf den Schreibtisch. »Das hatte ich schon verstanden.«

Ralph zuckte die Schultern. »Sie haben nachgefragt.«

Der Standesbeamte durchbohrte ihn fast mit seinem Blick. »Ich habe lediglich meiner Überraschung Ausdruck verliehen. Als ich Herrn Mandler das letzte Mal begegnet bin, erfreute er sich bester Gesundheit. Er war für sein Alter geradezu ... vital.«

»Das war das Problem, nicht wahr?«, fragte Sabine sanft.

Schwarz' Kopf schwenkte zu ihr, dann wieder zurück zu Ralph.

»Wer sind Sie überhaupt? Ich habe Sie noch nie gesehen. Sind Sie Verwandte von Herrn Mandler? Ich dachte, da gäbe es niemanden mehr.«

Kaufmann zog ihren Dienstausweis aus der Tasche. »Mordkommission Bad Vilbel. Und Gießen.« Sie deutete auf Ralph, der ebenfalls seinen Ausweis präsentierte.

Schwarz warf einen kurzen Blick darauf. Er blieb vollkommen reglos, doch Angersbach konnte sehen, wie es hinter seiner Stirn arbeitete.

»Darf ich daraus schließen, dass Herr Mandler keines natürlichen Todes gestorben ist?«

Brillant, dachte Ralph bissig. Laut sagte er: »Dürfen Sie.«

»Was ist passiert?«

»Wir dachten, dass Sie uns das vielleicht sagen können.« Sabine zog sich einen Stuhl heran und setzte sich vor den Schreibtisch des Standesbeamten. Schwarz war das offenbar zu nah, er lehnte sich auf seinem Platz zurück, nahm einen Aktendeckel und hielt ihn sich mit verschränkten Armen vor die schmale Brust. Auch ohne Kinesik-Fortbildung erkannte Angersbach, dass der Mann einen Schutzwall aufbaute.

»Wie sollte ich?«

»Wir haben uns die Telefondaten der Familie Mandler angesehen und uns mit der Sekretärin des Kreutzhofs unterhalten«, erklärte Kaufmann freundlich. »Sie haben dort angerufen und sowohl mit Herrn als auch mit Frau Mandler gesprochen.«

Schwarz knallte den Aktendeckel auf den Schreibtisch und beugte sich zu Kaufmann vor. Seine Stimme schwoll an, und feine Speicheltropfen spritzten auf das polierte Holz. Nun war es Sabine, die sich in Sicherheit brachte.

»Dieser Mann hat meine minderjährige Tochter verführt!«, polterte Schwarz. »Amelie ist erst siebzehn! Sie war auf dem Kreutzhof, um ein Praktikum zu machen. Sie ist vollkommen vernarrt in Pferde. Und was tut dieser Schmierlappen? Macht sich an sie heran, gaukelt ihr die große Liebe vor, lockt sie in den Stall und vergnügt sich mit ihr im Stroh.«

»Gegen ihren Willen?«

»Nein.« Schwarz schnaufte. »Amelie wollte es. Aber was sie sicher nicht wollte, war ein Balg, das ihr ihre ganze Zukunft versaut.«

»Ihre Tochter ist schwanger? Von Meinhard Mandler?«

Der Standesbeamte sackte zurück auf seinen Platz. Sämtliche Energie schien plötzlich aus seinem Körper gewichen zu sein. »Ja.«

Angersbach dachte an den Toten im unterirdischen Gewölbe der Burg Münzenberg. Nackt. Und mit zerstochenem Unterleib. Ein Bild mit Symbolkraft. Und zusammen mit dem Umstand, dass er eine junge Frau geschwängert hatte …

Kaufmann zog ihr Smartphone hervor und zeigte Schwarz ein Foto des Toten. Der keuchte angewidert auf. »Sie glauben doch nicht, dass ich das war?«

»Sie haben uns gerade ein hervorragendes Motiv präsentiert.«

Schwarz schüttelte den Kopf. »Ich habe einen Anwalt eingeschaltet. Ich wollte Mandler verklagen. Er hat sich an einer Schutzbefohlenen vergangen.«

Sabine sah ihn mitfühlend an. »Aber den Prozess hätten Sie verloren, das wissen Sie. Ihre Tochter ist siebzehn, haben Sie gesagt. Wenn der Geschlechtsverkehr einvernehmlich stattgefunden hat ...«

»Er war ihr Praktikumsbetreuer. Er hat seine Stellung ausgenutzt.«

»War dieses Praktikum Bestandteil ihrer Ausbildung?«, hakte Sabine nach. »War sie in irgendeiner Form von Herrn Mandler abhängig?«

Schwarz wusste offenbar, worauf sie hinauswollte. Sein Blick wanderte zur Tischplatte. »Nein. Es war nur zu ihrem Vergnügen.«

»Dann werden Sie mit der Argumentation vor Gericht nicht durchkommen«, stellte Ralph nüchtern fest. Der Mann tat ihm leid, doch das durfte er nicht zeigen. Wenn er sich nur vorstellte, jemand hätte seine Halbschwester Janine geschwängert, als sie siebzehn war ... Angersbach hätte dem Betreffenden den Hals umgedreht. Er konnte Schwarz' Wut nur zu gut verstehen. Deshalb konnte er sich auch mühelos vorstellen, was passiert war.

Auch Sabine fiel die Schlussfolgerung nicht schwer: »Ihr Anwalt hat Ihnen gesagt, dass Sie nicht gewinnen können. Deshalb haben Sie sich mit Mandler verabredet. Ging es nur um die Anerkennung der Vaterschaft oder um eine finanzielle Entschädigung? Oder hatten Sie von vornherein den Plan, ihn zu ermorden?«

Schwarz fuhr auf: »Hören Sie. Ich war das nicht. Ich habe Mandler nicht umgebracht.« Sein gehetzter Blick huschte durch das Zimmer, über die dunklen Holzschränke und die gerahmte Urkunde, die seine Ernennung zum Standesbeamten festhielt. Dann wandte er sich wieder an Sabine. »Wann soll denn das überhaupt gewesen sein? Sagen Sie mir den Zeitpunkt. Könnte sein, dass ich ein Alibi habe.«

»Tut mir leid«, entgegnete Kaufmann. »Wir kennen den Todeszeitpunkt noch nicht. Wir haben eben erst die Leiche entdeckt. Wann Herr Mandler gestorben ist, muss die rechtsmedizinische Untersuchung zeigen.«

Schwarz fuhr sich nervös über den Mund. »Was kann ich denn dann tun, um Sie von meiner Unschuld zu überzeugen?« Seine Stimme wurde drängend. »Bitte, sagen Sie meiner Familie nichts. Meine Tochter ist bereits vollkommen durcheinander. Und mein Vorgesetzter ...«

»Keine Sorge.« Kaufmann erhob sich. »Wir werden Ihnen nicht mehr Unannehmlichkeiten bereiten als unbedingt nötig. Aber wir kommen wieder. Denken Sie darüber nach, was Sie in der letzten Woche getan haben. Machen Sie eine Aufstellung. Suchen Sie Belege. Je genauer wir nachvollziehen können, wo Sie waren, als Meinhard Mandler ermordet wurde, desto besser für Sie.«

Bernhard Schwarz nickte eifrig und wandte sich schon seinem Rechner zu. »Selbstverständlich. Ich habe einen elektronischen Kalender. Ich stelle Ihnen alles zur Verfügung, was Sie brauchen.«

Kaufmann tauschte einen Blick mit Angersbach. Der Standesbeamte hatte ein klares Motiv für den Mord an Meinhard Mandler, doch das allein reichte nicht. Zumal sein Verhalten eher das eines Unschuldigen war. Aber sie hatten auch noch ein Opfer.

»Wie war denn Ihr Verhältnis zu Carla Mandler?«, erkundigte sich Angersbach.

Schwarz hörte auf zu tippen. Seine Augenbrauen zogen sich zusammen, und das Temperament ging wieder mit ihm durch. Besonders gut im Griff hatte sich der Mann nicht.

»Was, bitte, möchten Sie damit andeuten? Ich hatte kein Verhältnis mit Frau Mandler.«

»Das meinte ich auch nicht«, erwiderte Ralph ruhig. Einem geifernden Köter trat man am besten ruhig und unbeeindruckt entgegen. Dass sein Puls raste, brauchte er nicht zu wissen. »Aber Sie haben auch mit Frau Mandler telefoniert. Haben Sie sie beschimpft?«

»Was glauben Sie? Dass ich ihr zu ihrem Ehemann gratuliert habe? Ich habe ihr gesagt, was er getan hat. Dass er das Leben meiner Tochter verpfuscht hat. Und dass sie verdammt noch mal besser auf ihn aufpassen soll.«

»Und sie?«

Der Standesbeamte lachte bitter auf. »Sie hat gesagt, ihr Mann sei ein eigenständiges Individuum. Sie habe keinen Einfluss auf ihn.« Schwarz schüttelte den Kopf. »Kalt wie eine Hundeschnauze, die Frau.« In seinen Augen blinkte Panik auf. »Moment. Moment.« Er fuchtelte mit den Händen. »Sie denken aber nicht … Sie glauben nicht, dass ich sie beide umgebracht habe? Meinhard und Carla Mandler?«

Sabine lächelte verbindlich. »Finden Sie den Gedanken so abwegig?«

»Nein. Ja.« Schwarz stieß die Luft aus und wischte sich den Schweiß von der Stirn. »Meine Güte. Ich bin Verwaltungsbeamter. Ich laufe doch nicht herum und gehe mit dem Messer auf Leute los.«

»Mit Ihrer Selbstkontrolle ist es aber nicht immer weit her«, bemerkte Kaufmann.

Schwarz lächelte schuldbewusst. »Ich weiß. Ich gehe schnell in die Luft. Aber ich komme auch schnell wieder runter. Ich schreie vielleicht mal herum. Und wenn Sie meine

Tochter fragen, wird sie Ihnen sagen, dass ich ihr ordentlich eine gescheuert habe, als sie mir die Schwangerschaft gebeichtet hat. Aber ich bin an und für sich nicht gewalttätig.«

Ralph verständigte sich wortlos mit Sabine. Schwarz war der perfekte Täter, wenn man die Motivkonstellation betrachtete, doch Ralph neigte dazu, ihm zu glauben. Und ohne Geständnis und stichhaltige Beweise ...

»Nur interessehalber«, sagte Sabine. »Was wird mit dem Kind?«

»Welches Kind?«

»Das Ihre Tochter erwartet.«

»Sie erwartet kein Kind. Sie lässt selbstverständlich eine Abtreibung vornehmen.«

Kaufmann hob die Augenbrauen. »Aha. Weiß sie das auch?«

Schwarz ballte die Fäuste. »Das geht Sie überhaupt nichts an. Das ist unsere Privatsache.«

Sabine sah aus, als wollte sie das nicht auf sich beruhen lassen, doch ehe sie etwas erwidern konnte, griff Ralph nach ihrem Ärmel.

»Danke«, sagte er zu Schwarz, warf ihm eine Visitenkarte auf den Tisch – »Schicken Sie die Daten aus Ihrem Terminkalender an diese E-Mail-Adresse« – und zog die Kollegin aus dem Büro.

Kaum hatte sich die Tür hinter ihnen geschlossen, machte sich Kaufmann ärgerlich von ihm los.

»Was sollte das? Ich war mit diesem Mistkerl noch nicht fertig.«

Ralph zog statt einer Antwort sein Handy aus der Tasche.

»Das Ding vibriert die ganze Zeit«, erklärte er, warf einen Blick aufs Display und meldete sich. Er hörte kurz zu, dann sagte er »Warte mal« und fügte an Sabine gewandt hinzu:

»Der Kollege von der Bereitschaftspolizei bei der BiGaWett.« Er schaltete das Handy auf Lautsprecher und hielt es hoch. »Sag das noch mal.«

»Wir haben ein Messer gefunden.« Die Stimme drang verzerrt aus dem Lautsprecher. »Ein Survivalmesser. Es ist abgewischt worden, aber wir haben Blutspuren sichtbar machen können.«

Kaufmanns Miene hellte sich auf. »Wo?«

»Im Spind von Pascal Rinker«, tönte es aus dem Mobiltelefon. Das Sly-Stallone-Double mit den braunen Locken, dem dichten Bart und den dünnen Lippen, übersetzte Ralph für sich.

Auf Kaufmanns Gesicht trat ein breites Lächeln. »Na, das sind doch endlich mal gute Neuigkeiten. Danke, Kollege.«

Ralph Angersbach drückte das Gaspedal bis zum Anschlag durch. Es kam zwar nicht auf die Minute an, doch nicht nur Sabine, auch er wollte den BiGaWett-Wachmann Rinker so schnell wie möglich in die Mangel nehmen. Und doch war er irritiert. Sicher, er hatte die Durchsuchung der Räumlichkeiten der BiGaWett veranlasst, weil er sich durchaus vorstellen konnte, dass ein mächtiger Konzern kein Mittel scheute, um seine Interessen durchzusetzen. Das lag vermutlich in den Genen. Auch wenn er erst vor vier Jahren erfahren hatte, dass Johann Gründler sein Vater war – ein bekennender Althippie mit nicht unerheblichem revolutionärem Potenzial –, irgendwie musste das Erbe sich fortgepflanzt haben. Er traute einem machtgierigen Geschäftsführer wie Sebastian Rödelsperger zu, zwei Morde in Auftrag zu geben, um seine Ziele zu erreichen und seine Karriere voranzutreiben. Und er hatte keine Schwierigkeiten, sich auszumalen, dass Typen wie Collin Hotz und Pascal Rinker bereit waren, derartige Aufträge auszuführen.

Was blieb, war sein Befremden über die Inszenierungen. Sicher, sie schienen eine konsequente Fortsetzung der abgeschlachteten Hühner und Schafe. Lauter Attentate mit einem Survivalmesser. Und dennoch. Morde im Umfeld von Wirtschaft und Politik waren normalerweise schnörkellos. Weil die Täter mit den Opfern nicht emotional verbunden waren. Da wurde schnell und effizient hingerichtet, und oft genug wurden die Leichen so wirkungsvoll versteckt, dass sie erst Jahre später wieder auftauchten. Hier dagegen ... die Tote im Brunnen und noch viel mehr der nackte Meinhard Mandler mit dem halb zerfetzten Unterleib ...

Er spürte, dass ihn Sabine Kaufmann von der Seite fragend ansah, und teilte ihr seine Bedenken mit.

»Das habe ich auch gedacht«, erklärte sie. »Deswegen kam mir Bernhard Schwarz als Täter plausibel vor. Der hat zumindest für den Mord an Mandler ein Motiv, das das Vorgehen erklären könnte. Aber mein Gefühl sagt mir, dass er es nicht war.«

Scheiße. Also hatten sie einen Verdächtigen mit überzeugendem Motiv, gegen den keine Indizien vorlagen und dem sie die Taten auch nicht zutrauten. Und einen, der für die Brutalität des Tötens nicht die geeignete Motivation hatte, bei dem man aber ein Messer gefunden hatte, das womöglich die Tatwaffe war.

Angersbach bog schlitternd auf den Hof der BiGaWett und hätte fast Sabines Zoe gestreift, den sie dort stehen gelassen hatte. Im letzten Moment drückte er die Bremse durch, und der Niva kam holpernd zum Stehen.

Kaufmann warf ihm einen vielsagenden Blick zu, verkniff sich aber einen Kommentar.

»Lass uns sehen, was Rinker zu sagen hat«, schlug sie vor. »Vielleicht sind wir dann schlauer.«

Der kleine Konferenzraum, in dem sie sich versammelt hatten, war edel eingerichtet. Moderne, funktionale und dennoch bequeme Möbel, abstrakte, effektvoll angestrahlte Bilder an den Wänden und ein großer, blank polierter Tisch aus hellem Holz. Darauf lag, verpackt in einen Plastikbeutel mit Zippverschluss, das Messer. Achtzehn Zentimeter beidseitige Klinge, die eine Seite glatt, die andere leicht gezahnt. Etliche Lagen gehärteter und gehämmerter Stahl. Der Griff aus Kunststoff, mit Riffeln und Noppen, um ein Abrutschen zu verhindern, wenn das Messer zu blutigen Zwecken eingesetzt wurde. Auf der blank polierten Klinge dunkle Flecken. Die Spuren, die nach der Behandlung durch die Forensiker sichtbar geworden waren. Blut.

Sabine Kaufmann hob den Beutel an und betrachtete die Waffe. Hatte sie sich am Ende getäuscht? Ihre psychologische Analyse war ihr vernünftig erschienen, doch vielleicht hatte sie die BiGaWett doch zu früh von der Verdächtigenliste gestrichen. Sie legte das Messer zurück auf den Tisch und schaute die Männer am Tisch der Reihe nach an: den blonden Riesen Collin Hotz, den kleineren und schmächtig wirkenden Pascal Rinker und den geschniegelten Sebastian Rödelsperger. Angersbach neben ihr tat dasselbe, sie konnte spüren, wie ungeduldig und angespannt er war. Aber sie hatte ihn gebeten, ihr die Gesprächsführung zu überlassen. Sie wollte nicht, dass er herumzupoltern begann und die Männer die Visiere hochfuhren, ehe sie einen Blick auf die Wahrheit erhaschen konnte. Typen wie Hotz und Rinker machten dicht, wenn man sie hart anfasste, und mimten die Unangreifbaren. Wenn man bei diesem Menschenschlag etwas erreichen wollte, musste man sie kitzeln, bis sie reden wollten.

Sie schaute noch einmal zu Rödelsperger und Hotz und konzentrierte sich dann auf Rinker. Es war nicht nur sein

Spind, in dem sie das Messer gefunden hatten, er war auch der Nervöseste der drei. Wenn einer einknicken würde, dann er.

»Kennen Sie dieses Messer?«, fragte sie.

Rinker blinzelte. Er hatte offensichtlich mit einer anderen Frage gerechnet und wusste nicht recht, wie er reagieren sollte. Sollte er zugeben, dass es seines war? Oder behaupten, dass es ihm jemand untergeschoben hatte? Doch wer kam dafür schon infrage? Anscheinend erkannte er, dass es dumm war, das Offensichtliche zu leugnen.

»Ja.«

»Es gehört Ihnen?«

»Ja.«

»Und Sie haben es selbst in den Spind gelegt?«

»Äh ...« Wieder hatte sie ihn aus dem Konzept gebracht. »Ja.«

Wenn Menschen sich eine Lüge ausdachten, konnten sie sie problemlos chronologisch erzählen. Sobald man allerdings das Pferd von hinten aufzäumte, gerieten sie ins Schwimmen.

»Haben Sie die Waffe gereinigt, bevor Sie sie in den Spind gelegt haben?«

Rinker begann, an seinen Fingern zu zupfen. Er wollte aus der Nummer raus, doch nachdem er nun schon zugegeben hatte, dass das Messer ihm gehörte, musste er auch Kaufmanns weitere Fragen beantworten.

»Ja.«

Sie sah, dass auch Rödelsperger und Hotz sich unbehaglich regten. Angersbach neben ihr dagegen schien sich zu beruhigen. Er nahm sich eine Flasche Bionade mit Holundergeschmack vom Tisch und hebelte den Deckel ab. Das Sprudeln, als er sich ein Glas eingoss, wirkte ungewöhnlich laut in der angespannten Stille, jede einzelne Kohlensäureblase, die an der Oberfläche zerplatzte, eine kleine Explosion. Pascal Rinker leckte sich die schmalen Lippen.

Sabine lächelte ihn an. »Weshalb?«

»Was?«

»Weshalb haben Sie die Waffe gereinigt?«

Rinker zog den Kopf zwischen die Schultern. »Weil sie dreckig war?«, entgegnete er in dem quengeligen Tonfall eines Teenagers, für den er mindestens zehn Jahre zu alt war.

Kaufmann behielt ihr Lächeln bei. »Und um was für eine Art von … Dreck … hat es sich dabei gehandelt?«

Rinker verschränkte die Arme vor der Brust. »Keine Ahnung.«

Sabine beugte sich näher zu ihm. Der Wachmann versuchte, dichtzumachen, weil er merkte, dass sie ihn an der Angel hatte. Doch sie hatte den Haken platziert. Jetzt musste sie den Fisch nur noch zu sich heranziehen.

»Waren es denn nicht Sie, der die Waffe benutzt hat?«

Rinkers Blick huschte zu Rödelsperger, dann zu Hotz. Wem sollte er die Sache in die Schuhe schieben? Viele Möglichkeiten, wer außer ihm das Messer verwendet haben konnte, gab es nicht. Sabine nahm sich Zeit, den Geschäftsführer und Rinkers Werkschutzkollegen anzusehen. Rödelsperger saß zurückgelehnt, die Hände in den Hosentaschen. Die lässige Pose eines Geschäftsmannes, doch die überschlagenen Beine und der unablässig wippende linke Fuß straften seine Haltung Lügen. Rödelspergers Nerven waren zum Zerreißen gespannt.

Bei Collin Hotz war die Anspannung noch leichter zu erkennen. Er saß gerade, stocksteif, und die Hände ruhten auf den Oberschenkeln. Weder in seinem Gesicht noch irgendwo sonst rührte sich ein Muskel.

Sabine schaute wieder zu Rinker. Angersbach nippte an seiner Bionade.

»Also? Wer hat die Waffe benutzt?«

»Das war ich«, stieß Rinker hervor.

Kaufmann neigte sich noch ein wenig weiter vor.

»Die Kollegen von der Forensik haben Blutspuren auf der Klinge gefunden«, vertraute sie ihm an. »Sie können mir doch sicher erklären, wie das Blut auf die Waffe gekommen ist?«

Rinkers Adamsapfel hüpfte sichtbar auf und ab. »Ich ... ich weiß es nicht.«

Angersbachs Faust krachte so unerwartet auf den Konferenztisch, dass nicht nur Pascal Rinker zusammenfuhr.

»Hören Sie auf mit dem Scheiß«, grollte ihr Kollege. »Ihr Spind. Ihre Waffe. Blut auf der Klinge. Sie haben Carla und Meinhard Mandler ermordet.«

Sabine verdrehte innerlich die Augen. Das war nicht die subtile Vernehmungsstrategie, die sie geplant hatte. Doch Ralph war nicht mehr aufzuhalten. Er schob mit dem Handrücken sein Bionadeglas beiseite und beugte sich ebenfalls zu Rinker vor.

»Kommen Sie. Erleichtern Sie Ihr Gewissen. Sie werden sehen, danach fühlen Sie sich besser.«

Rinker schüttelte den Kopf. Er war leichenblass geworden.

»Nein. Nein«, stammelte er. »Das war ich nicht. Ich habe doch bloß ...«

»Ja?«

»Das Schaf. Samstagnacht.«

Kaufmann ließ sich zurücksinken. »Ach. Das waren Sie? Das Mutterschaf auf dem Kreutzhof?«

»Mutterschaf?«

»Stimmt, das Tier war trächtig«, erläuterte Angersbach mit einer Stimme, der seine Emotionen anzuhören waren. »Die Leute vom Kreutzhof konnten das Lamm gerade noch retten. Sie ziehen es jetzt mit der Flasche auf.«

Rinker ließ ein gutturales »Oh« verlauten.

»Tun Sie doch nicht so«, wütete Ralph weiter. »Sie machen ja auch vor Jungtieren nicht halt. Das Drillingslämmchen neulich zum Beispiel.«

Rinker wirkte verwirrt. »Drilling?«

»Eine Drillingsgeburt«, erklärte Angersbach. »Das Schaf kann nur zwei ernähren. Das dritte muss man mit der Flasche aufziehen. Aber es war gelungen. Und dann haben Sie ihm die Kehle durchgeschnitten.«

»Moment mal – nein!« Rinker gestikulierte ausufernd. »Das war ich nicht. Nur Samstagnacht. Ich dachte, nach dem Mord an der Hofbesitzerin ... Wenn dann noch mal ein Schaf dran glauben muss, geht denen auf dem Hof so richtig die Düse, und Mandler stimmt dem Verkauf zu.«

»Meinhard Mandler war zu diesem Zeitpunkt bereits tot.«

Rinker schüttelte den Kopf. »Aber ... das wusste ich doch nicht.«

Kaufmann tauschte einen raschen Blick mit Angersbach. Die verstörte Reaktion von Pascal Rinker wirkte echt.

Sebastian Rödelsperger setzte sich auf. »Hören Sie. Wir haben vielleicht einen Fehler gemacht.«

»Aha?« Angersbachs Augen bohrten sich in die des Geschäftsführers der BiGaWett. Er trank demonstrativ langsam einen Schluck von seiner Bionade und setzte das Glas dann mit einem Knall auf dem Tisch ab. »Können Sie das näher erklären?«

Rödelsperger holte tief Luft. »Wir haben davon gehört, dass jemand in der Wetterbacher Gegend herumläuft und Tiere tötet. Und wir dachten, wir können uns das zunutze machen. Indem wir bei unseren ... äh ... schwierigen Kunden den Eindruck erwecken, dass wir dafür verantwortlich sind. Ein bisschen Theaterdonner, verstehen Sie? Wir wollten den Leuten Angst machen, damit sie verkaufen. Das ist natürlich nicht in Ordnung«, er hob die Hände, ehe Ralph etwas einwenden konnte, »aber keine Straftat.«

»Jede Art von Bedrohung ist eine Straftat. Wir werden dafür sorgen, dass das zur Anzeige kommt.«

Rödelsperger verzog das Gesicht. Er rechnete sich wahrscheinlich aus, wie die Konzernleitung das bewerten würde und welche Auswirkungen es auf seine Karriere haben konnte. Kaufmann hoffte, dass man sein Handeln dort auf Schärfste verurteilte. Darauf geschworen hätte sie jedoch nicht. Sie wandte sich an Hotz.

»Hat es Ihnen nichts ausgemacht, den Leuten gegenüber als Tierquäler aufzutreten?«

Der blonde Riese hob die massigen Schultern. »Eigentlich nicht. Es hat … Spaß gemacht. Ich wollte mal Schauspieler werden. Die Rolle als Bösewicht hat mir gefallen. Aber ich hätte niemals einem Tier wirklich Leid zugefügt. Das könnte ich gar nicht.«

»Collin ist lammfromm«, bestätigte Rödelsperger. »Er sieht nur gefährlich aus.«

Sabine schnaubte leise und wandte sich wieder an Rinker. »Bei Ihnen sieht das offensichtlich anders aus. Sie hatten kein Problem damit, ein trächtiges Schaf zu töten.«

»Spaß gemacht hat es nicht. Aber ich dachte … Wir kriegen einen ordentlichen Bonus, wenn einer von den widerspenstigen Bauern doch noch verkauft.«

Geld. Letztlich war es fast immer die Gier, die die Leute antrieb, sich gesetzeswidrig zu verhalten.

Kaufmann stand auf und löste die Handschellen von ihrem Gürtel. »Wir nehmen Sie vorläufig fest, bis das Labor geklärt hat, ob das Blut an Ihrem Messer tatsächlich nur von einem Schaf stammt oder vielleicht doch von einem Menschen. Von Carla Mandler zum Beispiel.«

»Nein.« Rinker wurde blass. »Ich bring doch niemanden um.«

»Das wird sich herausstellen.« Angersbach erhob sich ebenfalls und zog den Wachmann von seinem Stuhl hoch. »Ein paar Nächte in Gewahrsam werden Ihnen sicher nicht schaden. Da können Sie in Ruhe über den Wert des Lebens nachdenken. Auch über das eines Schafes.«

Rödelsperger schnellte von seinem Platz. »Bitte. Das ist doch nicht nötig. Die Herren haben einen festen Wohnsitz. Sie haben sich bisher nichts zuschulden kommen lassen. So eine Verhaftung ... das ist keine gute Publicity für die BiGa-Wett.«

Ralph lachte auf. »Das hätten Sie sich überlegen sollen, bevor Sie Ihre Lakaien losgeschickt haben, um den Bauern im Umland vorzugaukeln, sie hätten es mit der Mafia zu tun.«

Sabine legte Rinker die Handschellen an, und Angersbach schob ihn zur Tür. Sie glaubte nicht, dass sie den Mörder von Carla und Meinhard Mandler gefasst hatten. Trotzdem verschaffte ihr dieser Moment eine gewisse Befriedigung. Tierquälerei mochte vor dem Gesetz nur Sachbeschädigung sein, doch ihr persönlich war ein solches Handeln zuwider. Und Ralph ging es offensichtlich nicht anders.

Im Hof wartete ein Streifenwagen, der Rinker in Empfang nahm. Angersbach und Kaufmann sahen an der Fassade des Bürogebäudes hoch und entdeckten, dass Rödelsperger und Hotz hinter der Scheibe standen und den Abtransport ihres Genossen beobachteten.

»Geschieht ihnen recht«, sagte Angersbach und versetzte Rinker einen überflüssigen Schubs, der ihn kopfüber in den Wagen purzeln ließ. Die Streifenbeamten zogen ihn kommentarlos wieder hoch und setzten ihn ordentlich auf die

Rückbank. Rinker war vor Wut rot angelaufen, doch ehe er sich beschweren konnte, knallten die Polizisten die hintere Wagentür zu, und Angersbach sah nur den weit aufgerissenen Mund.

Kaufmann überreichte den uniformierten Kollegen den Beutel mit dem Survivalmesser mit dem Auftrag, es so schnell wie möglich in der Forensik abzuliefern.

Der Streifenwagen fuhr vom Hof, und Angersbach und Kaufmann gingen zu ihren Fahrzeugen. Ralph warf einen Blick auf die Uhr. Halb elf.

»Wir müssen uns beeilen«, sagte er. »Um zwei sind wir mit dem Sühnekreuz-Experten verabredet.« Er sah das Zucken in Sabines Mundwinkeln. Jede Erwähnung des Kreuzes würde die Arme an ihre tote Mutter erinnern, dachte er. Aber sie mussten der Sache nachgehen.

»Ich kann das auch alleine machen«, bot er noch einmal an.

»Nein.« Kaufmann straffte sich. »Weglaufen ist keine Option.«

»Okay.« Ralph erinnerte sich, dass das zu den Dingen gehörte, die ihn von Anfang an beeindruckt hatten. Sabine war nicht groß, aber zäh, einfühlsam, aber nicht weich. Wenn er ehrlich war, musste er zugeben, dass sie deutlich mehr Energie hatte als er. Er deutete auf die beiden Autos. »Nehmen wir meinen oder deinen?« Er fragte, obwohl er die Antwort schon kannte. Es war auch nicht sinnvoll, einen der beiden Wagen bei der BiGaWett stehen zu lassen. Aber ein kleines Geplänkel über die Vorzüge und Nachteile ihrer beider Fahrzeuge half vielleicht, die Beklemmung für einen Moment zu vertreiben.

»Beide«, sagte Kaufmann erwartungsgemäß. »Wenn ich noch mal mit deiner Rostlaube fahren muss, kann ich mich wegen irreparabler Bandscheibenschäden dauerhaft krankschreiben lassen.«

Ralph grinste. »Zumindest bleibe ich nicht liegen, weil der Akku leer ist.«

Sabine blieb stehen, den Wagenschlüssel schon in der Hand. »Ich sehe den Unterschied nicht. Zwischen einem leeren Akku und einem leeren Tank.«

Angersbach blinzelte ihr zu. »Ich habe einen Reservekanister im Kofferraum. Was hast du? Ein Klappergometer, um deine Kiste per Dynamo anzutreiben?«

Kaufmann betätigte die Fernverriegelung und öffnete die Fahrertür des Zoe. »Nein. Ich lade den Akku einfach regelmäßig auf«, erwiderte sie und setzte sich hinters Steuer. Gleich darauf rollte der Renault lautlos vom Hof.

Ralph sah ihr hinterher. Vielleicht war er ja reaktionär. Aber ein Auto, das nicht brummte, war für ihn kein Auto. Er bestieg seinen Lada Niva und ließ den Motor an, der mit einem dumpfen Stampfen zum Leben erwachte. Das war ein Wagen. Und den würde er nie im Leben gegen so ein elektrisches Playmobilauto tauschen.

10

Das Institut für Deutsche Landesgeschichte der Justus-Liebig-Universität Gießen, zugehörig zum Fachbereich 04 Geschichts- und Kulturwissenschaften, war im Erdgeschoss eines Gebäudes in der Otto-Behaghel-Straße 10 untergebracht, in einem weitläufigen Viertel mit vielen Grünflächen, in dem sich auch die Mensa und weitere Institute befanden. Im Eingangsbereich standen gläserne Vitrinen mit antiken Vasen und Gefäßen. Prof. Dr. Norbert Küfer hingegen, der ihnen mit ausgreifenden Schritten entgegenkam, hatte nichts Altertümliches an sich. Er trug Jeans, einen selbst gestrickten Pullover mit einem etwas missratenen Muster in Rot und Grün und ausgetretene hellbraune Lederschuhe. Sein graues Haar fiel ihm bis auf die Schultern, der Bart hätte auch d'Artagnan gut zu Gesicht gestanden. Küfers Händedruck war warm und fest, sein Lächeln freundlich. Sabine mochte den Mann auf Anhieb.

Er führte Angersbach und sie in ein Büro, in dem es kaum ein freies Fleckchen gab. Auf großen Arbeitstischen türmten sich Papierstapel und Kisten mit halb geöffneten Deckeln, die Tonscherben zu enthalten schienen. Der Schreibtisch war mit Dokumenten überhäuft. Der Monitor, die Computertastatur und die Kaffeetasse, die sich, halb verschüttet, ebenfalls darauf befanden, bedurften gewisser archäologischer Anstrengungen, um sie freizulegen. Zwei Zimmerwände wurden komplett von deckenhohen Regalen eingenommen, die bis obenhin mit Büchern und Aktenordnern gefüllt waren.

Der Professor räumte drei Stühle und einen kleinen Tisch frei, indem er die Papiere, die dort lagerten, auf die Haufen auf den anderen Tischen schichtete, und lud die Beamten ein, sich zu setzen.

»Möchten Sie etwas trinken?«, erkundigte er sich und öffnete die Tür zum Nebenraum, in dem seine Sekretärin – eine junge, hübsche blonde Frau in gleichermaßen kurzem Top und Rock – an einem vollkommen aufgeräumten Schreibtisch saß. »Nadine? Machen Sie uns Kaffee? Und bringen Sie ein Wasser mit?«

Die junge Frau erhob sich lächelnd. »Selbstverständlich, Herr Professor.« Es war nicht zu übersehen, dass sie ihn anhimmelte.

»Danke.« Küfer schloss die Tür wieder. »Die Beschäftigung mit der trockenen Historie macht durstig.« Er setzte sich Kaufmann und Angersbach gegenüber. Keine halbe Minute später öffnete sich die Tür zum Flur, und Nadine brachte eine Flasche Wasser und ein Tablett mit Gläsern.

»Kaffee kommt gleich.«

»Wunderbar, Nadine. Vielen Dank.« Der Professor schenkte ihr ein Lächeln, und Sabine Kaufmann begann zu ahnen, wie er Wirkung erzielte.

Die junge Frau verschwand wieder und schloss leise die Tür. Küfer wandte sich seinen Gästen zu.

»Also. Was kann ich für Sie tun?«, fragte er, während er die Gläser verteilte und Wasser einschenkte.

Angersbach beugte sich vor. »Es geht um einen Fall, den wir bearbeiten. Auf dem Kreutzhof.«

Der Professor runzelte die Stirn. »Wetterbach? Die L3354 zwischen Muschenheim und Bettenhausen?«

»Richtig. Unweit der Einfahrt zum Hof steht ein Sühnekreuz. Vermutlich hat es nichts mit unseren Ermittlungen zu tun, aber wir wüssten trotzdem gern, warum es dort aufgestellt wurde.«

Das trug Ralph einen anerkennenden Blick des Forschers ein.

»Man sollte nie einen Aspekt außer Acht lassen. Eine der Grundregeln guter Wissenschaft. Und vermutlich auch der Polizeiarbeit.« Er erhob sich federnd von seinem Stuhl und griff zielstrebig nach einem Aktenordner mit grünem Rücken. Anschließend setzte er sich wieder, schlug das rechte Bein über das linke und legte den Ordner auf der entstandenen Fläche ab. Er schlug ihn auf und blätterte kurz.

»Ah. Ja. Das ist interessant.« Seine Augen wanderten von Sabine zu Angersbach und wieder zurück. »Dürfte ich fragen, um welche Art von Fall es sich handelt?«

»Mord«, erwiderte Ralph in seiner typisch schroffen Art. »Die Hofbesitzerin wurde getötet und ihre Leiche in den Brunnen geworfen.«

Kaufmann verdrehte innerlich die Augen. Sie konnte vielleicht noch nachvollziehen – wenn auch nicht gutheißen –, dass Angersbach mit einem widerspenstigen Zeugen oder Tatverdächtigen ruppig umsprang, aber bei einem hochkarätigen Wissenschaftler, der sich aus reiner Freundlichkeit bereit erklärt hatte, ihnen zu helfen? Doch Küfer schien keineswegs irritiert. Vielmehr funkelten seine Augen, als hätte er gerade eine berauschende Erkenntnis gewonnen.

»Faszinierend«, murmelte er und schüttelte dann den Kopf. »Entschuldigen Sie. Der akademische Aspekt ist für Sie natürlich ohne Belang. Wenngleich er bestechend ist.« Er blinzelte Ralph kurz zu. »Ich komme gleich zur Sache. Dieses Sühnekreuz in der Nähe von Wetterbach ...« Er unterbrach sich, weil seine Sekretärin an die Tür klopfte und den Kaffee brachte. Küfer schenkte ein und schob Kaufmann und Angersbach ein

Milchkännchen und eine Zuckerdose hin. Wieder bedankte er sich überschwänglich bei Nadine, die mit geröteten Wangen den Raum verließ. Dann wandte er sich Sabine zu.

»Also. Wo war ich? Ach ja. Das Sühnekreuz von Wetterbach.« Er schaute in seine Unterlagen, las einige Abschnitte, blätterte vor und zurück. »Ja. Das war ein Streit zwischen zwei ortsansässigen Familien. Der Beginn mag weitaus länger zurückliegen, aber die tragischen Ereignisse, die zur Errichtung des Sühnekreuzes führten, trugen sich im Herbst des Jahres 1824 zu.« Er neigte den Kopf. »Ich weiß nicht, ob Sie mit diesem alten Brauch vertraut sind?«

Kaufmann nickte. »Man hat diese Kreuze aufgestellt, wenn man jemanden getötet hatte. Als Sühne. Und damit Passanten für die Seele des Verstorbenen beten konnten, der wegen des gewaltsamen Todes nicht die Letzte Ölung bekommen hatte.« Ihr entging nicht, dass der Professor sie abwartend ansah, wie einen Prüfling, der eine Frage noch nicht zufriedenstellend beantwortet hatte. »Oder nicht?«

Küfer lächelte breit. »Doch, doch. Aber es war noch etwas komplizierter. Sie haben natürlich recht. Als Sühnekreuz oder Mordkreuz bezeichnet man ein steinernes Flurkreuz, das als Sühne für einen begangenen Mord oder Totschlag errichtet wurde. In Europa sind etwa siebentausend Steinkreuze bekannt, von denen man vermutet, dass es sich um Sühnekreuze handelt. In Deutschland gibt es etwa viertausend. Die meisten finden sich in der Oberpfalz, in Thüringen und in Sachsen. In Mecklenburg dagegen wurden keine Kreuze, sondern Sühnesteine errichtet. Aber auch hier bei uns in Hessen gibt es etliche Sühnekreuze. Man findet sie für gewöhnlich an Wegen oder Wegkreuzungen. Auf einigen sind Waffen eingeritzt, Äxte oder Armbrüste. Man vermutet, dass es sich dabei um die Tatwaffen handelt.«

Er trank einen Schluck Wasser. »Wie Sie richtig gesagt haben, wurden die Flurkreuze für Menschen errichtet, die unvermittelt zu Tode kamen, ohne zuvor die Sterbesakramente empfangen zu können. Sie sollten Vorübergehende zum Gebet für den Verstorbenen anleiten. Es war das übliche Vorgehen, wenn jemand im Streit oder absichtslos getötet wurde. Der Schuldige musste sich mit der Familie des Opfers einig werden. Zwischen den beteiligten Parteien wurden privatrechtliche Sühneverträge abgeschlossen. Dieses Vorgehen hat sich seit etwa 1300 eingebürgert. Ab dieser Zeit war es üblich, am Tatort oder dort, wo es die Angehörigen wünschten, ein steinernes Sühnekreuz aufzustellen. Es sind oberpfälzische und sächsische Sühneverträge dokumentiert, in denen ausdrücklich die Setzung eines Sühnekreuzes vereinbart wird. Wir kennen zum Beispiel aus dem Jahr 1463 einen vollständig erhaltenen Sühnevertrag aus Weikersheim. Er wurde durch die Angehörigen, den Täter und zwei Schiedsleute ausgehandelt. Als Wiedergutmachung für die Ermordung eines Sohnes sind darin ein Steinkreuz, eine heilige Messe mit zwei Priestern, zehn Pfund Wachs für Kerzen, fünfundvierzig Gulden als Spesen und Schadensersatz, je ein Paar Hosen an die Schiedsleute, den Amtmann und den Vogt sowie zwei Eimer Wein an die Gefolgschaft beider Parteien festgehalten.«

Küfer blätterte in seinem Ordner ein paar Seiten weiter.

»In protestantischen Gegenden wurden nach 1530 keine Sühnekreuze mehr errichtet, doch hier bei uns sind einige dokumentiert, die aus weitaus jüngerer Zeit datieren. Dazu gehört auch das Kreuz an der L3354 in der Nähe des Kreutzhofs.«

Er blickte auf. »Wir haben dieses Kreuz gründlich beforscht. Es wurde als Sühne für einen Mord errichtet, der der Höhepunkt eines langen und erbitterten Streits zwischen zwei Familien war. Ausgangspunkt war eine Kuh, die angeblich ein Angehöriger der einen Familie der anderen gestohlen hatte. Eine fehlende Markierung, ein morscher Weidezaun – und schon kochte bei den benachbarten Familien das Blut. Immer neue Vorwürfe kamen auf.«

Küfer lächelte. »Zugleich gab es – wie bei Romeo und Julia – auf dem einen Hof ein junges Mädchen, das sich unsterblich in den Sohn der Nachbarn verliebt hatte. Sie wurde schwanger, und der verbitterte Vater des Mädchens erschlug den jungen Mann.«

Es war schon damals immer dasselbe, dachte Sabine. Habgier. Missgunst. Leidenschaft. War es Zufall, dass die Geschichte des Sühnekreuzes bei Massenheim fast genau dieselbe war? Vermutlich. Wie konnte es kein Zufall sein?

Küfer klappte den Ordner zu. »Das Ganze ist nun beinahe zweihundert Jahre her. 1824. Ich weiß also nicht, ob Ihnen das bei Ihren aktuellen Ermittlungen helfen kann.«

Sabine tauschte einen Blick mit Ralph, der fast unmerklich die Schultern hob.

»Wenn Sie so viel darüber wissen – kennen Sie auch die Namen der beiden Familien?«, erkundigte sie sich.

»Selbstverständlich.« Die Augen des Professors funkelten. »Das waren zwei alteingesessene Familien aus Wetterbach. Die Familie Mandler. Und die Familie Schwarz.«

Kaufmann lief ein Schauer über den Rücken.

»Die Familien von Meinhard Mandler und Bernhard Schwarz?«, fragte sie heiser.

»Dazu kann ich Ihnen nichts sagen. Wir beschäftigen uns nur mit der historischen Forschung. Das Hier und Jetzt scheint mir eher Ihre Domäne zu sein. Ich weiß nur, dass das junge Mädchen eine Schwarz war, ihr Geliebter ein Mandler und der Mörder ein Schwarz.«

Sabine nickte, während ihre Gedanken bereits vorausgaloppierten. Wenn es wirklich die Vorfahren von Meinhard Mandler und Bernhard Schwarz waren, zwischen denen eine uralte Fehde brannte – war dann das der Grund, weshalb Schwarz den Hofbesitzer ermordet hatte? Aber das alles war doch viel zu lange her!

»Diese Fehden haben die Angewohnheit, sich zu verselbstständigen«, beantwortete der Professor ihre ungestellte Frage. »Gerade in diesen kleinen Dörfern und Weilern. Nach ein paar Generationen weiß kaum noch jemand, warum es zwischen den Familien eigentlich Streit gab, aber der Hass wird weiter genährt und immer unversöhnlicher. Die Fronten verhärten sich, und manche Familien verhalten sich zueinander wie Kriegsparteien. Wenn es dann einen erneuten Auslöser gibt, der diese alte Feindschaft befeuert, kann es zu vollkommen unangemessenen Reaktionen kommen. Es sind schon Menschen gestorben deshalb.«

Angersbach nickte. »Die Leute auf dem Land haben ein Elefantengedächtnis. Da wird nichts vergessen und verziehen. Und man lebt sehr viel mehr in der Vergangenheit als in der Stadt.«

»Das kann ich nur bestätigen.« Der Historiker nickte.

Sabine griff nach ihrer Tasse und stürzte den Kaffee hinunter. Er war aromatisch und stark.

»Dann sollten wir herausfinden, ob Bernhard Schwarz zu dieser Familie Schwarz gehört. Und wenn er einer von ihnen ist, knöpfen wir ihn uns noch mal vor.« Sie wollte aufstehen, hielt dann aber inne und sank wieder auf die Sitzfläche ihres Stuhls zurück. Ihr Herz hämmerte. Sie leckte sich die Lippen und schluckte.

Professor Küfer schaute sie freundlich an. »Gibt es noch etwas, was ich für Sie tun kann?«

Kaufmann räusperte sich. »Dieses Sühnekreuz unweit der B3, Ausfahrt Massenheim. Wissen Sie darüber auch etwas?«

Küfers Augen musterten sie einen Moment eindringlich. Er stand auf, schob den Ordner zurück an seinen Platz im Regal und nahm einen anderen heraus, mit dem er zu ihnen zurückkehrte. Wieder setzte er sich hin, schlug das rechte Bein über das linke und legte den Ordner darauf.

»Darf ich fragen, warum Sie dieses Kreuz interessiert? Noch ein Mord?«

»Nein.« Sabine schluckte. »Das ist … eine persönliche Frage. Ich habe erfahren, dass das Kreuz etwas mit meinen Vorfahren zu tun hat.«

»Ach ja? Wie ist denn der Name?«

»Kaufmann.«

»Hm.« Der Professor öffnete den Ordner und blätterte darin. Einen Augenblick später schaute er wieder auf.

»Nein. Dieses Kreuz hat nichts mit einer Familie Kaufmann zu tun.«

Sabine war irritiert. »Ich dachte … es ging um eine ungewollte Schwangerschaft, genau wie bei dem Sühnekreuz in Wetterbach. Ein Vater hat den Mann erschlagen, der seine Tochter gegen seinen Willen verführt hat.«

Küfer strich sich nachdenklich über den d'Artagnan-Bart. »Darf ich fragen, wer Ihnen das erzählt hat?«

»Ein Bekannter. Er sagt, er habe die Geschichte von meiner Mutter.«

Der Professor schüttelte den Kopf. »Die historische Forschung ist natürlich immer auf Überlieferungen angewiesen. Weiche Daten. Erzählungen, Fragmente von Dokumenten. Wir müssen vieles erraten, weil es meist an fundierten Beweisen mangelt. Aber nach allem, was wir wissen, ist die Geschichte des Kreuzes an der B3 eine ganz andere.«

»Und wie lautet sie?«, fragte Angersbach barsch, dem das alles offenbar zu lange dauerte.

Küfer tippte auf seinen Ordner. »Ein verurteilter Wegelagerer hat seine Frau an einem Baum aufgeknüpft, weil er glaubte, dass sie ihn verraten hat.«

Sabine presste eine Faust vor den Mund, um die aufsteigende Übelkeit zurückzudrängen. Mit der Geschichte hatte sich Till – oder eigentlich ihre Mutter – offenbar getäuscht. Dafür passte der wahre Sachverhalt zumindest thematisch auf geradezu gruselige Weise zu ihren Befürchtungen, dass jemand Hedwig aufgehängt hatte, um sich an ihr, Sabine, zu rächen, wenn auch auf eine etwas indirektere Weise. Szabic? Oder ein anderer Straftäter, den sie hinter Gitter gebracht hatte?

»Wie hieß der Mann?«, krächzte sie.

Norbert Küfer schaute auf seine Akte. »Volkhard Wegener. Nachkommen gibt es keine. Seine Frau und er hatten keine Kinder. Die Frau hat er getötet, und er selbst wurde wenig später wegen Raub, Totschlag und Mord hingerichtet, wenige Wochen nachdem er das Sühnekreuz aufgestellt hatte.«

Vor Kaufmanns Augen verschwamm alles, und sie sah plötzlich nur noch blutige Schlieren. Sühne. Mord. Blut. So viele Geschichten und so viele von diesen verdammten Kreuzen. Wie sollte sie aus diesem Strudel jemals wieder herausfinden?

Sie spürte Angersbachs warme Hand auf ihrer Schulter, und der rötliche Nebel lichtete sich.

Ralph Angersbach steuerte den Lada über die Landstraße nach Wetterbach. Kaufmanns Renault Zoe hatten sie am Polizeipräsidium in der Ferniestraße abgestellt. So musste Sabine zwar später noch einmal mit nach Gießen kommen, doch im Augenblick fühlte sie sich nicht in der Lage, zu fahren.

Angersbach konnte das nachvollziehen. Es stürzte zu vieles gleichzeitig auf sie ein. Sie hatte ihm endlich von Hackebeils Anruf berichtet, demzufolge ihre Mutter womöglich doch keinen Suizid begangen hat. Und von Till, der behauptet hatte, das Bad Vilbeler Sühnekreuz sei von ihren eigenen Vorfahren aufgestellt worden. Was, wie Professor Norbert Küfer aufgeklärt hatte, ein Irrtum war. Dennoch konnte Sabines Mutter Hedwig es geglaubt und den Ort deshalb in einer ihrer schizophrenen Verstrickungen für ihren Suizid auserkoren, ihn womöglich deshalb überhaupt begangen haben. Oder hatte sich tatsächlich einer der Straftäter, den Sabine in den vergangenen Jahren hinter Gitter gebracht hatte, auf einen Rachefeldzug begeben? Er wollte ihr gerne helfen, das herauszufinden, doch im Augenblick konnten sie sich nicht darum kümmern, denn der Mandler-Doppelmord verlangte dringend Aufmerksamkeit. Dass ausgerechnet einer der Verdächtigen in familiärer Verbindung zu dem Sühnekreuz nahe dem Gestüt stand, war zumindest auffällig, umso mehr, als der Mörder von Carla Mandler eine Miniatur desselben im Körper der Toten zurückgelassen hatte. Hatte Bernhard Schwarz mit dem Mord an Meinhard Mandler der langen Fehde zwischen den Familien das letzte Kapitel hinzugefügt? Weit hergeholt, fand Ralph, doch trotzdem mochte die Schwangerschaft von Tochter Amelie der Auslöser gewesen sein, der uralten Hass wieder an die Oberfläche befördert hatte. Die Tatsache, dass es immer wieder um unerwünschte Schwangerschaften ging, und Mandlers zerstochener Unterleib schienen ein Fingerzeig in diese Richtung zu sein.

Angersbach hatte sich in verschiedenen Datenbanken informiert und herausgefunden, dass es in Wetterbach seit Generationen nur eine Familie Schwarz und eine Familie Mandler gab. Und der Standesbeamte Bernhard und der Hofbesitzer Meinhard waren Abkömmlinge dieser Linie. Auf der anderen Seite war da noch das Survivalmesser, das die Kollegen in Pascal Rinkers Spind bei der BiGaWett gefunden hatten. Und die Obduktion bei Professor Hack stand auch noch auf dem Plan. Im Hinblick darauf war Ralph froh, dass sie zuerst einmal aus Gießen hinausfuhren.

Der blasse Bernhard Schwarz erwartete sie bereits.

»Ich habe Ihnen die Daten aus meinem Terminkalender zusammengestellt«, erklärte er und drückte Angersbach mehrere ausgedruckte Seiten in die Hand.

»Schön.« Ralph nahm unaufgefordert in der Sitzecke des Standesbeamten Platz, und Sabine sank müde auf den Stuhl neben ihm. Das, was sie bei Professor Küfer erfahren hatten, ging ihr unübersehbar an die Nieren. Und Ralph hatte es wieder nicht geschafft, etwas Tröstendes zu sagen. Stattdessen hatte er auf der gesamten Autofahrt stur aus dem Vorderfenster gesehen.

Schwarz blieb neben dem Fenster stehen. »Sind Sie nicht deshalb hier?« Er wies auf die Zettel in Angersbachs Hand.

»Nein. Wir sind gekommen, weil Sie vergessen haben, uns etwas zu erzählen.«

»So?«

»Die Geschichte des Sühnekreuzes.«

Der Standesbeamte wirkte verwirrt. »Des ... was?«

»Kurz vor der Einmündung zum Kreutzhof steht an der Straße ein weißes Steinkreuz. Ist Ihnen das nie aufgefallen?«

»Doch. Selbstverständlich. Das stand da schon immer. Als Kinder sind wir da gelegentlich mit dem Rad hingefahren. Aber was hat das mit Ihrem Fall zu tun?«

Angersbach musterte ihn gründlich. »Sie wissen nicht, weshalb es dort errichtet wurde?«

»Nein. Tut mir leid.«

»Eine alte Familienfehde, die zu einem Mord geführt hat. Ein Streit zwischen der Familie Mandler – und der Familie Schwarz.«

Der Standesbeamte lachte auf. Er wandte sich dem Fenster zu, das auf den gepflasterten Marktplatz hinausging, und strich gedankenverloren mit dem Finger über die Fensterbank. »Ach du meine Güte. Ja, kann sein. Da war was. Meine Großmutter hat manchmal davon gesprochen.« Er drehte sich wieder zu Kaufmann und Angersbach. »Ich kann mich ehrlich gesagt nicht mehr so recht daran erinnern. Aber … Sie glauben doch nicht, dass diese alte Geschichte mit dem Mord an Herrn und Frau Mandler zusammenhängt?«

Ralph lehnte sich auf seinem Stuhl zurück und blickte zu Schwarz auf. »Es ist schon ein seltsames Zusammentreffen, finden Sie nicht?«

»Mag sein.« Der Standesbeamte verschränkte die Arme. »Aber ich habe trotzdem nichts damit zu tun.«

Angersbach beugte sich vor. »Bei dem alten Streit damals ging es um ein ungewolltes Kind. Ein Mitglied der Familie Mandler hat die Tochter aus dem Hause Schwarz geschwängert. Der damalige Schwarz hat den Mandler erschlagen.«

Bernhard Schwarz wurde erst blass, dann rot. »Das ist doch …«, setzte er an, die Stimme mit jeder Silbe lauter und kurz davor, sich zu überschlagen. Doch bevor der Höhepunkt erreicht war, hielt der Standesbeamte inne und runzelte die Stirn. Abrupt drehte er sich um und ging zu seinem Schreibtisch. Er rüttelte an der Maus. Der Monitor erwachte mit einem elektrischen Summen. Schwarz tippte mit zwei Fingern lautstark auf der Tastatur. Auf dem Bildschirm öffneten und schlossen sich in schneller Folge Fenster, Urkunden, soweit Angersbach das auf die Schnelle erkennen konnte.

Kaufmann neben ihm rührte sich. »Herr Schwarz. Bitte. Was tun Sie da? Wir führen eine Befragung durch. Es wäre nett, wenn Sie uns Rede und Antwort stehen würden.«

Ralph musste unwillkürlich schmunzeln. Die Worte und der Ton hätten besser zu ihm selbst gepasst. Doch wenn Sabine angespannt war, verloren sich offenbar auch bei ihr die Geduld und der Sinn für Empathie.

Schwarz hob die Hand. »Einen Moment. Mir ist da etwas in den Sinn gekommen, als Sie die Geschichte zu unserem Sühnekreuz erwähnt haben.« Er tippte emsig weiter. Sabine und Angersbach tauschten einen Blick. Sollten Sie einschreiten oder warten? Kaufmann zuckte die Achseln. Vielleicht lohnte es sich ja.

»Ja!«, rief Bernhard Schwarz in diesem Moment triumphierend. »Da haben wir es!« Er klickte mit der Maus, und der Drucker auf seinem Schreibtisch spuckte ratternd eine Seite aus. Schwarz riss sie aus dem Gerät und lief damit zu Ralph. Der nahm das Blatt entgegen und schnalzte überrascht mit der Zunge.

Es war tatsächlich eine Urkunde. Eine Geburtsurkunde. Die Mutter des Kindes hieß Regina Nowak.

»Meine Tochter war nicht die Erste, der Mandler ein Kind angehängt hat«, erklärte der Standesbeamte. »Vor fünfunddreißig Jahren hat er es schon einmal getan, und weiß der Himmel, wie oft davor und danach noch. Aber von diesem Kind habe ich Kenntnis, weil die Mutter hier in Wetterbach wohnt.«

»Regina Nowak«, sagte Ralph an Sabine gewandt. »Die Frau von Adam Nowak, dem Pferdeknecht auf dem Kreutzhof.«

Kaufmann richtete sich auf. Schwarz nickte. »Adam hat den Jungen adoptiert. Aber Meinhard war sein leiblicher Vater.«

Wieder trafen sich ihre Blicke. War das eine Spur? Diese Sache lag fünfunddreißig Jahre zurück. Wäre sie der Auslöser für den Mord an Mandler gewesen, hätte jener nicht viel früher stattfinden müssen? Und weshalb hätte der Täter auch Carla Mandler töten sollen, wenn es um den Fehltritt ihres Mannes ging? Trotzdem würden sie noch einmal mit Nowaks sprechen. Womöglich gab es eine neue Entwicklung, einen Auslöser, der alte, verschüttete Gefühle an die Oberfläche befördert hatte. Angersbach war immer wieder erstaunt, wenn er bei seiner Arbeit darauf stieß, über welche gewaltigen Zeiträume Menschen ihre Wut und ihren Hass konservieren konnten.

»Danke, Herr Schwarz«, sagte er und erhob sich. »Aber Sie sollten nicht glauben, dass Sie damit aus dem Schneider sind.«

Der Standesbeamte wandte sich Hilfe suchend an Sabine. Anscheinend erhoffte er sich von einer Frau mehr Verständnis.

»Was soll ich denn noch machen? Ich habe Ihnen alles zur Verfügung gestellt, was Sie haben wollten. Ich habe sogar noch mehr getan.« Er zeigte auf die ausgedruckte Geburtsurkunde. »Ohne richterlichen Beschluss dürfte ich Ihnen gar keine Einsicht gewähren.«

Kaufmann stand langsam auf. »Dann hoffen Sie mal, dass wir Sie deswegen nicht anzeigen.« Sie wandte sich ab und rannte fast aus dem Raum.

Ralph verabschiedete sich von dem konsternierten Schwarz und beeilte sich, der Kollegin aus dem Büro zu folgen. Als sich die Tür hinter ihm schloss, konnte er nicht länger an sich halten und prustete los. Kaufmann sah ihn missbilligend an.

»Was denn?«

»Deine Bemerkung ... Dass er froh sein soll, wenn wir ihm keine Schwierigkeiten wegen der Urkunde machen ...«

Sabine schüttelte den Kopf. »Das war nicht lustig. Das war dumm. Schwarz wird uns nie wieder helfen. Und allein hätten wir das ...«, sie wies auf die Zettel in Ralphs Hand, »... wahrscheinlich nie herausgefunden.«

Angersbachs gute Laune verflüchtigte sich von einer Sekunde auf die nächste.

»Scheiße.«

Kaufmann nickte.

»Sag ich ja.«

Ihre nächste Station war der Kreutzhof. Es war eine beiläufige Bemerkung von Bernhard Schwarz gewesen, die deutlich gemacht hatte, dass sie dort unbedingt nach weiteren Verdächtigen forschen mussten: dass Amelie Schwarz und Regina Nowak womöglich nicht die einzigen Frauen gewesen waren, die Meinhard Mandler geschwängert hatte.

»Wir hätten das längst tun müssen«, schimpfte Sabine, mehr mit sich selbst als mit Angersbach. Der lenkte den Lada auf den Hof des Gestüts.

»Wir können uns weder vierteilen noch klonen«, gab er zurück. »Wir tun, was wir können. Man kann nicht alles auf einmal machen.«

Kaufmann atmete tief durch. Ralph hatte natürlich recht. Aber dieser Fall zerrte an ihren Nerven. Nein, nicht nur der Fall. Alles. Das Ende der Mordkommission in Bad Vilbel. Die anstehende Entscheidung hinsichtlich ihrer weiteren Karriere. Der Suizid ihrer Mutter, der womöglich gar keiner war. Und dann noch diese beiden Toten. Meinhard Mandler, ermordet und verstümmelt auf Burg Münzenberg. Und Carla Mandler, erstochen – in der Jagdhütte ihres Mannes? – und anschließend in den Brunnen auf dem eigenen Hof geworfen. Was ihnen fehlte, waren Informationen. Sie wussten einfach zu wenig. War auf dem Messer von Pascal Rinker wirklich nur Tierblut? Was war mit den Spuren aus der Jagdhütte? Wie lange war Meinhard Mandler schon tot?

Sabine stieß heftig die Luft aus. Ruhe bewahren. Eins nach dem anderen.

Angersbach parkte vor dem Bürogebäude, und Kaufmann sprang aus dem Wagen. Ihr Rücken schmerzte, die verdammte Federung in Ralphs alter Kiste. Doch darüber wollte sie jetzt nicht debattieren.

Sie eilte durchs Treppenhaus in den Flur mit den Büroräumen. Die Kaffeemaschine in der Küche blubberte. In der Kanne befand sich ein kleiner Rest einer braunschwarzen Brühe. Ansonsten gab es kein Lebenszeichen. Der Arbeitsplatz von Nicole Henrich war verwaist. Den Büros von Carla und Meinhard Mandler sah man an, dass sich die Kollegen von der Bereitschaftspolizei durchgewühlt hatten, auch wenn sich die Beamten natürlich Mühe gaben, so wenig Unordnung wie möglich anzurichten. Doch allein die ausgeräumten Regale sprachen eine deutliche Sprache. Vielleicht fand einer der Kollegen in den Akten einen wichtigen Hinweis.

Sabine drehte sich wieder um und stieß fast mit Angersbach zusammen.

»Hier ist niemand«, erklärte sie. »Lass uns runter in die Ställe gehen.«

Ralph sah auf seine Uhr. »Fast fünf. Wahrscheinlich hat sie längst Feierabend«, sagte er mit einem sehnsüchtigen Unterton.

Kaufmann drängelte sich an ihm vorbei. Die Sekretärin war ihr egal. Es sei denn, Mandler hatte ihr auch ein Kind angehängt. Aber so, wie die Frau sich benahm, hielt sie das für unwahrscheinlich.

Sie überquerte den Hof und betrat das nächstbeste Stallgebäude. Ein strenger Geruch nach Pferdemist und schmutzigem

Stroh schlug ihr entgegen, zusammen mit der Wärme zahlreicher Tierleiber. Die Pferde drängten sich in einem Pferch, aus dem lautes Fluchen und gelegentlich Hammerschläge ertönten.

»Jetzt halt ihn doch richtig fest«, schimpfte eine Männerstimme. »Sonst sitzen die Eisen am Ende alle schief.«

Eine jüngere und weinerliche Männerstimme erwiderte etwas, das Sabine nicht verstand. Yannick Dingeldein, nahm sie an. Der junge Mann stand sicher immer noch unter Schock. Warum war er nach dem grässlichen Erlebnis am Vormittag nicht zu Hause geblieben? Sie spähte über die Wand aus Holzbrettern, die den Bereich vom Stallgang abteilte. Die Absperrung war nicht besonders hoch, für jemanden, der wie Sabine nur einen Meter sechzig maß, allerdings durchaus eine Hürde.

Sie hatte richtig geraten. Es waren Adam Novak und Yannick Dingeldein, die dort drinnen die jungen Pferde beschlugen.

Sie winkte und rief leise die Namen der Männer.

Nowak ließ den Hammer sinken. Dingeldein kam auf sie zu und öffnete eine Pforte in der Holzwand. Wie erwartet, war er blass, die Augen wässrig und gerötet. Der stolze Anführer Sidonius war verschwunden. Zurückgeblieben war der schüchterne Jüngling, ohne seine Zauberwelt ein ganz normaler, verklemmter Teenager. Sicher kein Kandidat für die Morde an Meinhard und Carla Mandler.

Und Adam Novak? Auch er mager und eher klein, mit dem fliehenden Kinn, nur unzureichend unter dem dünnen Ziegenbart verborgen, und dem dünnen und lichten, reichlich mit Grau durchsetzten blonden Haar. Mitte fünfzig war er, wenn sich Sabine richtig erinnerte.

Angersbach drängte sich hinter ihr in den Pferch.

»Herr Nowak«, rief er so laut, dass die Pferde zu scheuen und wiehern begannen. »Haben Sie einen Moment für uns?«

Nowak erhob sich von seinem Schemel, drückte Dingeldein den Hammer in die Hand und kam auf die Kommissare zu. Auf dem Weg legte er einigen Pferden beiläufig die Hand auf die Nüstern, und die Tiere beruhigten sich sofort. Nowak hatte offenbar ein gutes Gespür für die Pferde.

»Nicht hier«, bat Nowak und drängte Kaufmann und Angersbach aus dem Stall. »Und nicht so laut. Sie erschrecken die Pferde.«

»Ich war nicht laut«, murmelte Sabine und warf Ralph einen vorwurfsvollen Blick zu. Der hob die Hände. »Entschuldigung. Ich wusste nicht, dass die Gäule so sensibel sind.«

Nowaks Blick war vernichtend. »Das sind keine Gäule. Das sind teure Turnierpferde mit erlesenen Stammbäumen. Die brauchen eine gute Hand, die sie führt.«

»Na und?« Angersbach blieb bei seiner Linie. »Sie gehören ja nicht Ihnen.« Kaufmann hatte den Verdacht, dass er Nowak absichtlich provozierte.

Der Knecht presste die vollen Lippen zusammen. »Es ist mein Beruf, mich um die Pferde zu kümmern. Ich liebe die Tiere. Ich will, dass es ihnen gut geht.«

»Liegt wohl in Ihrer Natur«, bemerkte Angersbach, »sich um Lebewesen zu kümmern, die Ihnen nicht gehören.«

Sabine begann zu ahnen, wo das Gespräch hinführte. Nowak nicht.

»Wie meinen Sie das?«

»Ihr Sohn? Der Junge, den Sie adoptiert haben? Der war nicht von Ihnen. Der war auch ein … hm … Ergebnis der Zucht von Meinhard Mandler. Ist darauf spezialisiert, der Mann, nicht wahr?«

Nowaks Gesicht rötete sich. »Das … das geht Sie überhaupt nichts an.«

Angersbach blickte scheinbar gleichmütig über den Hof.

Eine junge Frau auf einem hübschen rotbraunen Pferd ritt gerade durch das Tor. Sie trug hohe Reitstiefel, eine rote Jacke und eine passende Schirmmütze und steuerte direkt auf Nowak und die beiden Kommissare zu. Erst als sie die Gesichter der drei erkennen konnte, zügelte sie ihr Pferd und saß ab. Zögernd kam sie näher.

»Ich denke doch«, sagte Angersbach. »Wir versuchen, zwei Morde aufzuklären.«

»Das hat nichts mit Regina und mir zu tun.«

»Vielleicht überlassen Sie die Beurteilung uns.« Angersbach trat dichter an Nowak heran, der unwillkürlich zurückwich. Der Kommissar überragte den Knecht fast um Haupteslänge. »Erzählen Sie doch mal. Wie war das damals?«

Nowak stieß mit dem Rücken gegen die Stallwand. Weil er nicht mehr weiter zurückkonnte, verschränkte er die Arme und senkte das Kinn in Richtung Brust.

»Keine große Sache. Regina war verliebt. Herr Mandler hat das ausgenutzt. Als sie schwanger geworden ist, hat er sie fallen lassen. Wir haben geheiratet, und ich habe ihren Sohn adoptiert. Ende der Geschichte.«

»So einfach?« Angersbach lächelte wölfisch. »Keine Gefühle im Spiel? Wut? Eifersucht?«

»Klar waren wir wütend. Und? Meinen Sie, deswegen haben wir Mandler jetzt nach über dreißig Jahren umgebracht? Hätten wir doch längst tun können.«

»Vielleicht ist etwas geschehen, das die alte Geschichte wieder nach oben befördert hat«, mischte sich Sabine sanft ein.

Der Knecht musterte sie. »Was denn? Regina war seit Jahren nicht mehr auf dem Hof. Sie wollte bestimmt nichts mehr von Mandler. Und schwanger ist sie auch nicht. Sie ist zweiundfünfzig.«

Die junge Frau mit dem Pferd hatte sie erreicht.

»Hi, Adam«, grüßte sie. »Alles okay bei dir? Wer sind die zwei?«

»Kriminalpolizei«, erwiderte Ralph anstelle des Knechts. »Wir untersuchen den Tod von Frau Carla Mandler und Herrn Meinhard Mandler.«

Die junge Frau erbleichte. »Herr Mandler ist ... tot?«

Sabine schaute verwundert zu Ralph. Hatte der junge Dingeldein nicht erzählt, was ihm in der Nacht widerfahren war? Adam Nowak allerdings wirkte nicht überrascht, und er hatte auch auf ihre Fragen so reagiert, als wüsste er, warum sie sie stellten. Offenbar hatte die Reiterin mit den dunklen Haaren und der unübersehbar teuren Montur niemanden angetroffen, als sie ihr Pferd zum Ausreiten geholt hatte.

Yannick, der in diesem Moment aus dem Stall trat und sich die Hände mit einer Bürste schrubbte, errötete, als er die Frau erblickte.

»Luisa. Da bist du ja.«

Aha, dachte Kaufmann. Der schüchterne Dingeldein war also in die hübsche dunkelhaarige Frau mit den braunen Augen verknallt. Luisa dagegen – auch das bemerkte die Kommissarin sofort – hatte an dem Jungen nicht das geringste Interesse. Sie konzentrierte sich vollkommen auf Angersbach. »Was ist denn passiert?«

»Jemand hat ihn erstochen«, berichtete Dingeldein, der offenbar seine Chance erkannte. »Ich habe den Leichnam gefunden.«

»Du?« Jetzt sah sie ihn doch an.

»Heute Nacht. Auf Burg Münzenberg in einem unterirdischen Verlies.«

»Bei deinem komischen Lapp oder wie das heißt?«

»LARP. Live Action Role Playing. Ja.«

Luisa schauderte. »Sag nicht, Herr Mandler hat da mitgespielt.«

Yannick schüttelte den Kopf. »Quatsch. Der war schon tot. Der lag da einfach nur.«

»Igitt.« Die Grimasse, die Luisa schnitt, verriet Abscheu, aber auch morbide Neugier und widerwillige Bewunderung für ihren Altersgenossen.

»Ich erzähl dir alles ganz genau, wenn du willst«, bot Yannick an.

»Später«, machte Angersbach dem sonderbaren Flirt ein Ende. »Zunächst könnten Sie uns helfen. Wissen Sie von irgendwelchen Beziehungen, die Herr Mandler mit anderen Frauen als seiner eigenen eingegangen ist?«

»Klar.« Luisa nickte. »Amelie.«

»So.« Angersbach machte sich eine Notiz in seinem Buch. Offenbar war die Affäre mit dem Mädchen auf dem Hof kein großes Geheimnis gewesen.

»Hat Frau Mandler davon gewusst?«

»Sicher.« Luisa lächelte. »Frau Mandler hat immer alles gewusst.«

Hatte also die Hofbesitzerin ihren Ehemann aus Eifersucht getötet, und dessen Geliebte hatte sich durch den Mord an der Ehefrau gerächt? Ausschließen konnte man das nicht, doch Sabine konnte sich weder vorstellen, dass die Hofbesitzerin ihren Mann auf die Münzenburg gelockt und ihm im dortigen Verlies die Kehle durchtrennt und ihm den Unterleib zerstochen hatte, noch konnte sie glauben, dass ein siebzehnjähriges Mädchen die Frau erstach, deren Mann ihr ein ungewolltes Kind angehängt hatte, und den Leichnam in einem Brunnenschacht platzierte.

»War Amelie die Einzige?«, klinkte sich Angersbach ein. »Oder hatte Herr Mandler noch mehr Liebschaften auf dem Hof?«

Luisa tauschte einen Blick mit Dingeldein. Dann schüttelten beide die Köpfe.

»Ich glaube nicht«, erklärte Luisa. »Ich jedenfalls nicht. Der war nett, aber viel zu alt. Und außer Amelie und mir ist nur noch Ronja hier. Die steht eher nicht auf Männer. Na ja, und die Henrich natürlich. Aber die ist ... äh ...«

»Die hätte nie mit dem Mandler«, sprang Yannick ihr bei. »Ich glaub, die hat in ihrem ganzen Leben nie mit einem Mann ... öh ... Sie wissen schon.« Er lief knallrot an und starrte auf seine Schuhe.

»Schön.« Eine unerwartete Bö fegte über den Hof. Kaufmann fröstelte. Das Pferd, das Luisa am Zügel hielt, schüttelte sich.

»Ich muss Herodes in den Stall bringen«, erklärte sie.

»Ich helfe dir.« Yannick war sofort an ihrer Seite, und die junge Frau sträubte sich nicht. Gemeinsam verschwanden die beiden mit dem Hengst im Stall.

»Wie heißt die junge Dame mit vollem Namen?«, fragte Angersbach den Knecht.

»Klingelhöfer. Luisa Klingelhöfer«, erwiderte Nowak, und Ralph notierte sich den Namen.

»Macht sie auch ein Praktikum hier?«

»Nein. Die macht sich nicht die Hände schmutzig. Sie hat nur ihr Pferd bei uns eingestellt. Der Hengst gehört ihr. Ihr Vater ist Bauunternehmer. Eine große Firma in Gießen.«

»Klar. Klingelhöfer KG. Kenne ich«, sagte Angersbach.

»Yannick scheint sich sehr für das Mädchen zu interessieren«, warf Sabine ein.

Nowak zuckte mit einer Schulter. »Sie sich aber nicht für ihn«, bestätigte er Kaufmanns Eindruck.

»Sondern? Für Herrn Mandler?«

»Nein.« Nowaks Augen zuckten, dann auch die Mundwinkel. Sabine konnte die Informationen, die sich in diesen Grimassen vermittelten, nicht entziffern. »Sie ist die Freundin meines Sohnes.«

»Ach so?« Angersbach bemühte sich nicht, seine Verblüffung zu verbergen. »Von dem, den Sie adoptiert haben? Oder haben Sie noch mehr Kinder?«

»Nein. Nur den einen.« Nowak machte eine verächtliche Handbewegung. »Und ich halte nichts davon. Sie passt nicht zu ihm.«

Sabine sah sich auf dem Hof um. »Ihr Sohn arbeitet auch hier?«

»Nein. In einer Autowerkstatt in Wetterbach.«

Womit er auf der sozialen Leiter etliche Stufen unter der Unternehmertochter stand. Und auch der Altersunterschied war gewaltig. Luisa musste achtzehn oder neunzehn sein, der Nowak-Sohn – der eigentlich der Sohn von Meinhard Mandler war – fünfunddreißig.

Kaufmann schaute zu Ralph. Sie wusste nicht, was sie noch fragen sollte, und ihm ging es offenbar ähnlich. Er schaute vielsagend auf seine Uhr. Wenn sie nicht zu spät zur Obduktion von Meinhard Mandler kommen wollten, mussten sie sich beeilen. Professor Hack hatte einen vollen Terminkalender, wegen der Dringlichkeit aber eingewilligt, sich den Hofbesitzer noch an diesem Abend vorzunehmen. Für ein solches Entgegenkommen erwartete er allerdings eine Belohnung – in Form ihrer aufmerksamen Anwesenheit.

»Danke, Herr Nowak«, verabschiedete sie sich von dem Knecht. »Wenn Ihnen noch etwas einfällt, das uns weiterhelfen könnte, melden Sie sich bitte bei uns.« Sie hielt ihm ihre Visitenkarte hin, doch Nowak wehrte ab.

»Ich habe schon die Ihres Kollegen.«

»Ja, sicher.« Sabine steckte die Karte wieder weg. Dann ging sie mit Angersbach zurück zu dessen Lada.

»Sind wir jetzt schlauer?«, fragte sie.

»Ich weiß nicht.« Ralph startete den Motor. »Wir werden sehen.«

Der Mann sah zu, wie die Beamten vom Hof fuhren. Offenbar stocherten sie weiter im Trüben.

Sie würden ihn nicht kriegen. Auch wenn die Leichen von Meinhard und Carla Mandler früher aufgetaucht waren als geplant. Solange sie nicht begriffen, weshalb er sie getötet hatte, würden sie ihm auch nicht auf die Spur kommen. Sie würden ihn nicht daran hindern, seinen Plan zu vollenden.

Die Beklemmung war auch nach Jahren im Dienst dieselbe. Die sterile Atmosphäre, die blanken Kacheln auf dem Boden und an den Wänden, die großen Metalltische und die Gerätschaften, halb wie aus dem Operationssaal, die andere Hälfte eher wie aus der Metzgerei. Der alles überlagernde Geruch nach Desinfektionsmitteln und darunter, wabernd, der süßliche Geruch des Todes. Allein davon konnte einem schlecht werden, auch ohne dass jemand eines der hellgrünen Laken lüftete, mit denen die Körper auf den Metalltischen bedeckt waren. Bevor man sah, ob es sich um einen alten oder jungen Menschen, eine vollständige oder verstümmelte Leiche handelte. Und die gab es nicht nur nach Gewaltverbrechen. Auch wenn das die meisten Selbstmörder, die sich vor einen Zug warfen, nicht wussten. Der Aufprall riss einem die Gliedmaßen ab und verstreute sie über das Schienengelände. Eine unappetitliche Sache für die Rettungssanitäter und Helfer, die anschließend aufräumen mussten. Von dem betroffenen Zugführer mal ganz abgesehen. Die meisten brauchten lange, um ihren Beruf wieder ausüben zu können. Und die schrecklichen Bilder wurden sie nie wieder los.

Auch Sabine Kaufmann hatte ihre Sammlung von Toten. Sie begegneten ihr in der Nacht. Aber sie hatte sich ihren Beruf zumindest selbst ausgesucht. Die Lokführer, denen ein Selbstmörder begegnete, hätten gern darauf verzichtet. Doch auch wenn Sabine den Anblick und Geruch des Todes gewohnt war, war dieser Gang in die Rechtsmedizin jedes Mal eine Herausforderung. Eine Schwelle, die man überwinden musste. Normalerweise war sie nicht besonders hoch. Aber dieses Mal wusste sie, dass nicht nur die Toten ihres aktuellen Falls da drinnen im Obduktionssaal lagen. In einem der Metallfächer in der Kühlung ruhte auch der Körper ihrer Mutter. Womöglich wäre er schon längst freigegeben worden, doch allein die Erwähnung eines möglichen Fremdverschuldens hatte das Ganze ausgebremst. Ob Professor Hack Sabine damit tatsächlich einen Gefallen getan hatte?

Ralph Angersbach legte ihr eine Hand auf die Schulter.

»Alles okay?«

»Muss ja.« Hatten sie jetzt die Rollen getauscht? Sie schroff und abweisend, er einfühlsam? Sabine lachte leise. »Nein. Ich fühl mich beschissen. Wegen Mandler. Und weil meine Mutter noch da drinliegt.«

»Soll ich lieber allein gehen?«

»Nein. Ich muss da durch.« Kaufmann straffte sich. Wenn sie den Kopf in den Sand steckte, hatte sie schon verloren.

Ralph klopfte ihr aufmunternd auf den Rücken und hielt ihr dann zuvorkommend die Tür auf. Sabine trat hindurch.

Professor Wilhelm Hack begrüßte sie gewohnt mürrisch. Das linke Auge schaute Sabine an, das rechte, das Glasauge, starrte direkt an ihrem Kopf vorbei. Oder war es umgekehrt?

Hack hatte sich an Ralph Angersbach gewandt, ehe sie sich vergewissern konnte.

»Schön, dass Sie auch schon kommen«, grummelte er. »Sie halsen mir gerade eine Menge Arbeit auf.«

»Wir haben die Leute nicht umgebracht«, entgegnete Ralph, wie immer gänzlich unbeeindruckt von Hackebeils Laune. Die beiden schienen sich geradezu zu mögen. Sie waren auch beide sonderbare Käuze. Das verband wahrscheinlich.

»Aber Sie haben sie angeschleppt«, konterte Hack.

»Hätten wir sie liegen lassen sollen?«, fragte Sabine scharf, und Hack sah sie verblüfft an. Dann blickte er wieder zu Angersbach.

»Den abschließenden Bericht zu Carla Mandler habe ich Ihnen heute Morgen geschickt, die Ergebnisse der äußerlichen Anschauung von Meinhard Mandler vor einer halben Stunde. Haben Sie die Dokumente gelesen?«

»Nein. Wir waren seit heute früh durchgängig mit dem zweiten Leichenfund beschäftigt und haben Zeugen und Verdächtige befragt. Ich bin nicht dazu gekommen, in meine Mails zu sehen.«

Der Rechtsmediziner nickte, weniger grimmig, als Sabine erwartet hätte.

»Dann kläre ich Sie auf. Kommen Sie mit.«

Er ging voran in den Obduktionssaal und fasste unterdessen zusammen, was die Untersuchung der toten Gutsbesitzerin erbracht hatte. Summa summarum: nichts Neues. Carla Mandler war erstochen worden, ein einzelner Stich direkt ins Herz, der dazu geführt hatte, dass ihr Herz stehen geblieben war. Die Abschürfungen an ihrem Körper zeigten, dass ihr Leichnam danach bewegt worden war. Wie weit und wie lange, ließ sich aus dem Befund nicht ableiten. Es war durchaus möglich, dass man sie in der Jagdhütte getötet und den Leichnam dann zum Hof gebracht und im Brunnen versenkt hatte, wenngleich dafür, Hacks Befund zufolge, nur ein Zeitfenster von etwa zwei Stunden verblieb. Es konnte aber auch anders gewesen sein.

»Widmen wir uns also dem Ehemann.«

Hack trat zu einer der Rollbahren und zog das grüne Tuch zurück, das den Leichnam bedeckt hatte. Es war der Körper von Meinhard Mandler. Im grellen Licht der Obduktionslampen sah seine Haut fast weiß aus, die Einstiche im Unterleib wie aufgemalt. Das Blut hatte man abgewaschen. Das Ganze sah aus, als hätte jemand wie verrückt auf eine Schweineschwarte eingehackt, dachte Sabine.

»Bedauerlicherweise hat der Auffindungszeuge die Plastiktüte entfernt, die man dem Toten über den Kopf gezogen hatte«, knurrte Hack. »Trotzdem ist es mir gelungen, den Ablauf halbwegs zu rekonstruieren.«

»Der Täter hat Mandler die Kehle durchgeschnitten, ihm die Tüte übergestülpt und dann auf ihn eingestochen«, mutmaßte Angersbach.

»Pah.« Hackebeils Mund verzog sich zu einem hängenden Halbmond. »Hat das der Notarzt gesagt? Die haben keine Ahnung. Legen sich die Dinge so zurecht, wie es ihnen plausibel erscheint. Oder weil sie das Grauen fürchten.«

Sabine atmete möglichst flach, um die aufsteigende Übelkeit zurückzudrängen.

»Und wie war es wirklich?«

»Nun, ich war nicht dabei. Aber was wir haben, ist Folgendes: Petechien – punktförmige Einblutungen – in den Augen. Ein leicht eingedrückter Kehlkopf. Und Stofffasern in den Stichwunden im Unterleib. Sagt Ihnen das etwas?«

»Er war nicht nackt, als der Täter ihm die Stichverletzungen zugefügt hat. Das zeigen die Stofffasern.«

Hackebeil hob eine Augenbraue. »Richtig. Weiter?«

»Der Täter hat Mandler die Plastiktüte über den Kopf gestülpt, bevor er ihm die Kehle durchgeschnitten hat. Deswegen die Petechien.« Kaufmann dachte nach. »Und der eingedrückte Kehlkopf? Ist der beim Durchschneiden beschädigt worden?«

Hack blinzelte ihr zu. »Sehr gut. Nein. Der Kehlkopf ist nicht durch das Messer verletzt worden. Jedenfalls nicht durch einen Schnitt.«

Vor Sabines geistigem Auge entstand ein Bild. Oder, besser gesagt, ein Film. Der Täter lauert Meinhard Mandler auf. Mandler sieht ihn nicht kommen, weil es in dem Gewölbe unter der Burg nur wenig Licht gibt. Der Täter presst ihn gegen eine der Mauern, drückt ihm den Unterarm gegen die Kehle, sodass sich Mandler nicht wehren kann, und sticht auf ihn ein, bis das Opfer zusammenbricht. Dann zerrt er Mandler auf den Boden, reißt ihm die Kleider vom Leib, stülpt ihm die Plastiktüte über den Kopf, sticht vielleicht noch ein paarmal zu. Und erst als Mandler ohnehin fast erstickt ist, schneidet er ihm die Kehle durch. Was hatte Mandler überhaupt auf der Burg gewollt? Hatte ihn der Täter dorthin gelockt? Oder war der Fundort gar nicht der Tatort, und der Mord hatte in Mandlers Jagdhütte stattgefunden? Das würde das ganze Blut dort erklären. Von wem es stammte – von Carla oder von Meinhard oder von beiden –, würde sich feststellen lassen.

Auf jeden Fall musste es so oder so ähnlich gewesen sein, auch wenn ihr das Motiv noch immer nicht klar war. Sabine nickte und sprach es laut aus.

Hacks Mundwinkel hoben sich. »Das entspricht in etwa meiner Theorie.«

Kaufmann schauderte. »Warum tut jemand so etwas?«

»Er wollte das Opfer so viel wie möglich leiden lassen. Folter. Habe ich oft gesehen.«

Sabine wusste, dass Hack in zahlreichen Krisen- und Kriegsgebieten tätig gewesen war. Er hatte sicher Schlimmeres gesehen, und auch sie selbst war schon Mordopfern begegnet, die man noch brutaler zugerichtet hatte. Dennoch hatte dieses Vorgehen bei Mandler etwas auf besondere Weise Archaisches.

»Blutige Rache«, sagte Angersbach in ihre Gedanken hinein. »Blutfehde?« Er zog die Nase hoch. »Jedenfalls wissen wir jetzt, warum es die Kellergewölbe der Münzenburg sein mussten. Oder die abgelegene Jagdhütte im Wald. Mandler muss geschrien haben wie ein abgestochenes Schwein.«

Hackebeil nickte. »Tja. Jetzt ist ihm fast dasselbe widerfahren wie seiner Frau vor vielen Jahren. Nur ohne Narkose.«

»Bitte?«

»Sie erinnern sich nicht? Carla Mandler hatte eine Total-OP. Gebärmutterentfernung und, wie ich bereits vermutet hatte, auch die Eierstöcke. Wirklich stümperhaft. Lauter wulstige Narben.«

Kaufmann schluckte. Der Humor des Rechtsmediziners war wirklich nicht der ihre. Auch Ralph wollte das Thema offensichtlich nicht vertiefen.

»Können Sie uns schon etwas über den Todeszeitpunkt sagen?«, erkundigte er sich.

»Nach der äußerlichen Anschauung tippe ich auf sechs bis sieben Tage. Aber wenn wir ihn aufmachen, wissen wir es genauer. Sind Sie bereit?«

Kaufmann und Angersbach tauschten einen raschen Blick. Sie waren es nicht. Aber sie nickten trotzdem beide.

Als Sabine Kaufmann endlich die Tür ihrer Wohnung aufschloss, war es bereits dunkel. Nach der Obduktion war sie noch bei ihrer Dienststelle in Bad Vilbel vorbeigefahren, der Ladestand des Zoe-Akkus hatte das gerade noch hergegeben. Sie hatte die Kartons eingeladen, die ihr Mirco Weitzel ins Büro gestellt hatte. Die Akten ihrer Fälle aus den letzten vier Jahren in Bad Vilbel und der letzten drei Jahre, die sie in Frankfurt ermittelt hatte. Weitzel hatte die Akten angefordert, und die Frankfurter Kollegen hatten rasch reagiert. Jetzt lud Sabine die Kartons in einer Ecke der Küche ab. Sie wollte eine Aufstellung machen, wer außer dem Zuhälter Szabic eine Wut auf sie haben könnte, wer ihr nach seiner Verhaftung oder Verurteilung gedroht hatte. Doch ihr fehlte die Kraft.

Sie schaltete den Wasserkocher ein und hängte zwei Beutel India Chai in eine Glaskanne. Anschließend sank sie auf einen Stuhl und starrte aus dem Fenster in die Dunkelheit. Ein halber Mond stand am Himmel. Zwischen den Wolken blitzten vereinzelte Sterne hervor. Dann schob sich eine Wolke vor den Mond, und die Schwärze vor dem Fenster wurde undurchdringlich.

Der Wasserkocher schaltete sich mit einem Klacken ab. Kaufmann stützte die Hände auf den Tisch und stemmte sich hoch. Mit schleppenden Schritten ging sie zur Spüle, goss das Wasser in die Kanne und sah zu, wie rötliche, spiralförmige Schlieren von den beiden Teebeuteln aufstiegen. Wie Blut, das sich im Wasser ausbreitete, Spiralen, Wolken, bis alles rot war. Sabine drehte sich angewidert weg.

Krieg dich wieder ein, ermahnte sie sich selbst. Der Tee ist lecker. Er wird dir guttun.

Sie nahm einen Becher aus dem Hängeschrank und schenkte sich ein. Vorsichtig nippte sie. Der Tee war wirklich gut und schmeckte überhaupt nicht nach Blut. Kaufmann spürte, wie sie sich entspannte. Sie nahm den Becher und die Kanne und machte sich auf den Weg ins Wohnzimmer. Die Akten konnten warten, jetzt würde sie einfach den Fernseher einschalten und sich berieseln lassen. Oder sollte sie Michael Schreck anrufen? Wie spät war es in den USA? Später Vormittag wahrscheinlich. Aber sie hatten ausgemacht, dass sie seine halbjährige Abwesenheit nutzen würden, um Abstand zu gewinnen. Danach wollten sie sehen, ob sich aus der einstigen Beziehung eine Freundschaft machen ließ. Allerdings war das hier ein Notfall.

Sollte sie? Oder sollte sie nicht?

Kaufmann verharrte mit dem Becher und der Kanne in der Hand im Flur.

Das Schrillen der Klingel kam so unverhofft und war so laut, dass sie vor Schreck fast beide Gefäße hätte fallen lassen. Mit hämmerndem Herzen stellte sie den Becher und die Kanne auf das Telefontischchen. Sie schaute durch den Spion und musste lächeln. Schnell öffnete sie die Tür.

»Till!«

»Störe ich?« Der große, knochige Mann hielt ihr ungelenk einen Blumenstrauß entgegen. In der anderen Hand hatte er eine Flasche Wein.

»Nein.« Sabine nahm die Blumen entgegen. »Komm rein.«

Sie dirigierte ihn ins Wohnzimmer. »Wein? Oder Tee?«

»Tee ist prima. Ich mag eigentlich gar keinen Wein.«

Kaufmann lachte. Mit einem Mal fühlte sie sich leichter. Als wäre die Last des Tages von ihren Schultern gefallen.

»Warum hast du dann welchen mitgebracht?«

»Das macht man doch so.«

Sabine holte den Becher und die Kanne aus dem Flur und einen weiteren Becher aus der Küche. Die Blumen stellte sie in ein großes Glas, das sie mit Wasser füllte. Zurück im Wohnzimmer schenkte sie Tee ein und setzte sich Till gegenüber auf das Sofa. Er hatte in einem der beiden Sessel Platz genommen. Wie ihr erst jetzt auffiel, trug er noch immer seine Jacke, einen abgewetzten Parka mit Bundeswehrlogo.

»Willst du das nicht ausziehen?«

»Doch.« Er schälte sich aus dem Kleidungsstück und ließ es neben den Sessel fallen. Darunter trug er einen dicken blauen Pullover, der warm und weich aussah. Sabine wünschte sich plötzlich, sie könnte sich an seine Brust kuscheln.

Sie prosteten sich mit den Tassen zu und nippten an ihrem Tee.

»Wie war dein Tag?«, fragte Till. »Haben deine Kollegen etwas herausgefunden? Ob Hedwig ... ob sie es selbst getan hat oder jemand anders?«

»Nein. Der Rechtsmediziner kann es nicht eindeutig sagen. Und die Spuren haben bisher auch nichts ergeben.«

»Das tut mir leid.«

»Danke.« Kaufmann schloss für einen Moment die Augen. Dann öffnete sie sie wieder.

»Mein Tag war grauenvoll«, berichtete sie. »Ich habe einen neuen Mordfall. Der Mann wurde brutal erstochen. Wir haben ihn in einem unterirdischen Gewölbe der Münzenburg gefunden.«

Tills dunkle Augen ruhten auf ihr. Sie glänzten, doch Sabine wusste nicht, weshalb. Mitleid? Irritation? Sehnsucht? Er sagte nichts, doch was sollte er auch sagen? Eigentlich hätte sie gar nicht mit ihm darüber sprechen dürfen, aber sie brauchte jemanden zum Reden. Wenn sie nicht ein wenig von dem Schrecken der letzten Tage loswerden konnte, wurde sie verrückt.

Willkommen im Klub, dachte sie.

»Ich habe das Gefühl, dass alles über mir zusammenbricht«, sagte sie.

Till stellte bedächtig seine Teetasse auf den Wohnzimmertisch. Er erhob sich langsam von seinem Sessel. Sabine fielen seine Hände auf, die langen, schmalen Finger, aus denen die Gelenke wie Knoten hervorstachen.

Er kam zum Sofa und setzte sich neben sie. Wie in Zeitlupe hob er den Arm und strich ihr eine Haarsträhne aus der Stirn. Dann glitt der Finger weiter über ihre Wange, umkreiste ihren Mund, wanderte unters Kinn und verharrte dort. Die dunklen Augen schienen zu brennen.

»Vielleicht sollten wir doch den Wein aufmachen«, flüsterte er rau. Dann neigte er den Kopf, und seine Lippen legten sich weich auf ihre.

Dienstag, 19. September

Grauer Dunst über der Stadt. Autos, die langsam durch die Straßen krochen. Menschen, die vorbeihetzten, Aktentaschen unter dem Arm, Rucksäcke über den Schultern, die Jacken bis oben zugeknöpft, genau wie die Gesichter. Je älter er wurde, desto weniger mochte Ralph Angersbach die Stadt. Zu voll. Zu laut. Zu wenige Perspektiven.

Sein Blick wanderte aus dem Fenster seines Büros in den nebelschwangeren Himmel. Er sehnte sich nach dem Vogelsberg. Dort sollte er wohnen. Dort gehörte er hin. Wirklich schade, dass sein Vater nicht die Absicht hatte, ihm seinen Hof jetzt schon zu überlassen. Teil der Hippie-WG zu werden war jedenfalls keine Alternative. Er konnte sich nicht tagtäglich mit renitenten Kiffern herumschlagen, das widersprach seinem Berufsethos. Aber vielleicht fand er etwas Eigenes. Das Haus in Okarben war zumindest vermietet, auch wenn Verkaufen natürlich besser gewesen wäre. Große Sprünge konnte er nicht machen. Nicht mit Besoldungsgruppe A11. Davon konnte man zwar gut leben, aber für das Haus, von dem er träumte, reichte es nicht. Allerdings könnte er einen Kredit aufnehmen. Er hatte das Haus in Okarben als Sicherheit.

Ein leises »Pling« riss ihn aus seinen Gedanken, und er wandte den Blick vom Fenster ab und schaute auf seinen Computermonitor.

Der Morgen hatte eine Reihe von Ergebnissen gebracht. Angersbach hatte jetzt die vollständigen Berichte der Obduktionen von Meinhard und Carla Mandler und die Berichte der Spurensicherung vom Kreutzhof, von Mandlers Jagdhütte und von der Münzenburg sowie die Auswertung der Mobilfunk- und Festnetzverbindungen der beiden Mandlers. Und gerade eben war auch das Ergebnis der Untersuchung des Blutes an Pascal Rinkers Messer eingetroffen.

Gewöhnlich ergaben all diese Befunde ein Bild. Eines, das sich vervollständigte und klärte, je mehr Mosaiksteine hinzukamen. Dieses Mal allerdings war das Gegenteil der Fall.

Beide Mandlers waren mehrfach von BiGaWett-Geschäftsführer Sebastian Rödelsperger und dem Wetterbacher Standesbeamten Bernhard Schwarz angerufen worden. Anrufe, die, wie ihnen die Sekretärin des Kreutzhofs, Nicole Henrich, bestätigt hatte, durch aufgewühlte Emotionen und Aggressivität gekennzeichnet waren. Das letzte Gespräch, das Meinhard Mandler angenommen hatte, stammte vom frühen Abend des elften September. Das passte zur Aussage des Knechts Adam Nowak, der an diesem Montag beobachtet hatte, wie Mandler mit seinem BMW-M4-Cabrio den Hof verlassen hatte, das letzte Mal, dass Mandler gesehen worden war. Und es passte auch zu Hackebeils Festlegung der Todeszeit. Irgendwann zwischen zwanzig Uhr am Montagabend und zwei Uhr am frühen Dienstagmorgen. Tod an Nine Eleven. Auch mehr als ein Jahrzehnt nach den Anschlägen jagte dieses Datum Angersbach noch einen Schauer über den Rücken. Die Bilder der einstürzenden Türme würde er in seinem ganzen Leben nicht vergessen.

Ralph schüttelte sich, um den Gedanken beiseitezuschieben. Meinhard Mandler war in der Nacht von Montag auf Dienstag ermordet worden. So weit alles klar. Doch dann fingen die Probleme an. Im Gewölbe auf der Münzenberger Burg war nicht genug Blut für die massiven Stichverletzungen, die man Mandler zugefügt hatte. Dafür gab es in der Jagdhütte zu viel Blut für den einzelnen Stich, an dem Carla Mandler gestorben war. Angersbach wartete noch auf die Ergebnisse aus dem DNA-Labor, doch schon jetzt schien es auf diese Frage nur eine Antwort zu geben: Nicht Carla, sondern Meinhard Mandler war in der Jagdhütte getötet worden. Und erst anschließend hatte ihn der Täter in das Gewölbe auf Burg Münzenberg geschafft.

Aber warum?

Angersbach hatte keine Ahnung.

Immerhin bot diese Theorie eine Erklärung für die knappe Spanne – zwei Stunden – zwischen dem Todeszeitpunkt von Carla Mandler – etwa zwölf bis vierzehn Stunden vor Auffinden – und dem Zeitpunkt, zu dem man die Leiche in den Brunnenschacht verbracht hatte – zehn bis zwölf Stunden vor Auffinden. Der Weg zur Jagdhütte dauerte fast eine Dreiviertelstunde, und es brauchte auch Zeit, um einen Leichnam transportfertig zu machen, ihn zum Wagen zu tragen, ihn am Zielort wieder auszuladen und so weiter. Die Annahme, dass der Tatort näher am Fundort lag, war plausibler. Gefunden hatte man Carla Mandler gegen sechzehn Uhr dreißig am Nachmittag. Die Tatzeit lag demzufolge zwischen halb drei und halb fünf am Freitagmorgen. In den Brunnen gelangt war die Leiche zwischen halb fünf und halb sieben, vermutlich eher früher innerhalb dieses Zeitfensters. Ralph hatte das mittlerweile überprüft, Sonnenaufgang war an diesem fünfzehnten September um 6.52 Uhr gewesen, gegen halb sieben hatte also bereits die Dämmerung eingesetzt, und auf einem Hof begann man früh mit der Arbeit. Der Täter wäre ein großes Risiko eingegangen. Zwei Stunden früher dagegen war es stockfinster gewesen und die Tiere die einzigen Lebewesen, die etwas hätten beobachten können.

Der Tatort lag allerdings weder im Wohnhaus der Mandlers noch im Bürogebäude, das ergaben die Ergebnisse der Spurensicherung, die Angersbach mittlerweile auf dem Tisch hatte. Und in den Ställen hatte man keine Hinweise gefunden. Was nicht bedeutete, dass es keine gab. Aber sie inmitten riesiger Haufen dreckigen Strohs und Pferdedreck zu finden war nahezu unmöglich. Die Kollegen hatten natürlich Proben genommen, doch das gesamte Material durch den Gaschromatografen zu jagen hätte Monate in Anspruch genommen. Carla Mandler konnte also in einem der Ställe getötet worden sein – oder an jedem beliebigen anderen Ort.

Noch unbefriedigender war die Antwort auf die Frage nach dem Wer. Auf Ralphs Verdächtigenliste standen Rödelsperger und seine Gorillas Rinker und Hotz, außerdem Bernhard Schwarz. Doch alle vier hatten für die Nacht, in der Meinhard Mandler gestorben war, ein Alibi.

Schwarz war nach einer Gemeinderatssitzung mit seinen Parteigenossen in einer Gaststätte versackt. Ein Taxifahrer erinnerte sich, den reichlich betrunkenen Standesbeamten gegen halb zwei vor seiner Haustür abgesetzt zu haben. In der Verfassung hätte dieser kaum mit dem eigenen Wagen zur Jagdhütte fahren und Meinhard Mandler erstechen können, schon gar nicht innerhalb einer halben Stunde. Und Amelie Schwarz, seine Tochter, die Ralph ohnehin nicht ernsthaft als Täterin in Erwägung gezogen hatte, befand sich seit knapp zwei Wochen in einer psychiatrischen Klinik, in der nachts die Türen verschlossen wurden. Die ungewollte Schwangerschaft hatte sie offenbar massiv aus dem Gleichgewicht gebracht. Motiv bei beiden, aber keine Gelegenheit zur Tat.

Dasselbe bei Collin Hotz und Pascal Rinker. Die BiGa-Wett-Gorillas hatten ihren Montagabend in Frankfurt verbracht. Die beiden Damen aus der »Bar«, die sie besucht hatten, hatten bestätigt, dass man sich erst in den frühen Morgenstunden getrennt hatte. Außerdem war das Blut auf dem Messer aus Pascal Rinkers Spind tatsächlich ausschließlich Schafblut, das stand in dem Befund, der gerade auf Ralphs Monitor aufgepoppt war.

Sebastian Rödelsperger hatte den sechzigsten Geburtstag seiner Mutter gefeiert, in einem Marburger Edellokal. Die Feier hatte bis gegen drei gedauert. Rödelsperger und seine Mutter waren als Letzte gegangen. Der BiGaWett-Geschäftsführer war den ganzen Abend im Lokal gewesen und hatte die Feier nicht verlassen. Dafür gab es ungefähr drei Dutzend Zeugen.

Und Nowak und sein adoptierter Sohn? Die hätten vielleicht ein Motiv für den Mord an Meinhard Mandler gehabt, der Regina mit dem Kind abgeschoben und Nowak zur Hochzeit genötigt hatte, doch warum nach mehr als dreißig Jahren? Und für den Mord an Carla Mandler gab es überhaupt keinen Grund. Sie konnte nichts für die Fehltritte ihres Mannes. Natürlich würde man da noch nachhaken müssen, aber ob dabei etwas herauskam?

Scheiße.

Dabei musste der Täter aus dem Umfeld des Kreutzhofs kommen. Alle Indizien deuteten in diese Richtung, auch die jüngsten Erkenntnisse der Spurensicherung: dass die Schlösser des Verschlags hinter der Jagdhütte und der beiden Metallschränke darin nicht aufgebrochen worden waren – woraus sich folgern ließ, dass derjenige, der sie geöffnet hatte, eigene Schlüssel besaß oder zumindest die Gelegenheit gehabt hatte, sich Nachschlüssel zu fertigen. Und dass der Sand, der in Mandlers Hütte gefunden worden war, eine identische Struktur aufwies wie der Sand auf dem Vorführ- oder Abholplatz auf dem Kreutzhof.

Ralph rieb sich irritiert das Kinn. Warum hatte der Täter die Eingangstür der Hütte aufgebrochen, wenn er für Verschlag und Schrank Schlüssel besaß? Hätte er dann nicht auch den für die Tür haben müssen? Vielleicht hatte Mandler in jüngerer Zeit das Schloss am Eingang ausgetauscht, und der Schlüssel des Täters hatte nicht gepasst. Oder war es gar nicht dieselbe Person gewesen, die die Tür aufgebrochen und den Schrank geöffnet hatte?

Angersbach nahm die Zettel zur Hand, die ihnen der Standesbeamte Bernhard Schwarz mitgegeben hatte. Die Auszüge aus Schwarz' Terminkalender legte er beiseite. Für den Mord an Meinhard Mandler hatte er ein Alibi, für den an Carla Mandler kein Motiv. Doch das war es nicht, was Ralph suchte. Er wollte die Geburtsurkunde von dem Jungen, den Meinhard Mandler vor fünfunddreißig Jahren gezeugt hatte.

Wenn der Täter kein geistesgestörter Psychopath war, der wahllos mordete – wovon aus verschiedenen Gründen nicht auszugehen war –, dann beinhalteten die Todesarten und Ablageorte womöglich eine Botschaft. Ein Stich ins Herz. Ein zerstochener Unterleib. Insbesondere das. Mandlers primäre Geschlechtsorgane waren durch die Messerangriffe nahezu zerfetzt gewesen, das stand nicht nur in Hacks Bericht, Ralph und Sabine hatten es bei der Obduktion am Abend zuvor mit eigenen Augen gesehen. Penis und Hoden, Symbol für Manneskraft und Zeugungsfähigkeit.

Der Kommissar dachte nach. Es war nicht möglich, landesweit die Unterlagen der Standesämter danach zu durchforsten, ob Meinhard Mandler sich zu weiteren Kindern bekannt hatte – diese Art der Rückwärtssuche funktionierte nicht. Man musste schon die Namen der Kinder kennen, so wie Bernhard Schwarz gewusst hatte, dass Mandler für den Nowak-Sohn die Vaterschaft anerkannt hatte. Aber Nicole Henrich, die Sekretärin des Kreutzhofs, arbeitete seit fünfundzwanzig Jahren für das Ehepaar Mandler, und ihre Loyalität hatte eindeutig Carla Mandler gegolten. Wenn Meinhard Mandler weitere uneheliche Kinder gezeugt hatte, wusste sie womöglich etwas davon.

Angersbach griff nach seiner Jacke, als es an der Tür klopfte und Sabine Kaufmann eintrat. Ein leichtes Lächeln lag auf ihrem Gesicht, und sie wirkte weitaus gelöster als am Abend zuvor.

»Guten Morgen«, begrüßte sie ihn beschwingt.

Ralph knurrte nur: »Ich weiß nicht, was an diesem Morgen gut sein soll.« Obwohl er sich eigentlich für sie freuen wollte, doch ihre gute Laune machte ihm nur seine eigene Missstimmung umso deutlicher.

Kaufmann hob nur eine Augenbraue. »Hast du Laus mit Leber gefrühstückt?«

»Nein.« Angersbach deutete auf den Papierstapel auf seinem Schreibtisch und erläuterte ihr die Befunde und seine Überlegungen.

Sabines Lächeln verlor sich, und ihre Miene wurde ernst. Schließlich blickte sie auf die Uhr und sagte: »Die Henrich müsste jetzt dort sein. Fahren wir zum Kreutzhof.«

Ralph zog seine Wetterjacke über. »Mein Plan.«

Auf dem Hof schien alles seinen gewohnten Gang zu gehen. Adam Nowak führte einen lebhaften Schimmel am Zügel zu einem Platz, auf dem sich eine Art großes, waagerecht stehendes Windrad befand, statt mit Rotoren mit Armen, von denen blaue Plastikmatten herunterhingen. Nowak entließ das Pferd in die Arena und betätigte einen Schalter, der irgendwo in einem grauen Kasten verborgen war. Das Rad begann sich langsam zu drehen. Der Schimmel lief notgedrungen mit, wie Menschen in den Drehtüren am Flughafen.

Sabine Kaufmann schaute ungläubig zu.

Angersbach neben ihr grinste. »Das ist eine Art Laufband für Pferde. Wenn man keine Zeit hat auszureiten. Damit sie in Bewegung bleiben.«

»Eher ein Hamsterrad«, erwiderte Kaufmann und spürte, wie sich das Gewicht langsam wieder auf die Schultern senkte, das sie in der Nacht für wenige Stunden abgeschüttelt hatte. Ein leises Ziehen, eine Sehnsucht, dorthin zurückzukehren. Doch die Probleme ihres Lebens ließen sich nicht mit einem Fingerschnippen lösen. Oder indem man sich unter einer Decke verkroch. Auch wenn sie dort gern noch eine Weile liegen geblieben wäre, mit Tills knochigem, warmem Körper, der sich fest und tröstlich an ihren Rücken schmiegte. Warum war sie nicht zu Hause geblieben und hatte mit ihm gefrühstückt?

Weil du einen Job hast, ermahnte sie sich selbst. Noch. Noch neun Tage Mordkommission Bad Vilbel. Und die würde sie verdammt noch mal nutzen.

Angersbach parkte den Lada mitten im Hof, und Kaufmann sprang aus dem Wagen. Von der anderen Seite führte eine Frau ein Pferd am Zügel, einen Braunen mit glänzender Mähne und einer vorwitzigen weißen Strähne, die ihm fast in die Augen fiel. Die Frau trug einen fleckigen Arbeitsoverall und schlammverkrustete Gummistiefel. Die Haare – brünett, mit einem Rotstich – fielen ihr offen über die Schultern.

»Ronja Böttcher«, sagte Angersbach. »Sie hat die Leiche von Carla Mandler im Brunnen entdeckt.« Er hob die Hand und winkte ihr zu, und die junge Frau änderte die Richtung und kam auf sie zu.

»Hallo, Herr Angersbach.«

»Hallo, Frau Böttcher. Das ist meine Kollegin, Sabine Kaufmann.«

»Hallo.« Die großen grünen Augen waren weit, der Blick neugierig und verletzlich zugleich. »Ich weiß gar nicht, was ich sagen soll. Erst Frau Mandler, und jetzt Herr Mandler. Wer tut denn so etwas? Wissen Sie das schon?«

»Wir ermitteln noch.«

Die Pferdepflegerin nickte. Hinter ihrer Stirn schien es heftig zu arbeiten. Abwesend strich sie dem Braunen über die Nüstern, der daraufhin die Lider senkte und rhythmisch die Oberlippe hob und senkte. Ein Ausdruck von Wohlbehagen, interpretierte Sabine. Ronja Böttcher schaute ihn an, wie andere ihren Geliebten ansahen. Sie wandte sich wieder Ralph und Sabine zu.

»Was wird denn jetzt aus uns? Aus dem Hof? Und den Pferden? Wissen Sie das?«

Sabine verspürte einen Stich. Weder Ralph noch sie waren dieser Frage bisher nachgegangen. Dabei gehörte sie zu den ersten, die man stellen musste. Wer profitierte von einem Mord? Die Erben.

Nun gut, sie hatten in Erwägung gezogen, dass Meinhard Mandler seine Frau aus diesem Grund getötet hatte. Aber mittlerweile wussten sie ja, dass er das erste Opfer gewesen war. Wer also bekam den Hof, wenn beide Ehepartner tot waren?

»Gibt es keine Verwandten?«

Dass die Mandlers keine Kinder gehabt hatten, wussten sie natürlich. Doch was war mit Geschwistern, Eltern, Tanten, Onkeln, Cousins, Cousinen?

Ronja schüttelte ihre Locken. »Das müssen Sie die Henrich fragen. Ich hatte nicht viel mit Herrn und Frau Mandler zu tun. Sie war mir zu kühl und er zu ...«

»Heiß?«, fragte Angersbach.

Die Pferdepflegerin lachte auf: »Ja. So kann man das sagen.« Sie seufzte. »Und jetzt …« Sie rief sich sichtlich zur Ordnung. »Ich habe jedenfalls nie Verwandtschaft kennengelernt.« Ihre Hand rieb über die Wange und hinterließ einen Schmutzfleck. »Was wird denn, wenn es niemanden gibt?«

»Es gibt immer jemanden«, entgegnete Sabine. Jedenfalls fast immer, korrigierte sie sich im Stillen. Wenn es tatsächlich niemanden gab, fiel der Hof an das Land Hessen. Und dort würde man sicher gern an die BiGaWett verkaufen. Ein erstklassiges Motiv für Rödelsperger und seine Gorillas, sogar für beide Morde. Doch die hatten allesamt, wie sie inzwischen wussten, stichhaltige Alibis, zumindest für den Mord an Meinhard Mandler – und wer wollte ernsthaft glauben, dass sie es mit zwei verschiedenen Tätern zu tun hatten?

»Herr Mandler hatte einen leiblichen Sohn«, erklärte Ralph. Kaufmann hätte sich beinahe vor die Stirn geschlagen. Deswegen waren sie doch hier. Ihr Kopf war im Augenblick wirklich wie ein Sieb.

»Ach so? Davon weiß ich nichts.« Ronja Böttcher legte den Kopf auf die Seite.

»Er wurde schon als Säugling adoptiert. Aber falls er der einzige leibliche Nachkomme und der verbliebene Verwandte ist, dürfte er trotzdem erbberechtigt sein«, sagte Ralph. »Glaube ich jedenfalls.«

Ronja rieb sich die Hände an der Hose. »Dann behält er den Hof vielleicht? Und wir können weitermachen?« Ihre Arbeit lag ihr sichtlich am Herzen.

Kaufmann dachte daran, was Yannick Dingeldein und Luisa Klingelhöfer behauptet hatten. Dass Ronja Böttchers Interesse eher dem eigenen Geschlecht galt.

»Herr Mandler hat nie versucht, bei Ihnen zu landen?«
»Doch. Er hat es bei jeder versucht. Jedenfalls bei jeder unter dreißig.«
»Sie hatten kein Interesse?«
»Nein. Herr Mandler war vierzig Jahre älter als ich.«
»Das war der Grund?«
»Was sonst?«
»Ihre sexuellen Präferenzen?«

Ronja schnaubte. »Ach so. Luisa. Nein. Ich stehe nicht auf Frauen. Aber die meisten Männer interessieren mich auch nicht. Ich mag am liebsten ... Pferde.« Sie streichelte den Braunen, der geduldig neben ihr ausharrte. »Sie sind treu und geduldig und sensibel. Ein Mann, der was für mich ist, müsste auch so sein. Und er müsste genauso pferdeverrückt sein wie ich. Bisher ist mir noch keiner begegnet, bei dem das so war.«

»Herr Mandler war kein Pferdeliebhaber?«
»Doch. Aber nicht treu.«
»Von den Mädchen, mit denen er sich vergnügt hat – ist da mal eines schwanger geworden?«

Ronja nickte trüb. »Amelie. Die war so dumm. Hat sich sonst was ausgemalt. Als ob Mandler wegen ihr seine Frau verlassen hätte. Und dann glaubt sie auch noch, sie könnte ungeschützten Verkehr haben, nachdem sie eine halbe Woche mit Magen-Darm-Grippe im Bett gelegen hat. Dabei weiß doch jeder, dass der Körper dann den Wirkstoff von der Pille nicht aufnehmen kann. Die rauscht hinten genauso wieder raus, wie man sie vorne einwirft.«

»Ah.« Das erklärte, wie die ungewollte Schwangerschaft überhaupt zustande gekommen war. »Und Amelie war die Einzige? Oder gab es noch mehr solche Unfälle?«

Ronja lehnte ihren Kopf an den des Pferdes. »Nicht, soweit ich weiß.«

»Danke.« Angersbach, der das Gespräch schweigend verfolgt hatte – Frauenthemen –, bedeutete Sabine, dass er gern zum Bürogebäude gehen wollte, um mit der Sekretärin zu sprechen.

Ronja griff nach dem Halfter des Braunen. »Sagen Sie Bescheid, wenn Sie wissen, was aus dem Gestüt wird?«

»Machen wir.« Sabine lächelte der Pferdepflegerin zum Abschied zu und folgte Ralph eilig zu den Büros. Auf der anderen Seite sah sie Yannick Dingeldein und Luisa Klingelhöfer, die gemeinsam den Innenhof überquerten, Luisa auf ihrem stolzen Pferd, Yannick mit einer Schubkarre voller Mist. Zumindest redeten sie miteinander. Vielleicht gab es für den Junge doch noch eine Chance.

Sabine lachte leise in sich hinein, während sie hinter Angersbach die Stufen nach oben nahm. Der Abend mit Till musste ihren ganzen Hormonhaushalt durcheinandergewirbelt haben. Oder warum betätigte sie sich jetzt plötzlich als weiblicher Amor, zumindest in Gedanken?

Sie wurde wieder ernst, als sie vor der Tür der Sekretärin ankamen. Sie stand offen, und Nicole Henrich saß stocksteif an ihrem Schreibtisch, der Dutt so straff, dass die gesamte Gesichtshaut nach hinten gezogen wurde, die schreiend rot lackierten Nägel bewegungslos auf der Tastatur ihres Computers. Das Dokument auf dem Monitor war eine lange Reihe sinnloser Buchstaben, das Einzige, was der Rechner mit dem Dauerdruck auf die Tasten anfangen konnte.

»Frau Henrich.«

Die Sekretärin zuckte zusammen, als wäre sie aus tiefstem Schlaf hochgeschreckt. Die kleinen grauen Augen hinter der schwarzen Hornbrille weiteten sich und wurden dann ganz schmal.

»Sie! Können Sie nicht anklopfen?«

»Die Tür war offen.« Angersbach konnte seine mangelnde Sympathie für Nicole Henrich nur schlecht verbergen. Auch Sabine fiel es angesichts der abweisenden Miene und der spitzen, schrillen und zugleich irgendwie leidenden Stimme schwer.

»Bitte.« Die Sekretärin wies auf zwei Besucherstühle. Ein Versuch, die eigene Position zu verbessern. Ralph ignorierte das Angebot und trat stattdessen näher an den Tisch heran. Henrich schob sich mit ihrem Bürostuhl ein Stück zurück.

»Wir sind auf der Suche nach Verwandten von Herrn und Frau Mandler«, eröffnete Angersbach das Gespräch.

»Soweit ich weiß, gibt es keine. Die Eltern von Carla Mandler sind gestorben, als sie gerade achtzehn war. Sie hatte keine Geschwister, und ansonsten ist auch keiner mehr da. Bei Herrn Mandler war es nicht anders. Die Mandlers waren eine große und einflussreiche Familie im Dorf, aber der Krieg … Da sind ganze Sippen ausgelöscht worden. Nach dem Krieg waren nur noch die Eltern von Herrn Mandler übrig, doch die sind auch jung gestorben. Nicht im Krieg, aber letzten Endes an den Folgen. Die zerstörte Jugend, die Trümmer, die täglichen Schrecken. Die Menschen waren ausgezehrt. Viele sind nie wieder richtig auf die Beine gekommen.«

Die Sekretärin schien sich ausführlich mit diesem Thema beschäftigt zu haben. Womöglich gab es auch in ihrer Familie ein Kriegstrauma, das über Generationen mitgeschleppt wurde. Das würde zumindest erklären, warum sie so versteinert war.

»Herr Mandler hat einen leiblichen Sohn.«

Die schwarz getuschten Augenbrauen schossen nach oben. »Davon weiß ich nichts. Aber wie … von Amelie?«

»Nein.« Das Mädchen war gerade erst im dritten Monat. Andererseits – wenn sie das Kind nicht abtreiben ließ, hatte sie tatsächlich den besten Erbanspruch. Besser als der des fünfunddreißigjährigen adoptierten Sohnes. Sie sollten Bernhard Schwarz darauf hinweisen. Unter diesen Umständen würde er vermutlich nicht auf der Abtreibung bestehen. Aber war das auch zum Besten des Mädchens? Vielleicht wollte sie das Kind gar nicht. Und den Hof? Sabine verscheuchte die lästigen Gedanken. »Der Sohn von Herrn Nowak.«

»Der ist nicht von Adam?«

»Nein.« Angersbach diesmal. »Die Geburtsurkunde verzeichnet Meinhard Mandler als leiblichen Vater. Adam Nowak hat den Jungen adoptiert.«

»Ach was.« Die Augen der Sekretärin blitzten. »Das ist ja ein Ding.«

»Was uns interessieren würde«, fiel ihr Sabine ins Wort, ehe Henrich einen neuen Satz Lebensweisheiten entfalten konnte, »ist, ob es noch mehr uneheliche Kinder gab.«

Henrich starrte den Buchstabensalat auf ihrem Bildschirm an. Lange und intensiv. Nach einer gefühlten halben Ewigkeit schüttelte sie den Kopf.

»Nicht, seit ich hier bin. Wenn da eine schwanger geworden wäre, das hätte ich mitbekommen. Ich habe schließlich auch jeden Streit mitgekriegt wegen seiner Affären.«

»Gut.« Kaufmann sah zu ihrem Kollegen. In den letzten fünfundzwanzig Jahren hatte Meinhard Mandler also kein weiteres Kind in die Welt gesetzt. Der Schlüssel zur Lösung musste bei Adam Nowak liegen, so oder so. Entweder wusste er etwas von weiteren unehelichen Kindern – schließlich war er seit vierzig Jahren Angestellter des Gestüts, länger als jeder andere –, oder er war selbst involviert.

Angersbach nickte ihr zu. Jetzt hatten sie zumindest wieder ein konkretes Ziel, auf das sie ihre Energie richten konnten.

11

Es war wieder Oberschwester Hildegard, die ihnen die Tür öffnete. Obwohl der Eindruck nicht neu war, staunte Angersbach, wie sehr er ihn auch dieses Mal wieder überraschte. Diese Ausstrahlung von Regina Nowak, geborene Rebscher, war einfach zu ähnlich. Vielleicht waren aber auch alle Oberschwestern so. Ralph hatte selbst noch nie im Krankenhaus gelegen, von Berufs wegen aber schon viele Patienten in Kliniken besucht. Diese energiegeladene, etwas herrische Art war ihm schon an mancher Schwester aufgefallen. Doch keine war jemals ein so perfektes Abbild der Darstellerin aus der Schwarzwaldklinik gewesen. Dabei stimmte das gar nicht. Oberschwester Hildegard hatte, wenn er sich richtig erinnerte, halblange Haare gehabt, keinen Zopf wie Regina Nowak. Und an die Augenfarbe konnte er sich gar nicht erinnern. Die von Regina jedenfalls waren strahlend blau, die Wimpern dicht.

Vielleicht war es die Art, wie sie ihn ansah. Ernst und streng. Oder der vorwurfsvolle Ton ihrer Stimme, als sie sagte: »Mein Mann ist nicht zu Hause.« Als ob Sabine und er etwas dafürkönnten.

»Dürfen wir trotzdem kurz hereinkommen?«, fragte Kaufmann höflich, und die Oberschwester trat beiseite. Mit nicht zu übersehendem Widerwillen, fand Ralph.

Auch dieses Mal landeten sie in der winzigen Küche mit den abgenutzten Möbeln und den verblichenen Vorhängen. Zu dem bunten Tischtuch, den Sets und Kerzenhaltern mit

Teelichtern auf Tisch, Fensterbank und Anrichte war ein Trockenblumenstrauß hinzugekommen, der in einer bauchigen Vase mitten auf dem Tisch stand. Wie beim letzten Mal blubberte braune Brühe in der altersschwachen Kaffeemaschine, und Regina Nowak füllte sich einen Becher. Kaufmann und Angersbach lehnten ab. Was Ralph in der nächsten Sekunde bereute, als er auf einem der abgewetzten Polsterstühle Platz nahm und sich Regina Nowak und dem durchdringenden Blick aus ihren blauen Augen gegenüberfand. Sie waren hier, um über eine heikle Materie zu sprechen. Er hätte gern etwas zum Festhalten gehabt. Er schaute zu Sabine, das war doch ein Frauenthema.

Zum Glück übernahm sie, schien sogar dankbar, dass er sich zurückhielt. Das wiederum ärgerte ihn. Er war nicht Ralph, der Trampel. Er redete nur nicht gern über die weibliche Intimregion.

»Frau Nowak, wir würden gern über Ihren Sohn sprechen«, sagte Kaufmann.

Regina Nowak verschränkte die massigen Oberarme vor der Brust und hob das Kinn. Eine dicke Mauer aus Muskeln und Fett und Widerwillen. »Warum?«

»Weil sein leiblicher Vater Meinhard Mandler war.«

Die Gesichtszüge der Frau entgleisten. »Das wissen Sie?«

»Ja.«

Die Krankenschwester nickte. Sie löste die Arme, und ihre Hände strichen hektisch über ihre himmelblaue Tracht. Wieder ein Nicken, gleich darauf ein zweites, drittes, viertes, als könnte sie einfach nicht wieder aufhören, wie eine Aufziehpuppe. Ralph spürte, wie er nervös wurde. Dann beendete sie die Nickerei endlich und sah ihm geradewegs in die Augen.

»Ich bin hier in Wetterbach geboren. Das ist ein kleiner Ort, ein Dorf. Manche sagen, man fühlt sich hier so geborgen, weil wir ringsherum vom Wald umgeben sind. Wer auf der Bundesstraße unterwegs ist und nicht weiß, dass es uns gibt, fährt an der K168 einfach vorbei. Man sieht nur die Bäume und die Kirchturmspitze, als wäre da eine große Kapelle im Wald. Ich mag das nicht. Ich finde es beklemmend. Ich wollte schon als junges Mädchen nur eines: raus aus dem Dorf. Und ich war komplett vernarrt in Pferde.« Sie schnaubte leise.

»Und da drüben, auf der anderen Seite der Bundesstraße, war der Kreutzhof. Ich habe jede freie Minute dort verbracht. Wegen der Tiere. Aber dann war ich eines Tages allein im Stall. Ich habe die Hufe von dem Pferd ausgekratzt, mit dem ich geritten war. Plötzlich stand Meinhard neben mir. Ich hatte ihn vorher schon ein paarmal gesehen. Alle Mädchen auf dem Hof schwärmten von ihm. Er war dreiunddreißig, groß und schlank, braun gebrannt, mit schwarzen Locken. Und diese Augen. Dunkelbraun, fast schwarz.« Ihr Blick schweifte aus dem Fenster in den trüben Dunst, der langsam von der Morgensonne aufgelöst wurde. Doch das, was sie sah, war offensichtlich etwas anderes.

»Bisher hatte er mich überhaupt nicht zur Kenntnis genommen. Dabei war ich nicht hässlich.« Sie erhob sich schnaufend von ihrem Platz, watschelte aus der Küche und kam eine halbe Minute später mit einem gerahmten Foto zurück. Es zeigte ein großes, schlankes Mädchen mit langen blonden Haaren im Reiterdress neben einem gestriegelten Pferd mit kunstvoll geflochtener Mähne. Angersbach blinzelte und schaute zwischen dem Bild und der Krankenschwester hin und her. Das sollte Oberschwester Hildegard in jungen Jahren sein? Er konnte es nicht fassen.

»Da war ich sechzehn«, erläuterte Regina Nowak. »Die anderen Mädchen, mit denen Meinhard geschäkert hat, waren älter. Ich dachte, ich wäre ihm zu jung. Aber dann ... Er hat gesagt, ich wäre die Schönste von allen, und er könne einfach nicht widerstehen.«

Noch jetzt, während sie es erzählte, hörte Ralph den Stolz heraus, den sie damals empfunden haben musste.

»Sie haben sich auf ihn eingelassen«, stellte Sabine Kaufmann nüchtern fest.

Alles Weiche verschwand aus Reginas Gesicht. »Ja. Ich wollte ihn. Ich habe mich gefreut, als ich festgestellt habe, dass ich schwanger bin.« Sie lachte bitter. »Ich dachte allen Ernstes, er würde gemeinsam mit mir ein neues Leben anfangen. Das mit seiner Frau und ihm – das war doch ohnehin keine Liebe.«

»Aber so ist es nicht gekommen.«

»Nein. Er hat mich weggeschickt.«

Die Arme schlossen sich wieder vor der Brust, die Lippen pressten sich zusammen. Angersbach sah, dass die Augen hinter der blauen Brille feucht glänzten. Das junge Mädchen, das Regina Nowak gewesen war, musste von Mandlers Zurückweisung schwer getroffen gewesen sein.

»Aber Sie haben das Kind trotzdem bekommen«, fasste Sabine zusammen, »und geheiratet.«

Regina nickte knapp.

»Meine Eltern waren gläubige Menschen. Sie wollten keine Abtreibung. Sie wollten auch kein uneheliches Kind. Die Schande, wissen Sie? Meine Eltern hatten ein Geschäft im Dorf, eine Art Tante-Emma-Laden. Sie hatten Angst, dass die Kundschaft wegbleibt, wenn es Gerede gibt.« Sie hob den Kopf. »Ich wollte auch nicht abtreiben. Ich wollte dieses Kind. Für mich war es ein Kind der Liebe, auch wenn Meinhard mich fallen lassen hat.«

»Und Adam war bereit, für ihn einzuspringen?«

Ein ungeduldiges Schulterzucken.

»Er war Stallknecht auf dem Kreutzhof. Und dankbar, dass die Mandlers dafür gesorgt haben, dass seine Eltern ihr Haus behalten konnten, nachdem sein Vater krank geworden war und nicht mehr arbeiten und Geld verdienen konnte.«

Angersbach kniff die Augen zusammen. Er hatte sich nicht in das Gespräch einmischen wollen, doch jetzt konnte er nicht länger an sich halten.

»Meinhard und Carla Mandler haben diese Ehe eingefädelt?«, fragte er entgeistert. Was erklärte, weshalb von Liebe zwischen den beiden nicht viel zu spüren war.

Die Krankenschwester hob das Kinn. »Es war für alle die beste Lösung.«

Ralph Angersbach hatte ein schales Gefühl, als sie das kleine, windschiefe Haus am Ortsrand von Wetterbach verließen und im Schatten der aufragenden Bäume des umgebenden Waldes durch den ungepflegten Vorgarten zur Straße gingen. Sie hatten noch einige weitere Fragen gestellt, doch die Krankenschwester hatte sich nicht weiter zu den alten Geschichten äußern wollen. Nur dass sie alle akzeptiert hatten, wie die Dinge waren, und dass es keinen Anlass gab, sich heute, nach all den Jahren, an Meinhard und Carla Mandler zu rächen, hatte sie immer wieder betont. Auch wenn sein leiblicher Vater sich nicht mehr um ihn gekümmert hatte, nachdem er ihnen einmal die Adoption finanziell vergolten hatte. Formal war er damit auch nicht mehr zuständig, und sie hatten sich damit abgefunden. Adam und sie hatten beide nicht viel vom Leben zu erhoffen gehabt und das Beste daraus gemacht. Natürlich konnte man vom Glück träumen. Doch man kam ihm nicht näher, wenn man die tötete, die hatten, was man selbst vermisste. Auf den Gedanken, dass der adoptierte Sohn einen Erbanspruch haben könnte, war die Krankenschwester offenbar nicht gekommen. Die Frage war, ob das auch für den Ehemann galt, doch Adam Nowak war nicht aufzutreiben. Auf dem Kreutzhof war er nicht mehr, nach Hause gekommen auch nicht.

Kaufmann deutete auf das Haus auf der gegenüberliegenden Straßenseite, genauso klein und windschief wie das der Nowaks, aber frisch getüncht, mit einem hübsch angelegten Vorgarten mit späten blühenden Rosen und einem geflochtenen Kranz an der Eingangstür. Auch die Fenster glänzten wie frisch geputzt. Auf den Fensterbänken standen kleine Vasen mit zu kurz geratenen Blumen, vermutlich aus Stoff. Angersbach tippte auf ein älteres Ehepaar, das hoffentlich schon ebenso lange hier wohnte wie die Nowaks. Und das womöglich Lust hatte, ihnen etwas darüber zu erzählen.

Er weihte Sabine in seine Pläne ein, überquerte die Straße und betätigte den Türklopfer.

Es dauerte geraume Zeit, bis aus dem Flur schlurfende Schritte erklangen. Die Tür öffnete sich knarrend, wie in Zeitlupe. Ein winziges, zerknittertes Gesicht erschien in der Öffnung. Reichlich gelichtetes graues Haar und trübe, gerötete Augen hinter einer dicken Brille. Die zugehörige Person war so klein, dass Ralph unwillkürlich einen Schritt zurücktrat, um weniger bedrohlich zu wirken.

»Ja?«

Angersbach nannte seinen und Kaufmanns Namen und Dienstgrad und trug ihr Anliegen vor. Die blassen Augen musterten ihn unverwandt. Dann öffnete sich die Tür und gab den Blick auf die Person dahinter frei. Sie war wirklich klein und so schmal, dass sie zerbrechlich wirkte. Die Kleidung hatte die für alte Leute typischen Farben, Braun, Beige und Grau. Klobige Pantoffeln, eine Stoffhose mit hohem Polyesteranteil, Hemd – oder Bluse? – mit zu großem Kragen, dicke Wolljacke. Ralph wusste beim besten Willen nicht zu entscheiden, ob es sich bei der Person vor ihm um einen Mann oder eine Frau handelte. Auch die Stimme gab keinen Aufschluss. Rau und krächzend, mittlere Tonhöhe.

»Bitte, kommen Sie herein.«

Die Tür fiel leise ins Schloss, trippelnde Schritte, ein Wohnzimmer, das in der Mitte des vorigen Jahrhunderts eingerichtet worden sein musste. Vollgestellt mit Büchern, Vasen und Nippes – bunt bemalte Keramikfiguren, die Tiere aller möglichen Arten und Gattungen darstellten, vom Erdmännchen bis zum Elefanten.

Frau, schloss Ralph. Ein Mann hätte den Krempel weggeworfen.

Kaufmann und er sanken in die angebotenen Sessel, die Trippelschritte entfernten sich. Der Tisch vor ihnen füllte sich. Nacheinander brachte die Frau Tee und Tassen, Teller, Kekse und einen Kuchen. Selbst gebacken. Angersbach griff hungrig zu. Sabine hielt sich an den Tee.

»Ich kann Ihnen auch Kaffee anbieten«, erklärte die Gastgeberin. »Leider nur koffeinfrei. Den anderen vertrage ich nicht mehr. Der Magen.«

Ralph und Sabine lehnten ab.

»Danke. Tee ist prima.«

Die alte Frau lächelte, bediente sich selbst und setzte sich – unter sichtlicher Mühe und Schmerzen – auf das Sofa. Sie hüllte sich in eine bunt gemusterte Wolldecke ein. Ralphs Blick wanderte zu einem Foto, das auf einem der Schränke stand. Ein Paar in identischer Wandermontur vor einem Berggipfel. Beide waren klein und schmal und grauhaarig. Angersbach hätte nicht zu sagen gewusst, welcher der beiden Personen auf dem Bild sie gerade gegenübersaßen.

»Also. Was kann ich für Sie tun?«, erkundigte sich die alte Frau, nachdem sie mit der Position der Decke zufrieden war.

Ihr Arm arbeitete sich zwischen den Falten hervor, die Hand griff nach der Teetasse. Sabine stellte die ihre beiseite und schilderte ihr Anliegen.

»Ah. Die Nowaks.« Das runzelige Gesicht faltete sich weiter. »Schlimm.« Ein flüchtiges Lächeln. »Ich bin in diesem Haus geboren. Wir haben immer hier gewohnt. Die Nowaks kamen in den Siebzigern. Hatten eine ziemliche Odyssee hinter sich. Waren eigentlich aus Polen. Im Krieg vertrieben, und dann alle paar Jahre ein Umzug. Nie richtig angekommen, bis sie hier gelandet sind. Fleißige Leute, aber keine Ausbildung. Er hat sich als Landarbeiter verdingt, sie als Haushaltshilfe. Sind immer nur mit Ach und Krach über die Runden gekommen. Und dann ist er krank geworden. Die Lunge. Da war der kleine Adam gerade vierzehn. Hat dann die Schule geschmissen und als Knecht auf dem Kreutzhof angefangen.« Die kratzige Stimme verlor sich, der Blick aus den trüben Augen ging in die Ferne.

»Sind beide früh gestorben«, fuhr die alte Frau fort. »Aber der Adam ist geblieben. Hat die Rebscher Regina geheiratet. Ein hübsches Mädel, anständiges Elternhaus. Hatten diesen Kolonialwarenladen am Marktplatz, Rebscher Lebensmittel. Gibt's auch schon seit zwanzig Jahren nicht mehr. Diese großen Supermarktketten. Machen alles kaputt.«

»Erinnern Sie sich an die Zeit, als Adam und Regina geheiratet haben? Als sie schwanger war?«, fragte Kaufmann sanft, damit die alte Frau nicht abglitt und sich in Allgemeinplätzen verlor.

»Ja.« Langsames Nicken. »Ja. Da ist sie richtig aufgeblüht, die Regina. Hat sich riesig auf das Kind gefreut. Er auch. Allerdings ...«, eine längere, nachdenkliche Pause, »... jeder für sich, wissen Sie? Nicht als Paar.« Sie nippte an ihrer Teetasse. »War wohl eine Zwangsehe, wegen dem Kind. Oder eine

Zweckehe. Warum auch nicht? Früher war das gang und gäbe. Da hatten die jungen Leute noch nicht diese Flausen im Kopf. Große Liebe, Traumhochzeit, alles in Rosarot. Das ist das Fernsehen. Nein. Damals war man noch bodenständig.«

Die Tasse landete mit leisem Klirren auf der Untertasse.

»Die Regina war ein anständiges und fleißiges Mädchen. Hab sie oft gesehen mit dem Jungen im Garten. Hatte es nicht leicht. So ein anstrengendes Kind. Hat immer geschrien. Und richtig trinken wollte er wohl auch nicht. Nur wenn der Papa zu Hause war, der Adam. Wenn der ihn auf dem Arm hatte – da war er ruhig und hat gestrahlt.« Sie schüttelte den Kopf. »Mir hat die Frau leidgetan. Furchtbar, wenn man zum eigenen Kind keinen rechten Zugang findet. Dabei hat sie sich alle Mühe gegeben. Und der Junge war auch ständig krank.«

Angersbach erinnerte sich, dass Regina Nowak bei ihrem ersten Besuch etwas in der Art erwähnt hatte. Von den häufigen Krankenhausbesuchen und den teuren Behandlungen, die die Kasse nicht gezahlt hatte. Dass sie deshalb Kredite aufgenommen hatten, die sie immer noch abzahlten. Er hatte versäumt zu fragen, was dem Kind denn gefehlt hatte, und holte es jetzt nach.

»Ach, herrje.« Ihre Gastgeberin krauste die Stirn. »Jetzt, wo Sie das fragen. So genau weiß ich es auch nicht mehr. Irgendwas Organisches. Die Nieren?« Sie seufzte schwer. »Ich weiß nur noch, dass sich Regina Arme und Beine für den Jungen ausgerissen hat. War andauernd mit ihm in der Klinik. Aber gedankt hat er es ihr nicht. War immer abweisend zu seiner Mutter. Der Vater war sein Held, dabei hatte der gar keine Zeit, sich um ihn zu kümmern. Schuftet sich auf dem Kreutzhof krumm und buckelig. Ein netter Mann. Aber die Mutter war schrecklich eifersüchtig. Kann man ja auch verstehen. Sie war auch berufstätig, und dann noch der Junge.

Und keiner, von dem sie mal ein bisschen Anerkennung bekommt.«

»Hm.« Ralph hatte das Gefühl, dass sich das Gespräch im Kreis zu drehen begann. Er machte Sabine heimlich ein Zeichen, dass sie zum Ende kommen sollten, doch die Gastgeberin bemerkte es. Rasch wickelte sie sich aus ihrer Decke, rappelte sich mühsam vom Sofa hoch und humpelte zu dem großen Einbauschrank, der den Wohnraum dominierte.

»Vielleicht noch einen kleinen Sherry?« Sie kramte Gläser hervor und stellte die Flasche auf den Tisch. Sie hatte wohl nicht oft Gesellschaft und wollte den Besuch noch ein wenig in die Länge ziehen.

»Nein, danke.« Angersbach wehrte ab. »Wir sind im Dienst.«

»Ja.« Die faltigen Lippen zogen sich in die Breite. »Ich sollte auch nicht.« Ein Blick zu dem Foto mit den beiden Bergwanderern. »Meine Frau hat immer geschimpft. Der Alkohol bringt dich noch um, hat sie immer gesagt. Und dann ist sie einfach vor mir gestorben.« Die Hand mit der Flasche verharrte auf halbem Weg zum Glas.

Angersbach kniff irritiert die Augen zusammen. Dann war die Person vor ihm also doch ein Mann? Nur gut, dass er darauf verzichtet hatte, eine Anrede zu benutzen.

Kaufmann nutzte die Gelegenheit und erhob sich.

»Vielen Dank für Ihre Zeit, Herr …?«

»Dascher.«

»Herr Dascher. Sie haben uns sehr geholfen.«

Der Mann stellte die Sherryflasche ab und reichte ihnen beiden die Hand.

»Wir finden allein raus«, erklärte Sabine und trat in den Flur. Angersbach folgte ihr. Aus dem Augenwinkel sah er gerade noch, wie Herr Dascher wieder aufs Sofa sank und sich reichlich aus der Sherryflasche eingoss.

Alt werden war einfach scheiße. Keiner mehr da, mit dem man sein Leben teilen konnte. Und dann schrumpelte man auch noch so zusammen, dass der Unterschied zwischen Mann und Weib komplett verschwamm.

Er öffnete die Fahrertür seines Lada Niva und setzte sich hinters Steuer. Sabine stieg auf der anderen Seite ein. Sie schlugen die Türen zu und blickten beide zu dem kleinen, windschiefen Haus mit den Rosen im Vorgarten hinüber.

»Ich dachte die ganze Zeit, das ist eine Frau«, sagte Sabine. Ralph sah sie überrascht an.

»Ich auch.«

Sie begannen zu kichern und konnten gar nicht wieder aufhören. Angersbach bekam einen Krampf im Zwerchfell und keuchte.

»Scheiße, Mann.« Er atmete tief durch, und langsam ließ der Schmerz nach. »Aber interessant war es.«

Kaufmann schaute zur anderen Straßenseite. »Mich würde interessieren, was mit dem Jungen los war.« Sie zog ihr Handy aus der Tasche. »Hast du die Nummer von Nowaks?«

Ralph kramte nach seinem Notizbuch und diktierte. Sabine tippte die Ziffern in ihr Telefon, doch im Haus der Nowaks nahm niemand ab.

»Wahrscheinlich ist sie zum Dienst gefahren. Sie hatte schon die Uniform an.«

»Wissen wir, in welchem Krankenhaus sie arbeitet?«

»Nein. Aber das lässt sich herausfinden.« Kaufmann aktivierte ihr Smartphone wieder und öffnete einen Browser. Angersbach sah zu, wie sie eine Weile auf dem Display herumwischte.

»Da!« Sie hielt ihm triumphierend das Gerät hin. »Sankt Vinzenz in Butzbach. Die haben diese himmelblaue Schwesterntracht.«

»Gut.« Ralph ließ den Motor an und startete mit durchdrehenden Rädern. Am Fenster des Dascher-Hauses erschien ein helles Gesicht. Angersbach mäßigte den Druck aufs Gaspedal, blieb in der nächsten engen Kurve aber trotzdem am Bordstein hängen. Der Lada rumpelte krachend darüber.

»Wenn du so weiterfährst, kannst du mich gleich an der Notaufnahme abgeben«, moserte Kaufmann.

Ralph grinste verlegen. »Entschuldigung. Ich habe nur das Gefühl, wir haben vielleicht endlich einen Zipfel in der Hand, um diesen vertrackten Fall zu lösen.«

»So?«

»Diese Geschichte mit dem kranken Jungen, dem besorgten Vater und der eifersüchtigen Mutter – das könnte doch ein Ansatz sein.«

»Und deswegen bringt jemand jetzt, Jahrzehnte später, den leiblichen Vater und dessen Frau um?«

»Adam.« Angersbach riss das Steuer herum, und der Niva rutschte schlingernd von der K168, der Zufahrtsstraße nach Wetterbach, auf die Bundesstraße nach Münzenberg und Butzbach. »Und es muss natürlich noch einen anderen Grund geben. Einen Auslöser. Vielleicht finden wir den, wenn wir mit den Leuten im Krankenhaus sprechen. Und mit dem Sohn sollten wir auch reden.«

Kaufmann klammerte sich am Griff über der Beifahrertür fest.

»Wenn du deinen Fahrstil nicht änderst, werden wir mit überhaupt niemandem mehr reden. Weil wir dann tot sind.« Ihre Miene verdüsterte sich. »Aber gut. Dann muss ich mir zumindest keine Gedanken mehr darüber machen, wo ich in Zukunft leben und arbeiten will.«

Der Mann stand hinter einem der Bäume, die den kleinen Ort Wetterbach wie ein Ring umgaben. Dichter Wald mit hohem Unterholz und einem würzigen Geruch nach Torf und Pilzen. Ein riesiges Dach aus Ästen und Blättern, das den weichen Boden in immerwährenden Schatten tauchte. Ein grüner Wall, der das Dorf von der restlichen Welt abschirmte. Schutz oder Gefängnis? Der Mann wusste es nicht.

Sein Blick war unverwandt auf die beiden windschiefen Häuser am Ende der östlichsten Straße des Dorfes gerichtet. Nowak und Dascher, seit fast fünfzig Jahren Nachbarn.

Dass die Beamten den alten Mann besucht hatten, beunruhigte ihn. Die Befragung von Regina lag mehr oder weniger auf der Hand. Doch wenn sie sich in der Nachbarschaft umhörten – bedeutete das, dass sie ihm auf die Spur gekommen waren?

Seine Hand fuhr über die Rinde des Baumes, verschorft und narbig, genau wie seine Seele. Er drückte seine Handfläche gegen das Holz und schloss die Augen. Er konnte spüren, wie die Energie auf ihn überging. Der Baum saugte sie mit seinen Wurzeln aus dem Boden, beförderte sie durch den Stamm in die Äste und Blätter. Und in ihn.

Er lächelte leicht, öffnete die Augen und tätschelte den Baumstamm wie einen guten Freund.

Es war nicht wichtig, ob sie etwas ahnten oder nicht. Sie würden ihn nicht kriegen. Und sie würden ihn auch nicht daran hindern, seine Mission zu vollenden. Er war ihnen immer noch weit voraus.

Er versicherte sich, dass der alte Dascher nicht mehr am Fenster stand und die Straße beobachtete. Dann machte er sich auf den Weg. Es war an der Zeit, das nächste Urteil zu vollstrecken.

Im St.-Vinzenz-Krankenhaus in Butzbach wimmelte es vor Männern und Frauen in himmelblauen Pfleger- und Schwesternuniformen. Die Farbe war anscheinend das Markenzeichen der Klinik, sie fand sich auch an der Fassade des dreistöckigen Gebäudes, als Umrandung an jeder Tür, an den automatischen Türen der Fahrstuhlkabinen, auf den reichlich aufgestellten Orientierungsschildern und den entsprechenden Markierungen auf dem Boden, der das Himmelblau durch korrespondierendes Mattgelb hervorhob. Komplementärfarben, dachte Ralph, so ziemlich das Einzige, was ihm aus dem Kunstunterricht im Gedächtnis geblieben war. Oder war es Biologie gewesen? Egal.

Er warf einen Blick auf den nächsten Wegweiser und folgte dem Gang, der zur Urologie führte. Nach einer weiteren Kurve tauchte die gläserne Eingangstür der Abteilung auf. Angersbach erspähte ein paar Meter davor einen elektronischen Türöffner und betätigte ihn. Die schwere Tür schwang mit einem dumpfen Summton auf. Alles in allem mochte er Krankenhäuser nicht besonders. Wozu sicher beitrug, dass der Anlass seiner meisten Besuche – im Gießener Universitätsklinikum – eine Verabredung mit Professor Hack zur Öffnung einer Leiche war. Aber diese Türen, die vor ihm aufschwangen, als würde ein eilfertiger Diener herbeispringen, um ihm das Fortkommen zu erleichtern, gefielen ihm ausgesprochen gut.

Sabine Kaufmann dagegen, die ihm folgte, schüttelte über seine Marotte nur den Kopf. Schließlich konnte man die Türen ebenso gut einen Spalt weit aufziehen und hindurchgehen. Aber das machte längst nicht so viel Spaß.

Ralph trat zu dem Zimmer rechts neben der Eingangstür mit einem großen, lang gezogenen Fenster zum Flur hin. Das typische Empfangs- und Schwesternzimmer. Darin glichen sich fast alle Krankenhäuser, und St. Vinzenz machte keine Ausnahme und hatte an dieser Stelle sogar auf den himmelblauen Rahmen verzichtet. Die Schwestern mussten schließlich ungehindert sehen können, was auf dem Flur vor sich ging.

Angersbach steckte den Kopf durch die Tür und klopfte mit dem Fingerknöchel an den Türrahmen. Drinnen befanden sich zwei Frauen in Himmelblau, die über einen großen Plan gebeugt standen, wahrscheinlich ein Dienstplan.

»Hallo«, sagte Ralph. »Wir suchen die Oberschwester.«

Die beiden richteten sich auf. Die eine war kräftig und brünett und um die fünfzig, die andere hager und grauhaarig, um die sechzig. Gut. Dann arbeiteten sie vermutlich schon länger mit Regina Nowak zusammen und wussten vielleicht auch etwas über den Sohn.

Die Brünette trat auf ihn zu. »Ja? Was kann ich für Sie tun?«

Angersbach lächelte. »Die Oberschwester«, wiederholte er, »wo finden wir die?«

Ein kurzes Blinzeln. »Sie steht vor Ihnen, wenn wir davon absehen, dass wir diesen Begriff seit vielen Jahren nicht mehr verwenden.«

Ralphs Blick fiel auf das kleine Metallschild an ihrem Revers. Marion Sippel, Stationsleitung.

»Oh.« Er räusperte sich. Diese verdammte Schwarzwaldklinik. »Verzeihung. Ich dachte ... Wir suchen Regina Nowak. Ich dachte, sie wäre hier die Oberschwester. Die Stationsleiterin, meine ich natürlich.«

Das Lächeln war knapp. »Wäre sie wohl gern.« Die Brünette schüttelte den Kopf. »Sie haben kein Glück. Regina hätte eigentlich Dienst gehabt, aber sie ist vor einer halben Stunde wieder gegangen. Sie hat sich nicht wohlgefühlt. Übelkeit, womöglich ein Magen-Darm-Virus. Das geht gerade um. Können wir hier gar nicht gebrauchen. Da sind die Regeln eindeutig. Wenn auch nur der Verdacht besteht, sofort nach Hause.«

Ralph dachte an die Magen-Darm-Grippe, die das halbe Gießener Polizeipräsidium leer gefegt hatte. Eine solche Vorschrift sollte vielleicht auch in den Dienstkatalog der Polizei aufgenommen werden.

»Das ist schade.« Angersbach bemühte sich, sein Lächeln aufrechtzuerhalten und die Oberschwester möglichst charmant anzusehen. Den Start hatte er vermasselt, doch eventuell war noch etwas zu retten. »Wir hatten gehofft, Informationen zu bekommen.«

»Tja.« Oberschwester Sippel war eindeutig nicht interessiert. Ihre ältere Kollegin trat näher. Ruth Hegner, Stationsschwester, wie ein schneller Blick auf ihr Schild verriet.

»Worüber denn?«, fragte sie.

»Wir haben gehört, der Sohn von Frau Nowak war früher oft krank. Können Sie uns sagen, was er hatte?«

Marion Sippel sah Ralph und Sabine, die sich bisher im Hintergrund gehalten hatte, streng an. »Solche Auskünfte geben wir generell nicht.«

Kaufmann schob sich neben Angersbach und zog ihren Dienstausweis hervor.

»Entschuldigen Sie bitte. Mein Kollege ist manchmal ein bisschen vorschnell.« Sie warf ihm einen giftigen Blick zu. »Wir sind von der Kriminalpolizei. Ralph Angersbach, Präsidium Gießen, und Sabine Kaufmann, Bad Vilbel. Wir untersuchen zwei Mordfälle in Münzenberg und Wetterbach.«

»Und dafür müssen Sie wissen, was Reginas Sohn gefehlt hat? Das ist mehr als zwanzig Jahre her.«

»Sie erinnern sich also?«

Die beiden Krankenschwestern nickten.

»Regina hat schon damals hier auf der Station gearbeitet. Und wir beide auch«, erklärte Ruth Hegner, vermutlich die Umgänglichere der beiden.

Angersbach wartete, doch mehr kam nicht.

»Was hat ihm denn nun gefehlt?«, fragte er ungeduldig. Zu polterig, wie ihm die Mienen der drei Frauen um ihn herum zeigten. Aber, verdammt, man konnte doch nicht ständig alle mit Samthandschuhen anfassen.

»Darüber können wir keine Auskunft erteilen.« Oberschwester Sippel natürlich.

»Es könnte wichtig sein«, versuchte es Sabine noch einmal mit Höflichkeit.

»Der Begriff Schweigepflicht ist Ihnen doch sicherlich vertraut?«, fragte die Oberschwester. »Sie erstreckt sich auch auf das Pflegepersonal und alle anderen Gesundheitsdienstleister. Datenschutz ist uns hier im Haus sehr wichtig.«

»Wir wollen auch nicht die Akte. Nur einen Tipp. Die Abteilung, in der der Junge behandelt wurde. War es hier?«

Er bekam keine Antwort, doch in den Augen von Stationsschwester Hegner sah er, dass er richtig geraten hatte.

»Urologie«, stocherte er weiter. »Was macht ein kleiner Junge auf der Urologie?«

»Er war nicht nur hier«, fauchte Marion Sippel, und Ralph grinste innerlich. So mancher Ballon platzte, wenn man genug Druck ausübte. »Er war auf allen möglichen Stationen. Hatte ständig irgendwelche Geschwüre. Teilweise böse entzündet, weil er sie aufgekratzt hatte. Er ist durch die ganze Maschinerie, weil Regina unbedingt wissen wollte, was die Ursache ist. Auch Untersuchungen bei teuren Spezialisten. Ein Haufen Zeug, das die Kasse nicht zahlt. Hat sich in Schulden gestürzt und Himmel und Hölle in Bewegung gesetzt. Herausgefunden hat man es trotzdem nicht. Irgendein Defekt an der Niere oder Nebennierenrinde, hat man lange vermutet. Bis dann jemandem auffiel, dass ungewöhnlich oft die Genitalregion betroffen war. Was glauben Sie? Der hat sein Ding überall reingesteckt und sich die ganzen Sachen selbst geholt. Masochistisch wahrscheinlich, kein Wunder bei der dominanten Mutter und dem schwachen Vater.«

Die Oberschwester verstummte, als sie die konsternierten Blicke ihrer Kollegin und der beiden Polizisten bemerkte. Sie hustete.

»So. Ja. Man sollte so etwas nicht sagen. Ich hoffe, Sie gehen verantwortungsvoll mit den Informationen um.«

»Sicher.« Angersbach, der sich total geplättet fühlte, nickte mechanisch. Hatte er das jetzt richtig verstanden? Der Junge hatte sich beim Masturbieren absichtlich Verletzungen zugefügt, die sich dann entzündet hatten? Das war komplett krank.

»Danke für Ihre Offenheit.« Er streckte die Hand aus, um sich zu verabschieden. Die Stationsschwester sah ihn mit ihren grauen Augen eindringlich an, ignorierte aber seine Hand.

»Ich gehe eine rauchen«, sagte sie zu ihrer Kollegin. »Im Hinterhof.« Ein Blick zu Ralph und Sabine. »Der ist sehr hübsch.«

Sie öffnete einen der Schränke an der Seitenwand des Raumes, nahm eine Zigarettenschachtel und ein Feuerzeug heraus und steckte beides in die Tasche ihres himmelblauen Kittels. Oberschwester Sippel sah ihr ungnädig zu.

»Wann hörst du endlich damit auf?«, fragte sie.

»Wenn ich tot bin«, entgegnete Hegner und betätigte den elektronischen Türöffner. Ralph vermerkte es belustigt. Kollegin Sippel schüttelte den Kopf.

»Wie kann man nur so unvernünftig sein? Als Krankenschwester!« Sie stieß heftig die Luft aus. »Aber das ist deine

Sache.« Sie musterte Angersbach. »Brauchen Sie sonst noch etwas? Oder kann ich jetzt weiterarbeiten? Wir haben hier nämlich weiß Gott genug zu tun, besonders, nachdem Regina ausgefallen ist.«

»Bitte.« Ralph schüttelte der Oberschwester die Hand, und Sabine tat es ihm gleich. Dann verließen sie die Urologie.

Sabine sah sich im Flur um. »Das war eine Botschaft, oder nicht?«

Angersbach nickte. »Schwester Hegner wollte uns noch etwas sagen, aber nicht vor ihrer Kollegin.«

»Kein Wunder bei dem Drachen.«

Sie fanden ein Schild, das den Weg zum Innenhof wies, und folgten ihm.

Ruth Hegner stand in einer Ecke des Hofs neben einem großen Metallaschenbecher, über dem ein großes, gewelltes Dach – natürlich in Himmelblau – errichtet worden war, um die Raucher vor Niederschlägen zu schützen. Auch eine metallene Sitzbank gab es, die Hegner jedoch nicht nutzte. Als sie Kaufmann und Angersbach entdeckte, nickte sie.

»Sie haben es verstanden.«

Ralph lächelte sie an. »Wir sind von Berufs wegen darauf geeicht, auf Untertöne zu hören.«

»Schön.« Ruth Hegner hatte offensichtlich kein Interesse an nettem Geplänkel. Sie sog an ihrer Zigarette und blickte an der rückwärtigen Fassade von St. Vinzenz nach oben.

»Hören Sie. Ich habe nicht viel Zeit, und eigentlich darf ich Ihnen diese Auskunft auch nicht geben. Aber vielleicht ist es wichtig. Ich war damals, vor etwa fünfundzwanzig Jahren, im Rahmen meiner Ausbildung in der Psychiatrie eingesetzt. Und dort hatte man eine andere Theorie, was die Erkrankung von Reginas Jungen anging.«

»Aha?«

»Sagt Ihnen der Begriff Münchhausen-by-proxy etwas? Oder Münchhausen-Stellvertreter-Syndrom?«

Ralph hatte tatsächlich schon davon gehört. Benannt nach dem insbesondere hierzulande bekannten Lügenbaron.

»Es gibt das reine Münchhausen-Syndrom«, erläuterte die Stationsschwester. »Die Patienten – in den meisten Fällen Frauen – täuschen Krankheiten vor, um die Aufmerksamkeit von Ärzten zu erhalten. Es ist eine Strategie, um professionelle Zuwendung zu bekommen. Münchhausen-by-proxy ist ein erweitertes Münchhausen-Syndrom. Auch hier täuschen die Patienten – ebenfalls fast ausschließlich Frauen – Krankheiten vor, aber nicht bei sich selbst, sondern bei ihren Kindern. Die Ärzte in der Psychiatrie damals waren der Ansicht, dass es das war, was dem kleinen Nowak widerfahren ist. Dass seine Mutter für die Verletzungen und Geschwüre verantwortlich war. Aber sie haben nichts unternommen. Das heißt«, sie krauste die Stirn, »einer der jüngeren Ärzte hat sich, glaube ich, sogar ans Jugendamt gewandt. Hat aber nichts gebracht, zumindest hat sich nichts geändert. Und die anderen haben stillgehalten. Regina war eine Kollegin. Eine sehr beliebte und hübsche überdies. Ihre Sorge um den Jungen hat ihr eine Menge Sympathie und Anerkennung eingebracht. Man wollte sie nicht beschuldigen. Auch wenn es plausibel war, es war nur ein Verdacht. Es öffentlich zu machen, hätte sie in Misskredit gebracht. Aber ich ...«, Ruth Hegner sog heftig an ihrer Zigarette und stieß eine dicke Rauchwolke aus, »... ich bin mir sicher, dass sie recht hatten. Regina hat ihrem Sohn das angetan. Sie hat so etwas. Unter ihrer hübschen Fassade. Etwas Primitives, Gemeines.«

»Hätte es nicht auch der Vater sein können, der den Jungen gequält hat? Und die Mutter hat versucht, ihn zu decken?«

»Theoretisch ja. Aber wenn Männer ihre Kinder misshandeln, sieht das anders aus. Nicht so subtil, sondern brutal.«

Ralph nickte. Das entsprach seiner Erfahrung, und der alte Daschner hatte ja auch gesagt, dass der Sohn den Vater geliebt hatte, während er der Mutter gegenüber auf Distanz geblieben war.

»So.« Die Stationsschwester drückte ihre Zigarette energisch aus. »Ich muss wieder rein. Guten Tag.«

Sie huschte davon, und Kaufmann und Angersbach sahen ihr geplättet nach. Das waren eine Menge Informationen gewesen.

»Das könnte ein Ansatzpunkt sein«, sagte Sabine schließlich. »Meinhard Mandler hat seinen Sohn der übergriffigen Mutter ausgeliefert.«

Angersbach raufte sich die Haare. »Du meinst, deswegen bringt er ihn um? Warum denn ihn und nicht die Mutter? Und weshalb Carla Mandler?«

Sabine holte tief Luft. »Ich habe keine Ahnung. Vielleicht hat er erst jetzt erfahren, dass Mandler sein Vater war. Oder es war sein Adoptivvater, der herausgefunden hat, was seine Frau dem Jungen angetan hat.«

»Trotzdem wäre es doch viel logischer, Regina Nowak zu töten«, beharrte Ralph und spürte im selben Moment, wie in seinem Magen ein Eisklumpen heranwuchs. Sabine schien es nicht anders zu gehen. Ihre Augen weiteten sich und schauten ihn erschrocken an.

»Wer sagt denn, dass er es nicht tut?«

Sie hatten es plötzlich furchtbar eilig, stürmten durch die Eingangshalle der Klinik und kollidierten fast mit einem Pfleger, der einen Patienten mit seinem riesigen Krankenhausbett in einen Aufzug manövrierte. Ralph warf sich hinter das Steuer des Niva und betätigte die Zündung. Dieses Mal beschwerte sich Sabine nicht, als er mit Vollgas in die Kurve schlitterte und dabei über den Bordstein rumpelte. Sie hielt sich auch nicht mit der Hand an dem Griff über der Beifahrertür fest, sondern tastete nach ihrem Handy, um Verstärkung anzufordern.

Horst Dascher saß im bequemsten seiner Sessel in der Nähe des Fensters. Er schenkte sich ein weiteres Glas Sherry ein – das dritte oder vierte? – und bedauerte, dass die beiden Polizisten nicht länger geblieben waren. Sie waren nett gewesen, vor allem die Frau. Der Mann hatte etwas Ruppiges an sich gehabt. Oder es schien nur so, weil er so groß und breit und … männlich war. So, wie Dascher selbst immer hatte sein wollen, aber nie gewesen war. Immerhin, fit war er früher gewesen. Als sie jünger waren, war er mit Edeltraud jedes Wochenende gewandert. Keine schwierigen Strecken, nichts Riskantes. Er hätte schon gern, doch Edeltraud hatte das Klettern nicht gemocht. Aber lange und wunderschöne Wege, über Berge und durch Täler und Wälder. Madeira war ihr bevorzugtes Urlaubsziel gewesen, weil es dort herrliche Wanderwege gab, immer entlang den Levadas, den Kanälen, die sich über die ganze Insel zogen und das Wasser von der Nordseite der Insel, wo es reichlich Regen gab, in den trockenen Süden transportierten.

Dascher blickte zu dem Foto, das in der Schrankwand stand, sie beide in Wandermontur.

Ach, Edeltraud …

Seit sie tot war, schien ihm alles sinnlos.

Ein Geräusch drang an sein Ohr, ein klagender Laut wie von einer Katze, die sich auf einen hohen Baum gewagt hatte und sich nicht wieder heruntertraute. Oder wie ein Hund, der geschlagen wurde, doch das tat hier niemand.

Dascher kniff die Augen zusammen und lauschte.

Da war es wieder. Kein Klagen, mehr ein Geschrei. Es wurde lauter. Hörte sich jetzt gar nicht mehr nach einem Tier an, sondern menschlich. Ein Streit? Nein, eher wie Schmerzenslaute. Es schien von der gegenüberliegenden Seite zu kommen, vom Haus der Nowaks.

Was war da los?

Dascher stemmte sich mühsam aus seinem Sessel hoch und trippelte zum Fenster. Schob die Gardine beiseite und schaute hinaus. Fluchte. Er hatte seine Brille abgesetzt und auf den Tisch gelegt, und ohne das Ding sah er überhaupt nichts.

Umdrehen, die arthritische Hand auf die Sessellehne gestützt, die fünf Schritte zum Tisch, nach der Brille tasten. Früher hätte das Sekunden gedauert. Aber mit achtundachtzig …

Ein neues Geräusch draußen, ein Motor, der angelassen wurde, durchdrehende Räder, Gummi, der auf dem Asphalt quietschte. Als Dascher endlich die Brille auf der Nase hatte und zurück am Fenster war, war nichts mehr zu sehen. Die Straße war leer. Er blickte hinüber zum Haus der Nowaks.

Da stimmte etwas nicht. Die Haustür stand offen und pendelte in den Angeln, als hätte gerade jemand in großer Hast das Haus verlassen.

Horst Dascher atmete tief durch. Dann nahm er die nächste anstrengende Wanderung durch das winzige Wohnzimmer auf. Er musste die Polizei rufen.

Der Lada Niva schlingerte, als Angersbach mit überhöhter Geschwindigkeit in die schmale Straße am Dorfrand einbog, und Sabine fasste nun doch nach dem Haltegriff über der Beifahrertür. Ihr Herz hämmerte, wegen der halsbrecherischen Fahrt ebenso wie aus Angst, zu spät zu kommen.

Ralph stoppte, und Kaufmann sprang aus dem Wagen, ehe er richtig stand. Mit einem Wimpernschlag erfasste sie die Situation. Alles wie zuvor, bis auf die offen stehende Haustür, die sich sacht im Wind hin und her bewegte. Sabine öffnete ihre Jacke, legte eine Hand auf ihr Pistolenholster und schritt eilig auf den Eingang zu. Sie hörte, wie Ralph die Wagentür zuschlug und zu ihr aufschloss. Ein kurzer Blick zurück, ein schnelles Nicken, dann betrat sie den Flur.

Sie sah die Abdrücke sofort. Blutige Schuhspuren, die von der Küche aus über das graue Linoleum zur Haustür führten. Verdammt!

Kaufmann stieß die Tür zur Küche auf und schluckte.

Regina Nowak lag auf dem Boden zwischen Spüle und Küchentisch. Sie trug immer noch die Uniform, doch diese war nicht länger himmelblau, sondern dunkelrot und halb zerfetzt. Unter dem Körper der Krankenschwester hatte sich eine riesige Blutlache ausgebreitet. Mund und Augen waren weit aufgerissen und starr.

Die Frau war ganz offensichtlich tot, doch der junge Mann, der am Boden neben ihr kniete, schien es nicht wahrhaben zu wollen. Er presste verzweifelt seine Handflächen auf den gemetzelten Körper, ein hilfloser und aussichtsloser Versuch, die zahlreichen Blutungen zu stoppen. Über das Gesicht rannen Tränen.

Sabine starrte ihn an. Ihre Augen erfassten jedes Detail, die großen, langgliedrigen Hände mit den knotigen Gelenken, die schwarzen Haare mit dem Seitenscheitel und den Dreitagebart, doch ihr Gehirn weigerte sich, den naheliegenden Schluss zu ziehen.

»Till?«, krächzte sie. »Was tust du hier?«

Der Mann hob den Kopf, die ohnehin dunklen Augen noch dunkler als sonst, fast schwarz vor Trauer und Schmerz.

»Meine Mutter! Er hat meine Mutter umgebracht.« Die Hände strichen über das Gesicht der Krankenschwester, liebkosend, flehend. Sein Blick suchte Sabine.

»Bitte. Hilf mir.«

Doch Sabine konnte sich nicht rühren. Sie fühlte sich wie versteinert. Und zugleich rasten ihre Gedanken. Sie hatte sich die Geburtsurkunde, die ihnen Bernhard Schwarz gegeben hatte, nicht angesehen. Und alle hatten immer nur von »dem Jungen« gesprochen. Niemand hatte den Namen erwähnt. Till. Derselbe Till, der sich wegen einer posttraumatischen Belastungsstörung – ausgelöst durch seinen Einsatz als Bundeswehrsoldat in Afghanistan – psychiatrisch behandeln ließ, in der Klinik, in der auch ihre eigene Mutter in Behandlung gewesen war. Und jetzt waren sie beide tot. Ihre Mutter. Und seine.

War es wirklich erst letzte Nacht gewesen, dass sie in seinen Armen Halt gefunden hatte? Keine vierundzwanzig Stunden zuvor? Plötzlich kam ihr das alles furchtbar weit weg vor. Sie fühlte sich wie in einer Blase.

Angersbach drängte sich an ihr vorbei. Er hatte sein Handy am Ohr und telefonierte, gab Anweisungen an die Kollegen, während er mit der anderen Hand Till Nowak auf die Beine half.

»Kommen Sie. Stehen Sie auf.«

Till schwankte, und Angersbach musste ihn stützen.

»Straßensperren«, sagte er ins Telefon. Er ratterte einige Knotenpunkte herunter, darunter die Autobahnauffahrten Münzenberg und Wölfersheim und das Gambacher Kreuz. Doch in Angersbachs Gedanken nahm der Täter eine ganz andere Route. »B457, Lich, Hungen, B455, Nidda, Schotten«, zählte er weiter auf, »der Flüchtige kommt aus Wetterbach.« Ein Blick zu Till. »Was für einen Wagen fährt Ihr Vater?«

»Škoda. Fabia.« Till nannte das Kennzeichen, und Angersbach gab die Informationen durch. Dann steckte er das Handy weg und musterte Till. »Das war doch Ihr Vater, der das getan hat? Adam Nowak? Haben Sie gesehen, wie er auf Ihre Mutter eingestochen hat?«

Till schüttelte den Kopf. »Ich war zu spät. Er war schon an der Tür, als ich kam. Hat mich fast über den Haufen gerannt. Völlig aufgelöst. Ist zu seinem Auto gelaufen und weggerast, und ich habe das Blut im Flur gesehen. Ich bin sofort in die Küche, aber ...« Er sackte zur Seite, und Angersbach brauchte beide Hände, um ihn zu halten.

»Lassen Sie uns nach draußen gehen«, sagte er, drängend und sanft zugleich.

Till starrte auf seine tote Mutter, dann zu Sabine. »Er war nicht mein Vater«, murmelte er. »Adam. Er hat mich bloß adoptiert.«

Kaufmann erwachte endlich aus ihrer Starre. »Das wissen wir, Till«, sagte sie. Sie kniete sich neben die Tote und drückte ihr die Augen zu. Wenn sie doch nur etwas früher da gewesen wären. Wenn sie eher herausgefunden hätten, was sich hinter verschlossenen Türen in der Familie Nowak abgespielt hatte. Aber es war müßig. Sie waren nicht rechtzeitig hier gewesen, und nun war Regina Nowak tot. Sie konnten nur noch ihren Mörder dingfest machen.

Ralphs Handy klingelte, und er meldete sich. Gleich darauf berichtete er: »Die Straßensperren sind veranlasst.« Und zu Till: »Wir kriegen ihn. Verlassen Sie sich darauf.«

Sabine nahm Tills anderen Arm, und gemeinsam mit Ralph schob sie den verstörten Mann aus der Küche. Im Angesicht der blutigen Schuhspuren begann er erneut zu taumeln, und sie bugsierten ihn schnell aus der Haustür ins Freie.

Auf der gegenüberliegenden Seite entdeckte sie Horst Dascher, auf einen Wanderstock gestützt, in der offen stehenden Tür seines Hauses. Sabine löste sich von Till und eilte zu ihm.

»Herr Dascher! Könnten Sie sich um Herrn Nowak kümmern? Ihm vielleicht einen Schluck Sherry spendieren? Wir schicken so schnell wie möglich jemanden vom Psychologischen Dienst, der sich seiner annimmt, aber bis dahin ... Wir müssen einen Tatverdächtigen verfolgen.«

Horst Dascher nickte und hielt Till, der von Angersbach bis vor seine Tür geführt worden war, die Hand hin.

»Hallo, Till«, sagte er. »Komm doch rein. Du warst schon lange nicht mehr bei uns. Das heißt, bei mir. Meine Frau ist tot.«

Till nickte, irgendwie beschämt, wie ein kleiner Junge, der die angeordneten Briefe an die Verwandtschaft nicht geschrieben hatte.

»Tut mir leid, Herr Dascher. Aber ...«, sein Blick irrte zurück zur gegenüberliegenden Straßenseite, zu dem windschiefen Haus mit dem ungepflegten Vorgarten, »... meine Mutter ist auch tot. Mein Vater hat sie umgebracht. Mein Adoptivvater. Adam.«

Dascher hatte sich das offenbar längst zusammengereimt.

»Mein Beileid, Junge«, sagte er und schaute Kaufmann und Angersbach an. »Ich hoffe, Sie kriegen ihn.«

Ralph nickte grimmig. »Das werden wir.«

Sabine tätschelte Till unbeholfen die Schulter. Das, was zwischen ihnen gewesen war, war noch so neu, so zart, und der Strudel der Ereignisse schien die Erinnerung daran wegzuspülen, so wie ein Sturm ein junges Pflänzchen aus dem Boden riss und davonwehte. Würde die Brutalität dieses Mordes alles zerstören? Oder gab es einen Ort in ihrem Inneren, an den sie zurückkehren konnten? Sie wusste es nicht, und sie hatte auch nicht die Zeit, jetzt darüber zu grübeln.

»Ich komme wieder, so schnell ich kann«, versprach sie.

Till nickte nur müde. Der Blick aus seinen dunklen Augen war ausdruckslos.

12

Die beiden jungen Streifenbeamten lehnten gelangweilt an der Absperrung, die sie auf der B455 am Ortsausgang Rainrod errichtet hatten, etwa drei Kilometer vor Schotten. Der blaue Škoda Fabia, Baujahr 2006, war nicht vorbeigekommen. Es war ohnehin unwahrscheinlich. Sie waren nur einer von insgesamt sieben oder acht Kontrollposten, und die Straße, an der sie sich aufgestellt hatten, führte praktisch nirgendwohin. Ein knapper Kilometer bis zur Niddatalsperre und drei Kilometer bis Schotten. Danach kam, egal, wohin man abbog, kaum mehr als kurvenreicher Asphalt. Keine Autobahn, keine größere Stadt. Die schlechteste Fluchtroute aller Zeiten, konnte man meinen, es sei denn, der Flüchtige wollte sich in die Wälder schlagen oder eine Stippvisite im Vogelpark machen. Beides war eher unwahrscheinlich. Der eine der beiden Beamten fischte ein Zigarettenpäckchen aus der Uniformjacke und steckte sich eine an. Der andere loggte sich mit seinem Handy bei WhatsApp ein und tauschte Nachrichten mit einem Kumpel. Sie wollten am Wochenende nach Frankfurt, zum nächsten Spiel der Eintracht. Neue Saison, neues Glück. Im Grunde ging es um nichts, Meister würde die Mannschaft niemals werden, und von den Abstiegsrängen war man gewöhnlich auch weit genug entfernt, um sich keine ernsthaften Sorgen machen zu müssen. Es war einfach die Atmosphäre im Stadion, Bier und Würstchen und Männergespräche. Und manchmal ein paar gelungene Spielzüge, wenn auch viel zu oft aufseiten der Gegner. Trotzdem war es Entspannung. Oder eine Gelegenheit, den Frust der Woche durch wohldosierte Schreie oder Anfeuerungsgesänge abzubauen.

Ein schwarzer Mercedes rollte vorbei, ein roter Mini, dann ein silbergrauer Suzuki Jimny, dessen leerer Anhänger hinter ihm herhüpfte. Der Beamte meinte zu erkennen, dass der betagte Blechkübel eine längst abgelaufene TÜV-Plakette trug. Doch er konnte sich nicht weiter damit befassen. Schon warf sein Kollege abrupt die Zigarette beiseite und deutete über das graue Asphaltband in die Ferne. Etwas Blaues tauchte dort zwischen den Bäumen auf und kam auf sie zu. Kein großer Wagen. Größer als ein Mini, aber ob es gleich ein Fabia sein musste? Wie viele blaue Autos gab es denn?

Das Auto näherte sich, und der Polizist spürte, wie sich seine Muskeln anspannten. Es könnte in der Tat ein Škoda sein. Er steckte das Smartphone weg, nahm die Kelle zur Hand und baute sich vor der Absperrung auf.

Dreißig Sekunden später erkannte er, dass es sich tatsächlich um einen Škoda Fabia handelte. Das wäre was, dachte er, wenn ausgerechnet sie ...

Er hob die Kelle und bedeutete dem Fahrer, anzuhalten.

Der blaue Škoda wurde langsamer, rollte aus. Als er nur noch zehn Meter von der Sperre entfernt war, konnte der Polizist den Fahrer hinter der Scheibe ausmachen. Ein Mann mittleren Alters, spärliches blondes Haar, fliehendes Kinn, Ziegenbart. Das konnte der Gesuchte sein. Der Beamte signalisierte ihm, an den Straßenrand zu fahren. Der Fahrer hob die Hand, als wollte er zustimmen – und gab plötzlich wieder Gas.

Er schoss an dem Beamten vorbei, rammte die Absperrung, die erzitterte und wie in Zeitlupe zur Seite kippte, und raste davon. Der Polizist konnte sich gerade noch mit einem Satz in Sicherheit bringen. Hastig rappelte er sich wieder auf.

»Schnell! Hinterher!«

Die beiden Beamten eilten zum Streifenwagen, sprangen hinein und nahmen die Verfolgung auf. Mit Martinshorn und rotierendem Blaulicht. Das kam so gut wie nie vor. Verfolgungsjagden waren eine echte Seltenheit, vor allem hier auf dem Land. Nachdem der erste Schock verdaut war, begann der Beamte, sich zu freuen. Das war mal etwas, das er seinen Kumpels erzählen konnte. Er zog sein Smartphone hervor und schoss ein Foto von dem flüchtenden Fahrzeug. Beweissicherung, redete er sich ein, doch in Wirklichkeit ging es ihm um ein privates Andenken.

Der Škoda hatte keine Chance. Er war nicht hoch motorisiert, und die Polizisten mit ihrem Dienstfahrzeug holten rasch auf. Der Škoda-Fahrer dürfte schon jetzt ordentlich Muffensausen haben. Und wenn sie ihn dann erst mal hatten … Sie würden ihn unsanft aus dem Wagen ziehen und bäuchlings auf den Boden werfen. Ihm die Arme auf den Rücken zwingen und Handschellen anlegen, fester als nötig. »Widerstand gegen die Staatsgewalt« würde im Bericht stehen. Bei einem, der vor der Polizei abgehauen war, zog das nie jemand in Zweifel.

Der Fahrer des Fabia holte das Letzte aus seinem Kleinwagen heraus. Er bog in voller Fahrt nach links ab auf die Straße, die in Richtung Stornfels und Einartshausen abzweigte. Schlitterte durch die Kurve, und das Fahrzeug geriet ins Schleudern. Er brachte es mühsam wieder unter Kontrolle, doch der Wagen schlingerte weiter. Vor ihm begann ein dichtes, düsteres Waldstück. Vielleicht hundert Meter voraus zeigten zwei Leitpfosten mit Reflektoren an, dass es dort eine Einmündung gab. Der Škoda fuhr auf die rechte Fahrbahnseite.

»Was hat der vor? Will der da abbiegen? Mit Vollgas?« Der Polizist am Steuer schüttelte den Kopf. »Das ist doch verrückt.«

Doch der Škoda tat genau das. Kurz vor der Einmündung machte er einen scharfen Schwenk nach links. Zu scharf. Das Fahrzeug hob beinahe von der Straße ab, drehte sich einmal halb um die eigene Achse und rutschte in den Straßengraben. Mit einem lauten metallischen Knirschen schob sich die Karosserie zusammen.

»Rettungswagen«, ordnete der Streifenwagenfahrer an, und sein Kollege auf dem Beifahrersitz griff nach dem Funkgerät. Das Polizeiauto bremste neben dem verunglückten Fahrzeug. Die beiden Polizisten stiegen aus.

»He!« Der Beifahrer, der sein Telefon noch in der Hand hatte, zeigte auf die Fahrertür, die beinahe unbeschadet aussah. Sie wurde im selben Moment aufgestoßen, und der Fahrer kroch heraus.

»Bleiben Sie stehen. Heben Sie die Hände. Rühren Sie sich nicht von der Stelle«, rief der zweite Polizist. Doch der Fahrer kümmerte sich nicht darum. Er schob sich aus dem schief stehenden Auto, kroch ein paar Meter über den Waldboden, rappelte sich auf und rannte in den Wald.

»Mist aber auch!«, beschwerte sich der Beamte. »Ich habe gerade heute Morgen die Schuhe geputzt.« Er machte seinem Kollegen ein Zeichen. »Der Rettungswagen kann wegbleiben. Ruf Verstärkung.« Er überprüfte den Sitz seines Pistolengurts. Dann eilte er dem Flüchtigen hinterher. Sein Kollege folgte wenig später, nachdem er die Leitstelle informiert hatte.

Sabine Kaufmann steckte ihr Handy ein und nannte Ralph Angersbach die Koordinaten, die sie von der Leitstelle erhalten hatte. Adam Nowak war in den Vogelsberg geflüchtet. Die Stelle, an der er mit seinem Wagen verunglückt war, lag nur knapp zwei Kilometer Luftlinie von der Jagdhütte von Meinhard Mandler entfernt. War das sein Ziel? Aber was wollte er dort? Er wusste doch, dass sie die Hütte kannten und die Spuren des Blutbads gefunden hatten, das er dort angerichtet hatte. Als Versteck war sie nicht geeignet. Vielleicht hatte er dort etwas deponiert, was er für seine Flucht brauchte. Geld? Falsche Papiere? Nowak war nur ein Knecht, aber das bedeutete nicht, dass er keine Kontakte zur Unterwelt haben konnte.

Angersbach lenkte den Lada Niva über den schmalen Waldweg. Die beiden Streifenpolizisten hatten den Flüchtigen aus den Augen verloren, und der Versuch, sein Handy zu orten, war bisher fehlgeschlagen. Heutzutage wusste jeder, dass man es ausschalten und die SIM-Karte entfernen musste, wenn man nicht gefunden werden wollte. Sie konnten nur raten, wo er sich aufhielt. Und die beste Vermutung war Mandlers Hütte.

Während Ralph den Geländewagen zwischen den Bäumen hindurchjagte, griff Kaufmann erneut zum Telefon und beauftragte die Kollegen im Präsidium, Akteneinsicht für die Krankenhausunterlagen von Till Nowak zu beantragen. Die alte Geschichte hatte etwas mit den Morden zu tun, daran bestand kein Zweifel. Drei Tote: Tills Mutter, der leibliche Vater und dessen Frau. Man ging kein großes Risiko ein, wenn man auf die Theorie setzte, dass die Taten etwas mit dem Adoptivsohn zu tun hatten. Vielleicht hatte Adam Nowak tatsächlich erst jetzt herausgefunden, was man Till angetan hatte. Womöglich hatte er es sogar selbst erst jetzt begriffen. Von Hedwig wusste sie, dass die Sitzungen beim Psychiater manchmal Dinge an die Oberfläche beförderten, die so tief verschüttet gewesen waren, dass der Betroffene nicht die geringste Erinnerung daran hatte. So konnte es bei Till auch gewesen sein. Er hatte etwas herausgefunden und sich seinem Adoptivvater anvertraut. Und der hatte die Schuldigen bestraft.

Der Gedanke an Till tat ihr weh. Wenn Stationsschwester Hegner recht hatte, musste er furchtbar gelitten haben, immer wieder vorsätzlich verletzt, von der eigenen Mutter – damit diese Zuwendung bekam und Bewunderung. Gab es etwas Widerwärtigeres, das man seinem Kind antun konnte? Es war ein Wunder, dass er nicht daran zerbrochen war, nicht einmal nach den Schrecken seines Bundeswehreinsatzes in Afghanistan. Er hatte nicht mit ihr darüber gesprochen, aber sie hatte gespürt, dass etwas in ihm gärte. Womöglich hatte er dort einen guten Freund verloren. Oder versehentlich einen Unschuldigen getötet. An beidem konnte man zugrunde gehen. Sie war froh, dass er sich Hilfe geholt hatte. Die Klinik, in die er ging, war gut, das wusste Sabine aus den Jahren, die sie ihre Mutter dort hatte betreuen lassen.

Der Niva rumpelte über eine Wurzel und fuhr auf die Lichtung vor Mandlers Jagdhütte. Kaufmann verscheuchte die Gedanken an Till, prüfte ihr Holster und sprang aus dem Wagen. Ralph stellte den Motor ab und folgte ihr. Sie verständigten sich rasch. Angersbach ging zur Rückseite der Hütte. Kaufmann hämmerte gegen die Vordertür.

»Herr Nowak? Sind Sie da drin? Geben Sie auf. Kommen Sie mit erhobenen Händen heraus. Sie haben keine Chance.«

Sabine beobachtete die Tür und das daneben gelegene Fenster, doch nichts rührte sich. Stattdessen hörte sie von der Rückseite der Hütte ein lautes Klirren, gefolgt von Rufen und rennenden Schritten.

Ralph Angersbach hatte den Schreck seines Lebens bekommen. Er hatte nicht damit gerechnet, dass Adam Nowak durch das geschlossene Fenster springen würde. Ralph rief ihm zu, stehen zu bleiben, doch Nowak ignorierte ihn. Er rannte wie ein Hase und war in der nächsten Sekunde zwischen den Bäumen verschwunden.

Nicht mit mir, Freundchen.

Angersbach wartete nicht auf Sabine, sondern nahm die Verfolgung auf. Er war nicht besonders trainiert, im Gegensatz zu ihr. Kaufmann joggte regelmäßig. Er zog es vor, anderen beim Sport zuzusehen, vorzugsweise mit dem Kopf auf der Sofalehne und einem Kaltgetränk in der Hand. Aber er war groß und kräftig und entschlossen. Er folgte Nowak mit langen, wuchtigen Schritten und kümmerte sich nicht um die Zweige und Blätter, die ihm ins Gesicht klatschten.

Der grüne Arbeitsoverall, den Nowak trug, war eine gute Tarnung. Man sah ihn kaum zwischen dem Grün des Waldes. Aber der Boden war von den Regengüssen der letzten Nacht aufgeweicht, und die Stiefel des Mannes hinterließen deutlich sichtbare Abdrücke im Schlamm. Man musste kein Indianer sein, um sie zu lesen.

Ralph sprang in Nowaks Fußstapfen und beschleunigte. Nur Sekunden später entdeckte er den Mann. Er stolperte durch das Unterholz, schwankend und ungeschickt wie ein Betrunkener.

Ralph rief: »Nowak. Bleiben Sie stehen. Oder ich schieße.«

Der Flüchtige stoppte. Er drehte sich nach Angersbach um. Ralph zog seine Waffe und richtete sie auf Nowak. Der fiel auf die Knie und hob die Hände.

»Nicht schießen«, jammerte er. »Ich ergebe mich.«

»Wird auch Zeit«, knurrte Angersbach und keuchte. Das Laufen hatte ihn angestrengt, sehr viel länger hätte er nicht durchgehalten.

Er packte Nowak am Kragen und zog ihn auf die Füße. Ein scharfer, alkoholischer Geruch schwappte ihm entgegen. Nachdem er seine Frau getötet hatte, hatte der Mann offenbar einen ordentlichen Schluck gebraucht. Angersbach hielt ihn auf Armeslänge entfernt, steckte seine Dienstwaffe zurück ins Holster und löste die Handschellen vom Gürtel.

»Herr Adam Nowak. Ich verhafte Sie wegen des Verdachts des Mordes an Meinhard und Carla Mandler und Regina Nowak.«

Nowak blinzelte. »Was?« Die grauen Augen flackerten und verdrehten sich nach oben. Im nächsten Augenblick sackte er zusammen. Ralph konnte ihn nicht halten, und Nowak stürzte ungebremst auf den Waldboden. Er fiel weich, landete mit dem Gesicht im Schlamm.

Angersbach beugte sich über ihn, wischte ihm den Dreck von Mund und Nase und verpasste ihm ein paar Backpfeifen, damit er wieder zu sich kam. Hinter ihm raschelte es, Zweige knackten, Angersbach hörte durch den weichen Waldboden gedämpfte Schritte. Dann stand Sabine neben ihm und schaute auf den von oben bis unten besudelten Nowak.

»Schöne Scheiße«, sagte sie.

»Er ist einfach umgekippt«, erklärte Ralph und war froh, als Nowak wieder die Augen aufschlug. »Ich hab ihn nicht mehr zu fassen gekriegt.«

Kaufmann nickte. »Dann hoffen wir mal, dass er freiwillig gesteht. Unter dem ganzen Dreck noch Blutspuren von seinen Opfern nachzuweisen wird vermutlich schwierig.«

Angersbach fluchte leise. Daran hatte er nicht gedacht. Aber es gab auch nichts, was er anders hätte machen können.

Er schaute nach oben, wo sich eine fahle Sonne mit orangefarbenem Schimmer hinter die Wipfel der Bäume verabschiedete.

»Wir informieren die Kollegen. Die sollen ihn in Untersuchungshaft nehmen. Und morgen früh, wenn wir alle wieder ausgeruht und sauber sind, unterhalten wir uns.«

Auf dem Weg zurück schwiegen sie, bis sie die Abzweigung nach Wetterbach erreichten. Dann gab sich Sabine einen Ruck und erzählte Ralph, woher sie Till kannte. Ein Mitpatient ihrer Mutter, der gekommen war, um ihr sein Beileid auszusprechen. Was in den letzten Tagen daraus geworden war, behielt sie für sich. Irgendwann würde sie ihm auch das erzählen, aber nicht jetzt.

Mittlerweile war es dunkel geworden, und die Einsamkeit der weitläufigen Landschaft fühlte sich beklemmend an. Aber das lag vielleicht auch an den Schrecken, die dieser Tag gebracht hatte. Sabine Kaufmann hatte immer noch Mühe, den sich überschlagenden Ereignissen zu folgen.

»Haben wir einen Fehler gemacht?«, sprach sie den Gedanken aus, der sie schon den ganzen Tag quälte. »Hätten wir Regina Nowak retten können?«

Angersbach, der sich auf die Straße konzentrierte, die von den altersschwachen Scheinwerfern seines Niva nur unzureichend erhellt wurde, warf ihr einen kurzen Blick zu. »Wie denn? Wir hatten nicht genügend Informationen.«

»Ja.« Kaufmann seufzte. »Das ist wohl so.«

Sie erreichten die Straße am Dorfrand. Bei Dascher brannte nur eine funzelige Stehlampe hinter dem Wohnzimmerfenster. Auf der anderen Seite erstrahlte das Haus der Nowaks wie ein Weihnachtsbaum. Die Spurensicherung hatte in allen Räumen ihre leistungsstarken Scheinwerfer aufgestellt. Als Kaufmann und Angersbach eintrafen, trat einer der jungen Ärzte aus Professor Hacks Abteilung über die Schwelle. Die Besichtigung der Leichen vor Ort überließ Hackebeil generell seinen Untergebenen. Weil er, wie er nicht müde wurde zu betonen, in seinem Leben bereits genug Schlachtfelder gesehen hatte. Sabine konnte es ihm nachfühlen. Sie hätte auch gerne darauf verzichtet, das Haus der Nowaks noch einmal zu betreten. Nur, dass sie im Gegensatz zu dem Rechtsmediziner keine Wahl hatte.

Der Assistenzarzt zog seine Latexhandschuhe von den Fingern und begrüßte Kaufmann und Angersbach.

»Furchtbares Gemetzel«, erklärte er. »Todeszeit lässt sich klar eingrenzen, vor zwei bis drei Stunden von jetzt aus gesehen. Todesursache ist schwierig. Der Täter hat so oft zugestochen, da lässt sich aufgrund der äußeren Anschauung nicht feststellen, welche der vielen Verletzungen tödlich war. Der Täter hat buchstäblich auf alles eingestochen, Brust, Bauch, Arme, Beine, Hals, Gesicht. Eine Häufung haben wir in der unteren Bauchregion, die aber vermutlich nicht todesursächlich war. Ich tippe auf eine Verletzung von Herz oder Lunge als Grund für den Exitus. Aber, wie gesagt, genau lässt sich das erst mit der Obduktion feststellen.« Er dachte kurz nach. »Ich denke, das ist für den Moment alles.«

Es reichte auch. Kaufmann und Angersbach bedankten sich und verabschiedeten sich von dem jungen Arzt. Neben der Vernehmung Nowaks war die Obduktion von Regina Nowak ein weiterer wenig angenehmer Programmpunkt auf der morgigen Tagesordnung.

Ralph rief nach einem der Kollegen, die in ihren weißen Plastikanzügen die Spuren im Haus sicherten.

»Wie weit seid ihr?«, fragte er.

»Kann noch eine Weile dauern. Am besten kommt ihr morgen, um es euch selbst anzusehen. Wir machen hier heute Abend noch fertig und versiegeln dann.«

»Okay.« Ralph dankte dem Forensiker, der wieder im Inneren des Hauses verschwand und die Tür zuschlug.

Kaufmann und Angersbach sahen sich ein wenig ratlos an.

»Und wir?«, fragte Ralph. »Was machen wir jetzt?«

Sabines Blick wanderte wie von selbst zum Haus von Dascher.

»Ich ... würde mich gern um Till kümmern.«

Ralph musterte sie, fragte aber nichts. Irgendwann würde sie ihm sagen müssen, was zwischen ihr und dem Sohn – Adoptivsohn – von Adam Nowak gewesen war. Aber nicht jetzt.

»Wie wär's, wenn wir alle zusammen etwas essen gehen?«, schlug er vor. »Vielleicht erzählt er uns ja selbst, was damals geschehen ist, dann brauchen wir nicht auf die Krankenakten zu warten.«

Sabine hatte so ihre Zweifel. Ralphs ungestüme Art war sicher nicht geeignet, den sensiblen Till dazu zu bewegen, sich zu öffnen. Doch man konnte es versuchen. Und Angersbachs Gesellschaft hätte zumindest den Effekt, dass das Schweigen zwischen ihnen nicht drückend wurde. Nach allem, was passiert war, wusste sie nicht, wie sie Till gegenübertreten sollte. Und ihm ging es sicher nicht anders.

»Einverstanden«, sagte sie und ging zu Daschers Haus, um sich der Herausforderung zu stellen.

Till Nowak stand reglos am Fenster und starrte auf seine Hände. Er hatte sie gewaschen, in Daschers winzigem Gästebad, vom Schnitt und von der Einrichtung her absolut identisch mit dem seiner Eltern. Selbst die Kacheln, orange-braun gemustert, waren gleich. Till hatte die halbe Flasche Flüssigseife verbraucht und die Nägel mit der harten Wurzelbürste geschrubbt, bis sich die Haut darunter in kleinen Fetzen ablöste. Aber seine Finger klebten immer noch. Das Blut ging nicht ab. Das Blut seiner Mutter.

Horst Dascher hatte ihn schließlich aus dem Bad gezerrt, erstaunlich kräftig für einen so kleinen und so alten Mann. Er hatte ihm die Hände getrocknet wie ein Vater seinem Sohn und ihn sanft, aber unbeirrt gedrängt, in seinem Sessel im

Wohnzimmer Platz zu nehmen. Hatte ihm Sherry eingeschenkt und ihn genötigt zu trinken.

Der Alkohol hatte seinen Magen gewärmt, doch die Kälte in seinen Gliedern blieb. Er fror. Und er konnte nicht still sitzen. Er sprang wieder auf, ging ans Fenster, schaute auf das Haus seiner Eltern. Die Einsatzfahrzeuge und die Beamten, die davorstanden. Ein Schluchzen stieg aus seiner Kehle auf, und das Bild vor seinen Augen verschwamm, wurde überlagert durch andere. Eine Ruine aus gelbem Sandstein, von der dünne Rauchsäulen aufstiegen. Geschwärzte Mauern und gesplittertes Glas von der Bombe, die explodiert war. Körper mit abgerissenen Gliedmaßen, blutend, manche noch lebendig, manche schon tot. Und dann dieses Kind, das am Straßenrand stand, ein kleiner Junge mit verblichenen, halb zerrissenen Kleidern, die großen braunen Augen unverwandt auf das Schreckensbild gerichtet. Immer wieder dieses Kind. Verloren. Vergessen. Chancenlos.

Till presste sich den Unterarm auf die Augen, wischte die Tränen ab, vertrieb die Bilder. Sah wieder auf die Straße, sein Elternhaus, den Tatort. Und erblickte die Kommissarin, die auf das Haus von Horst Dascher zuging.

»Sabine.«

Wie von selbst hob sich sein Arm, streckte sich. Seine Fingerspitzen berührten die Fensterscheibe, meinten das Gesicht dahinter. Wie ein Tier im Käfig, ein Gefangener hinter Glas, verzweifelt bemüht, Kontakt herzustellen zur Außenwelt. Die Kommissarin entdeckte ihn, die Mundwinkel hoben sich, eine Winzigkeit nur, traurig. Nur ein kleines Licht in der Dunkelheit, doch zumindest ein Hoffnungsschimmer.

Der Besuch im Wetterbacher Gasthaus war keine gute Idee gewesen. Kurzsichtig, naiv und dumm. Es war voll und laut, und sie wurden von allen Seiten bedrängt. Natürlich hatte man von den Morden gehört, vom Tod Regina Nowaks und Meinhard Mandlers. Man bestürmte sie mit Fragen und wilden Theorien. Gehaltvolles war nicht darunter. Niemand konnte glauben, dass der ruhige Adam Nowak zu solchen Taten in der Lage war. Man war bestürzt, doch vorherrschend waren die lüsterne Neugier, das lustvolle Schaudern. Ein Verbrechen in der unmittelbaren Umgebung beförderte bei den Menschen im Umfeld nicht unbedingt die besten Seiten hervor.

Nachdem sie sich durch das Getümmel gearbeitet hatten, bot ihnen der Wirt einen halbwegs ruhigen Tisch im hintersten Winkel des Gastraums an, eingequetscht zwischen einem überfüllten Garderobenständer und einem verwitterten Holzgerüst, das einst eine Wein- oder Butterpresse gewesen sein mochte.

Till orderte wahllos ein Gericht aus der Karte und blickte dann angewidert auf die Fleischstücke auf seinem Teller, die in einer rötlichen braunen Soße schwammen. Blut. Er kippte in schneller Folge Schnäpse und starrte auf die Dunkelheit vor dem Fenster, das Gesicht so bleich und leer wie das seiner toten Mutter. Und Ralph Angersbach, verbissen auf seinem Salat kauend, zeigte sich als der wenig empathische, grobe Klotz, als den Sabine ihn damals kennengelernt hatte. Statt Till Zeit zu geben, sich zu sammeln, bedrängte er ihn mit Fragen nach den Verletzungen seiner Kindheit. Nach den Dingen, die seine Mutter ihm angetan hatte.

»Das ist nicht wahr.« Till umklammerte seine Gabel, die nicht auf seinen Teller, sondern zur Decke zeigte. »Das hat sich die Hegner ausgedacht. Die konnte meine Mutter noch nie leiden. Sie dachte, wenn sie ihr diesen Blödsinn anhängt, wird sie sie los. Sie mochte es nicht, dass die Ärzte sie bewundert haben, weil sie sich so um mich gekümmert hat.«

»Und die Verletzungen?« Angersbach durchbohrte Till Nowak fast mit seinem Blick. »Wo kamen die her? Haben Sie sich die selbst zugefügt?«

Till presste seinen Daumen auf die Zinken der Gabel. Sein Gesicht verzog sich vor Schmerz, doch er ließ nicht nach, verstärkte im Gegenteil den Druck noch. Dann endlich löste er die Gabel und betrachtete seinen Finger. Drei tiefe Dellen, blau unterlaufen, aber kein Blut.

»Ralph.« Kaufmann schaute den Kollegen eindringlich an. »Lass ihn in Ruhe.«

Angersbach blieb unbeirrbar. »Wir müssen das wissen.«

Till knallte die Gabel auf den Tisch. »Ja? Müssen Sie?« Er knirschte mit den Zähnen. »Gut. Ich sag's Ihnen. Es war die Hölle. Zwischen meinen Eltern. Meine Mutter hat sich immer um mich gekümmert. Sie hat mich geliebt. Mich. Aber ihn nicht. Er konnte das nicht ertragen. Dabei hat er sie auch nicht geliebt.«

»Warum hat er sie dann geheiratet?«

Sabines Herz tat weh, als sie sah, wie Tills Lippen zitterten.

»Weil Mandler ihn bezahlt hat.«

Angersbach neigte sich zu Till. »So?«

Tills Adamsapfel hüpfte. »Er war neunzehn. Seit fünf Jahren auf dem Kreutzhof. Sein Vater war schwer krank. Seine Mutter hat als Haushaltshilfe gearbeitet, aber ohne das, was Adam nach Hause gebracht hat, konnten sie nicht über die Runden kommen. Das Haus war noch nicht abbezahlt. Sie waren mit den Raten im Rückstand. Mandler hat ihm angeboten, den gesamten Kredit zu tilgen, wenn er meine Mutter heiratet. Adam wollte nicht. Es gab da ein Mädchen auf dem Hof, das er wirklich geliebt hat. Aber er hatte keine Wahl. Ohne Mandlers Geld hätten sie alles verloren. Das konnte er seinen Eltern nicht antun. Also hat er Regina geheiratet.«

»Das muss für alle Beteiligten bitter gewesen sein«, sagte Sabine mitfühlend.

»Sie haben nie gestritten«, murmelte Till. »Aber es war eisig. Ich habe gespürt, dass sie beide wütend waren. Ich dachte immer, es wäre meinetwegen.«

»Und deswegen hast du dich selbst verletzt?«

Till zog die Schultern hoch. »Wenn ich krank war, waren sie lieb. Zu mir, und auch miteinander.« Er stand plötzlich auf, abrupt, und drängelte sich zwischen den eng stehenden Tischen hindurch zu dem Durchgang, der zu den Toiletten führte.

Angersbach schob seinen Teller beiseite. Darauf lagen nur noch vereinzelte Rucolablätter, die er offenbar nicht mochte.

»Er lügt.«

Sabine schaute hoch. Sie fühlte sich persönlich angegriffen.

»Warum glaubst du das? Ich finde seine Geschichte plausibel. Die Zwangsehe der Eltern. Sein Gefühl, an der schlechten Stimmung schuld zu sein. Sein Wunsch nach Zuwendung.«

»Meiner Meinung nach war es anders. Seine Mutter hat ihn heimlich gehasst. Seinetwegen musste sie Adam Nowak heiraten. Einen Mann, den sie nicht geliebt hat und der kein Interesse an ihr hatte. Sie hat sich nach Zuwendung gesehnt. Deswegen hat sie ihn verletzt. Um ihn zu bestrafen und zugleich von den Ärzten die Anerkennung zu bekommen, dass sie eine so gute und besorgte Mutter war.«

In Kaufmanns Magen grummelte es. Was Ralph sagte, klang durchaus logisch. Aber sie wollte es nicht glauben.

»Warum sollte er es leugnen, wenn es so war?«

»Was weiß ich? Er ist krank. Gestört.«

Sabine schüttelte den Kopf. »Das ist er nicht. Er steht nur unter Schock.«

»Wenn du meinst.« Ralph leerte seine Apfelschorle mit langen Schlucken und setzte das Glas unsanft auf dem Tisch ab.

Till kam von den Toiletten zurück. Er schaute unsicher zwischen Kaufmann und Angersbach hin und her, setzte sich zögernd und faltete Arme und Beine, bis er aussah wie ein verschnürtes Päckchen.

Ralph kramte in seiner Hose und warf einen Zwanzigeuroschein auf den Tisch.

»Ich lasse euch allein. Wir sehen uns morgen früh im Präsidium.«

Sabine wollte ihn zurückhalten, doch er war schon zwischen ein paar Gästen untergetaucht, die ebenfalls gerade aufbrachen.

Till sah sie mit brennenden Augen an. »Er mag mich nicht.«

»Ach was.« Kaufmann wandte sich ihm zu. »Wie kommst du darauf?«

»Er ist eifersüchtig.«

»Unsinn.« Sabine lachte auf. »Wir sind nur Kollegen. Und keiner von uns hat jemals etwas anderes gewollt.«

Till löste seine Arme, griff nach seiner Gabel, schob die Fleischstücke auf seinem Teller hin und her. Appetit hatte er ganz offensichtlich nicht.

Kaufmann legte ihm sanft eine Hand auf den Arm.

»Komm. Lass uns nach Hause fahren.«

Mittwoch, 20. September

Adam Nowak saß zusammengesunken auf einem Stuhl im Vernehmungszimmer im Gießener Polizeipräsidium in der Ferniestraße. Als Kaufmann und Angersbach den Raum betraten, blickte er auf. Seine Augen waren schwarz gerändert und gerötet.

»Bitte. Was ist mit meiner Frau? Hier will mir niemand etwas sagen?«

»Ihre Frau ist tot. Weil Sie sie erstochen haben.« Ralph ließ sich auf den Stuhl Nowak gegenüber fallen und beugte sich zu ihm vor.

»Tot? Regina ist tot? Nein. Sie lügen. Das ist nicht wahr.« Nowak schlug sich mit der Faust gegen die Stirn. »Sagen Sie, dass das nicht stimmt!«

»Bitte, Herr Nowak. Ersparen Sie uns das Theater. Wie hätte sie das überleben sollen, was Sie ihr angetan haben?«

Nowak schüttelte wild den Kopf. »Nein. Nein. Ich habe ihr nichts getan.«

»Warum haben Sie dann die Polizeiabsperrung durchbrochen und sind geflohen?«

Sabine setzte sich neben Ralph. Sie fühlte sich ausgelaugt und zerschlagen. Sie hatte kaum Schlaf bekommen. Hatte versucht, Till zu trösten, der untröstlich war. Stundenlang hatte sie wach gelegen und seinem stoßweisen Ein- und Ausatmen gelauscht. Auch er fand keinen Schlaf, aber er konnte nicht mehr reden. Er versuchte zu fassen, was nicht zu fassen war.

Nowak rieb sich mit der flachen Hand übers Gesicht und räusperte sich umständlich. »Ich ... hatte getrunken. Ich hatte Angst, meinen Führerschein zu verlieren.«

Angersbach lachte höhnisch auf. »Herr Nowak, bitte. Kommen Sie. Diesen Unsinn kauft Ihnen niemand ab.«

Kaufmann schüttelte innerlich den Kopf. Ralphs Befragungsstrategie war alles andere als elegant. Doch eigentlich war es ihr heute egal. Sollte er doch poltern und drohen. Adam Nowak hatte nichts Besseres verdient. Und die Indizienlage war erdrückend. Sie würden ihn drankriegen, ob Angersbach mit seiner wenig empathischen Art die Vernehmung durchführte oder sie selbst es auf die subtile Art versuchte. Früher oder später würde der Knecht des Kreutzhofs einknicken und gestehen. Er hatte keine Chance mehr, den Kopf aus der Schlinge zu ziehen.

»Es ist die Wahrheit. Regina und ich hatten Streit.«

Ralph schoss vor wie ein Habicht. »Aha? Weshalb?«

»Das Übliche. Geld.«

Der Kommissar schnaubte. »Lassen Sie doch die Lügen. Sie sparen uns allen Zeit. Sie haben Ihre Frau erstochen.«

Nowaks Augen glänzten feucht. »Warum hätte ich das tun sollen?«

»Sagen Sie es uns. Weil Sie herausgefunden haben, was sie Ihrem Sohn angetan hat, als er ein kleiner Junge war? Die Wunden, die Verletzungen? Oder weil sie dahintergekommen war, dass Sie Carla und Meinhard Mandler ermordet haben, und zur Polizei gehen wollte?«

»Ich ... das war ich doch nicht. Wieso soll ich denn Herrn und Frau Mandler umbringen?«

»Wegen des Geldes, zum Beispiel.« Angersbach zog eine Mappe zu sich heran, die Informationen, die die Kollegen über die Familie Nowak zusammengetragen hatten. »Sie backen seit Jahren kleine Brötchen. Mandler beschäftigt Sie für einen Hungerlohn, und Ihre Frau hat als Krankenschwester auch keine Reichtümer erworben. Sie wollten raus, aus dem baufälligen Haus, aus Ihrem kleinen Leben, aus dem verdammten Wetterbach.«

»Ja.« Etwas Sehnsüchtiges schlich sich in Nowaks Blick. »Das würde ich gern. Aber was soll es mir helfen, wenn Mandlers tot sind? Dann habe ich nicht einmal mehr meine Arbeit.«

»Carla und Meinhard Mandler haben keine lebenden Angehörigen mehr.« Ralph fletschte die Zähne. Wie ein Köter, der einen Knochen haben will und nicht lockerlässt, dachte Kaufmann. »Bis auf ... Till.«

»Was?«

»Ihr Sohn Till ist der leibliche Sohn von Meinhard Mandler, das wissen Sie doch. Und wir wissen es auch. Sie haben ihn adoptiert, aber wenn sonst niemand mehr da ist, hat er trotzdem einen Erbanspruch. Das wäre doch ein Sprung, von Ihrem baufälligen Häuschen auf den Kreutzhof mit all den teuren Turnierpferden?«

Nowak schüttelte den Kopf, wie betäubt. »Das wusste ich nicht. Till erbt den Hof?«

»Nicht unbedingt.« Angersbachs wölfische Miene wich einem Haifischgrinsen. »Das kommt darauf an, wie sich Amelie Schwarz entscheidet.«

»Amelie?« Nowak wirkte jetzt vollends verwirrt. »Was hat Amelie damit zu tun?«

»Sie erwartet ein Kind. Von Meinhard Mandler. Ein legitimes, voll erbberechtigtes Kind. Wenn sie es zur Welt bringt, sähe es für Ihren Sohn als Adoptivkind schlecht aus in Sachen Erbe.«

Für Nowak waren das offenbar zu viele Informationen auf einmal. Er fuhr sich durch die schütteren Haare, strich sich über den dürren Ziegenbart. »Ich habe damit nichts zu tun.«

»Was haben Sie mit dem Messer gemacht?«

Die grauen Augen blickten flehentlich. »Was denn für ein Messer? Bitte. Sie müssen mir glauben. Ich habe nichts getan. Ich habe auch kein Messer.«

»Ein Jagdmesser, etwa so wie dieses hier.« Angersbach zog sein Handy aus der Tasche und präsentierte Nowak ein Beispielfoto der mutmaßlichen Tatwaffe.

Der schaute darauf, schüttelte den Kopf. »Ich sagte ja schon: So etwas besitze ich nicht.«

»Es muss ja nicht Ihres sein. Möglicherweise haben Sie es sich bei Ihrem Arbeitgeber ausgeliehen.«

Sabine dachte an den freien Steckplatz in Mandlers Metallschrank im Verschlag hinter der Jagdhütte. Dort hatte es jede

Menge Messer gegeben, nur einer der Steckplätze war frei gewesen. Vielleicht hatte sich dort die Tatwaffe befunden. Nowak könnte sich Zweitschlüssel besorgt oder die Schlüssel vor der Tat entwendet haben. Oder der Verschlag und der Schrank mit den Messern waren offen gewesen, und Nowak hatte sie nach der Tat verschlossen. Der Täter hatte Zeit aufgewendet, um die Leiche einzupacken und an einen anderen Ort zu verfrachten, warum also nicht auch dafür, Spuren zu verwischen? Das Messer – wenn es Mandlers war – hatte er mitgenommen. Schließlich waren – höchstwahrscheinlich mit derselben Waffe – auch Carla Mandler und Regina Nowak getötet worden.

Doch Nowak schüttelte den Kopf: »Nein.«

Ralph lehnte sich mit einem Seufzen auf seinem Stuhl zurück. »Sie sollten Ihr Gewissen erleichtern, Herr Nowak. Das tut gut, glauben Sie mir.«

Nowak sah ihn nur stumm an.

»Also schön.« Angersbach richtete sich wieder auf. »Fangen wir ganz von vorne an. Wie war das damals, als Herr Mandler Sie überredet hat, die schwangere Regina Rebscher zu heiraten?«

Adam Nowak betrachtete seine Hände. »Regina war ein hübsches Mädchen. Und Herr Mandler konnte die Finger nicht von den Frauen lassen. Seine eigene Frau – Carla – hat das gehasst, aber sie hat ihn gelassen. Muss ihn wirklich geliebt haben. Doch als Regina dann schwanger wurde – da hat sie ihn gewaltig unter Druck gesetzt. Er sollte dafür sorgen, dass Regina und das Kind vom Hof verschwinden und dass sie unter die Haube kommt. Sonst wollte sie ihn rauswerfen.«

»Aha.« Angersbach schnalzte mit der Zunge. Das erklärte, warum auch die Hofbesitzerin zum Opfer geworden war.

»Daher der Hass auf Carla Mandler«, resümierte er. »Weil in Wirklichkeit sie für Ihre arrangierte Ehe verantwortlich war.«

Nowak zuckte mit den Schultern. »Ja, schon. Aber es war meine eigene Schuld. Ich hätte auf das Angebot nicht eingehen müssen.«

»Herr Mandler hat Ihnen Geld geboten«, klinkte sich Sabine zum ersten Mal ins Gespräch ein. Nowak sah sie dankbar an.

»Meine Eltern hatten Schulden. Das Haus sollte zwangsversteigert werden. Mein Vater war krank, meine Mutter hat kaum etwas verdient. Wo hätten sie denn hingesollt? Ich dachte, ich müsste es tun.«

»Also haben Sie Regina Rebscher geheiratet und den kleinen Till adoptiert«, sagte Kaufmann mild.

»Wir haben vor seiner Geburt geheiratet. Im Ort dachten alle, er ist mein Sohn.«

»Und Sie?« Sabine blieb bei Ihrer mitfühlenden Tour. »Wie war es für Sie?«

Ein tiefes Lächeln breitete sich auf Adam Nowaks Gesicht aus. »Ich habe ihn vom ersten Moment an geliebt. Er hat viel geschrien, aber wenn ich ihn auf dem Arm hatte, war er still. Ich habe ihm alles beigebracht, Schwimmen und Radfahren und alles, was ich über Tiere weiß. Er war oft auf dem Kreutzhof und hat mir geholfen. Wenn er gesund war. Er war leider sehr oft krank.«

»Was waren das für Krankheiten?«

Adam Nowak biss sich auf die Lippen, senkte den Blick. »Er ... hat immer ... an sich herumgespielt. Mit irgendwelchen Sachen. Ich weiß es nicht genau.«

»Haben Sie mit ihm darüber gesprochen?«

»Nein. Das konnte ich nicht. Regina hat es mir gesagt. Ich fand das so ... widerlich.«

»Sind Sie jemals auf den Gedanken gekommen, dass Till es nicht selbst getan haben könnte? Dass es Ihre Frau war, die ihm die Verletzungen zugefügt hat?«

»Nein.«

Die Antwort kam zu schnell. Deutliches Anzeichen für eine Lüge, erinnerte sich Sabine.

»Haben Sie Ihre Frau mit Ihrem Verdacht konfrontiert?«

»Nein.« Nowaks Wangen röteten sich, als er merkte, dass er in die Falle getappt war. »Ich meine: Da war nichts. Das habe ich doch gesagt.«

»Warum hat sie es getan, was denken Sie? Weil sie eifersüchtig war, dass Till und Sie sich so gut verstanden haben? Weil sie außen vor war, dabei war sie doch die leibliche Mutter und Sie nur der Adoptivvater?«

Nowak flippte aus. »SIE HAT IHM NICHTS GETAN«, brüllte er. »Sie war eine gute Mutter. Till hat das selbst gemacht. Er ist krank im Kopf.«

»Der Sohn, den Sie so liebevoll großgezogen haben?«

Adam Nowak verschränkte die Arme. »Ich sage überhaupt nichts mehr. Sie drehen einem das Wort im Mund herum.«

»Hm.« Sabine wechselte einen Blick mit Angersbach. »Und die Schafe?«

»Was?«

»In den letzten Wochen sind rund um den Kreutzhof mehrere Hühner und Schafe getötet worden. Waren Sie das auch?«

Nowaks Arme fielen herunter. »Ich habe die Tiere gesehen. Bestialisch abgeschlachtet. Die Kehlen aufgeschlitzt und die Leiber. Ich weiß nicht, wie man so etwas tun kann.«

Kaufmann schaute wieder zu Angersbach. Sie sah, dass er ihr Befremden darüber teilte, dass Nowak die toten Tiere näherzugehen schienen als die toten Menschen. Aber sie glaubte ihm. Er mochte drei Morde begangen haben, doch mit den hingerichteten Schafen hatte er nichts zu tun. Gehörten die Fälle nicht zusammen? Nun ja. Trotz aller gegenteiligen Beteuerungen konnten es immer noch die Männer von der BiGaWett gewesen sein, die die Tiere getötet hatten, um im Wetteraukreis Angst und Schrecken zu verbreiten und die Hofbesitzer zum Verkauf ihrer Ländereien zu motivieren.

Angersbach blätterte wieder in seiner Mappe. »Sie leugnen also, etwas mit den Todesfällen Meinhard Mandler, Carla Mandler und Regina Nowak zu tun zu haben?«

Hinter Nowaks Stirn arbeitete es. »Ja.«

»Gut. Dann verraten Sie uns doch, was Sie in der Nacht von Montag, dem elften September, auf Dienstag, den zwölften September, getan haben. Zwischen zwanzig Uhr abends und zwei Uhr nachts. Falls Sie es nicht mehr wissen: Das war die Nacht, in der Meinhard Mandler gestorben ist.«

Nowak rieb sich die Wange, und Kaufmann hörte ein kratzendes Geräusch.

»Montag? Da war ich zu Hause, wie immer. Habe im Schuppen alte Sättel ausgebessert und bin früh ins Bett gegangen.«

Ralph runzelte die Stirn. »So etwas tun Sie in Ihrer Freizeit? Ist das nicht Teil Ihres Jobs?«

Nowak senkte den Blick. »Ich hätte die Sättel eigentlich wegbringen sollen, zu einer Sattlerei in Butzbach. Aber ich kann das selbst.«

Sabine ging ein Licht auf. »Sie haben Mandler eine gefälschte Rechnung für die Reparatur vorgelegt, aber das Geld haben Sie selbst eingesteckt?«

»Er hat mich wirklich schlecht bezahlt. Und für ihn war es doch gleich. Die Sättel, die ich repariert habe, waren nicht schlechter als die vom Sattler.«

»Aber wenn es eine Steuerprüfung gegeben hätte, wären Sie aufgeflogen. Und Carla und Meinhard Mandler hätten eine Menge Ärger bekommen.«

Nowak schaute auf. So weit hatte er nicht gedacht.

»Sie waren also zu Hause und haben Sättel repariert«, griff Ralph das Thema wieder auf. »Kann das jemand bezeugen?«

»Meine Frau ...«, setzte Nowak an und brach ab.

»Die kann Ihr Alibi wohl kaum noch bestätigen oder widerlegen«, polterte Angersbach. »Weil sie tot ist. Wie praktisch.«

»Ralph.« Sabine legte dem Kollegen kurz die Hand auf den Arm. Sie lächelte Nowak entschuldigend an. »Und wie sieht es mit Freitag aus? Am frühen Morgen zwischen halb drei und halb sieben?«

Der Knecht bemühte sich, seine Emotionen unter Kontrolle zu bringen. »Das haben Sie mich schon gefragt, direkt nach dem Mord an Frau Mandler. Ich war im Bett. Um fünf bin ich aufgestanden und rüber auf den Hof gegangen, Ställe ausmisten. Das hat Ihnen meine Frau bestätigt.«

»Richtig.« Angersbach zog grimmig die Augenbrauen zusammen. »Dann berichten Sie uns doch, was gestern Nachmittag passiert ist.«

Nowak zupfte an seinem Ziegenbart.

»Wir hatten Streit, Regina und ich. Wegen Geld. Sie wollte nicht, dass ich weiter auf den Kreutzhof gehe und mich um die Pferde kümmere, jetzt, wo man gar nicht weiß, ob ich noch dafür bezahlt werde, weil die Mandlers tot sind. Aber ich kann die Tiere nicht im Stich lassen. Sie ist immer lauter geworden, und irgendwann bin ich einfach gegangen. Ich habe mir an der Tankstelle eine Flasche Wodka besorgt und mich mit dem Wagen auf einen Feldweg gestellt. Einfach nur übers Land geschaut und getrunken. Als ich mich wieder beruhigt hatte, wollte ich zurück nach Hause. Dann war da plötzlich diese Polizeiabsperrung, und ich dachte, die nehmen mir sofort den Führerschein weg. Den brauche ich aber, ich habe doch Aufträge. Muss Sachen zur Reparatur bringen oder den Pferdetransporter zu Turnieren oder Kunden fahren. Und wenn ich mir jetzt einen neuen Job suchen muss … ohne den Lappen bin ich praktisch nicht vermittelbar. Ich habe Panik gekriegt. Ich habe nicht nachgedacht. Einfach nur das Gaspedal durchgetreten und weg.« Er zog ein Taschentuch aus der Tasche seines Overalls und schnäuzte sich. »Das war dumm, ich weiß. Aber es war einfach ein Reflex. Und dann konnte ich nicht mehr zurück.«

»Und warum sind Sie ausgerechnet zu Mandlers Jagdhütte gefahren? Weil Sie sie so gut kennen? Weil Sie erst vor wenigen Tagen dort waren, um Mandler zu beseitigen? Sich noch einmal an der Erinnerung berauschen wollten?«

»Nein. Ich wusste einfach keinen anderen Ort, wo ich hinsoll. Ich dachte, in der Hütte kann ich meinen Rausch ausschlafen. Aber ich bin schon lange nicht mehr dort gewesen. Das letzte Mal liegt Jahre zurück, da hatte mich Herr Mandler auf die Jagd mitgenommen. Einmal und nie wieder. Tiere einfach nur aus Spaß zu töten finde ich widerlich.«

Angersbach lächelte. Er faltete die Hände vor sich auf dem Tisch.

»Das ist eine sehr hübsche Geschichte, Herr Nowak«, verkündete er. »Sie hat nur einen kleinen Schönheitsfehler.«

Der Knecht schaute ihn fragend an. In seinen Augen flackerte es. Ralph zwinkerte ihm zu.

»Ihr Sohn Till hat ausgesagt, dass er mit Ihnen zusammengestoßen ist. Zur selben Zeit, als Sie angeblich mit Ihrem Wagen auf einem Feldweg standen und Wodka getrunken haben. Er hat Sie an der Tür Ihres Hauses angetroffen. Und gleich darauf in der Küche seine tote Mutter gefunden. Ihre Frau.«

Nowak schluckte schwer.

»Nein«, flüsterte er. »Nein. Das ist nicht wahr.«

Der Lada Niva schnurrte gleichmäßig, doch Ralph Angersbach schaute trotzdem missmutig.

»Ich hätte nicht gedacht, dass er es abstreitet«, knurrte er. »Dabei ist die Beweislage eindeutig.«

Sabine Kaufmann blickte aus dem Seitenfenster auf die Felder, die vorbeizogen. Ein Flickenteppich aus Schwarz und Braun und Grün, wie so oft zu dieser Jahreszeit auch am späten Vormittag noch unter einer dicken Nebelschicht nur schemenhaft zu sehen. Die umliegenden Hügel hielten die Feuchtigkeit fest, und die Sonne war nicht stark genug, die Nebelfelder aufzulösen.

Sabine malte geistesabwesend mit dem Finger ein Muster auf die Scheibe. Dann wandte sie sich an Ralph.

»Na ja. Sagen wir mal, die Indizien sind stark. Beweise haben wir streng genommen noch nicht.«

Angersbach gab sich weiter unversöhnlich. »Ist nur eine Frage der Zeit. So hemmungslos, wie er auf seine Frau eingestochen hat, müssen jede Menge Spuren zurückgeblieben sein. Und das Messer finden wir früher oder später auch.«

Das war der Grund, warum sie wieder einmal unterwegs nach Wetterbach waren. Die Spurensicherung hatte ihre Arbeit abgeschlossen und den Tatort freigegeben. Jetzt konnten sich auch Ralph und Sabine dort umsehen, ohne sich Sorgen machen zu müssen, dass sie versehentlich irgendwelche Hinweise zertrampelten. Außerdem hatten sie einen Zug der Bereitschaftspolizei ins Dorf beordert. Es galt, die Mülltonnen, Gärten und Komposthaufen sämtlicher Anwesen zu durchwühlen. Ein Job, um den sich niemand riss, der aber dazugehörte. Polizeiarbeit war nicht immer spannend. Oft genug war es trockenes Aktenstudium oder das stete, von fast allen gehasste Tippen von Berichten. Und manchmal war es eben auch Fleißarbeit unter wenig attraktiven Bedingungen. Wenn man Glück hatte und etwas fand, war einem zumindest das Erfolgserlebnis vergönnt, das das Wühlen im Dreck schnell vergessen ließ. Doch alles in allem war Sabine froh, sich als Kriminaloberkommissarin an dieser Art von Beweismittelsuche nicht mehr beteiligen zu müssen. Stattdessen würde sie mit Ralph noch einmal den eigentlichen Tatort in Augenschein nehmen. Vielleicht erzählte er ihnen etwas, das man durch das reine Einsammeln von Spurenträgern nicht erfuhr.

Angersbach rumpelte wie gewohnt – und dieses Mal ohne Not – unsauber durch die Kurven und über Bordsteine und brachte den Geländewagen unsanft vor dem Haus der Nowaks zum Stehen. Auf Sabine wirkte es noch kleiner, einsamer und verfallener als in den Tagen zuvor. Nicht nur die Hausfrau war tot, auch das Gebäude schien dem Sterben ein Stück nähergerückt zu sein.

Sabine stieg seufzend aus dem Wagen und ging zur Haustür. Sie knibbelte das Siegel ab und steckte den Schlüssel, den Till ihr gegeben hatte, ins Schloss. Sie öffnete die Tür und drehte sich nach Angersbach um. Er war ihr nicht gefolgt, sondern kämpfte mit seinem Gurt, den er beim Aussteigen versehentlich mit hinausgezogen hatte und nun wieder ordentlich aufzurollen versuchte.

Kaufmann verdrehte die Augen. Vielleicht war es ganz gut, dass dies ihr letzter gemeinsamer Fall war. Der Mann war ihr zu anstrengend.

Sabine steckte den Schlüssel ein und betrachtete die Schuhspuren im Hausflur. Gut sichtbare Abdrücke in Blutrot auf dem mausgrauen Linoleum. Allein damit würden sie Adam Nowak drankriegen. Sie wollte weitergehen, doch dann durchzuckte sie etwas.

Moment mal.

Die Abdrücke hatten ein charakteristisches Muster, schmale Rauten wie Salmiakpastillen, unter dem Vorderfuß eine Vertiefung mit darum herum angeordneten Ringen zum reibungslosen Drehen auf einem Hallenboden. Zweifellos das Profil eines Turnschuhs.

Wie von selbst schob sich ein Bild vor ihre Augen. Dank dem eidetischen Gedächtnis, ob es das nun gab oder nicht. Was sie sah, war der Beweismittelbeutel, in dem die Kollegen die Schuhe von Adam Nowak verstaut hatten. Feste, klobige Arbeitsschuhe, die Sohle mit einem tiefen, groben Profil. Keine Rauten, sondern Linien, von vorn nach hinten, von rechts nach links. Definitiv nicht das Schuhwerk, von dem diese Abdrücke stammten.

Angestrengt dachte sie nach. Wenn sich die Situation so zugetragen hatte, wie Till sie geschildert hatte, war Adam Nowak von der Küche durch den Flur ins Freie gestürmt, nachdem er seine Frau erstochen hatte. Er war mit dem Wagen weggefahren, den die beiden Streifenbeamten auf der B455 bei Schotten anzuhalten versucht hatten, war auf der Strecke nach Schellnhof verunglückt und hatte sich in die Jagdhütte von Meinhard Mandler geflüchtet. Er hatte nicht viel Zeit gehabt. War es ihm tatsächlich möglich gewesen, in dieser Zeitspanne die Schuhe zu wechseln?

Erneut ein Bild. Das eidetische Gedächtnis war freigiebig an diesem Morgen. Dieses Mal sah sie Till. Er saß ihr gegenüber, in ihrem Wohnzimmer im Sessel, die Beine überschlagen. Der linke Fuß lag auf dem rechten Knie. Sie konnte die Sohle seiner schwarzen Schuhe sehen.

Turnschuhe. Mit einem Rautenmuster und einer Vertiefung mit umlaufenden Ringen unter dem Vorderfuß. Die Spuren mussten von Till sein. Und das bedeutete, dass etwas an seiner Darstellung nicht stimmte. Er hatte behauptet, dass er seinen Vater im Flur getroffen und dann die tote Mutter in der Küche entdeckt hätte. Und dort wiederum hatten sie ihn gefunden, unter Schock, bemüht, die Tote wieder zum Leben zu erwecken. Die Kollegen von der Spurensicherung hatten ihn durch die Hintertür aus dem Haus geleitet, um die Spuren im Flur nicht zu beschädigen. Aber irgendwann nach dem Mord musste Till erst bei der Toten und dann im Flur gewesen sein. Die blutigen Abdrücke führten von der Küche zur Haustür. Wie sie es auch drehte und wendete, es gab keine andere Erklärung. Till hatte ihnen Theater vorgespielt.

»Scheiße.«

»Was?«

Sabine drehte sich zu Ralph um. Sie hatte wohl laut geflucht.

»Wir haben uns getäuscht«, erklärte sie. »Adam Nowak ist nicht der Täter.«

»So?« Angersbachs Miene ließ kaum Zweifel daran, dass er wenig von plötzlichen Eingebungen hielt. »Und das hat dir das Vögelchen auf dem Hibiskus da geflüstert?«

»Nein. Das sagen mir die Schuhabdrücke. Adam Nowak hatte Arbeitsstiefel mit einem tiefen Profil an.«

Ralph betrachtete die Abdrücke im Flur. »Und das da?«

»Ist das Profil von einem Turnschuh. Und ich weiß, wem die Schuhe gehören.«

Angersbach musste nicht lange rätseln. »Till.«

Kaufmann schloss die Augen. Hatte sie sich die Dinge wirklich richtig zusammengereimt? Konnte der Mann, den sie so nah an sich herangelassen hatte, ein skrupelloser Mörder sein? Sie wollte es nicht glauben, und doch fiel ihr keine andere Erklärung ein.

»Ja«, presste sie hervor und verlor sich für einen Moment in der Dunkelheit. Als sie die Augen wieder öffnete, hatte Ralph bereits sein Mobiltelefon in der Hand. Er ließ Till Nowak zur Fahndung ausschreiben und informierte die Staatsanwaltschaft, dass Adam Nowak wieder auf freien Fuß zu setzen war. Dann steckte er das Handy weg und legte Sabine einen Arm um die Schultern.

»Komm«, sagte er. »Wir fahren zurück nach Gießen. Das Messer suchen können die Kollegen auch allein. Und du brauchst jetzt erst mal einen heißen Kaffee.«

Sabine lehnte sich dankbar bei ihm an. Die Erkenntnis war ein Schock, und der zog ihr den Boden unter den Füßen weg. Ralph war nicht gerade ein Frauenversteher, aber ein Fels in der Brandung. Genau das, was sie im Moment am dringendsten brauchte.

Das Gefühl, dass sie vorschnell gewesen waren, verstärkte sich. Als sie den Abzweig auf die K167 erreichten, die Kreisstraße zwischen Muschenheim und Bettenhausen, an der der Kreutzhof lag, trat Ralph Angersbach auf die Bremse. Der Niva kam mit einem heftigen Ruck zum Stehen. Viel zu spät warf der Kommissar einen Blick in den Rückspiegel. Zum Glück war niemand direkt hinter ihm auf der K168 von Wetterbach unterwegs.

»Was ist?« Sabine Kaufmann, die wie betäubt wirkte, wandte ihm langsam den Kopf zu.

Angersbach versuchte, sein Unbehagen in Worte zu fassen.

»Warum? Wieso hat Till die beiden Mandlers und seine Mutter ermordet? Ich meine: Weshalb jetzt? Wenn es um die Verletzungen geht, die ihm Regina Nowak als Kind zugefügt hat – das liegt mehr als zwanzig Jahre zurück. Und ...«, Ralph erinnerte sich an das Gespräch mit Till Nowak am Abend zuvor im Wetterbacher Gasthaus, »... er hat gesagt, dass er es selbst getan hat, nicht seine Mutter.«

Ein Hoffnungsschimmer blitzte in Kaufmanns Augen auf. »Du meinst, wir haben uns getäuscht? Er war es nicht?«

Ralph nickte. »Adam Nowak könnte mit Tills Turnschuhen eine falsche Spur gelegt haben. Er hat sie getragen, als er seine Frau getötet hat, und ist mit den blutigen Schuhen zur Haustür gelaufen. Dort hat er sie ausgezogen und ist in seine eigenen Stiefel geschlüpft. Tills Turnschuhe hat er beseitigt. Als wir ihn gefunden haben, hat er sie jedenfalls nicht getragen, oder?« Ralph versuchte, sich ein Bild vor Augen zu führen. »Das waren Sneakers, keine Turnschuhe. Die beiden müssten ungefähr dieselbe Schuhgröße haben.«

»Hm.« Kaufmann rieb sich die Augen. »Möglich, aber verdammt ausgefuchst. Ich weiß nicht, ob ich Adam Nowak das zutraue.«

»Trotzdem.« Ralph setzte den Blinker und bog nach rechts ab. »Wir müssen das klären.«

Sein Handy piepte. Er hatte es in die Halterung der Freisprecheinrichtung gesteckt und nahm das Gespräch an. Es war ein Kollege aus dem Gießener Präsidium, der ihm mitteilte, dass die Beamten, die er zu Till Nowaks Adresse geschickt hatte, den Mann nicht angetroffen hatten. Niemand hatte die Tür geöffnet. Keine Anzeichen, dass sich jemand in der Wohnung aufhielt. Und die Nachbarn hatten keine Idee, wo sich Till befinden könnte. Übereinstimmend hatten sie ausgesagt, dass er ein ruhiger Bewohner sei, man sich aber kaum kenne. Abgesehen von einem schnellen Hallo im Treppenhaus habe es keine Kontakte gegeben.

Bei Sabine konnte er auch nicht sein, er hatte ihre Wohnung am Morgen gemeinsam mit ihr verlassen und keinen

Schlüssel. Sie hatte Ralph erzählt, dass sie ihm ihre Couch für die Nacht angeboten hatte, damit er nach dem Schock über den Mord an seiner Mutter nicht allein war. Ralph hatte das Gefühl, dass da noch mehr war, doch er hatte nicht nachgefragt. Irgendwann würde er das tun. Aber nicht jetzt.

Angersbach bedankte sich, drückte das Gespräch weg und gab wieder Gas.

Hundert Meter weiter kam die Einmündung zum Kreutzhof. Er blinkte erneut und fuhr auf den Hof.

Kaufmann schaute sich irritiert um. »Was wollen wir hier?«

»Tills Freundin.«

Sabine blinzelte irritiert. »Seine ... wer?«

»Luisa Klingelhöfer«, erklärte Ralph. »Die Tochter von dem Bauunternehmer. Du erinnerst dich? Adam Nowak hat erwähnt, dass die beiden ein Paar sind.«

Er sah einen Sturm in den Augen seiner Kollegin. Das hier musste schwer für sie sein. Zwischen Till und ihr war etwas gewesen, das war ihm nicht entgangen, auch wenn Kaufmann ihn bisweilen für einen unsensiblen Klotz hielt.

Ralph fiel ein, dass Nowak noch etwas erwähnt hatte. Till arbeitete in einer Autowerkstatt in Wetterbach. Vielleicht fanden sie ihn dort.

Er suchte mit seinem Handy per Google die Nummer heraus und rief dort an, erfuhr aber nur, dass Till sich zwei Wochen Urlaub genommen hatte. Um Zeit für seinen persönlichen Rachefeldzug zu haben? Oder weil er sich intensiv psychiatrisch betreuen ließ? Mit seinen behandelnden Ärzten mussten sie auch dringend sprechen, doch die würden sich vermutlich auf ihre Schweigepflicht berufen. Wenn sie Informationen haben wollten, um die offenen Fragen zu klären und Till Nowak zu finden, war Luisa Klingelhöfer im Augenblick die beste Adresse.

Sie fanden das Mädchen in einem der Ställe, wo sie sich gemeinsam mit Yannick Dingeldein um ihr Pferd kümmerte. Besser gesagt: Yannick bemühte sich um das hübsche, rotbraune Tier. Luisa stand daneben und erteilte Anweisungen. Doch der junge Dingeldein schien mit der Aufteilung durchaus zufrieden. Wahrscheinlich wäre er auch auf Knien durch das schmutzige Stroh gekrochen, wenn Luisa es von ihm verlangt hätte. Ralph fand es schon fast peinlich, wie offen der schüchterne Junge das selbstbewusste Mädchen anhimmelte. Allerdings war Luisa auch eine Schönheit mit ihren langen dunklen Haaren und den nussbraunen Augen. Wer weiß … vielleicht hätte er sich als junger Mann genauso in sie verknallt.

»Frau Klingelhöfer? Könnten wir Sie kurz sprechen?« Ralph hustete. Beinahe hätte er »Fräulein« gesagt.

»Sicher.« Luisa hob das Kinn ein wenig und schaute zu Yannick. »Du weißt, was du zu tun hast.«

»Ja, klar.« Dingeldein nickte gehorsam.

»Gut.« Luisa winkte hochmütig und stolzierte zur Stalltür, ohne sich noch einmal umzusehen. Sie schien sich sicher zu sein, dass Kaufmann und Angersbach ihr folgten.

Nein, entschied Ralph. Er wäre ihr auch als junger Mann nicht verfallen. Sie war ihm zu eingebildet.

»Also?« Luisa blieb vor dem Stall stehen und drehte sich zu den Kommissaren um. Die Arme verschränkt, die Augenbrauen erhoben. Ganz die zukünftige Firmenchefin.

»Es geht um Till Nowak«, sagte Ralph. »Wir haben gehört, Sie sind befreundet?« Er merkte, wie sich Sabine neben ihm anspannte. Klar. Diese hochnäsige Tussi hier war Konkurrenz. Aber wenn Till ein Mörder war, spielte das alles sowieso keine Rolle mehr.

Luisa lachte aufgesetzt. »Na ja. Nicht wirklich. Wir waren nur kurz zusammen.« Ein vielsagender Blick zu Ralph. »Er war mal hier, um das Hamsterrad zu reparieren. Diese Freilaufeinrichtung für die Pferde. Er ist Mechaniker. Eigentlich für Autos, aber er beherrscht auch andere Motoren.« Sie hob die linke Schulter. »Er war anders als die Jungs, die ich sonst so kenne.«

»Er ist doppelt so alt wie Sie«, warf Kaufmann ein, scharf.

»Ja, aber er wirkt viel jünger. Und er hat so etwas ... so eine geheimnisvolle Aura. Er war in Afghanistan, im Kriegsgebiet.«

Frauen stehen auf Soldaten, dachte Ralph bitter. Womöglich auch ein Grund, warum es immer wieder Kriege gab.

Luisa Klingelhöfer hatte wohl bemerkt, dass er den Mund verzog.

»Außerdem war er nett«, setzte sie hinzu. »Ein nachdenklicher Typ, aber keiner, der einem das Ohr abkaut. Wie er sich auf dem Hof bewegt hat, das hatte immer etwas Tiefsinniges. Und etwas Trauriges. Na ja«, sie grinste, »und dann war's auch wieder lustig. Weil er mit anderen Leuten so unbeholfen war. Fast schon so, als würde ihn etwas hemmen.«

Genau wie Yannick Dingeldein. Das schien ihr Beuteschema zu sein. Männer mit mangelndem Selbstwertgefühl, die gerne den Krieger spielten. Nun ja. Jedem das Seine.

Kaufmann hatte einen anderen Fokus. »Sie waren nur kurz zusammen? Das heißt, Sie haben sich wieder getrennt? Wann? Und warum?«

Luisa zog verächtlich einen Mundwinkel hoch. »Ich weiß ja nicht, ob Sie das etwas angeht. Aber ... na ja ... warum nicht? Wenn Sie's genau wissen wollen: Er wollte mit mir ins Bett. Hatte seine ganze Wohnung mit Kerzen vollgestellt, romantische Musik aufgelegt, Champagner gekauft und«, sie kicherte, »sogar Rosenblätter gestreut. Und dann ...«, das Kichern verstärkte sich, »... dann konnte er nicht.« Sie schaute Sabine vielsagend an. »Verstehen Sie? Er stand da vor mir und hat einfach keinen hochgekriegt.«

Angersbach verspürte ein unangenehmes Ziehen. Das war keine schöne Erfahrung. Es passierte jedem mal, aber es konnte ganz schön am Selbstbewusstsein kratzen.

»Ich hab mich bepisst vor Lachen«, fuhr die Bauunternehmertochter fort. »Ich meine: Was für ein Loser.«

»Der Loser hat möglicherweise drei Menschen ermordet«, entfuhr es Ralph, der seinen Drang, der eingebildeten Göre einen Dämpfer zu verpassen, nicht bezähmen konnte.

»Was?« Dem Mädchen fiel alles aus dem Gesicht. »Till? Aber …« Ihre Miene verfinsterte sich. »Hören Sie mal. Kommen Sie mir jetzt nicht damit, dass es meine Schuld ist.«

»Nein«, entgegnete Ralph, der genau das dachte. »Aber vielleicht können Sie uns helfen, ihn zu finden? Er ist nicht in seiner Wohnung und nicht bei der Arbeit. Gibt es noch einen anderen Ort, an dem er sich aufhalten könnte?«

Luisa hob die Schultern, diesmal beide. »Weiß ich nicht. Ich kenne ihn doch kaum. Ein Mörder?« Langsam schien die Bedeutung dieser Information in ihr Gehirn vorzudringen.

»Danke.« Angersbach hatte keine Lust, sich weiter um das Mädchen zu kümmern. Sollte sie allein zusehen, wie sie mit ihren Schuldgefühlen fertigwurde, wenn sie tatsächlich welche entwickelte. Notfalls konnte Papi ihr einen Therapeuten kaufen.

Er machte Sabine ein Zeichen, die ebenfalls kein tröstendes Wort für Luisa übrighatte, und sie liefen zurück zu seinem Wagen.

Kaufmann stieg wortlos ein. Ralph tat dasselbe und ließ den Motor an.

»Und was jetzt?«

»Die Klinik. Und die Krankenhausunterlagen. Wir müssen einen Hinweis darauf finden, wo Till sich aufhält.«

Die psychiatrische Klinik in Bad Vilbel war ein weitläufiges, altehrwürdiges Gebäude inmitten eines verwunschenen Parks. Weiße Mauern, hohe Fenster, üppiges Grün. Im Park fanden sich Bänke, verschlungene Pfade und ein kleiner Teich, auf dem Enten schwammen. Das Eingangsportal lud mit einer großen, zweiflügeligen Tür zum Eintreten auf. Das Foyer dahinter war hell, durch die Glasscheiben in der Eingangstür sah man großformatige Aquarelle an den Wänden.

Aber Sabine Kaufmann wollte nicht hineingehen. Wollte nicht all die vertrauten Gesichter der Ärzte und Schwestern und Mitpatienten sehen, die ihr womöglich tränenreich ihr Beileid zum Tod ihrer Mutter aussprechen würden. Sie versuchte, sich hinter Angersbachs breitem Rücken zu verstecken, der zielstrebig durch die Gänge zu dem Trakt ging, in dem sich die Sprechzimmer der Psychiatrie befanden. Sie passierten die gläsernen Flügeltüren, entkamen dem Stimmengewirr der Lobby, dem Klappern der Geschirrwagen und Gläser, den stakkatohaften Rufen eines selbst ernannten Predigers und dem Geschrei einer Frau, die orientierungslos herumirrte.

Vor ihnen öffnete sich eine Tür, und ein groß gewachsener Mann im weißen Kittel trat heraus, hager und mit einer gewaltigen Hakennase. Sabine kannte ihn, er hatte sich oft um Hedwig gekümmert.

»Frau Kaufmann.« Dr. Giorgios Marcos streckte beide Hände aus und ergriff ihre Rechte, schüttelte sie mitfühlend. »Ich kann Ihnen nicht sagen, wie sehr wir Ihren Verlust bedauern. Dabei sah doch alles so gut aus. Wir hatten den Eindruck, dass sich Ihre Mutter in den letzten Monaten wieder gefangen hatte. Sie erschien uns stabil, und sie hat doch regelmäßig ihre Medikamente genommen?«

Sabine merkte, wie ihr Tränen in die Augen traten. Alles, was sie in den letzten Tagen beiseitegeschoben hatte, drängte mit Macht an die Oberfläche. Ihre Kehle war wie zugeschnürt, ihre Hände zitterten, ihr Herz hämmerte.

»Danke«, quetschte sie heraus. »Ich kann es immer noch nicht fassen.«

Der Arzt ließ ihre Hand los, legte ihr die seine stattdessen auf die Schulter.

»Wenn Sie darüber reden möchten, können wir gerne jederzeit einen Termin ausmachen. Aber im Augenblick …« Er schaute bedeutungsvoll auf seine Armbanduhr.

»Wir sind nicht wegen Frau Kaufmann hier.« Angersbach, grob und ungeduldig wie immer. »Es geht um Herrn Nowak. Till Nowak.«

»Till?« Der Psychiater runzelte die Stirn. »Glauben Sie, er weiß, warum Ihre Mutter das getan hat? Die beiden haben sich gut verstanden. Ich habe sie des Öfteren gemeinsam im Garten gesehen. Sie schienen sich immer sehr angeregt zu unterhalten.«

»Nein, wie gesagt: Unser Besuch hat nichts mit Frau Kaufmann zu tun.« Ralph versperrte dem Arzt, der sichtbar auf dem Sprung war, den Weg. »Wir suchen ihn.«

»Ach so?« Marcos hatte nicht mehr als einen kurzen Seitenblick für Angersbach übrig. »Nun, er ist nicht hier. Er kommt regelmäßig zur Gruppentherapie am Montag, aber diese Woche hat er abgesagt. Ansonsten sehen wir ihn nicht. Er gehört nicht zu den stationären Patienten, auch wenn er im vergangenen Jahr einige Male für ein paar Wochen hier war.« Er machte eine abwehrende Geste. »Nicht, dass ich Ihnen das überhaupt verraten dürfte. Aber Frau Kaufmann weiß es ohnehin, nicht wahr?«

Sabine nickte. Ihr Kopf fühlte sich schwer an, dumpf und wie mit Watte gefüllt. Diese Umgebung und all die neuen Erkenntnisse über Till, den sie so nah an sich herangelassen hatte. Was für ein zartfühlender Mann, hatte sie gedacht, weil er nicht mit ihr schlafen, sondern nur kuscheln wollte. Einer, der es langsam angehen ließ, der ihr Zeit gewährte. Dabei hätte er vermutlich überhaupt nicht gekonnt.

Angersbach ließ sich nicht abwimmeln.

»Wir suchen ihn im Zusammenhang mit drei Mordfällen.«

»Sie glauben, er hat jemanden getötet?« Wieder glitt der Blick des Psychiaters zu Sabine. »Ihre Mutter?«

»Nein.« Ralph blieb an dem Arzt dran und dehnte ein weiteres Mal die Regeln, damit der Psychiater nicht auf seine Schweigepflicht pochte und das Gespräch abbrach. »Seine eigene Mutter, seinen leiblichen Vater und dessen Frau.«

»Wie bitte?« Giorgios Marcos wurde blass. Er fuhr sich durch das volle und sorgfältig geföhnte graue Haar. Sein Blick huschte zum einen Ende des Flurs, dann zum anderen.

»Kommen Sie.« Er drehte sich um und ging zu einer Tür in der Mitte des Gangs, die in einen kleinen, sonnendurchfluteten Innenhof führte. Draußen zog er eine Schachtel Zigaretten aus seiner Kitteltasche, zündete sich eine an und inhalierte tief.

»Was ich Ihnen jetzt sage, ist ›off the records‹. Wenn Sie eine offizielle Auskunft oder Akteneinsicht wollen, brauche ich einen richterlichen Beschluss. Die ärztliche Schweigepflicht ist sehr genau geregelt, das wissen Sie ja. Ich bin verpflichtet, meine Patienten zu schützen, aber … ich möchte mir nicht vorwerfen müssen, am Tod eines Menschen schuld zu sein. Sagen wir, ich stehe einfach hier und führe ein Selbstgespräch. Wenn Sie dabei zufällig etwas aufschnappen, werde ich behaupten, dass ich davon nichts bemerkt habe und dass es nicht in meiner Absicht lag. Können wir uns darauf einigen?«

»Sicher.« Nicht nur Ralph, auch Sabine hing an den Lippen des Arztes. Der drehte sich um und blinzelte in die Sonne.

»Till Nowak ist seit drei Jahren mein Patient. Er war Bundeswehrsoldat, eingesetzt in Afghanistan. Er hat sich an uns gewandt, weil er von Depressionen geplagt wurde. Zugleich war da eine erhebliche latente Aggression, die immer wieder zu Gewaltdurchbrüchen und Kontrollverlust geführt hat. Er hat mir anvertraut, dass er Tiere gequält hat, um seine Anspannung loszuwerden, schon als Kind, aber auch nach Afghanistan. Erst kleine – Fliegen, Spinnen, Würmer, Frösche –, dann größere. Hühner. Schafe.«

Sabine und Ralph tauschten einen Blick. Die toten Tiere auf dem Kreutzhof und in der Nachbarschaft. Keine Einschüchterungspolitik der BiGaWett, sondern die Taten eines Mannes, der nicht wusste, wo er mit seinen Aggressionen hinsollte.

»Er hat sehr darunter gelitten«, fuhr der Psychiater fort. »Er wollte diesen Drang loswerden. Ich sollte ihm dabei helfen.« Ein weiterer Zug an der Zigarette, die hell aufglimmte und fast bis auf den Filter heruntergebrannte. Marcos warf sie in den Aschenbecher, der neben der Tür aufgestellt war, und zündete sich eine neue an.

»Wir haben versucht, seine Geschichte aufzuarbeiten.«

Ralph konnte nicht länger den Mund halten. »Die Misshandlung durch seine Mutter. Oder war es selbstverletzendes Verhalten?«

Marcos drehte sich halb um die eigene Achse, sein Blick glitt an Ralph und Sabine vorbei über die Fassade der Klinik in den Himmel.

»Seltsam. Mir ist, als hätte ich Stimmen gehört. Dabei passiert das doch eigentlich nur meinen Patienten.« Er drehte sich wieder weg, rauchte und schwieg.

Angersbach trat ungeduldig von einem Fuß auf den anderen. Kaufmann sah ihn scharf an. Was Giorgios Marcos hier tat, konnte ihn seinen Job kosten. Sie wollte dem Mann auf keinen Fall einen Anlass geben, seine Meinung zu ändern.

»Dieses Münchhausen-by-proxy-Syndrom ist eine heimtückische und komplexe Störung«, sprach der Psychiater endlich weiter. »Die Person, die sichtbar krank ist, ist das Kind. Die, die man behandeln müsste, ist die Mutter. Und die hat für gewöhnlich kein Interesse daran. Das System funktioniert ja. Sie bekommt die Zuwendung, die sie sich ersehnt. Und sie muss dazu nicht einmal leiden. Das Kind dafür umso mehr. Till Nowak ist über Jahre immer wieder mit schweren Entzündungen ins Krankenhaus eingeliefert worden, am ganzen Körper, vorwiegend allerdings im Genitalbereich. Die Ärzte hatten einen Verdacht, aber sie konnten nichts ausrichten.« Marcos massierte seine Schläfen. »Till hatte vieles verdrängt. In unseren Sitzungen hat er sich erinnert. Seine Mutter hat ihm schmutziges Wasser gespritzt.«

Er drehte sich zu Kaufmann und Angersbach um. »Können Sie sich das vorstellen?«

Die beiden Kommissare schüttelten die Köpfe. Der Klumpen in Sabines Magen wurde zu einer massiven Betonkugel. Sie hielt es kaum aus, das Mitleid, das sie empfand, und zugleich das drängende Gefühl, dass ihn seine Geschichte zum Mörder gemacht hatte.

»Wir haben gehört, dass er Potenzprobleme hatte«, sagte Angersbach. »Eine junge Frau, mit der er kürzlich zusammen war, hat uns erzählt, dass sie ihn ausgelacht hat, weil er im entscheidenden Moment versagt hat. Könnte das der Auslöser gewesen sein? Der Grund, warum er sich nach all den Jahren an den Menschen rächt, die ihm das eingebrockt haben?«

Marcos drückte seine Zigarette im Aschenbecher aus. »Durchaus möglich.« Er sah erneut auf die Uhr. »Ich muss wieder rein. Und was Sie hier gehört haben ...«

»Wir haben nichts gehört. Wir haben Sie nicht einmal gesehen.«

Der Arzt lächelte schmal. »Danke.« Er ging die drei Schritte zur Tür, drehte sich dann noch einmal um.

»Wenn ich Sie wäre, würde ich beim Jugendamt nachfragen. Vielleicht gibt es dort noch Unterlagen. Eine Anzeige, Gesprächsprotokolle, Prozessakten ... Wer weiß?«

Damit verschwand er in den langen Flur. Die weißen Kittelschöße wehten hinter ihm her. Angersbach zog sein Handy hervor.

Eine Warteschleife, zwei Sachbearbeiterinnen, die nicht zuständig waren. Dann hatte Angersbach endlich eine Dame in der Leitung, die ihm weiterhelfen konnte.

»Ja. Nowak. Da gibt es eine Akte. Warten Sie einen Moment.«

Ralph durchquerte das Foyer der psychiatrischen Klinik, warf einen kurzen Blick auf die Aquarelle, zu blass für seinen Geschmack, und auf die Gestalten, die den Raum füllten, normal gekleidet, aber mit auffälliger Mimik und Gestik. Nach vorn gezogene Schultern, gesenkte Köpfe, zu Boden gerichtete Blicke, die Lippen von unhörbarem Gemurmel bewegt. Er fühlte sich unwohl, als könnte man sich am Wahnsinn anstecken. Einer war neugierig und verstellte Ralph den Weg, musterte ihn von oben bis unten, brabbelte etwas Unverständliches. Angersbach schob ihn beiseite und stürmte nach draußen. Schloss den Niva auf und warf sich auf den Fahrersitz. Sabine, die sich in seinem Rücken gehalten hatte, rutschte auf den Beifahrersitz, atmete erleichtert auf.

»Hören Sie?« Die Stimme im Telefon war zurück.

»Ja?« Angersbach klemmte das Handy in die Freisprecheinrichtung und schaltete auf Lautsprecher.

»Ich habe die Akte gefunden. Es gab ein Verfahren. Wir – das heißt, das Jugendamt – hatten Anzeige gegen Regina Nowak, geborene Rebscher erstattet. Das Sankt-Vinzenz-Krankenhaus in Butzbach hatte den Verdacht auf Kindesmisshandlung zur Anzeige gebracht. Wir sind aufgrund der ärztlichen Unterlagen zu der Überzeugung gelangt, dass die Mutter tatsächlich ihren Sohn vorsätzlich krank macht. Das war ... warten Sie ... 1994, im Oktober. Der Junge war damals zwölf.«

Kaufmann neben ihm atmete hörbar ein.

»Und das Urteil?«

»Regina Nowak wurde freigesprochen.«

»Wie kann das sein?«

»Es gab eine Zeugenaussage, die sie entlastet hat. Der Vater hat überzeugend dargelegt, dass Regina Nowak nichts mit den Verletzungen zu tun hat. Er hat unter Eid versichert, dass sich der Junge die Deformationen selbst zufügt. Das Gericht hatte keine andere Wahl, als das Verfahren einzustellen.«

Angersbach musste sich räuspern. »Der Vater?«

»Adam Nowak, ja.«

»Verdammt.« Ralph fluchte leise. »Danke«, sagte er laut. »Können Sie eine Kopie der Akte an das Polizeipräsidium Gießen schicken? Kriminaloberkommissar Ralph Angersbach, Kommissariat elf, Gewalt-, Brand- und Waffendelikte.«

»Selbstverständlich gern.«

»Danke«, wiederholte Ralph und beendete das Gespräch. Er schaute zu Sabine und ahnte, dass sie dasselbe dachte wie er.

»Er ist noch nicht fertig«, sprach sie ihre schlimmste Befürchtung aus. »Er hat seine Mutter dafür bestraft, dass sie ihn vorsätzlich verletzt hat, Meinhard Mandler dafür, dass er ihn im Stich gelassen hat, und Carla Mandler, weil sie ihren Mann gezwungen hat, das Kind wegzugeben. Adam hätte ihn retten können. Aber stattdessen hat er ihn verraten.«

Angersbach warf einen Blick auf seine Armbanduhr. »Die Entlassungsformalitäten dauern. Vielleicht ist Adam Nowak noch im Untersuchungsgefängnis. Da wäre er sicher.«

Er tippte wieder eine Nummer ein, wartete. Steckte das Handy in die Freisprechanlage und stellte es auf Lautsprecher. Nach dem vierten Klingeln wurde abgenommen. Ralph erläuterte hastig sein Anliegen.

»Lasst ihn auf keinen Fall raus«, schloss er. »Zu seinem eigenen Schutz. Es könnte sein, dass draußen ein Mörder auf ihn lauert.«

Eine kurze Pause, ehe der Vollzugsbeamte am anderen Ende wieder sprach.

»Tut mir leid«, sagte er. »Er ist gerade durch das Tor.«

»Dann haltet ihn auf!«

»Keine Chance. Er wird mit einem Wagen abgeholt. Nowak hat ihm zugewinkt und steigt gerade ein. Das Auto ist ein bundeswehrgrüner Golf älteren Baujahrs. Das Kennzeichen kann ich nicht erkennen.«

Sabine sog scharf die Luft ein. »Das ist Till.«

»Danke.« Ralph drückte den Vollzugsbeamten weg, wählte im selben Atemzug eine andere Nummer. Er gab die Beschreibung des Fahrzeugs durch und dehnte die Fahndung auf Adam Nowak aus.

»Habt ihr eine Handyortung?« Negativ. Ralph beendete auch dieses Telefonat, drehte den Schlüssel im Zündschloss und gab Gas.

Kaufmann presste sich eine Faust vor den Mund. »Wo fährst du denn jetzt hin? Hast du eine Idee, wo er sein könnte?«

»Nein.« Angersbach drängelte sich durch den zähen Verkehr. »Erst mal zurück nach Wetterbach. Dann sehen wir weiter.«

»Till?« Adam Nowak öffnete die Beifahrertür des alten Golfs und beugte sich ins Innere. »Woher weißt du, dass ich hier bin?«

»Die haben angerufen. Sie haben kapiert, dass du es nicht warst.« Sein Sohn deutete auf die grauen Mauern des Untersuchungsgefängnisses. Adam ließ sich auf den Beifahrersitz sinken.

Till startete den Motor und fuhr durch die Stadt zum Ring. Adam schaute aus dem Seitenfenster auf die Häuser, die vorbeizogen. Er war nicht oft in Gießen. Die Stadt war ihm zu voll, zu laut, zu dreckig. Zu viel Beton, zu viele Autos, zu wenige Tiere.

»Nein«, sagte er nach einer ganzen Weile. »Ich habe deine Mutter nicht umgebracht.«

»Ich weiß.«

Adam schloss die Augen. Er hatte es nicht getan. Aber vielleicht hätte er es tun sollen. Nicht jetzt. Damals. Er hatte sein ganzes Leben an die Wand gefahren. Und es war ihre Schuld. Klar. Meinhard Mandler hatte ihm damals Geld gegeben, damit er sie heiratete. Nicht aus freien Stücken, sondern weil ihn seine Frau Carla gezwungen hatte. Hatte mit Scheidung gedroht, und Mandler, der selbst eine arme Sau war, hätte mit leeren Händen dagestanden. Ohne Job, ohne Abfindung, ohne Aussichten. Adam wusste, dass Mandler sein Studium nur mit Ach und Krach geschafft hatte. Jemand aus seiner schlagenden Verbindung hatte ihm geholfen. Einen neuen Job hätte er nicht so leicht gefunden. Am Ende hätte er sich womöglich als Stallknecht verdingen müssen, genau wie Adam. Also hatte er gehorcht und Adam dafür bezahlt, dass er die schwangere Regina Rebscher heiratete.

Adam hatte nicht gewollt. Er war mit Susann zusammen gewesen. Sprechstundenhilfe beim Zahnarzt war sie, hatte ein wunderschönes Lächeln und strahlend weiße Zähne. Adam hatte sie geliebt. Aber er liebte auch seine Eltern. Sie hatten ihr Leben lang gekämpft, um in Deutschland Fuß zu fassen, und alles, was sie bekommen hatten, war ein kleines, reparaturbedürftiges Haus in Wetterbach. Sein Vater hatte als Landarbeiter geschuftet, seine Mutter als Haushaltshilfe. Trotzdem hatten sie alles für ihn getan. Er sollte nicht hinter den anderen Kindern zurückstehen. Er hatte so viel Liebe, Unterstützung und Zuwendung von ihnen bekommen. Und dann war sein Vater krank geworden. Sie konnten die Schulden nicht bezahlen. Adam hatte nicht lange gezögert. Er hatte die Schule geschmissen und sich auf dem Kreutzhof als Knecht verdingt. Gereicht hatte es nicht. Sie kamen trotzdem mehr schlecht als recht über die Runden. Und dann stand das Haus plötzlich zur Zwangsversteigerung. Deswegen hatte er eingewilligt. Mit Mandlers Geld hatten sie das Haus abbezahlen können. Und Regina war eine attraktive Frau gewesen.

Dann war Till gekommen, und Adam war von der ersten Sekunde an vollkommen in ihn vernarrt gewesen. Bei Regina brüllte er wie am Spieß, aber auf Adams Arm war er ruhig wie ein zufriedenes Lämmchen. Da war er glücklich gewesen. Seine Eltern waren bald nach Tills Geburt gestorben, und eine Weile hatten Trauer und Schmerz das Glück überdeckt. Doch Till war so ein Sonnenschein, so eine Freude. Sie hatten jetzt auch genug Platz, für fünf Personen war das kleine Haus sehr eng gewesen. Zumal seine Eltern Regina nicht gemocht hatten.

»Sie ist keine gute Mutter«, hatte seine eigene Mutter gesagt. »Sie verdirbt den Jungen.«

Sie hatte recht gehabt.

Regina konnte nicht lieben, ihn nicht, und Till auch nicht. Als er herausgefunden hatte, was sie ihm antat, dachte er, sie wollte ihn bestrafen dafür, dass sie so jung hatte heiraten müssen, einen Mann, den sie nicht liebte, und sich aufrieb zwischen Mutterrolle und ihrer anstrengenden Arbeit im Krankenhaus. Adam war dafür gewesen, dass sie die Ausbildung machte. Was konnte es Besseres für ein Kind geben als eine Mutter, die wusste, was zu tun war, wenn der Junge krank war? Und das Geld, das sie verdiente, hatten sie gut gebrauchen können. Sie hatten nie viel Zeit miteinander gehabt, aber das hatte sie nie gestört. Es gab ohnehin nicht viel, was sie einander zu sagen hatten. Es war eine Zweckgemeinschaft, eine Ehe zum Wohl des Kindes, und ihm hatte das gereicht. Regina dagegen war rasend eifersüchtig gewesen, weil Till und er sich so nahestanden, während sie selbst nicht mit ihm zurechtkam. Aber dass sie ihm wehtat, weil sie selbst sich nach Aufmerksamkeit und Liebe sehnte, hatte er erst kapiert, als die Vorladung kam.

Das Jugendamt hatte sie angezeigt wegen Kindesmisshandlung. Adam sollte vor Gericht aussagen. Er war entsetzt, was sie mit Till angestellt hatte. All die Wunden und Entzündungen, und fast immer waren die Genitalien betroffen. Er wollte alles offenlegen, damit sie bestraft wurde. Doch dann hatte das Grübeln begonnen. War nicht am Ende alles seine Schuld? Er behandelte sie wie eine Hausangestellte. Sie putzte, kochte, wusch, bügelte. Er kam nach Hause, legte die Füße mit den dreckigen Stiefeln auf den Wohnzimmertisch, ließ sich von ihr ein Bier bringen und starrte in die Glotze. Manchmal zog er sie auch ins Schlafzimmer. Aber er streichelte sie nicht, flüsterte ihr keine Zärtlichkeiten ins Ohr, sagte ihr nicht, dass er sie liebte. Er nahm sich, was er wollte, was er brauchte. Ihre Bedürfnisse interessierten ihn nicht. Und er hatte ihr Till weggenommen. Es war sein Fehler, dass sie so geworden war. Er hatte sie so weit getrieben, dass sie Till wehtat. Also musste er das in Ordnung bringen. Er durfte nicht zulassen, dass ein Gericht sie bestrafte. Und ihnen womöglich den Jungen wegnahm. Er würde es nicht ertragen, wenn sie Till in ein Heim steckten. Der Junge war der Mittelpunkt seines Lebens. Er wollte ihn nicht verlieren. Also hatte er vor Gericht gelogen.

Regina war freigesprochen worden, und Adam hatte sich mehr Mühe mit ihr gegeben. Eine Zeit lang hatte es so ausgesehen, als würde sich alles zum Guten wenden. Doch dann hatte Till wieder Verletzungen gehabt. Adam hatte Regina angebettelt, ihn in Ruhe zu lassen, hatte gedroht, sie einmal sogar geschlagen. Umsonst. Es hatte nichts geändert. Und er hatte nicht gewusst, was er tun sollte. Die Lüge ließ sich nicht rückgängig machen. Also hatte er stattdessen die Augen zugemacht. Und aus dem einstmals fröhlichen kleinen Till war im Lauf der Jahre ein verschlossener, schüchterner Junge geworden, verklemmt und zugleich aggressiv. Adam hatte ihn mehr als ein Mal dabei beobachtet, wie er kleine Tiere quälte. Anschließend brachte er die gebeutelten Kreaturen zu Adam, damit er sie wieder gesund machte. Krank. Er war krank, genau wie seine Mutter.

Und es war Adams Schuld. Nein, eigentlich war es die Schuld von Meinhard Mandler, der ihn für die Ehe mit Regina bezahlt hatte. Oder, noch richtiger, die von Carla Mandler, die Meinhard dazu gezwungen hatte.

Adam schüttelte den Kopf. Auch falsch. Die Person, die wirklich schuld war, war Regina. Die pferdeverrückte Sechzehnjährige, die dem damals dreiunddreißig Jahre alten Meinhard Mandler schöne Augen gemacht hatte. Andererseits: Mandler hätte nicht darauf eingehen dürfen. Regina war fast noch ein Kind gewesen, Mandler längst erwachsen. Er hatte die Verantwortung gehabt.

Adam presste den Handballen an die Stirn. In seinem Kopf drehte sich alles. Diese ganzen komplizierten Gedanken. Das war nicht seine Welt.

Er schaute wieder aus dem Wagenfenster. Sie hatten die Stadt hinter sich gelassen und fuhren jetzt über die B457. Bei Langsdorf wechselte Till auf die L3354, in Bettenhausen auf die K167. An der K168, der Stichstraße, die nach Wetterbach führte, fuhr er allerdings vorbei und bog einen knappen Kilometer weiter auf die L3131 in Richtung Münzenberg.

»Wo willst du denn hin?«, fragte Adam. »Ich dachte, du fährst mich nach Hause.«

»Das geht nicht.« Till warf ihm einen kurzen Blick zu. »Die Polizei hat das Haus versiegelt. Wir dürfen da nicht rein. Ich hab dir was anderes gesucht. Aber vorher machen wir noch einen Ausflug.«

»So?« Adam fühlte sich müde und schmutzig nach der Nacht im Untersuchungsgefängnis. Er wollte eine heiße Dusche und ein weiches Bett. Auf dem Kreutzhof gab es genügend Unterkünfte für Praktikanten. Dort könnte er unterkommen. Aber mit Till war es seit Jahren schwierig. Der Junge war auf Distanz gegangen, und seit er aus Afghanistan zurück war, hatten sie so gut wie gar nicht mehr miteinander gesprochen. Wenn er jetzt reden wollte – dann würde Adam seine eigenen Wünsche beiseiteschieben. Immerhin hatte Till seine Mutter verloren.

Nur ganz kurz blitzte der Gedanke auf, der ihn schon im Untersuchungsgefängnis erschreckt hatte. Dass es kein Zufall war, dass jemand ausgerechnet Carla und Meinhard Mandler und Regina ermordet hatte.

Aber das wollte er nicht denken. Er hatte Till ein Mal verraten. Ein zweites Mal würde er es nicht tun.

Die Nachrichten kamen in schneller Folge, brachten sie aber nicht weiter. Ja, Till Nowak fuhr einen bundeswehrgrünen VW Golf, Baujahr 2002. Angersbach gab das amtliche Kennzeichen an die zuständige Stelle weiter. Erneut ordnete er die Errichtung von Straßensperren an. Ausgehend vom Untersuchungsgefängnis in Gießen war das allerdings weitaus schwieriger als von Wetterbach aus. Die Möglichkeiten waren quasi unerschöpflich. Till Nowak konnte vom Gießener Ring aus auf die A45 in Richtung Siegen gelangen, ebenso gut südwärts nach Hanau. Er konnte die A5 nehmen, entweder ins Rhein-Main-Gebiet oder nordwärts zum Kirchheimer Dreieck. Hannover, Kassel, Erfurt, Würzburg, München ... die Möglichkeiten waren unerschöpflich. Dazu kamen die Bundesstraßen 3, 39, 429 und 457, auf denen man ins nähere Umland gelangen konnte. Genauso gut, dachte Ralph, könnte Nowak auch einfach in der Stadt bleiben. Sich in ein Parkhaus oder eine Tiefgarage flüchten und dort ausharren, bis die erste Aufregung sich gelegt hatte. Er seufzte schwer, und doch hoffte der Kommissar im Stillen, dass es den Mann zurück in die Wetterau zog – oder auch in den Vogelsbergkreis. Dorthin, wo er sich auskannte. Also veranlasste er, dass sich Beamte an der B457 und an den Autobahnauffahrten postieren. Vielleicht hatten sie Glück. Er informierte die Verkehrsüberwachung, auch wenn es unwahrscheinlich war, dass die Kollegen den Golf bei einem ihrer routinemäßigen Hubschrauberflüge erspähten. Aber ein bundeswehrgrünes Auto mochte doch auffallen.

Die Rechtsmedizin meldete sich, Professor Hack hatte sich den Leichnam von Regina Nowak vorgenommen. Achtundzwanzig Messerstiche hatte er gezählt, das Messer vermutlich dasselbe, das bei Carla und Meinhard Mandler benutzt worden war. Die Länge und Breite der Stiche war ähnlich, und erneut handelte es sich um eine Waffe mit beidseitiger Klinge, die eine davon gezackt, ein Jagd- oder Survivalmesser. Ein Bundeswehrmesser womöglich, sofern es sich nicht um das Messer handelte, das in Mandlers Jagdhütte fehlte. Möglicherweise. Ein freier Steckplatz bedeutete nicht notwendig, dass sich dort tatsächlich ein Messer befunden hatte. Wenn Till Nowak Mandler aufgelauert hatte, hatte er höchstwahrscheinlich sein eigenes Messer dabeigehabt. Ralph hatte Bundeswehrmesser gegoogelt und die Beschreibung eines Fallschirmspringermessers gefunden, das passen könnte: sechzehn Zentimeter lange Klinge mit partieller kurzer Sägezahnung, geriffelter Daumenauflage für besseren Halt und Holzgriff, zusammen mit einer passenden Lederscheide. Und das Modell »Nanga Parbat« – ein Survivalmesser mit rostfreier Klinge mit Sägezahnung am Klingenrücken und Lederscheide, 135 Millimeter Grifflänge, 152 Millimeter Klingenlänge, Gewicht 252 Gramm.

Wahrscheinlich war es eher Letzteres, Till Nowak war kein Fallschirmspringer gewesen, sondern Aufklärer beim Heer. Einer, der sich in vorderster Front voranwagte, die Augen offen, das Maschinengewehr im Anschlag, immer in Gefahr, beschossen zu werden. Er hatte sich nach der Schule für zwölf Jahre verpflichtet und wäre gern noch länger geblieben, das stand in der Akte, die Ralph angefordert und binnen einer halben Stunde in digitaler Form erhalten hatte. Die Truppe allerdings hatte ihn nicht behalten wollen. »Aufgrund charakterlicher Mängel«, hieß es dort lapidar.

»Wahrscheinlich hat sich seine Beschädigung auch da bemerkbar gemacht«, sagte Sabine Kaufmann, die auf ihrem Smartphone durch Tills Unterlagen blätterte.

Angersbach starrte auf die Straße. »Klar. In so einem Kriegsgebiet – da kann man schön mal rumballern oder Leute zusammenschießen.«

Sabine erwiderte nichts, aber Ralph sah, wie sie die Lippen zusammenpresste. Er versuchte, sich am Riemen zu reißen. Noch war nichts bewiesen. Und Sabine empfand ganz offensichtlich etwas für diesen Till. Was ihn im Übrigen störte. Und das nicht nur, weil dieser ein Tatverdächtiger war.

Wieder piepte sein Handy in der Freispracheinrichtung. Dieses Mal war es die Spurensicherung.

»Das Blut in der Jagdhütte und in dem Gewölbe der Burg Münzenberg stammt eindeutig und ausschließlich von Meinhard Mandler«, sagte der Kollege. Das bestätigte Angersbachs Theorie, dass Mandler in seiner Jagdhütte überfallen und niedergestochen worden war und der Täter ihn anschließend zur Münzenburg gebracht hatte. Vielleicht hatte er da sogar noch gelebt, und der tödliche Schnitt durch die Kehle war erst vor Ort erfolgt. Eine Idee, warum der Täter das getan hatte, hatte er nicht. Aber wer wusste schon, was im Kopf eines Wahnsinnigen vor sich ging? Doch war er das überhaupt? Till Nowak war wütend, neigte zur Gewalt, aber er schien nicht verrückt zu sein. Er handelte planvoll und kontrolliert, wie ein Soldat eben. Ein Kämpfer auf einem Rachefeldzug.

Zusammenhanglos kam ihm in den Sinn, was Professor Hack über die Total-OP gesagt hatte. Carla Mandler hatte nach der Operation keine Kinder mehr bekommen können, aber ihr Mann hatte welche gezeugt. Das war Tills Thema, deshalb hatte er zwei der drei Toten den Unterleib zerstochen. Die Region, die für das Zeugen und Gebären zuständig war. Und deshalb hatte er bei Carla Mandler dort das aus Ton geformte Sühnekreuz platziert.

Wieder ein Anruf, die Technik. Till Nowaks Handy war nicht zu orten, ausgeschaltet, die SIM-Karte oder der Akku entfernt – das war nicht zu sagen.

Angersbach drückte das Gaspedal weiter durch, auch wenn es kein Ziel gab. Je näher sie Wetterbach und dem Kreutzhof waren, desto größer war die Chance, dass Till nicht weit war, davon war er überzeugt.

Die Kollegen von den Straßensperren und der Verkehrsüberwachung meldeten sich kurz nacheinander, keine Sichtung, keine Spur von dem bundeswehrgrünen Golf, von Till Nowak.

Ralph spürte, dass seine Nerven zum Zerreißen gespannt waren, und Sabine Kaufmann ging es offensichtlich nicht anders. Sie checkte unablässig ihre Mailbox und blätterte in den Dokumenten, die ihnen vorlagen, obwohl sie das schon mehrfach getan hatte. Es gab einfach nichts Neues.

»Wenn wir bloß wüssten, wo er steckt«, fluchte Angersbach.

Keiner von beiden sprach es aus, doch sie dachten dasselbe.

Wenn sie Till und Adam Nowak nicht bald fanden, war es vermutlich zu spät. Dann würde Till auch seinen Vater töten, der ihn bei dem Misshandlungsprozess im Stich gelassen hatte.

Sein Sohn lenkte den Golf durch das steinerne Tor in den inneren Hof. Sie fuhren über den Rasen und stoppten.

»Da wären wir«, sagte Till und stieg aus. Adam schaute sich um, sah auf die alten Mauern und die vielen Leute, die herumliefen. Er hatte keine Ahnung, was sie hier wollten.

Till öffnete den Kofferraum und nahm ein langes, dickes Seil heraus, das er sich über die Schulter hängte. Er knallte die Klappe zu, verriegelte den Wagen und ging über eine Sandsteintreppe entlang der zum Burghof angrenzenden Mauer und von dieser über eine am Turm hochführende Metalltreppe auf den Hocheingang zu, der sich in gut acht Metern Höhe im Bergfried befand und mit einer Gittertür gesichert war. Am Fuß der Metalltreppe stand ein schlaksiger Mann in der dunkelblauen Uniform des Aufsichtspersonals. Vernarbtes Gesicht, kurz geschorene schwarze Haare. Umringt von einer Traube von Besuchern, die ungehalten und erregt wirkten.

Till drängelte sich zwischen ihnen durch zu dem Mann, der grüßend die Hand hob und sie zu einem knappen militärischen Gruß an die Stirn legte. Till erwiderte die Geste.

»Hey, Till.«

»Hey, Moritz.«

Der narbengesichtige Moritz nahm einen Schlüssel aus der Jackentasche, sprang die Treppenstufen nach oben, schloss das Tor auf und gab Till den Schlüssel. Der winkte Adam, ihm zu folgen.

»Komm.«

Adam runzelte die Stirn. Er folgte seinem Sohn ins Innere. Der zog die Gittertür zu und verschloss sie sorgfältig. Die Besucher, die ebenfalls hineinwollten, murrten lautstark.

Adam fragte: »Was soll das?«

Till bleckte die Zähne.

»Mein Kumpel da draußen hat dafür gesorgt, dass wir unsere Ruhe haben.«

»Wozu?« Adam betrachtete das Seil, das sich Till über die Schulter gehängt hatte. »Was hast du vor?«

»Lass dich überraschen.« Sein Sohn zwinkerte ihm zu und machte sich an den Aufstieg. Nach dem ersten halben Rund drehte er sich um. »Na los. Oder hast du Angst?«

»Vor dir?« Till war vielleicht nicht mehr der schmächtige Junge, der er einmal gewesen war, aber er war immer noch schmal. Die Bundeswehr hatte ihn abgehärtet, doch Adam war seit vierzig Jahren Knecht. Er schuftete tagein, tagaus auf dem

Kreutzhof, mistete Ställe aus, fuhr unzählige Schubkarren mit dreckigem Stroh über den Hof, striegelte die Pferde, schleppte Sättel und Zaumzeug herum, zerrte widerspenstige Kühe und Pferde aus dem Stall auf die Wiese oder umgekehrt. Er war nicht der Typ, der dicke Muskeln ausbildete, aber er war zäh. Mit Till würde er auch heute noch spielend mithalten.

»Dann komm.« Till lief weiter nach oben, nahm immer zwei Stufen auf einmal. Adam folgte ihm über die dunklen Eichenholzstufen, die sich wie eine Schnecke im Mauerrund nach oben wanden. Es war düster, nur alle paar Meter fiel ein wenig Licht durch die schmalen Fensterschlitze. Schließlich wurde es heller, sie näherten sich dem Ausgang. Till kletterte ins Freie, gleich darauf Adam.

Er atmete durch und blickte sich um.

Seine Eltern hatten oft vom Meer und Strand geschwärmt, von ihrer polnischen Heimat, die sie hatten verlassen müssen. Für ihn dagegen war dies hier die schönste Landschaft der Welt. Ein endloser Flickenteppich aus Wald, Wiesen und Feldern. Dazwischen die kleinen Ortschaften, direkt unter ihnen Münzenberg mit den vielen leuchtend roten Dächern. Sanfte Hügel und Täler, so weit das Auge reichte. Und dazwischen, im Nordosten, das gelegentliche Glitzern, wenn der verschlungene Lauf der Wetter zwischen den Bäumen hervorblitzte.

Erneut piepte das Handy, und Angersbach drückte die Annahmetaste, während er den Lada um eine breite und tonnenschwere Erntemaschine lenkte, die mit vierzig Stundenkilometern die Bundesstraße entlangkroch. Hinter der nächsten Kurve erschien ein schwarzer Porsche, der mit überhöhter Geschwindigkeit auf sie zuraste. Ralph riss den Lenker herum, der Niva schlüpfte gerade noch rechtzeitig zwischen Porsche und Erntemaschine auf die rechte Fahrbahnseite. Er schlingerte, rutschte für Sekunden weiter auf den Graben zu, blieb dann aber doch auf der Fahrbahn. Sabine Kaufmann sog hörbar die Luft ein. Der Porschefahrer hupte empört, obwohl er derjenige war, der den Verkehr gefährdete. Aus dem Handylautsprecher erklang die Stimme eines Kollegen.

»Angersbach? Alles klar bei euch?«

Ralph atmete tief durch. Der Lada fing sich wieder. Zum Glück war er groß und schwer und hatte eine gute Bodenhaftung.

»Bestens.«

Der Kollege knurrte etwas Unverständliches. Dann: »Wir haben einen Treffer. Eine Handyortung. Das Gerät von Adam Nowak.«

Na endlich.

»Wo?«

»Münzenberg. Die Dreieckspeilung ist nicht ganz präzise, so dicht stehen die Funkmasten auf dem Land nicht. Aber wir würden sagen, er ist auf der Burg.«

Dort, wo der Leichnam von Meinhard Mandler abgelegt worden war.

»Danke, Kollege.« Ralph drückte das Gespräch weg. Kaufmann fischte das mobile Blaulicht aus dem Handschuhfach, stöpselte es in die Buchse neben dem Zigarettenanzünder ein, fuhr die Beifahrerscheibe herunter und klemmte die Signalleuchte aufs Dach. Schloss das Seitenfenster wieder und schaltete die Sirene an. Das Blaulicht flackerte, Ralph sah den Widerschein auf der Motorhaube. Er umklammerte das Lenkrad mit beiden Händen.

Sie waren auf Höhe Butzbach, nur noch wenige Kilometer von Münzenberg entfernt. Fünf, höchstens zehn Minuten.

Sabine aktivierte wieder das Handy, forderte Streifenwagen an und einen Rettungswagen. Prophylaktisch.

Die alte Burg Münzenberg hatte einst zwei Türme gehabt. Der eine war verfallen und nie mehr instand gesetzt worden. Der andere war noch intakt, aber ebenfalls vom Verfall bedroht. Zurzeit war er Gegenstand von Restaurierungsmaßnahmen. Eine Baufirma hatte auf der Aussichtsplattform einen Kran aufgebaut, der sich mit vier hydraulischen Füßen auf die Zinnen stemmte. Die Glaskanzel mit Steuerpult erreichte man über eine kurze Leiter, an der Aufhängung des schwenkbaren Arms war gewöhnlich eine Arbeitsbühne befestigt. Die Handwerker konnten sie auf der Plattform des Turms besteigen und wurden dann über die Zinnen gehievt und an der Außenwand des Turms heruntergelassen bis zu den Stellen, die es auszubessern galt.

Jetzt stand diese Arbeitsbühne an der Seite neben der achteckigen Glaskuppel, die den Aufgang vor Witterungseinflüssen schützte, und am eingefahrenen Arm des Krans hing lediglich ein dicker Metallhaken, der eine kurze Metallstange mit massiver Öse hielt. Wie eine Reckstange, nur ohne Beine.

Adam Nowak betrachtete die Konstruktion. Till nahm das Seil von den Schultern. Er formte aus Knoten eine Schlinge und befestigte das Tauwerk an Stange und Metallhaken.

Adam verschränkte die Arme. »Was soll das werden?«

Till drehte sich zu ihm um. »Ein kleines Abenteuer. Eine Mutprobe. Du glaubst doch immer noch, dass du härter bist als ich, stimmt's?«

Adam musterte seinen Sohn. Er war zu weich. Zu sensibel. Das lag natürlich daran, was seine Mutter mit ihm angestellt hatte. Aber der Junge war mittlerweile fünfunddreißig, hatte zwölf Jahre bei der Bundeswehr verbracht. Zeit genug, seine Wunden zu lecken und wieder aufzustehen. Was er nicht getan hatte. Hart war er bis heute nicht. Nicht so wie er selbst. Till war schließlich nicht der Einzige, der zu kämpfen hatte.

Er selbst hatte auch keine leichte Kindheit gehabt. Kein leichtes Leben.

»Ich werde dir beweisen, dass du dich irrst«, erklärte Till.

Adam hatte keine Angst, sich einer Probe zu stellen. »Von mir aus.«

»Gut.« Ein Lächeln huschte über Tills Gesicht. »Wir machen Folgendes: Einer von uns stellt sich auf die Zinnen und hält sich an dieser Stange fest. Der andere fährt ihn mit dem Kran über die Brüstung. Danach tauschen wir.« Er grinste. »Was meinst du, wer von uns länger durchhält?«

Adam blickte über die Zinnen in den Burghof. Der Turm war etwa dreißig Meter hoch. Wenn man da herunterfiel …

»Was ist, wenn einer von uns loslässt?«

Till deutete auf das Seil: »Wir haben natürlich eine Sicherungsleine.«

Adam schmatzte. Tills Vorschlag war schräg, aber er gefiel ihm. Es war eine Herausforderung. Man brauchte Mut und Kraft dafür. Musste seine Angst überwinden und kämpfen.

»Okay. Wer fängt an?«

»Wir losen.« Till zog eine Euromünze aus der Hosentasche. »Kopf oder Zahl?«

»Kopf.« Das war die Seite der Münze, die Charakter hatte.

»Gut. Bei Kopf fängst du an, bei Zahl ich.« Till warf das Geldstück hoch. Es kreiselte in der Luft, drehte sich ein paarmal um die eigene Achse. Till fing es mit der rechten Hand auf und knallte es auf den Handrücken der linken. Dann zog er die Rechte weg.

»Kopf.«

Das Adrenalin schoss unmittelbar und heftig durch Adams Körper. Sein Puls beschleunigte sich, die Atmung wurde flach. Er hatte das lange nicht mehr erlebt. Ein Jammer. Es war ein verdammt gutes Gefühl.

Till kletterte in die Führerkabine des Krans und schwenkte den Arm so weit, dass der Haken mit der Stange genau über den Zinnen des Burgturms positioniert war. Dann stieg er wieder aus. Er schwang sich auf die Brüstung des Turms und balancierte bis zum Haken, hielt sich daran fest und reichte Adam die Hand. Der stemmte eine Sohle gegen das Mauerwerk und ließ sich nach oben ziehen. Er nahm die Stange in beide Hände, und Till schlang das Seil um seinen Bauch und verknotete es. Seine Augen funkelten.

»Bist du bereit?«

»Ja.«

»Gut.«

Till begab sich erneut ins Führerhaus. Adam umklammerte die Stange. Sie hob sich, bis sich seine Füße vom Mauerwerk lösten und er in der Luft schwebte. Dann schwenkte der Arm des Krans ein Stück zur Seite. Nicht viel. Adam befand sich noch immer in Reichweite der Mauer.

Till stieg wieder aus und kletterte auf die Zinnen. Er streckte die Arme aus und begann, die Knoten der Sicherungsleine zu lösen.

»He.« Panik flutete plötzlich durch Adams Leib. »Was machst du da?« Er konnte sich nicht wehren, mit beiden Händen an der Stange hängend, die Füße zu weit weg vom Turm, um Halt zu finden.

»Wir machen es ein bisschen spannender«, sagte Till und legte ihm das Seil um den Hals. Adam spürte, wie er es in seinem Nacken verknotete.

Till grinste: »Keine Sorge. Du wirst nicht herunterfallen. Das Seil fängt dich auf.«

Adam spürte den Druck der Schlinge. Sein Herz hämmerte wie verrückt. Wie hatte er nur so blind sein können? Warum hatte er nicht wahrhaben wollen, dass es Till war, der die

Mandlers und Regina getötet hatte? Und weshalb hatte er geglaubt, der Junge werde ihn verschonen?

»Till, bitte.« Er zitterte, und seine Hände waren feucht vom Angstschweiß. Er würde sich nicht lange halten können, wenige Minuten vielleicht. Dann würde er in die Schlinge stürzen und sich selbst erhängen. »Ich habe das alles nicht gewollt. Ich wollte dir helfen.«

Till verzog keine Miene.

»Wie sagt man so schön? Der Weg zur Hölle ist mit guten Vorsätzen gepflastert, nicht wahr? Schönes altes deutsches Sprichwort.«

Er wandte sich ab, bestieg die Leiter, schlüpfte in die Führerkabine. Der Arm des Krans bewegte sich wieder, weiter von der Mauer weg.

Adam hing jetzt wirklich in der Luft. Seine Finger krallten sich verzweifelt um die Metallstange. Seine Arme bebten. Das Blut pumpte wie verrückt durch seine Adern. Und in seinem Kopf schrie eine Stimme immer dieselben Worte: »Ich will nicht sterben!«

Sie mussten nicht lange nach Adam und Till Nowak suchen. Im Innenhof der Münzenburg standen ein paar Dutzend Menschen. Alle hatten die Augen nach oben gerichtet, zur Spitze des östlichen Bergfrieds. Dort hing Adam Nowak an einer Metallstange, die am ausgefahrenen Arm eines Krans befestigt war. Etwa jeder Zweite der Gaffer hielt am ausgestreckten Arm ein Handy und filmte. Bilder eines Mordes, live auf Facebook, WhatsApp, Twitter.

Kaufmann und Angersbach rannten über die Sandsteintreppe und die Metalltreppe zum Eingangstor des Turms. Davor stand ein Mann im dunklen Anzug, sichtlich verzweifelt.

Ralph zog seinen Dienstausweis aus der Tasche. »Wir müssen da rauf. Sofort.«

Der Mann mit dem vernarbten Gesicht faltete die Hände, als wolle er beten. »Ich habe keinen Schlüssel. Ich habe ihn Till gegeben. Ich wusste doch nicht, was er vorhat.«

Kaufmann zog ihr Mobiltelefon aus der Tasche. Ralph wandte sich ab und rannte zurück zum Wagen. Er schnappte Fetzen der Sätze auf, die Sabine in ihr Handy brüllte. Feuerwehr. Schnell. Sprungtuch.

Angersbach öffnete noch im Laufen die Verriegelung des Niva, klappte eilig den Kofferraum auf. Ein Haufen Müll lag darin, Sachen, die er gebraucht hatte, als er den Garten des Hauses in Okarben notdürftig auf Vordermann gebracht hatte, damit das Gebäude einen Käufer fand. Säcke mit altem Laub, die zum Wertstoffhof mussten, haufenweise Zweige von der Hecke, Arbeitshandschuhe, Garten- und Astscheren, eine Harke, ein Rechen. Und irgendwo darunter das Brecheisen, mit dem er die Tür des alten Schuppens im hinteren Bereich des Gartens aufgestemmt hatte. Seine Mutter hatte dort Möbel gehortet, rostige Gartenstühle, verdreckte und verschimmelte Auflagen, einen Gartentisch, dem ein Bein fehlte. Ralph warf das Gerümpel einfach hinaus und grub. Da, endlich, das gesuchte Werkzeug. Er packte es und rannte zurück zum Bergfried.

Er klemmte das Brecheisen zwischen Mauer und Tür, drückte und zerrte. Das Metall knirschte, gab aber nicht nach. Angersbach keuchte.

Geh auf, verdammt.

Er warf sich mit aller Kraft gegen die Stange, stöhnte auf, als sich das andere Ende schmerzhaft in seine Brust bohrte.

Scheiße.

Er drückte und hebelte. Das Metall bog sich ein wenig. Noch einmal warf er sich dagegen. Endlich sprang der Schließer aus der Nut, und die Tür schwang auf.

Kaufmann legte ihm eine Hand auf den Arm. »Lass mich das machen.«

Sie sauste die Eichenholztreppe nach oben. Ralph warf das Brecheisen beiseite und schaute den Wachmann an.

»Sie bleiben hier und sorgen dafür, dass kein Unbefugter den Turm betritt. Nur Polizei, Sanitäter, Feuerwehr.«

Der Mann salutierte. Angersbach eilte die Holzstufen hinauf hinter Sabine her.

Sabine Kaufmann keuchte, als sie die letzte Stufe erreichte. Sie trat ins Freie, sah durch die achteckige Glaspyramide, die den Ausgang vor Witterungseinflüssen schützte, den Kran, Till am Steuer.

»Till!«

Der Mann mit den knochigen Händen wandte sich zu ihr. Verblüfft. Sie meinte zu hören, wie er ihren Namen murmelte.

Sie trat an die Brüstung und schaute zu Adam Nowak. Sah, wie die Sehnen an seinem Hals und die Muskeln an seinen Armen hervortraten, die Finger wie Klauen um die Eisenstange. Er war bleich und zitterte. Angstschweiß stand ihm auf der Stirn. Noch widerstand er der Schwerkraft, doch seine Hände rutschten millimeterweise von der Metallstange. Lange würde er sich nicht mehr halten können.

Unten im Hof Blaulichter, Polizei-, Feuerwehr-, Rettungswagen. Die Feuerwehrleute rollten ein Sprungtuch aus und spannten es auf. Aber Adam Nowak würde nicht springen. Wenn er die Stange losließ, fiel er in die Schlinge. Wenn sie ihn endlich herunterholten, würde er nicht mehr leben.

»Till. Bitte. Hol ihn zurück.«

Kaufmann kletterte die drei Stufen zum Führerhaus des Krans hinauf. Till erhob sich seelenruhig von seinem Sitz und versperrte ihr den Weg. »Nein.«

»Tu das nicht. Du bist doch kein Mörder.«

»Nein?«

»Nicht wirklich. Nicht im Herzen. Du hast Fehler gemacht. Aber du darfst nicht noch einen machen.«

Till lachte auf. »Vier Morde oder fünf – was macht das noch für einen Unterschied?«

Sabine schaute ratlos zu ihm auf. Er stand über ihr. Sie hatte auf der Leitersprosse keinen Halt. Und mit ihren eins sechzig keine Chance, den zwanzig Zentimeter größeren Mann zu überwältigen. Sie kletterte wieder zurück, sprang auf die Plattform des Bergfrieds und zog ihre Waffe.

Till blickte sie schläfrig an. »Erschieß mich doch. Eigentlich wollte ich springen, wenn Adam tot ist, aber eine Kugel ist genauso gut.«

Kaufmann schüttelte den Kopf. Sie hatte sich in diesen Mann verliebt. Er war selbst ein Opfer, verletzt, beschädigt, gebrochen. Es war, als würde er ihr ein Messer ins Herz bohren.

»Bitte, Till. Ich will das nicht. Aber wenn du mir keine andere Wahl lässt, muss ich es tun.«

Till knöpfte sein Hemd auf und breitete die Arme aus. Sie sah seine blasse, haarlose Brust. Die Brust, an die sie ihren Kopf gebettet hatte. Es hatte sich gut angefühlt, richtig.

»Tu es. Mitten ins Herz. Oder zwischen die Augen.« Ein Lächeln wie ein Märtyrer.

Also gut. Kaufmann entsicherte die Waffe, legte an. Das Herz, entschied sie. Kimme und Korn mit dem Ziel in Übereinstimmung bringen, durchatmen, die Hand am Abzug.

Tu. Es. Jetzt.

Sie konnte nicht. Ihr Blick schweifte zu Adam Nowak. Die Arme des Mannes bebten nun bereits spastisch. Er würde jeden Moment die Stange loslassen. Sie musste sofort handeln, sonst konnte sie ihn nicht mehr zurückholen. Wenn da nur nicht dieser Nebel in ihrem Kopf wäre.

»Till«, bettelte sie. »Bitte. Zwing mich nicht dazu.«

Aus dem Augenwinkel sah sie Angersbach auftauchen. Er zog seine Waffe, richtete sie auf Till.

»Fahren Sie den Kran ein. Sofort. Ich werde nicht zögern zu schießen.«

Till setzte eine gelangweilte Miene auf. »Dann tut es doch einfach.« Wieder dieses Lächeln. »Aber für ihn ist es sowieso zu spät.«

Sie hörten einen leisen Schrei. Ein Zittern ging durch Adam Nowaks gesamten Körper. Die linke Hand löste sich von der Stange, eine Sekunde später verlor auch die rechte den Halt. Er stürzte in die Schlinge, griff instinktiv nach dem Seil, versuchte, die Finger zwischen Schlinge und Hals zu bringen, doch es gelang ihm nicht. Er schnappte vergeblich nach Luft, sein Gesicht lief blau an. Aus dem Hof wurden vielstimmige Entsetzensschreie in die Höhe geweht.

»Scheiße.«

Angersbach schwenkte die Waffe, zielte und schoss. Die Kugel ging daneben. Ein lauter Knall, das Scheppern der ausgeworfenen Patronenhülse. Hysterisches Geschrei aus dem Innenhof. Ralph schoss erneut, einmal, zweimal, dreimal.

Das Seil erzitterte. Auf halber Höhe zwischen Nowaks Kopf und dem Arm des Krans faserte es auf, knirschte und lockerte sich, doch immer noch verbanden ein paar Fasern Mann und Kran. Sabine hatte das Gefühl, als würde die Zeit stehen bleiben. Wie in Superzeitlupe sah sie, wie die einzelnen Fäden ausdünnten und aufsprangen. Und dann, endlich, riss das Seil.

Adam Nowak verschwand aus ihrem Blickfeld und stürzte in die Tiefe.

Kaufmann, Angersbach und Till eilten zur Brüstung und schauten nach unten.

Adam lag auf dem Sprungtuch. Einer der Feuerwehrmänner blickte nach oben, streckte den Arm aus und hob den Daumen.

Sabine wurden die Knie weich. Sie drehte sich um und sackte mit dem Rücken zur Mauer auf den Boden. Till Nowak sank neben sie und legte den Hinterkopf an das raue Mauerwerk.

Angersbach atmete langsam aus und steckte seine Waffe ein.

Kaufmann versuchte, langsam und gleichmäßig zu atmen. Ihr Herz hämmerte. Sie wartete, bis das Adrenalin und der Schock ein wenig abgeflaut waren. Nur langsam setzte das Denken wieder ein. Zugleich kam die überwältigende Trauer zurück.

»Mein Gott, Till.« Sie schaute ihn an. »Warum musstest du das tun?«

Seine Kiefer mahlten.

»Wisst ihr das nicht? Was die mir angetan haben?«

»Doch. Aber das ist alles so lange her. Sicher, ein Schmerz, der nie richtig weggeht, das kann ich mir vorstellen. Trotzdem. Du hast so lange damit gelebt. Warum ging es jetzt auf einmal nicht mehr?«

»Ich dachte immer, es macht mir nichts. Dass ich nicht kann. Nicht wie ein richtiger Mann. Es war mir nicht wichtig. Aber als Luisa mich ausgelacht hat, da ist etwas in mir endgültig zerbrochen. Da wusste ich, dass ich nicht nur beschädigt bin, sondern richtig kaputt. Und das, was ich sonst gemacht habe, hat nicht mehr gereicht. Die Tiere. Ich wusste auf einmal, dass die wegmüssen, die schuld sind. Dass sie ihre

Taten sühnen müssen.« Sein Blick wurde sehnsüchtig. »Mit dir hätte ich auch so gern …«

Sabine fühlte sich mit einem Mal unendlich müde. Zugleich verspürte sie eine seltsame Irritation. Was hatte Till Nowak da vorhin gesagt? Vier Morde?

»Moment«, sagte sie langsam.

»Was?«, fragte Nowak zurück.

»Du hast gesagt, du hast vier Morde begangen, und dies wäre der fünfte.«

»Ja.«

»Wir haben aber nur drei Leichen. Carla und Meinhard Mandler und Regina Nowak.«

Till fuhr sich mit der flachen Hand über das Gesicht.

»Es tut mir leid«, sagte er. »Ehrlich. Ich wollte das nicht. Aber deine Mutter … Ich habe gerne Zeit mit ihr verbracht. Wir waren zusammen unterwegs, auch an diesem Tag. Sind zusammen zum Sühnekreuz gegangen. Wir wollten Abbitte leisten für die Fehler, die wir in unserem Leben begangen haben. Dass sie deinen Vater vertrieben hat. Und ich wegen Meinhard Mandler. Ich habe ihr erzählt, dass er mein leiblicher Vater war und mich weggegeben hat. Und dass ich ihn deshalb getötet habe. Sie hat mir versprochen, mich nicht zu verraten. Aber ich hatte plötzlich Angst. Ich wollte nicht, dass sie mich erwischen. Deswegen habe ich sie erdrosselt und dann an dem Baum aufgehängt, damit es aussieht wie Selbstmord.«

»Du?« Sabine hatte das Gefühl, keine Luft mehr zu bekommen. Ihr ganzes Inneres schien sich aufzulösen wie ein Stück Fleisch in Salzsäure. »Du hast meine Mutter ermordet?«

Till senkte den Blick. »Es tut mir leid. Sie war so eine nette Frau.«

Knock-out.

So fühlte es sich an, wenn man k. o. geschlagen wurde. Die Welt schien stillzustehen, während Sabine zu Boden ging. Das Summen im Kopf, die verwaschenen Bilder, die völlige Unfähigkeit, etwas zu tun.

Angersbach baute sich breitbeinig vor Till auf. »Weshalb war es so wichtig, dass Hedwig Kaufmann Sie nicht verrät? Jetzt haben Sie sich doch auch schamlos als Mörder präsentiert.« Er deutete auf den Kran.

Till rieb sich das Gesicht. Die knochigen Finger gruben sich in die Schläfen.

»Ich war noch nicht fertig. Ich hatte den Falschen.«

»Das müssen Sie uns erklären.«

»Ich dachte, Meinhard Mandler wäre schuld an meinem verpfuschten Leben. Weil er mich nicht wollte und weggegeben hat. Aber dann habe ich herausgefunden, dass es nicht seine Entscheidung war, sondern die von seiner Frau. Carla Mandler. Sie konnte selbst keine Kinder kriegen und wollte ihn bestrafen. Aber in Wirklichkeit hat sie mich bestraft.«

»Also haben Sie Carla Mandler ebenfalls getötet. Wo überhaupt?«

»Was spielt das für eine Rolle?«

Angersbach dachte sofort an die Beweiskette, an Indizien, an eine lange und harte Strafe. Er hielt Nowaks Blick stand und gab nur zurück: »Sagen Sie's oder nicht?«

Till murmelte etwas von dem alten Steinkreuz und einem Brombeerdickicht. Angersbach erinnerte sich, es rankte ein paar Meter abseits des Kreuzes an einem halb verfallenen Holzunterstand.

»Wieso aber Carla Mandler?«, fragte der Kommissar dann. »Die eigentliche Schuldige war doch Ihre Mutter.«

Till biss sich auf die Lippen. »Das habe ich dann auch kapiert. Ich habe immer darauf gewartet, dass ich mich besser fühle. Aber es hat nicht funktioniert. Nicht, als Meinhard Mandler tot war, und auch nicht, als Carla Mandler auf dem Grund des Brunnens lag. Dort, wo alles Übel wohnte. In diesen alten, schuldigen Mauern.« Er zog die Lippen in die Breite. »Geholfen hat es mir letzten Endes nicht.«

»Aber nachdem Sie Ihre Mutter erstochen hatten?«

»Da war es besser. Bis ich unter ihren Sachen die alten Unterlagen gefunden habe. Ich wusste nicht, dass es da einen Prozess gegeben hatte. Vielleicht habe ich es auch verdrängt. Jedenfalls habe ich in den Papieren gesehen, dass man mich retten wollte, als ich zwölf war. Aber mein Vater hat vor Gericht gelogen. Er hat zugelassen, dass meine Mutter mir immer weiter wehtut.«

»Deswegen sollte er auch sterben. Und zwar besonders qualvoll.«

Tills Blick ging zum Himmel. »Ich hätte ihn einfach erstechen sollen wie die anderen. Dann wäre er jetzt tot. Aber ich wollte, dass er es selbst tut. Damit er begreift, dass es seine eigene Schuld ist.«

Angersbach griff nach Nowaks knochigem Handgelenk und zog ihn auf die Füße.

»Herr Nowak. Ich verhafte Sie wegen der Morde an Carla und Meinhard Mandler, Hedwig Kaufmann und Regina Nowak sowie des versuchten Mordes an Adam Nowak.« Er drehte Till die Hände auf den Rücken und legte ihm Handschellen an. Dann stieß er ihn zum Aufgang unter dem Glasdach.

Sabine hob matt die Hand. »Gib mir noch einen Augenblick.«

Angersbach schaute sie an.

»Nimm dir so viel Zeit, wie du brauchst«, sagte er. »Ich warte unten auf dich.«

Sabine lehnte den Kopf gegen die Mauer. Ralph würde eine Menge Geduld brauchen. Sie hatte nicht das Gefühl, dass sie jemals wieder aufstehen würde.

Freitag, 29. September

Er war ein Tag der Abschiede, und passend dazu hatte der Himmel sich in tristes Grau gekleidet. Sprühregen wurde von Windböen gegen die Scheiben der Polizeistation gedrückt, und im Inneren war es so kühl, dass man ins Frösteln geriet. Sabine hatte ihren Schreibtisch geräumt, es gab ein Glas Sekt, warme Worte und eine Platte mit belegten Brötchen, die nun bis auf armselige Reste vertilgt waren.

Ein kühler Händedruck von Konrad Möbs, ein schüchterner des Neulings Levin Queckbörner, eine warme Umarmung von Mirco Weitzel.

Dann verstaute Sabine Kaufmann den Karton mit ihren Habseligkeiten im Kofferraum des Renault Zoe. Regen klatschte ihr in den Nacken, und er hörte erst auf, als sie auf dem Fahrersitz Platz genommen hatte und zum letzten Mal den Parkplatz des Reviers verließ. Als wollte er sie von hier fortspülen, dachte sie. Alle Spuren verwaschen. Sie krampfte die Fäuste so fest ums Lenkrad, dass die Knöchel weiß wurden. Dann trat sie das Pedal durch und verkniff sich jeden Blick in den Rückspiegel.

Sie erreichte die Wohnung auf dem Heilsberg, doch statt in eine Parklücke zu manövrieren, beschleunigte Sabine kurzerhand den Wagen. Die Vorstellung, hier alleine stundenlang auf die Beisetzung zu warten, war ihr ein Gräuel. Stattdessen fuhr sie hinaus zu der Trauerweide, die im Regen besonders trist aussah, und zum Sühnekreuz. Noch immer schauderte es

Sabine bei dem Gedanken daran, *was* hier geschehen war. Sie zog sich die Jacke über, auch wenn diese nur einen Teil des Wassers abhielt. Es war ihr egal. Auf dem Nachbarfeld blühten wilde Feldblumen. Sabine pflückte ein paar davon und legte sie am Fuße des Kreuzes nieder. Warf einen Blick auf die Weide und überlegte, ob sie die Blumen nicht besser dort platzieren sollte. Der Regen rann ihr die Wangen hinunter und spülte die Tränen aus Sabines Gesicht, bis keine neuen mehr kamen.

Ralph Angersbach legte auf dem Weg von Gießen her einen Zwischenstopp an der Abzweigung nach Wetterbach ein. Till Nowak hatte die Wahrheit gesagt, die Spurensicherer hatten Indizien dafür gefunden, dass Carla Mandler in unmittelbarer Nähe des Sühnekreuzes getötet worden war. Haare, ein paar Fasern; wohl nichts, was man gefunden hätte, wenn man nicht gezielt danach suchte.

Er stellte den Lada Niva in einem Feldweg ab und vertrat sich die Beine. Bis zur Beerdigung war es noch eine Weile hin, das Wetter war extrem unwirtlich, hoffentlich hielten die Wolken den Regen wenigstens auf dem Friedhof zurück, dachte er. Nachdenklich umrundete er das Sühnekreuz. Halme lehnten an dem verwitterten Stein. Und dann sah Ralph den kleinen Strauß Blumen mit einer schwarzen Schleife, fein säuberlich gebunden. Wer auch immer ihn dorthingelegt haben mochte. Er dachte an Carla Mandler und an Hedwig Kaufmann. An all diese sinnlosen Morde.

Drei Stunden später stand Sabine auf dem Friedhof vor dem offenen Grab. Sie hatte sich umgezogen und ihre Haare neu frisiert. Einen Schirm trug sie ebenfalls bei sich, doch der Regen hatte längst aufgehört. Über dem Gras sammelten sich

Dunstschwaden. Vier Männer in Schwarz ließen den Sarg mit den sterblichen Überresten Hedwig Kaufmanns in die Grube hinunter. Ihre Lederschuhe waren abgetragen und bis zur Hosenkante mit Dreckspritzern besprenkelt. Sabine hielt den Blick gesenkt, um niemandem in die Augen sehen zu müssen. Sie stand allein vor den anderen Trauergästen, eine einzelne Rose in der Hand. Es waren nicht viele, Hedi hatte schon lang keine Freunde mehr gehabt, nur eine Handvoll loser Bekanntschaften. Ein paar Mitpatienten aus der Klinik waren anwesend, außerdem der Psychiater Giorgios Marcos. Einige Kollegen waren auch gekommen, etwa Mirco Weitzel und natürlich Kriminaloberrat Horst Schulte, der Dienststellenleiter der Regionalen Kriminalinspektion Friedberg. Sabine wünschte sich, dass Michael Schreck jetzt an ihrer Seite wäre, doch der war immer noch in den USA. Er hatte angerufen und gefragt, ob er kommen solle, doch sie hatte abgelehnt. Wenn schon Abschied, dann richtig. Was vergangen war, war vergangen. Trotzdem fehlte er ihr in diesem Moment.

Sie hörte kaum, was der Pfarrer sagte, empfand seine ruhige Stimme trotzdem als tröstlich. Als er fertig war, trat sie vor, schaufelte ein wenig Erde auf den Sarg, warf die Rose hinterher, murmelte Abschiedsworte. Was sagte man einer Mutter, die einen so oft im Stich gelassen hatte, aber dann doch nicht aus eigenem Antrieb gegangen war? Keine persönliche Zurückweisung also, nichts, was Sabine auf sich selbst beziehen musste. Oder durfte. Stattdessen ein Mord, einfach nur, weil Hedwig zu Tills Mitwisserin geworden war, weil sie ihm zugehört hatte. In einem ihrer besseren Momente. Und dann war es auf einmal da, das Persönliche. Hätte nicht Sabine an Tills Stelle sein müssen und ihrer Mutter mehr Gehör schenken?

Sie fühlte sich plötzlich so unendlich einsam, dass sie sich wünschte, sie könnte sich zu Hedwig ins Grab legen und die

Augen schließen. Sie hatte keine Kraft mehr. Sie wollte sich ausruhen.

Die Tränen kamen wie von selbst. Sie zog ein Taschentuch aus der Tasche ihres schwarzen Blazers und schnäuzte sich.

Da legte sich eine Hand auf ihre Schulter, groß und warm. Sie wandte sich um und sah Ralph Angersbach.

Ich bin da, sagte sein Blick.

Samstag, 30. September

Mirco Weitzel, Levin Queckbörner und Ralph Angersbach schleppten die Kartons durch das Treppenhaus nach unten zu dem Transporter, den Sabine gemietet hatte, und verstauten sie auf der Ladefläche.

Angersbach sah auf die Uhr: »Ich muss los.«

»Wohin?«

Ralph lächelte. »Janine hat mich gefragt, ob ich Bock habe, sie in Berlin zu besuchen.«

»Hey.« Sabine erwiderte das Lächeln. »Das freut mich.«

»Mich auch.« Angersbach zögerte. Dann schloss er Sabine kurz in die Arme. »Ich wünsch dir alles Gute für Wiesbaden.«

Das LKA. Nach langem Hin und Her hatte sich Sabine zu dem Wechsel entschlossen.

»Danke.« Sie sah zu, wie Angersbach in seinen alten grünen Lada Niva stieg, der unter Stottern ansprang. Er rollte langsam an und verschwand dann um die Kurve.

Weitzel und Queckbörner kamen mit einer bauchigen Flasche auf sie zu.

»Noch ein letzter Schluck zum Abschied«, erklärte Weitzel, wie immer geschniegelt und mit Tonnen von Wachs im gestylten Haar, sogar heute, wo er als Umzugshelfer engagiert war. Immerhin trug er passende Klamotten, alte Jeans und ein abgewetztes gestreiftes Hemd, das nicht so recht zu ihm zu passen schien. »Alkoholfrei natürlich.«

Er entkorkte die Sektflasche und füllte drei Plastikbecher, die Queckbörner bereithielt.

»Auf die Zukunft«, sagte Weitzel, und Sabine stieß mit den beiden ehemaligen Kollegen an.

Es war ein Schnitt, ein Neuanfang. Sie hatte ein wenig Angst davor. Aber sie war auch gespannt, was die neue Aufgabe beim Landeskriminalamt bringen würde.

EPILOG

Till Nowak wurde vom Gericht zu einer lebenslangen Freiheitsstrafe verurteilt mit der Möglichkeit einer anschließenden Sicherungsverwahrung. Nowaks Anwalt legte überzeugend dar, wie die seelischen Verletzungen des kleinen Jungen zu den Taten des Mannes geführt hatten. Das Gericht sah darin aufgrund der Brutalität der Morde dennoch keinen Grund für mildernde Umstände. Ein psychiatrisches Gutachten bezeugte, dass Nowak zum Zeitpunkt der Taten im Vollbesitz seiner geistigen Kräfte und vollständig zurechnungsfähig gewesen war. Nowak verließ den Gerichtssaal unter Tränen.

Ein halbes Jahr später, am 30. März, brachte die mittlerweile achtzehnjährige Amelie Schwarz einen gesunden Jungen zur Welt, den sie Hardy nannte, nach seinem Vater Meinhard Mandler oder nach Hardy Krüger junior, wer wusste das schon? Der Kleine war bereits jetzt ein reicher Mann, denn er erbte den Kreutzhof in Wetterbach mitsamt allen Turnierpferden. Bis zu seiner Volljährigkeit würde Amelie das Anwesen verwalten. Der BiGaWett hatte sie eine klare Absage erteilt. Der Hof und die Pferde würden bleiben. Nur die Geschäftsführung würde wechseln, der Führungsstil und eventuell auch die Sekretärin. Der Wetterbacher Standesbeamte Bernhard Schwarz schaltete eine halbseitige Anzeige, um die Ankunft seines Enkels zu verkünden, den er mit stolzgeschwellter Brust auf dem Arm hielt.

Am selben Tag betrat ein gebeugter Mann den Besucherraum des Gießener Strafvollzugs. Adam Nowak saß seinem

Sohn eine halbe Stunde lang gegenüber. Am Ende des Gesprächs schob ihm Till einen kleinen Gegenstand über den Tisch zu. Ein Holzkreuz, handgeschnitzt in der Werkstatt des Gefängnisses.

Reue. Sühne. Vergebung.

NACHWORT

Vielleicht ist Ihnen beim Aufschlagen dieses Buches etwas aufgefallen.

Da taucht ein Name auf, den Sie eventuell schon einmal in einem anderen Zusammenhang gelesen haben: Ben Tomasson. Ohne ihn – allein dafür gebührt ihm eine gesonderte Erwähnung – hätte es dieses Buch nicht gegeben. Jedenfalls nicht in absehbarer Zeit.

Doch ich muss ein wenig vorgreifen.

Mein neuestes Werk ist nun also ausgelesen, und für mich ist es damit an der Zeit, Danke zu sagen. Danke an meinen Buchplaner Dirk Meynecke und einmal mehr an die Verantwortlichen im Hause Droemer Knaur, insbesondere Christine Steffen-Reimann, Doris Janhsen, Steffen Haselbach und Bernhard Fetsch.

Einige dieser Menschen waren damals mitverantwortlich dafür, dass Julia Durant und ich zusammengefunden haben. Eine Leistung, der ich so viel verdanke.

Und genau hier führten auch die Wege von Ben Tomasson und mir zueinander. Ein Kollege, mit dem ich seit geraumer Zeit beruflich und freundschaftlich verbunden bin und mit dem ich 2017 den Camargue-Krimi »Verschwörung in der Camargue« veröffentlichte. Ich weiß gar nicht mehr, wann genau es war – es muss so um einen Wacken-Besuch herum gewesen sein, denn wir trafen uns in Kiel, und meine Kinder besichtigten derweil das U-Boot in Laboe. Ich habe damals wohl den Wunsch nach ein wenig Schützenhilfe geäußert –

über die Camargue hinaus. Ich wollte endlich mit diesem dritten Band meiner eigenen Krimireihe fertig werden, der schon so lange brachlag. Und ich wollte auch einmal so arbeiten wie andere Kollegen, die ihre Bücher zu zweit verfassen oder sich zumindest mit jemandem über kritische Szenen austauschen können. Nicht erst im Lektorat, sondern direkt beim Schreiben. So, wie es im Krimi selbst zugehen soll: Kein Ermittler steht alleine da, sondern man ist ein Team, bestenfalls ein Duo, bei dem jeder die Sache aus eigener Perspektive betrachtet.

Ich wollte das, weil es viel zu lange her ist, dass ich Band 2, »Schwarzer Mann«, veröffentlicht habe. Weil mich ein Trauerfall im engsten Familienkreis so lange daran hinderte, in meinen Rhythmus zurückzufinden, und weil ich andererseits aber die Zeit immer weiter verstreichen sah. Es musste weitergehen, meine beiden Kommissare liegen mir doch sehr am Herzen.

Ich bin Ben Tomasson sehr dankbar, dass er mir Unterstützung anbot. Dafür, dass er meine Arbeit derart bereicherte, dass ich davon überzeugt bin, es ist etwas Gutes herausgekommen. Eine würdige Fortsetzung.

Und ich darf Ihnen noch eines raten: Behalten Sie den Namen Ben Tomasson im Gedächtnis. Wir haben so viel Material gesammelt, dass sich das nächste Buch fast von alleine schreiben dürfte. Ehrensache, dass wir auch hier noch einmal gemeinsam in Aktion treten werden.

Ja, Sie haben richtig gelesen: Sabine Kaufmann und Ralph Angersbach kehren bald zurück.

Ich freue mich auf ein Wiedersehen!

Daniel Holbe

*Auftritt für das Ermittler-Team
Sabine Kaufmann und Ralph Angersbach*

DANIEL HOLBE

Giftspur

Ulf Reitmeyer, Leiter eines großen Biobetriebes in der Wetterau, bricht auf offener Straße zusammen. Zunächst deutet alles auf plötzlichen Herzstillstand hin. Doch dann taucht eine zweite Leiche auf – ausgerechnet ein Mitarbeiter Reitmeyers. Höchste Zeit, Rechtsmedizin und Kripo einzuschalten. Kommissarin Sabine Kaufmann, die sich erst vor kurzem vom Frankfurter K11 in die hessische Provinz versetzen ließ, übernimmt den mehr als merkwürdigen Fall. Und wird nicht nur mit einem perfiden Täter, sondern auch mit dem feindseligen Kollegen Angersbach konfrontiert.

Schwarzer Mann

Sommer in der Provinz. Ein Toter hängt, mit dem Kopf nach unten, an einem Baum und gibt Sabine Kaufmann und Ralph Angersbach vom Kommissariat Bad Vilbel Rätsel auf. Was zunächst wie eine normale Mordermittlung beginnt, gewinnt zunehmend an Brisanz, denn der Tote hat eine düstere Vergangenheit …